W9-DIR-244

Hombres de maíz

Sección: Literatura

Miguel Ángel Asturias:
Hombres de maíz

El Libro de Bolsillo
Alianza Editorial
Madrid

®

Primera edición en "El Libro de Bolsillo": 1972
Séptima reimpresión en "El Libro de Bolsillo": 1991

Calle Milán, 38, 28043 Madrid; teléf. 200 00 45
ISBN: 84-206-1413-0
Depósito legal: M.27.919-1991
Papel fabricado por Sniace, S. A.
Impreso en Lavel. Los Llanos, nave 6. Humanes (Madrid)
Printed in Spain

Aquí la mujer,
yo el dormido

Gaspar Ilóm

I

—El Gaspar Ilóm deja que a la tierra de Ilóm le roben el sueño de los ojos.

—El Gaspar Ilóm deja que a la tierra de Ilóm le boten los párpados con hacha...

—El Gaspar Ilóm deja que a la tierra de Ilóm le chamusquen la ramazón de las pestañas con las quemas que ponen la luna color de hormiga vieja...

El Gaspar Ilóm movía la cabeza de un lado a otro. Negar, moler la acusación del suelo en que estaba dormido con su petate, su sombra y su mujer y enterrado con sus muertos y su ombligo, sin poder deshacerse de una culebra de seiscientas mil vueltas de lodo, luna, bosques, aguaceros, montañas, pájaros y retumbos que sentía alrededor del cuerpo.

—La tierra cae soñando de las estrellas, pero despierta en las que fueron montañas, hoy cerros pelados de Ilóm, donde el guarda canta con lloro de barranco, vuela de cabeza el gavilán, anda el zompopo, gime la espumuy y duerme con su petate, su sombra y su mujer el que debía trozar los párpados a los que hachan los árboles, quemar las pestañas a los que chamuscan el monte y enfriar el cuerpo a los que atajan el agua de los ríos que corriendo duerme y no ve nada pero atajada en las pozas abre los ojos y lo ve todo con mirada honda...

El Gaspar se estiró, se encogió, volvió a mover la cabeza de un lado a otro para moler la acusación del suelo, atado de sueño y muerte por la culebra de seiscientas mil vueltas de lodo, luna, bosques, aguaceros, montañas, lagos, pájaros y retumbos que le martajaba los huesos hasta convertilo en una masa de frijol negro; goteaba noche de profundidades.

Y oyó, con los hoyos de sus orejas oyó:

—Conejos amarillos en el cielo, conejos amarillos en el monte, conejos amarillos en el agua guerrearán con el Gaspar. Empezará la guerra el Gaspar Ilóm arrastrado por su sangre, por su río, por su habla de ñudos ciegos...

La palabra del suelo hecha llama solar estuvo a punto de quemarles las orejas de tuza a los conejos amarillos en el cielo, a los conejos amarillos en el monte, a los conejos amarillos en el agua; pero el Gaspar se fue volviendo tierra que cae de donde cae la tierra, es decir, sueño que no encuentra sombra para soñar en el suelo de Ilóm y nada pudo la llama solar de la voz burlada por los conejos amarillos que se pegaron a mamar en un papayal, convertidos en papayas del monte, que se pegaron al cielo, convertidos en estrellas, y se disiparon en el agua como reflejos con orejas.

Tierra desnuda, tierra despierta, tierra maicera con sueño, el Gaspar que caía de donde cae la tierra, tierra maicera bañada por ríos de agua hedionda de tanto estar despierta, de agua verde en el desvelo de las selvas sacrificadas por el maíz hecho hombre sembrador de maíz. De entrada se llevaron los maiceros por delante con sus quemas y sus hachas en selvas abuelas de la sombra, doscientas mil jóvenes ceibas de mil años.

En el pasto había un mulo, sobre el mulo había un hombre y en el hombre había un muerto. Sus ojos eran sus ojos, sus manos eran sus manos, su voz era su voz, sus piernas eran sus piernas y sus pies eran sus pies para la guerra en cuanto escapara a la culebra de seiscientas mil vueltas de lodo, luna, bosques, aguaceros, montañas, lagos, pájaros y retumbos que se le había enroscado en el cuerpo. Pero cómo soltarse, cómo desatarse de la siembra, de la mujer, de los hijos, del rancho; cómo romper con el gentío alegre de los campos; cómo arrancarse para la guerra con los frijolares a media flor en los brazos, las puntas de güisquil calientitas alrededor del cuello y los pies enredados en el lazo de la faina.

El aire de Ilóm olía a tronco de árbol recién cortado con hacha, a ceniza de árbol recién quemado por la roza.

Un remolino de lodo, luna, bosques, aguaceros, montañas, lagos, pájaros y retumbos dio vueltas y vueltas y vueltas y vueltas en torno al cacique de Ilóm y mientras le pegaba el viento en las carnes y la cara y mientras la tierra que levantaba el viento le pegaba se lo tragó una media luna sin dientes, sin morderlo, sorbido del aire, como un pez pequeño.

La tierra de Ilóm olía a tronco de árbol recién cortado con hacha, a ceniza de árbol recién quemado por la roza.

Conejos amarillos en el cielo, conejos amarillos en el agua, conejos amarillos en el monte.

No abrió los ojos. Los tenía abiertos, amontonados entre las pestañas. Lo golpeaba la tumbazón de los latidos. No se atrevía a moverse, a tragar saliva, a palparse el cuerpo desnudo temeroso de encontrase el pellejo frío y en el pellejo frío los profundos barrancos que le había babeado la serpiente.

La claridad de la noche goteaba copal entre las cañas del rancho. Su mujer apenas hacía bulto en el petate. Respiraba boca abajo, como si soplara el fuego dormida.

El Gaspar se arrancó babeado de barrancos en busca de su tecomate, a gatas, sin más ruido que el de las coyunturas de sus huesos que le dolían como si hubiera efecto de luna, y en la oscuridad, rayada igual que un poncho por la luz luciérnaga de la noche que se colaba a través de las cañas del rancho, se le vio la cara de ídolo sediento, pegarse al tecomate como a un pezón y beber aguardiente a tragos grandes con voracidad de criatura que ha estado mucho tiempo sin mamar.

Una llamarada de tuza le agarró la cara al acabarse el tecomate de aguardiente. El sol que pega en los cañales lo quemó por dentro: le quemó la cabeza en la que ya no sentía el pelo como pelo, sino como ceniza de pellejo y le quemó, en la curva de la boca, el murciélago de la campanilla, para que durante el sueño no dejara escapar las palabras del sueño, la lengua que ya no sentía como lengua sino como mecate, y le quemó los dientes que ya no sentía como dientes, sino como machetes filudos.

En el suelo pegajoso de frío topó sus manos medio enterradas, sus dedos adheridos a lo hondo, a lo duro, a lo sin resonancia y sus uñas con peso de postas de escopeta.

Y siguió escarbando a su pequeño alrededor, como animal que se alimenta de cadáveres, en busca de su cuerpo que sentía desprendido de su cabeza. Sentía la cabeza llena de aguardiente colgando como tecomate de un horcón del rancho.

Pero la cara no se la quemó el aguardiente. El pelo no se lo quemó el aguardiente. No lo enterró el aguardiente. No lo decapitó el aguardiente por aguardiente sino por agua de la guerra. Bebió para sentirse quemado, enterrado, decapitado, que es como se debe ir a la guerra para no tener miedo: sin cabeza, sin cuerpo, sin pellejo.

Así pensaba el Gaspar. Así lo hablaba con la cabeza separada del cuerpo, picuda, caliente, envuelta en estropajo canoso de luna. Envejeció el Gaspar, mientras hablaba. Su cabeza había caído al suelo como un tiesto sembrado de piecitos de pensamientos. Lo que hablaba el Gaspar ya viejo, era monte. Lo que pensaba era monte recordado, no era pelo nuevo. De las orejas le salía el pensamiento a oír el ganado que le pasaba encima. Una partida de nubes sobre pezuñas. Cientos de pezuñas. Miles de pezuñas. El botín de los conejos amarillos.

La Piojosa Grande manoteó bajo el cuerpo del Gaspar, bajo la humedad caliente de maíz chonete del Gaspar. Se la llevaba en los pulsos cada vez más lejos. Habían pasado de sus pulsos más allá de él, más allá de ella, donde él empezaba a dejar de ser solo él y ella sola ella y se volvían especie, tribu, chorrera de sentidos. La apretó de repente. Manoteó la Piojosa. Gritos y peñascos. Su sueño regado en el petate como su mata de pelo con los dientes del Gaspar como peinetas. Nada vieron sus pupilas de sangre enlutada. Se encogió como gallina ciega. Un puño de semillas de girasol en las entrañas. Olor a hombre. Olor a respiración.

Y al día siguiente:

—Ve, Piojosa, diacún rato va a empezar la bulla. Hay que limpiar la tierra de Ilóm de los que botan los árboles con hacha, de los que chamuscan el monte con las quemas, de los que atajan el agua del río que corriendo duerme y en las pozas abre los ojos y se pugre de sueño..., los maiceros..., esos que han acabado con la sombra, porque la tierra que cae de las estrellas incuentra onde seguir soñando su sueño en el suelo de Ilóm, o a mí me duermen para siempre. Arrejuntá unos trapos viejos pa amarrar a los trozados, que no falte totoposte, tasajo, sal, chile, lo que se lleva a la guerra.

Gaspar se rascó el hormiguero de las barbas con los dedos que le quedaban en la mano derecha, descolgó la escopeta, bajó al río y desde un matocho hizo fuego sobre el primer maicero que pasó. Un tal Igiño. El día siguiente, en otro lugar, venadeó al segundo maicero. Uno llamádose Domingo. Y un día con otro el Igiño, el Domingo, el Cleto, el Bautista, el Chalío, hasta limpiar el monte de maiceros.

El mata-palo es malo, pero el maicero es peor. El matapalo seca un árbol en años. El maicero con sólo pegarle fuego a la roza acaba con el palerío en pocas horas. Y qué palerío. Maderas preciosas por lo preciosas. Palos medicinales en montón. Como la guerrilla con los hombres en la guerra, así acaba el maicero con los palos. Humo, brasa, cenizal. Y si fuera por comer. Por negocio. Y si fuera por cuenta propia, pero a medias en la ganancia con el patrón y a veces ni siquiera a medias. El maíz empobrece la tierra y no enriquece a ninguno. Ni al patrón ni al mediero. Sembrado para comer es sagrado sustento del hombre que fue hecho de maíz. Sembrado por negocio es hambre del hombre que fue hecho de maíz. El bastón rojo del Lugar de los Mantenimientos, mujeres con niños y hombres con mujeres, no echará nunca raíz en los maizales, aunque levanten en vicio. Desmerecerá la tierra y el maicero se marchará con el maicito a otra parte, hasta acabar él mismo como un maicito descolorido en medio de tierras opulentas, propias para siembras que lo harían pistudazo y no ningunero que al ir ruineando la tierra por donde pasa siempre pobre, le pierde el gusto a lo que podría tener: caña en las bajeras calientes, donde el aire se achaparra sobre los platanares y sube el árbol de cacao, cohete en la altura, que, sin estallido, suelta bayas de almendras deliciosas, sin contar el café, tierras majas pringaditas de sangre, ni el alumbrado de los trigales.

Cielos de natas y ríos mantequillosos, verdes, desplayados, se confundieron con el primer aguacero de un invierno que fue puro baldío aguaje sobre las rapadas tierras prietas, hora un año milpeando, todas milpeando. Daba lástima ver caer el chayerío del cielo en la sed caliente de los terrenos abandonados. Ni una siembra, ni un surco, ni un maicero. Indios con ojos de agua llovida espiaban las casas de los ladinos desde la montaña. Cuarenta casas formaban el pueblo. En los aguasoles de la mañana sólo uno que otro habitante se aventuraba por la calle empedrada, por miedo de que los mataran. El Gaspar y sus hombres divisaban los bultos y si el viento era favorable alcanzaban a oír la bulla de los sanates peleoneros en la ceiba de la plaza.

El Gaspar es invencible, decían los ancianos del pueblo. Los conejos de las orejas de tuza lo protegen al Gaspar, y para los conejos amarillos de las orejas de tuza no hay secreto, ni peligro, ni distancia. Cáscara de mamey es el pellejo del Gaspar y oro su sangre —«grande es su fuerza», «grande es su danza»— y sus dientes, piedra pómez si se ríe y piedra de rayo si muerde o los rechina, son su corazón en la boca, como sus carcañales son su corazón en sus pies. La huella de sus dientes en las frutas y la huella de sus pies en los caminos sólo la conocen los conejos amarillos. Palabra por palabra, esto decían los ancianos del pueblo. Se oye que andan cuando anda el Gaspar. Se oye que hablan cuando habla el Gaspar. El Gaspar anda por todos los que anduvieron, todos los que andan y todos los que andarán. El Gaspar habla por todos los que hablaron, todos los que hablan y todos los que hablarán. Esto decían los ancianos del pueblo a los maiceros. La tempestad aporreaba sus tambores en la mansión de las palomas azules y bajo las sábanas de las nubes en las sabanas.

Pero un día después de un día, el habla ñudosa de los ancianos anunció que de nuevo se acercaba la montada. El campo sembrado de flores amarillas advertía sus peligros al protegido de los conejos amarillos.

¿A qué hora entró la montada en el pueblo? A los ladinos amenazados de muerte por los indios les parecía un sueño. No se hablaban, no se movían, no se veían en la sombra dura como las paredes. Los caballos pasaban ante sus ojos como gusanos negros, los jinetes se adivinaban con caras de alfajor quemado. Había dejado de llover, pero asonsaba el olor de la tierra mojada y el pestazo del zorrillo.

El Gaspar mudó de escondite. En el azul profundo de la noche de Ilóm se paseaban conejillos rutilantes de estrella en estrella, señal de peligro, y olía la montaña a pericón amarillo. Mudó de escondite el Gaspar Ilóm con la escopeta bien cargada de semillita de oscurana —eso es la pólvora—, semillita de oscurana, mortal, el machete desnudo al cinto, el tecomate con aguardiente, un paño con tabaco, chile, sal y totoposte, dos hojitas de laurel pegadas con saliva a los sentidos sustosos, un vidrio con aceite de almendras y una cajita con pomada de león. Grande era su fuerza, grande era su danza. Su fuerza eran las flores. Su danza eran las nubes.

El corredor del Cabildo quedaba en alto. Abajo se veía la plaza panzona de agua llovida. Cabeceaban en la humedad humosa de sus alientos las bestias ensilladas, con los frenos amarrados en las arciones y la cincha floja. Desde que llegó la montada olía el aire a caballo mojado.

El jefe de la montada iba y venía por el corredor. Una tagarnina encendida en la boca, la guerrera desabrochada, alrededor del pescuezo un pañuelo de burato blanco, pantalón de fatiga caído en las polainas y zapatos de campo.

En el pueblo ya sólo se veía el monte. La gente que no huyó fue diezmada por los indios que bajaban de las montañas de Ilóm, al mando de un cacique pulsudo y traicionero, y la que se aguantó en el pueblo vivía surdida en sus casas y cuando cruzaba la calle lo hacía con carrerita de lagartija.

La noticia del bando los sacó a todos de sus casas. De esquina en esquina oían el bando. «Gonzalo Godoy, Coronel del Ejército y Jefe de la Expedicionaria en Campaña, hace saber que, rehechas sus fuerzas y recibidas órdenes y efectivos, anoche hizo su entrada a Pisigüilito, con ciento cincuenta hombres de a caballo buenos para el chispero y cien de a pie, flor para el machete, todos dispuestos a echar plomo y filo contra los indios de la montaña...»

Sombra de nubes oscuras. Remoto sol. La montaña aceitunada. El cielo, la atmósfera, las casas, todo color de tuna. El que leía el bando, el grupo de vecinos que escuchaba de esquina en esquina —casi siempre el mismo grupo—, los soldados que lo escoltaban con tambor y corneta, no parecían de carne, sino de miltomate, cosas vegetales, comestibles...

Los principales del pueblo estuvieron después del bando a visitar al coronel Godoy. Pasadito el bando llegaron en comisión. Don Chalo, sin quitarse la tranca de la boca, sentado en una hamaca que colgaba de las vigas del corredor del Cabildo, fijó sus redondos ojos zarcos en todas las cosas, menos en la comisión, hasta que uno de ellos, tras tantearse mucho, dio un paso al frente y empezó como a querer hablar.

El coronel le echó la mirada encima. Venían a ofrecerle una serenata con marimba y guitarras para celebrar su llegada a Pisigüilito.

—Y ya que lo brusqueamos, mi coronel —dijo el que hablaba—, juiceye el programa: «Mucha mostaza», primera pieza de la primera parte; «Cerveza negra», segunda pieza de la primera parte; «Murió criatura», tercera pieza...

—¿Y la segunda parte? —cortó el coronel Godoy en seco.

—Asegunda parte nu hay —intervino el más viejo de los que ofrecían la serenata, dando un paso al frente—. Aquí en propio Pisigüilito sólo son esas piezas las que se tocan dende tiempo y toditas son mías. La última que compuse fue «Murió criatura», cuando el cielo recogió tiernita a la hija de la Niña Crisanta y no tiene otro mérito.

—Pues, amigo, ya debía usted ir solfeando para componer una pieza que se llame «Nací de nuevo», porque si nosotros no llegamos anoche, los indios de la montaña bajan al pueblo hoy en la madrugada y no amanece un baboso de ustedes ni para remedio. Los rodajean a todos.

El compositor con la cara de cáscara de palo viejo, el pelo en la frente pitudo como de punta de mango chupado y las pupilas apenas visibles entre las rendijas de los párpados, se quedó mirando al coronel Godoy, silencio de enredadera por el que todos sintieron deslizarse las indiadas que al mando del Gaspar Ilóm no le habían perdido el gusto a lo que no tenían y le llevaban ganas al ganado, al aguardiente, a los chuchos y al pachulí de la botica para esconder el sudor.

El guerrero indio huele al animal que lo protege y el olor que se aplica: pachulí, agua aromática, unto maravilloso, zumo de fruta, le sirve para borrarse esa presencia mágica y despistar el olfato de los que le buscan para hacerle daño.

El guerrero que transpira a cochemonte, despista y se agracia con raíz de violeta. El agua de heliotropo esconde el olor del venado y la usa el guerrero que despide por sus poros venaditos de sudor. Más penetrante el olor del nardo, propio para los protegidos en la guerra por aves nocturnas, sudorosas y heladas; así como la esencia de jazmín del cabo es para los protegidos de las culebras, los que casi no tienen olor, los que no sudan en los combates. Aroma de palo rosa esconde al guerrero con olor de cenzontle. El huele de noche oculta al guerrero que huele a colibrí. La diamela al que transpira a micoleón. Los que sudan a jaguar deben sentir a lirio silvestre. A ruda los que saben a guacamayo. A tabaco los que sudando se visten de charla de loro. Al guerrero-danta lo disimula la hoja de higo. El romero al guerrero-pájaro. El licor de azahar al guerrero-cangrejo.

El Gaspar, flor amarilla en el vaivén del tiempo, y las indiadas, carcañales que eran corazones en las piedras, seguían pasando por el silencio de enredadera que se tramó entre el coronel y el músico de Pisigüilito.

—Pero, eso sí —avivó la voz el coronel Godoy—, los matan a todos, los rodajean y no se pierde nada. ¡Un pueblo en que no hay cómo herrar una bestia, me lleva la gran puta!

Los hombres del coronel Godoy, acurrucados entre las caballerías, se pararon casi al mismo tiempo, espantándose ese como sueño despierto en que caían a fuerza de estar en cuclillas. Un chucho tinto de jiote corría por la plaza como buscaniguas, de fuera la lengua, de fuera los ojos, acecidos y babas.

Los hombres volvieron a caer en su desgana. Sentándose sobre sus talones para seguir horas y horas inmóviles en su sueño despierto. Chucho que busca el agua no tiene rabia y el pobre animal se revolcaba en los charcos de donde saltaba, negro de lodo, a restregarse en la parte baja de las paredes de las casas que daban a la plaza, en el tronco de la ceiba, en el palo desgastado del poste.

—¿Y ese chucho...? —preguntó el coronel desde la

hamaca, atarraya de pita que en todos los pueblos lo pescaba a la hora de la siesta.

—Ta accidentado —contestó el asistente, sin perderle movimiento al perro, pie sobre pie, atrancado a uno de los pilares del corredor del Cabildo, cerca de la hamaca donde estaba echado el coronel, y después de buen rato, sin moverse de aquella postura, dijo—: Pa mí que comió sapillo y se atarantó.

—Anda averiguar, casual vaya a ser rabia...

—¿Y ónde se podrá averiguar?

—En la botica, jodido, si aquí no hay otra parte.

El asistente se metió los caites y corrió a la botica. Como decir el Cabildo de este lado, enfrente quedaba la botica.

El chucho seguía desatado. Sus ladridos astillaban el silencio cabeceador de los caballos mechudos y el como sueño despierto de los hombres en cuclillas. De repente se quedó sin pasos. Rascó la tierra como si hubiera enterrado andares y los buscara ahora que tenía que andar. Un sacudón de cabeza, otro y otro, para arrancarse con la cabeza y todo lo que llevaba trabado en el galillo. Baba, espuma y una masa blanquizca escupida del galillo al suelo, sin tocarle los dientes ni la lengua. Se limpió el hocico con ladridos y echó a correr husmeando la huella de algún zacate medicinal que en el trastorno culebreante de su paso se le volvía sombra, piedra, árbol, hipo, basca, bocado de cal viva en el suelo. Y otra vez en carrera, como chorro de agua que el golpe del aire pandea, hasta caer de canto. Se lo llevaba el cuerpo. Consiguió pararse. Los ojos pepitosos, la lengua colgante, el latiguillo de la cola entre las piernas atenazadas, quebradizas, friolentas. Pero al querer dar el primer paso trastabilló como maneado y el tatarateo de la agonía, en rápida media vuelta, lo echó al suelo con las patas para arriba, fuerceando con todas sus fuerzas por no irse de la vida.

—Pué dejó de vultear, pué... —dijo uno de los hombres encuclillados entre las caballerías. Imponían estos hombres. El que habló tenía la cara color de nata de vinagre y un chajazo de machete directamente en la ceja.

El chucho sacudía los dientes con tastaseo de matraca, pegado a la jaula de sus costillas, a su jiote, a sus tripas, a su sexo, a su sieso. Parece mentira, pero es a lo más ruin del cuerpo a lo que se agarra la existencia con más fuerza en la desesperada de la muerte, cuando todo se va apagando en ese dolor sin dolor que, como la oscuridad, es la muerte. Así pensaba otro de los hombres acurrucados entre las caballerías. Y no se aguantó y dijo:

—Entuavía se medio mueve. ¡Cuesta que se acabe el ajigolón de la vida! ¡Bueno, Dios nos hizo perecederos sin más cuentos..., pa qué nos hubiera hecho eternos! De sólo pensarlo me basquea el sentido.

—Por eso digo yo que no es pior castigo el que lo afusilen a uno —adujo el del chajazo en la ceja.

—No es castigo, es remedio. Castigo sería que lo pudieran dejar a uno vivo para toda la vida, pa muestra...

—Ésa sería pura condenación.

El asistente volvió al corredor del Cabildo. El coronel Godoy seguía trepado en la hamaca, bigotudo y con los ojos abiertos, puro pescado en atarraya.

—Que es que le dio bocado, dice el boticario, mi coronel, porque es que estaba pinto de jiote.

—¿Y no le preguntaste qué le dio el fregado?

—Bocado, dice...

—Bocado, pero ¿con qué se lo dio?

—Con vigrio molido y veneno.

—Pero ¿qué veneno le echó?

—Disimule que ya le vo a preguntar.

—¡Mejor vas vos, Chalo malo! —se dijo el coronel Godoy, apeándose de la hamaca, los ojos zarcos como de vidrio molido y el veneno para el cacique de Ilóm, en el pensamiento.

—Y vos —ordenó Godoy al asistente— andame a buscar a los que vinieron a ofrecer una serenata y les decís que digo yo que la traigan esta noche.

Gran amarilla se puso la tarde. El cerro de los sordos cortaba los nubarrones que pronto quemaría la tempestad como si fuera polvo de olote. Llanto de espinas en las cactos. Pericas gemidoras en los barrancos. ¡Ay, si caen en la trampa los conejos amarillos! ¡Ay, si la flor del chilindrón, color de estrella en el día, no borra con su perfume el olor del Gaspar, la huella de sus dientes en las frutas, la huella de sus pies en los caminos, sólo conocida de los conejos amarillos!

El perro pataleaba en el retozo de la agonía, sin levantar la cabeza, meándose por poquitos, hinchada la barriga, erizo el espinazo, el sexo como en brama, la nariz con espuma de jaboncillo. De lejos se oía que venían parejeando los aguaceros. El animal cerró los ojos y se pegó a la tierra.

De una sola patada tumbó el coronel Jefe de la Expedicionaria los tres pies de caña que sostenían un tiesto de tinaja, donde acababan de encender ocote, frente al Cabildo, para anunciar la serenata. El que lo había prendido alcanzó parte del golpe y el asistente que salía al corredor con un quinqué encendido, un fuetazo en la espalda. Esto hizo pensar a los principales. Voces corridas de «apaguen el fuego», «échenle tierra». Y como raíces, granjeada nuevamente la voluntad del coronel, movieron los brazos para saludarlo. Se dieron a conocer. El que más cerca estaba del coronel era el señor Tomás Machojón. Entre el coronel, la autoridad militar, y su mujer, la autoridad máxima, la Vaca Manuela Machojón.

Machojón y el coronel se alejaron hablando en voz baja. El señor Tomás había sido de las indiadas del Gaspar Ilóm. Era indio, pero su mujer, la Vaca Manuela Machojón, lo había untado de ladino. La mujer ladina tiene una baba de iguana que atonta a los hombres. Sólo colgándolas de los pies echarían por la boca esa viscosa labiosidad de alabanciosas y sometidas que las hace siempre salirse con lo que quieren. Así se ganó la Vaca Manuela al señor Tomás para los maiceros.

Llovía. Las montañas bajo la lluvia de la noche sueltan olor a brasas apagadas. Sobre el techo del Cabildo tronaba el aguacero, como el lamento de todos los maiceros muertos por los indios, cadáveres de tinieblas que dejaban caer del cielo fanegas de maíz en lluvia torrencial que no ahogaba el sonido de la marimba.

El coronel alzó la voz para llamar al músico.

—Vea, maistro, a esa su piecita que le puso «Cerveza negra», cámbiele nombre, póngale «Santo remedio». Y la vamos a bailar con doña Manuelita.

—Pues si lo ordena, el cambio es de acuerdo, y bailen, vamos a tocar «Santo remedio».

Ña Vaca Manuela y el coronel Godoy se sangoloteaban en la oscuridad, al compás de la marimba, como esos fantasmas que salen de los ríos cuando llueve de noche. En la mano de su compañera dejó el Jefe de la Expedicionaria en campaña, un frasquito, santo remedio, dijo, para el jiote de indio.

II

Al sol le salió el pelo. El verano fue recibido en los dominios del cacique de Ilóm con miel de panal untada en las ramas de los árboles frutales, para que las frutas fueran dulces; tocoyales de siemprevivas en las cabezas de las mujeres, para que las mujeres fueran fecundas; y mapaches muertos colgados en las puertas de los ranchos, para que los hombres fueran viriles.

Los brujos de las luciérnagas, descendientes de los grandes entrechocadores de pedernales, hicieron siembra de luces con chispas en el aire negro de la noche para que no faltaran estrellas guiadoras en el invierno. Los brujos de las luciérnagas con chispas de piedra de rayo. Los brujos de las luciérnagas, los que moraban en tiendas de piel de venada virgen.

Luego se encendieron fogarones con quien conversar del calor que agostaría las tierras si venía pegando con la fuerza amarilla, de las garrapatas que enflaquecían el ganado, del chapulín que secaba la humedad del cielo, de las quebradas sin agua, donde el barro se arruga año con año y pone cara de viejo.

Alrededor de los fogarones, la noche se veía como un vuelo tupido de pajarillos de pecho negro y alas azules, los mismos que los guerreros llevaron como tributo al Lugar de la Abundancia, y hombres cruzados por cananas, las posaderas sobre los talones. Sin hablar, pensaban: la guerra en el verano es siempre más dura para los de la montaña que para los de la montada, pero en el otro invierno vendrá el desquite, y alimentaban la hoguera con espineros de grandes shutes, porque en el fuego de los guerreros, que es el fuego de la guerra, lloran hasta las espinas.

Cerca de los fogarones otros hombres se escarbaban las uñas de los pies con sus machetes, la punta del machete en la uña endurecida como roca por el barro de las jornadas, y las mujeres se contaban los lunares, risa y risa, o contaban las estrellas.

La que más lunares tenía era la nana de Martín Ilóm, el recién parido hijo del cacique Gaspar Ilóm. La que más lunares y más piojos tenía. La Piojosa Grande, la nana de Martín Ilóm.

En su regazo de tortera caliente, en sus trapos finos de tan viejos, dormía su hijo como una cosa de barro nuevecita y bajo el coxpi, cofia de tejido ralo que le cubría la cabeza y la cara para que no le hicieran mal ojo, se oía su alentar con ruido de agua que cae en tierra porosa.

Mujeres con niños y hombres con mujeres. Claridad y calor de los fogarones. Las mujeres lejos en la claridad y cerca en la sombra. Los hombres cerca en la claridad y lejos en la sombra. Todos en el alboroto de las llamas, en el fuego de los guerreros, fuego de la guerra que hará llorar a las espinas.

Así decían los indios más viejos, con el movimiento senil de sus cabezas bajo las avispas. O bien decían, sin perder su compás de viejos: Antes que la primera cuerda de maguey fuera trenzada se trenzaron el pelo las mujeres. O bien: Antes que hombre y mujer se entrelazaran por delante hubo los que se entrelazaron del otro lado de la faz. O: El Avilantaro arrancó los aretes de oro de las orejas de los señores. Los señores gimieron ante la brutalidad. Y le fueron dadas piedras preciosas al que arrancó los aretes de oro de las orejas de los señores. O: Eran atroces. Un hombre para una mujer, decían. Una mujer para un hombre, decían. Atroces. La bestia era mejor. La serpiente era mejor. El peor animal era mejor que el hombre que negaba su simiente a la que no era su mujer y se quedaba con su simiente a la temperatura de la vida que negaba.

Adolescentes con cara de bucul sin pintar jugaban entre los ancianos, entre las mujeres, entre los hombres, entre las fogatas, entre los brujos de las luciérnagas, entre los guerreros, entre las cocineras que hundían los cucharones de jícara en las ollas de los puliques, de los sancochos, del caldo de gallina, de los pepianes, para colmar las escudillas de loza vidriada que les iban pasando y pasando y pasando y pasando los invitados, sin confundir los pedidos que les hacían, si pepián, si caldo, si pulique. Las encargadas del chile colorado rociaban con sangre de chile huaque las escudillas de caldo leonado, en el que nadaban medios güisquiles espinudos, con cáscara, carne gorda, pacayas, papas deshaciéndose, y güicoyes en forma de conchas, y manojitos de ejotes, y trozaduras de ichintal, todo con su gracia de culantro, sal, ajo y tomate. También rociaban con chile colorado las escudillas de arroz y caldo de gallina, de siete gallinas, de nueve gallinas blancas. Las tamaleras, zambas de llevar fuego, sacaban los envoltorios de hoja de plátano amarrados con cibaque de los apastes aborbollantes y los abrían en un dos por tres. Las que servían los tamales abiertos, listos para comerse, sudaban como asoleadas de tanto recibir en la cara el vaho quemante de la masa de maíz cocido, del recado de vivísimo rojo y de sus carnes interiores, tropezones para los que en comenzando a comer el tamal, hasta chuparse los dedos y entrar en confianza con los vecinos, porque se come con los dedos. El convidado se familiariza alrededor de donde se comen los tamales, a tal punto que sin miramiento prueba el del compañero o pide la repetición, como los muy confianzudos de los guerrilleros del Gaspar que decían a las pasadoras, no sin alargar la mano para tocarles las carnes, manoseos que aquéllas rehuían o contestaban a chipotazos: ¡Treme otro, mija!... Tamales mayores, rojos y negros, los rojos salados, los negros de chumpipe, dulces y con almendras; y tamalitos acolitos en roquetes de tuza blanca, de bledos, choreques, lorocos, pitos o flor de ayote; y tamalitos con anís, y tamalitos de elote, como carne de muchachito de maíz sin endurecer. ¡Treme otro, mija!... Las mujeres comían unas como manzanarrosas de masa de maíz raleada con leche, tamalitos coloreados con grana y adornados con olor. ¡Treme otro, mija!... Las cocineras se pasaban el envés de la mano por la frente para subirse el pelo. A veces le echaban mano a la mano para restregarse las narices moquientas de humo y tamal. Las encargadas de los asados le gozaban el primer olor a la cecina: carne de res seca compuesta con naranja agria, mucha sal y mucho sol, carne que en el fuego, como si reviviera la bestia, hacía contorsiones de animal que se quema. Otros ojos se comían otros platos. Güiras asadas. Yuca con queso. Rabo con salsa picante que por lo meloso del hueso parece miel de bolita. Fritangas con sudor de sietecaldos. Los bebedores de chilate acababan con el guacal en que bebían como si se lo fueran a poner de máscara, para saborear así hasta el último poquito de puzunque salobre. En tazas de bola servían el atol shuco, ligeramente morado, ligeramente ácido. A eloatol sabía el atol de suero de queso y maíz, y a rapadura, el atol quebrantado. La manteca caliente ensayaba burbujas de lluvia en las torteras que se iban quedando sin la gloria de los plátanos fritos, servidos enteros y con aguamiel a mujeres que además cotorreaban por probar el arroz en leche con rajitas de canela, los jocotes en dulce y los coyoles en miel.

La Vaca Manuela Machojón se levantó de la pila de

ropas en que estaba sentada, usaba muchas naguas y muchos fustanes desde que bajó con su marido, el señor Tomás Machojón, a vivir a Pisigüilito, de donde habían subido a la fiesta del Gaspar. Se levantó para agradecer el convite a la Piojosa Grande que seguía con el hijo del Gaspar Ilóm en el regazo.

La Vaca Manuela Machojón dobló la rodilla ligeramente y con la cabeza agachada dijo:

—Debajo de mi sobaco te pondré, porque tienes blanco el corazón de tortolita. Te pondré en mi frente, por donde voló la golondrina de mi pensamiento, y no te mataré en la estera blanca de mi uña aunque te coja en la montaña negra de mi cabello, porque mi boca comió y oyó mi oreja agrados de tu compañía de sombra y agua, de estrella granicera, de palo de la vida que da color de sangre.

Batido en jícaras que no se podían tener en los dedos, tan quemante era el líquido oloroso a pinol que contenían, agua con rosicler en vasos ordinarios, café en pocillo, chicha en batidor, aguardiente a guacalazos mantenían libres los gaznates para la conversación periquera y la comida.

La Vaca Manuela Machojón no repitió sus frases de agradecimiento. Como un pedazo de montaña, con su hijo entre los brazos, se perdió en lo oscuro la Piojosa Grande.

—La Piojosa Grande se juyó con tu hijo... —corrió a decir la Vaca Manuela Machojón al Gaspar, que comía entre los brujos de las luciérnagas, los que moraban en tiendas de piel de venada virgen y se alimentaban de tepezcuintle.

Y el que veía en la sombra mejor que gato de monte, tenía los ojos amarillos en la noche, se levantó, dejó la conversación de los brujos que era martillito de platero y...

—Con licencia... —dijo al señor Tomás Machojón y a la Vaca Manuela Machojón, que habían subido a la fiesta con noticias de Pisigüilito.

De un salto alcanzó a la Piojosa Grande. La Piojosa

Grande le oyó saltar entre los árboles como su corazón entre sus trapos y caer frente a su camino de miel negra, con los dedos como flechas de punta para dar la muerte, viéndola con los ojos cerrados de cuyas junturas mal cosidas por las pestañas salían mariposas (no estaba muerto y los gusanos de sus lágrimas ya eran mariposas), hablándola con su silencio, poseyéndola en un amor de diente y pitahaya. Él era su diente y ella su encía de pitahaya.

La Piojosa Grande hizo el gesto de tomar el guacal que el Gaspar llevaba en las manos. Ya lo habían alcanzado los brujos de las luciérnagas y los guerrilleros. Pero sólo el gesto, porque en el aire detuvo los dedos dormidos al ver al cacique de Ilóm con la boca húmeda de aquel aguardiente infame, líquido con peso de plomo en el que se reflejaban dos raíces blancas, y echó a correr otra vez como agua que se despeña.

El pavor apagó las palabras. Caras de hombres y mujeres temblaban como se sacuden las hojas de los árboles macheteados. Gaspar levantó la escopeta, se la afianzó en el hombro, apuntó certero y... no disparó. Una joroba a la espalda de su mujer. Su hijo. Algo así como un gusano enroscado a la espalda de la Piojosa Grande.

Al acercársele la Vaca Manuela Machojón a darle afectos recordó la Piojosa Grande que había soñado, despertó llorando como lloraba ahora que ya no podía despertar, que dos raíces blancas con movimiento de reflejos en el agua golpeada, penetraban de la tierra verde a la tierra negra, de la superficie del sol al fondo de un mundo oscuro. Bajo la tierra, en ese mundo oscuro, un hombre asistía, al parecer, a un conviete. No les vio la cara a los invitados. Rociaban ruido de espuelas, de látigos, de salivazos. Las dos raíces blancas teñían el líquido ambarino del guacal que tenía en las manos el hombre del festín subterráneo. El hombre no vio el reflejo de las raíces blancas y al beber su contenido palideció, gesticuló, se tiró al suelo, pataleó, sintiendo que las tripas se le hacían pedazos, espumante la boca, morada la lengua, fijos los ojos, las uñas casi negras en los dedos amarillos de luna.

A la Piojosa Grande le faltaban carcañales para huir más aprisa, para quebrar los senderos más a prisa, los tallos de los senderos, los troncos de los caminos tendidos sobre la noche sin corazón que se iba tragando el lejano resplandor de los fogarones fiesteros, las voces de los convidados.

El Gaspar Ilóm apareció con el alba después de beberse el río para apagarse la sed del veneno en las entrañas. Se lavó las tripas, se lavó la sangre, se deshizo de su muerte, se la sacó por la cabeza, por los brazos igual que ropa sucia y la dejó ir en el río. Vomitaba, lloraba, escupía al nadar entre las piedras cabeza adentro, bajo del agua, cabeza afuera temerario, sollozante. Qué asco la muerte, su muerte. El frío repugnante, la paralización del vientre, el cosquilleo en los tobillos, en las muñecas, tras las orejas, al lado de las narices, que forman terribles desfiladeros por donde corren hacia los barrancos el sudor y el llanto.

Vivo, alto, la cara de barro limón, el pelo de nige lustroso, los dientes de coco granudos, blancos, la camisa y calzón pegados al cuerpo, destilando mazorcas líquidas de lluvia lodosa, algas y hojas, apareció con el alba el Gaspar Ilóm, superior a la muerte, superior al veneno, pero sus hombres habían sido sorprendidos y aniquilados por la montada.

En el suave resplandor celeste de la madrugada, la luna dormilona, la luna de la desaparición con el conejo amarillo en la cara, el conejo padre de todos los conejos amarillos en la cara de la luna muerta, las montañas azafranadas, baño de trementina hacia los valles, y el lucero del alba, el Nixtamalero.

Los maiceros entraban de nuevo a las montañas de Ilóm. Se oía el golpe de sus lenguas de hierro en los troncos de los árboles. Otros preparaban las quemas para la siembra, meñiques de una voluntad oscura que pugna, después de milenios, por libertar al cautivo del colibrí blanco, prisionero del hombre en la piedra y en el ojo del grano de maíz. Pero el cautivo puede escapar de las entrañas de la tierra, al calor y resplandor de las rozas y la guerra. Su cárcel es frágil y si escapa el fuego, ¿qué corazón de varón impávido luchará contra él, si hace huir a todos despavoridos?

El Gaspar, al verse perdido, se arrojó al río. El agua que le dio la vida contra el veneno, le daría la muerte contra la montada que disparó sin hacer blanco. Después sólo se oyó el zumbar de los insectos.

Machojón

III

Machojón se despidió de su padre, un viejo destrabado del trabajo desde tiempo, y de su madrina, una señora gurrugosa que vivía con su padre y a quien llamaban Vaca Manuela.

—Adiós, tené cuidado por todo y hasta puesito —le gritó el señor Tomás secamente, sin levantarse del taburete de cuero en que estaba sentado de espaldas a la puerta. Mas cuando oyó que su hijo se alejaba sonajeando las espuelas, encogióse todo él como si se le fuera el calor del cuerpo y con los dedos uñudos se arrancó las lágrimas en los párpados.

La Vaca Manuela abrazó a Machojón mesmo que a un hijo —era su ahijado y su hijastro—, le cruzó la cara a bendiciones y le aconsejó que si se casaba fuera buen marido, lo que en pocas palabras quiere decir hombre que no es melcocha ni purga, ni desabrido, ni pan dulce.

Y añadió, ya en la puerta tranquera de la casa:

—Vos que has domado más de trescientos machos sabrás tratar a tu mujer por lo seguro. Freno de pelo de ángel, espuelas de refilón y mantillones gruesecitos para que no se mate. Ni mucha cincha ni mucho gusto de rienda, que el rigor las estropea y el demasiado mimo las vuelve pajareras.

—Está oído, señora —contestó Machojón al tiempo de ponerse el sombrero aludo, del tamaño de la plaza de Pisigüilito.

Amigos y rancheros, las caras con tueste de hojaldre, le esperaban para la despedida. A éstos no se les elucidaba del todo por qué el patrón dejaba de ir al solúnico a dar fruto en otra parte. Un hombre que le ha visto el ir y venir a la tierra, como el señor Tomás Machojón, no debía permitir que su hijo se fuera a rodar mundo. Los rancheros se conformaban con decir que no les cuadraba ver irse al Macho, sin pasar de la puerta, mientras los amigos reían con Machojón y le daban de sombrerazos.

Machojón iba a la pedimenta de su futura. Una hija de la niña Cheba Reinosa, de los Reinosas, de abajo de Sabaneta, en el camino que agarran los que van a la romería de Candelaria. Agua graciosa y quesadilla en las árganas, un pañuelo de yerba para amarrarse los sentidos, de repente le tocaba dormir en el sereno, y el sombrero oloroso, de aquello que por donde lo dejara en la casa de la novia iba a güeler ocho días. Los amigos lo encaminaron montados hasta los regadillos de Juan Rosendo.

—Y se jué, pué... —gritó uno de los rancheros ya cuando en el plan de la casa grande se borraba, seguido de la comitiva, entre el polvoral, el ladrar de los perros y el movimiento de los caballos, el más macho de los Machojones.

El señor Tomás humó toda la tarde para disiparse la pena. Después de la muerte de Gaspar Ilóm, los brujos de las luciérnagas subieron al cerro de los sordos y cinco días y cinco noches lloraron con la lengua atravesada con espinas, y el sexto, víspera del día de las maldiciones, guardaron silencio de sangre seca en la boca, y el séptimo día hicieron los augurios.

Una por una reventaban en los oídos del padre de Machojón las maldiciones de los brujos, el día que se fue su hijo, y le sacudió frío.

«Luz de los hijos, luz de las tribus, luz de la prole, ante nuestra faz sea dicho que los conductores del veneno de raíz blanca tengan el pixcoy a la izquierda en sus caminos; que su semilla de girasol sea tierra de muerto en las entrañas de sus mujeres y sus hijas; y que sus descendientes y los espineros se abracen. Ante vuestra faz sea dicho, ante vuestra faz apagamos en los conductores del veneno blanco y en sus hijos y en sus nietos y en todos sus descendientes, por generaciones de generaciones, la luz de las tribus, la luz de la prole, la luz de los hijos, nosotros, los cabezas amarillas, nosotros, cimas del pedernal, moradores de tiendas móviles de piel de venada virgen, aporreadores de tempestades y tambores que le sacamos al maíz el ojo del colibrí fuego, ante vuestra faz sea dicho, porque dieron muerte al que había logrado echar el lazo de su palabra al incendio que andaba suelto en las montañas de Ilóm, llevarlo a su caza y amarrarlo en su casa, para que no acabara con los árboles trabajando a favor de los maiceros negociantes y medieros.»

El señor Tomás sintió la brasa del cigarrillo de tuza entre las yemas de sus dedos. Un gusanillo de ceniza que su tos de viejo dispersó. De los ranchos llegaban las voces de los vaqueros que cantaban con voz ronca, melódica y como al tanteo al cambiar la tonada. La Vaca Manuela estaría dándoles de beber a la salud de Machojón.

El señor Tomás suspiró. Era alta, fuerte, buena, sana, limpia la Vaca Manuela. Pero como las mulas. La maldición se iba cumpliendo. El pixcoy en los caminos del lado zurdo siempre, machorra la Vaca Manuela, sólo faltaba que la centella de los brujos de las luciérnagas le cayera a su hijo. Los vaqueros seguían cantando, ratos al pulso, ratos con guitarra. Si les hablara. Pues tal vez sí. Si les dijera que pesaba sobre Machojón el ahuizote del cerro de los sordos. Pues tal vez que les hablara. Si los mandara a regresar a su hijo.

El señor Tomás se dirigió a la puerta —le colgaban las nalgas de viejo— y por detrás de la casa, sin que ninguno lo viera, ensilló un macho que estaba botando el pelo y se echó al camino.

De lejos lo seguía la canción ranchera. El sonsonete. La letra tan sentida por el que la cantaba. ¿Quién la cantaba?

Hay un lirio
que el tiempo lo consume
y hay una fuente
que lo hace verdecer...

Tú eres el lirio
y dame tu perfume,
yo soy la fuente
y déjame correr...

Hay un ave
que gime noche y día
y hay un ángel
que la viene a consolar...

Tú eres el ángel,
mi bien, amada mía,
yo soy el ave
y venme a consolar.

—¡Tan tarde y a dónde, señor Tomás? —salió a gritar el dueño de los regadillos que llamaban de Juan Rosendo.

El señor Tomás detuvo la cabalgadura y se confió al amigo que lo había atajado. Un resto de hombre apenas visible en la oscuridad.

—Voy en seguimiento de Machojón, ¿no me lo vido pasar? O de una mujer para tener otro hijo...

El resto de hombre de los regadillos de Juan Rosendo, se acercó al señor Tomás.

—Pues si por mujer va ir lejos, mejor apéyese de la bestia, que por aquí abundan...

Ambos rieron. Luego aquél informó al viejo:

—Don Macho pasó dende temprano. Ni adiós me dijo. Después supe que iba a pedir la mano de una hija de la Cheba Reinosa. Pa qué quiere usté más hijos, señor Tomás, con el ñeterío que va a tener...

Al señor Tomás se le frunció la cara. Le helaba la nariz un sollozo. Su hijo no tendría hijos. Salpicón hicieron con los machetes a los brujos de las luciérnagas en el cerro de los sordos; sin embargo, de los pedazos de sus cuerpos, de las rasgaduras de sus ropas manchadas de sangre, de sus caras de tecolotes, de sus lenguas en pico seguía saliendo, entera, entera, entera la maldición. El filo de los machetes no pudo hacer pedazos la maldición.

—No lo piense mucho, señor Tomás, apéyese y se arriesga a comer un bocadito aquí con nosotros. Mañana será otro día.

La casa olorosa a miel de morro en los regadillos de Juan Rosendo, las voces de las mujeres, el peso de su cadena de oro y su reloj de plata en el chaleco de jerga, los zapatos que le arrancaban los dedos, la comida en platos blancos, abundante y bien vestida de rábanos y lechugas, el agua fresca en los porrones y bajo la mesa una de perros pedigüeños, de niños que gateaban y de piernas tibias. El señor Tomás se olvidó del cerro de los sordos, del pixcoy a la izquierda en los caminos, y de su hijo. Machojón era hombre y las de él no pasaban de ser chocheras, corazonadas de viejo que, por la edad, de todo se apocaba.

El río de gente que bajaba por estos caminos para la romería de Candelaria, se había secado. Cruces adornadas con flores de papel descolorido, nombres escritos con las puntas de carbón de los ocotes, en las piedras, cenizas de fuegos apagados bajo la sombra de los amates, estacas para persogas, playitas de resto de tazol, y tuza... No quedaba más de los peregrinos que año con año pasaban acompañados de los izotales floreando en procesión de candelas blancas.

El más macho de los Machojones bajó para este febrero por estos caminos en la crecida de gente de la romería, vísperas de Candelaria, cuando el caudal de los feligreses procedentes de lejos aumenta con los riachuelos de gente comarcana que por otros caminos salía al camino real. Luceros, cohetes, alabados. Loas, limoneros, crianderas, perros, patojos chillones y hombres y mujeres con sombreros enfiestados de chichitas amarillas en toquilla de pazte, bordón en la mano y a la espalda el bastimento, la tuja y las candelas resguardadas en caña de castilla.

Y bajó con su novia, la Candelaria Reinosa, descalza ella, calzado él, ella chapuda, blanquita y él trigueño prieto, ella con hoyuelos de nance en las mejillas y él con bigotes pitudos, caídos de lado y lado de la boca, ella con olor a toma de agua y él hediendo a pixtón y a chivo, ella mordiendo una hojita de romero y él humando su tamagaz con los ojos haraganes de contento, tardo el oído y apocado el tacto para empozarse el gusto de tenerla cerca.

Gential. Chalerío. Flores de candelaria. Rosarios de rapaduritas cruzados como cananas de balas dulces en los pechos mozos. Las figuritas de los güipiles hechas de bulto con azúcar de colores en las cajetas de antojos de colación. El pan de maxtate con ajonjolín.

Machojón recordaba que había tenido que desatar muchas veces el ñudo del pañuelo en que llevaba los reales, para irle mercando de todas estas chucherías y agrados a la Candelaria Reinosa. De los hombros del jinete a los herrajes del macho en que iba montado a la pedimenta de su novia, era una sola masa de sombra la que trotaba por los llanos. Dos estrellas llevaba el macho cerca de los ijares, temblando al compás de su trotar, y el jinete todas las espuelas del cielo del lado y lado de los ojos, en los sentidos, que son los ijares del pensamiento. Pero no eran estrellas, sino luciérnagas, espuelitas de luz verdosa, gordezuelas como choreques.

Una mancha de chapulín con fuego, se dijo Machojón,

y agachó la cabeza para esconder la cara de aquella lluvia de insectos luminosos. Las luciérnagas le golpeaban el sombrero de petate, encasquetado hasta las orejas, igual que si le lloviera granizo de oro con alas. El macho resoplaba como fuelle en herrería para abrirse paso entre el chisperío que iba en aumento. Machojón echó de ver el pixcoy a su izquierda y se santiguó con la mano en que llevaba la rienda.

¡Urr... pixcoy... urr! Triste eco de las chachajinas. Hostigoso vuelo descuadernado de los pájaros en la luz de hueso de muerto de las luciérnagas, semejantes a nubes de langostas. Sin arrimo el aúllo de los coyotes. Agujereante el canto de los guácharos. Las liebres a saltos. Los venados de serrín de luna en la lumbre rala.

Machojón tanteó el chisperío volador. Seguía en aumento. Iba que ni palo gacho para defender la cara. Pero ya le dolía el pescuezo. El macho, la albarda, la zalea, las árganas en que llevaba los presentes para la Candelaria Reinosa se quemaban sin despedir llama, humo ni olor a chamusquina. Del sombrero le chorreó tras las orejas, por el cuello de la camisa bordada, sobre los hombros, por las mangas de la chaqueta, por los empeines velludos de las manos, entre los dedos, como sudor helado, el brillo pabiloso de las luciérnagas, luz de principio del mundo, claridad en que se veía todo sin forma cierta.

Machojón, untado de lumbre con agua, sintió que le temblaba la quijada como herradura floja. Pero el sangolotearse de sus manos era peor. Se enderezó para ver de frente, con la cara destapada, al enemigo que lo estaba luciando y un riendazo de fuego blanco lo cegó. Le clavó las espuelas al macho con toda la fuerza y agarró aviada, mientras no lo apearan, incrustado en la albarda, a tientas...

Mientras no lo apearan seguiría siendo una luminaria del cielo. De los hormigueros salían las tinieblas.

IV

La Vaca Manuela, los amigos de los regadillos de Juan Rosendo, los hermanos de la Candelaria Reinosa, el alcalde de Pisigüilito, todos juntos para tener valor. El señor Tomás cerró los ojos cuando le dijeron que Machojón había desaparecido. Se quedó como machucado. Sin decir palabra se desangraba por dentro.

Muchas veces se restregó el pañuelo en las narices chatas, la Vaca Manuela, con los ojos hinchados de llorar. El alcalde de Pisigüilito deshacía como arenitas en el piso de ladrillo con la punta del zapato. Alguien sacó un manojo de cigarros de doblador y humaron.

—Se lo tragó la tierra —dijo el alcalde con la voz tanteada para no herir mucho al señor Tomás, agregando, mientras soltaba todo el humo del cigarro oloroso a higo, por la nariz—: Por buscarlo no quedó dónde buscarlo, dónde se pudiera decir aquí no lo buscamos, hasta bajo las piedras, y en los barrancos no se diga, visto que fuimos rastreando hasta ver atrás de la cascada que queda por las manos de los pajonales de piedra blanca.

—El consuelo es que se haya ido a rodar mundo —terció un hermano de la Candelaria Reinosa—; conocí un hombre que andaba rodando tierra, medio desnudo, con el pelo largo como mujer y barba, comía sal como el ganado y despertaba a cada rato, porque hasta dormido uno debe sentirse ajeno a la tierra en que está echado cuando no es su tierra, y no se debe hallar el sueño descansado de cuando se acuesta uno en su mera patria, donde puede quedarse dormido de fijo, cuerpeando pa siempre la tierra onde lo han de enterrar.

—Inoficiosidades son todas esas que están hablando —cortó el señor Tomás—; a mi hijo lo mampuestearon y hay que ver ónde prende zopilotera o jiede a muerto, para levantar el cadáver.

—Es la opinión del coronel Chalo Godoy —adujo el alcalde moviendo, como autoridad que era, la vara de borlas negras en la mano derecha y no sin cobrar cierto aplomo de palabra al mentar el nombre del Jefe de la Expedicionaria en campaña—. Mandé un correo propio desde Pisigüilito hasta donde él está para que le dieran parte de lo sucedido con Machojón, y él me mandó recaudo sobre que si tuviera mucho cuidado porque la guerra con los indios sigue.

—Sigue y seguirá —remachó el señor Tomás, cortado en su palabra por la Vaca Manuela que ahogando sollozos en su pañuelo, entredijo:

—¡Ay!, del ¡ay, de Dios del alma!...

—Sigue y seguirá pero ya no con nosotros. Los Machojones se acabaron. Se acabó la guerra para los Machojones. Mijo el Macho, pa que vean ustedes, fue el último de los Machojones, el mero último... —y con la voz que se le hacía carne y hueso en la ternilla de la nariz, entre sollozo y moco de lágrima, añadió—: Se acabó la semilla, caparon a los machos, porque uno de los machos no se portó como macho, por eso se acabaron los Machojones.

En un cuero de res extendido en el corredor, se oía caer el maíz que con un shilote desgranaba un muchacho janano. El shilote hacía en la mazorca lo que la máquina de rapar en su cabeza, cuando lo pelaba su padrino, el señor Tomás. El maíz desgranado sonaba al caer en el cuero, entre el gruñir de los coches y los aspavientos de las gallinas espantadas a gritos por el janano que mostraba los dientes por el labio rasgado:

—Ñingado coche... gallina...

La Vaca Manuela salió a callar al janano y la casa quedó en silencio, como deshabitada. Los amigos, los hermanos de la Candelaria Reinosa, el alcalde, fueron saliendo, sin despedirse del señor Tomás que se chupaba las lágrimas, sentado en su butaca de cuero, de espaldas a la puerta.

Con la mano del corazón agarrada a un chorizo y el cuchillo con que iba a cortarlo de una sarta de chorizos, en la derecha, se quedó Candelaria Reinosa en el corredorcito de su casa que daba al camino, donde, cada vez que mataban sus hermanos, se improvisaba, sobre un mostrador de cañas, un expendio de carne de coche.

Otras partes del animal lucían desangrándose en un mecate tendido de horcón a horcón, la frita en una marqueta y la manteca en un bote de lata.

El muchacho al que Candelaria Reinosa despachaba el chorizo, se quedó mirando que no lo cortaba por ponerle asunto a una mujer que le hablaba desde el camino. La cara negra, el pelo enmarañado y la ropa mantecosa de la mujer contrastaban con sus dientes blancos como la manteca.

—Sí, niña, los que salieron a quemar, quién se lo dice a usté, vieron entre las llamas a don Macho montado; dicen que dicen que eiba con vestido de oro. El sombrero, la chaqueta, la albarda, hasta las herraduras de la bestia doradas. Una preciosidad. Por lo riendoso dicen que dicen que lo conocieron. Ya se acuerda usté cómo era cuando andaba a caballo. Merecía. ¡Qué hombre para ser hombre, María Santísima!... Hace dos días fui a ponérselo en conocimiento a la señora Vaca Manuela, pero me echó juerte. Sólo a usté, me dijo, le puede caber en la cabeza que Machojón se aparezca onde queman el monte pa sembrar méiz. Ansina es que me dijo. Ésas son bolencias de aguardiente, encomiéndose a Dios. Y más que seyan, niña, pero yo también salí al monte y vide al finado Machojón entre las llamas, entre las humazones de la roza. Adiós, nos dijo con el sombrero en la mano y le metió las espuelas al macho. Todo de oro. Y ésa fue barrida. El fuego lo seguía como chucho lanudo haciéndole fiestas con la cola del humo.

—Y eso, ¿aquí cerca? —preguntó Candelaria Reinosa, sin cortar el chorizo que le había pedido el muchacho, pálida, con los labios blancos como hojitas de flor de izote.

—Pues le sé decir que lejos. Pero después le he visto

aquí cerca. Para los muertos no hay cerca ni lejos, niña. Y se lo vine a contar pa ver de hacerle una oración, porque el finado era persona que a usté, pues quizás entuavía no le indifiere.

El filo del cuchillo que tenía en la mano del corazón trozó la pita mantecosa de la sarta de chorizos. En una tira de hoja de plátano se la despachó al muchacho que esperaba con una moneda de cobre en la mano.

El color del camino de tierra blanca, finísima como ceniza que el aire levantaba a veces en nubes cegadoras, era el color de la niña Candelaria Reinosa, desde que desapareció Machojón.

Si no veía por otros ojos que los del Macho, ¿por qué veía ahora sin sus ojos? Su gusto de mujer sola, el domingo, era pasarse el día con los párpados cerrados a la orilla del camino y abrirlos de repente, cuando, después de oír a distancia pasos de caballerías, éstas se acercaban, con la remota esperanza de que en una de tantas fuera Machojón, ya que, como decían otros, puede que se haya ido a rodar tierra, a pasar a caballo por todos los caminos del mundo.

—Dios se lo pague, siempre estuvo bueno que me lo dijera —contestó a la mujer, después de recibir la moneda de manos del chico que se alejó de la improvisada venta de carne de coche levantando una gran polvareda, seguido de un chucho, y se entró a su casa, hasta que otra voz dijo—: ¡Ave María! ¿No hay quien despache?...

La mujer aquella había desaparecido del camino, con su pelo alborotado, su traje negro, sucio, y sus dientes blancos como la manteca. Con una paleta larga despachó Candelaria Reinosa media libra de los dientes de aquella mujer fantasma, en la manteca blanca, y un poco de chicharrón. En la romana de canastillos puso de un lado la pesa ajustada con postas de escopeta y en el otro, sobre hoja de plátano, la manteca. Y como la compradora era algo su conocida, le contó, mientras escogía los chicharrones, que Machojón estaba apareciéndose donde quemaban para sembrar, montado en su macho, todo de oro, desde la copa del sombrero hasta las herraduras de la bestia. Y viera que dicen que se ve regalán, como ver al Apóstol Santiago.

La compradora acogió el relato ensalivando un chicharrón, antes de mascarlo y como es peligroso llevarles la contra en lo que dicen a los que están chiflados o enamorados, le respondió que sí, con la cabeza, sin abrir los labios.

En lo empinado de un monte ardían las rejoyas, mientras iba cayendo la tarde. Era una vena azul el cielo y eso hacía que se viera el fuego de la roza color de sol. Candelaria Reinosa cerró los ojos en el corredorcito de su venta de marrano. El camino terminó por borrarse esa tarde como todas las tardes, no del todo. Los caminos de tierra blanca son como los huesos de los caminos que mueren en su actividad por la noche. No se borran. Se ven. Son caminos que han perdido lo vivo de su carne que es el paso por ellos de las romerías, de los rebaños, de los ganados, de los marchantes, de los patachos, de las carretas, de los de a caballo, y se quedan insepultos para que por ellos pasen las ánimas en pena, los que andan rodando tierra, los cupos, la montada, los príncipes cristianos, los reyes de las barajas, los santos de las letanías, la escolta, los presos amarrados, los espíritus malignos...

Cerró los ojos Candelaria Reinosa y soñó o vido que de lo alto del cerro en que estaban quemando bajaba Machojón en su macho cerrero, las árganas con agua graciosa y quesadilla y el sombrero oloroso y medio que ella se lo dejaba en las rodillas, para que el cuerpo le güeliera ocho días.

V

Los mozos le entraban al huatal a machetazos, para romper la continuidad de la vegetación montés, con espacios hasta de tres brazadas, en los que de consabido se detenía el fuego de la quema. Las rondas, como llamaban a estos espacios pelados, se veían como fajas de enormes poleas tendidas de cerro a cerro, de un campo a otro, entre la vegetación condenada a las llamas y la que sólo asistiría con pavor de testigo al incendio.

El señor Tomás Machojón no paraba en su casa, interesado en las rozas de los terrenos que sin mucho hablar cedía a los medieros para siembra de maíz, desde que supo que su hijo se aparecía en lo mejor de las quemas, montado en su macho, todo de oro, de luna de oro la chaqueta, de luna de oro el sombrero, de lo mismo la camisa, de lo mismo los zapatos, los estribos de la albarda, las espuelas como estrellas y los ojos como soles.

En sus dos piernas flojas, lampiño, pañoso, arrugado, con un cigarrito de tuza en la mano o en la boca, iba y venía el señor Tomás como tacuatzín averiguando quiénes iban a pegar fuego, dónde y cuándo a fin de estar él presente entre los que salían a cuidar el llamerío en las rondas, listos para apagar con ramas las chispas que el aire volaba sobre los espacios pelados por ser peligroso, si no se apagaban las chispas, que prendiera todo el monte.

Los ojos bolsonudos del señor Tomás temblaban como los de un animal caído en la trampa, al resplandor de los fuegos que se regaban en revueltos ríos de oro enloquecido por la sopladera del viento, entre los chiriviscales, las pinadas y los demás palos. El fuego es como el agua cuando se derrama. No hay quien lo ataje. La espuma es el humo del agua y el humo es la espuma del fuego.

La humazón borraba por ratos al señor Tomás. No se veía ni el bulto del anciano padre que busca a su hijo entre los resplandores del fuego. Como si se hubiera quemado. Pero en el mismo sitio o en otro, cercano o distante, resaltaba parado, mirando fijamente el fuego, la cara tostada por la brasa del incendio, las pestañas y el pelo canches de los chamuscones, sudando a medianoche o en las amanesqueras, igual que si le hicieran sahumerios.

El señor Tomás volvía a su casa con el alba y se embrocaba a beber agua en la pila en que bebían las bestias. El líquido cristal reflejaba su cara huesosa, sus ojos hinchados y enrojecidos de ver fuego y sus pómulos, y la punta de su nariz, y el mentón de la barba, y sus orejas, y sus ropas, negras de tizne.

La Vaca Manuela lo recibía siempre con la misma pregunta:

—¿Viste algo, tata?

Y el señor Tomás, después de frotarse los dientes con un dedo y soltar la buchada de agua fresca con que se enjuagaba, movía la cabeza negativamente de un lado a otro.

—¿Y los otros lo ven, tata?

—¿Lo vidieron?, les pregunto yo todas las mañanas. Y me contestan que sí. El único que no lo ve soy yo. Es puro castigo. Haberse uno prestado... Mejor me hubiera bebido yo el veneno... Vos fuiste la mal corazón... El Gaspar era mi amigo... ¿Qué daño, defender la tierra de que estos jodidos maiceros la quemen?... ¡Güeno que venadeó un puntal!... Salpicón hicieron a los brujos, y ni por eso: la maldición se cumple. Hasta el janano lo vido anoche. ¡Ñi, es él, me decía. Ño Maño-on!... Y pegaba de saltos señalándomelo entre las llamas y gritando: ¡Ñorado! ¡Ñorado! ¡Todo ñorado! Yo por más que abrí los ojos, por más que me chamusqué la cara, por más que tragué humo, sólo vide el fuego, el cair de los árboles por cientos, la humazón lechosa, la lumbrarada baldía...

El viejo se tumbaba en su butaca y un rato después, vencida la cabeza sobre el pecho o abandonada para atrás en el respaldo del mueble, se quedaba dormido, como escapado de un incendio, mugroso de hollín, hediendo a pelo quemado y en la ropa agujeros negros, traza de las chispas que le habían volado encima y que los mozos le apagaban a ramazos, con puños de tierra, o con agua de sus tecomates.

Fue un verdadero alivio que pasara la época de quemar para las siembras. El señor Tomás se dedicó a ver las cositas de la hacienda: hubo que herrar unas novillas, cambiar algunos pilares a la casa, apadrinar algunos bautizos y echarle sus gritos a tiempo al lucero del alba, para que no se lerdeara.

El agua de las primeras lluvias los agarró sembrando a todos. Se había quemado en vicio y la mano no andaba. Tierras nuevitas, puras vírgenes, en las que daba gusto ver cómo se iba el azadón. La milpa va altear luego y lindamente, se repetían unos a otros, mientras sembraban. Si hoy no salimos de pobres, bueno, pues no hay cuándo. Y babosos que fueron al principio echándole a la contrariedad con el viejo chocho. Ellos que no veían al Macho entre las llamas, porque en realidad no lo veían, y el viejo porfiándoles que sí y dándoles tierras para que quemaran bosque y bosque. El buen corazón les hizo mover la cabeza afirmativamente y ése fue el hule: el viejo se les pegó a verlos quemar, les dio licencia para fueguear sin lástima ni medida donde no había entrado hombre y desentendiéndose de ellos al último, sin medirles las cuerdas, sin cerrar ningún trato. Siembren, es que les dijo, y después arreglamos cuentas.

Machojón, según decir de esta nube de maiceros, paseaba entre las llamas y el humear de las rozas, como el torito después que arde la pólvora, vestido de puntito de oro, de lucecitas titilantes, la cara de imagen, los ojos de vidrio, el ala del sombrero levantada de adelante, y decían que suspiraba, que por las puntitas de las espuelas le salía el suspiro lloroso, casi palabra.

A un maicero llamádose Tiburcio Mena lo corrieron del campamento porque de pie los andaba amenazando con irle a soplar al señor Tomás que se estaban burlando de él, que no veían más de lo que él veía, o sea una preciosidad de palos convertidos en antorchas de oro, tizón de sangre y penacho de humo.

Pablo Pirir se le enfrentó a Tiburcio Mena, con el machete pelado en la mano y en el retozo del pleito es que le dijo:

—Ve, mierda, ahuecá el lugar entre nosotros, porque si no aquí no más te jeteas con la tierra...

El Tiburcio Mena se puso color de apazote, sudó feo y esa misma noche recogió sus cosas del campamento y desapareció. Mejor ido que muerto. Pablo Pirir ya debía tres muertes, y evitar no es cobardía.

Lo salado fue sentarse a que lloviera. Las nubes gateaban sobre los cerros y la oscurana del agua, verdosa allá arriba, porque no hay que hacerle, lo verde cae del cielo, alabanciaba la tierra, pero no caía. Amagaba el agua y no más. Los hombres, gastados los ojos de mirar por encima de los cerros, empezaron a mirar pal suelo, como chuchos que buscan güeso, en la aflicción de adivinar al través de la tierra si no se habría secado la semilla. Hasta se habló entre ellos de castigo de Dios por haber engañado al viejo Machojón. Y hasta pensaron bajar a la casa grande y arrodillarse ante el señor Tomás a pedirle perdón, con tal que lloviera, a esclarecerle una vez por todas que ellos no habían visto al Machojón en las quemas y si le habían dicho así, era para no contrariarlo y para que les diera buenas tierras en que sembrar. El viejo, si le hablamos, nos quitará la mitad de la fanega. De perderlo todo a perder la mitad. Mientras lo tengamos agraviado no llueve y si pasan más días se echará a perder todo. Así decían. Así hablaban.

La lluvia los agarró dormidos, envueltos en sus ponchos como momias. Al principio les pareció que soñaban. De tanto desear el agua la soñaban. Pero estaban despiertos, con los ojos abiertos en la oscuridad, oyendo los riendazos del cielo, la bravencia de los truenos y ya no se pudieron dormir, porque les tardaba el día para ver sus tierras mojadas. Los chuchos se entraron a los ranchos. El agua también se entró a los ranchos, como chucho por su casa. Las mujeres se les juntaron. Hasta dormidas le tenían miedo a la tempestad y al rayo.

El agradecimiento debe oler, si algún huele tiene, a tierra mojada. Ellos sentían el pecho hinchado de agradecimiento y cada rato decían de pensada: «Dios se lo pague a Dios». Los hombres, cuando han sembrado y no llueve se van poniendo lisos, las mujeres les sufren el mal carácter, y por eso qué alegre sonaba en los oídos de las mujeres medio dormidas el aguaje que estaba cayendo en grande. El pellejo de sus chiches del mismo color que la tierra llovida. Lo negro del pezón. La humedad del pezón con leche. Pesaba la chiche para dar de mamar como la tierra mojada. Sí, la tierra era un gran pezón, un enorme seno al que estaban pegados todos los peones con hambre de cosecha, de leche con de verdad sabor a leche de mujer, a lo que saben las cañas de la milpa mordiéndolas tiernitas. Si llueve, ya se ve, hay filosofía. Si no, hay pleito. Una bendición de siembras. Lo parejito que puntearon con los primeros aguaceros. Algo nunca visto. Sesenta fanegas iba a sacar cada quien. Al cálculo, sesenta. Tal vez más. Nunca menos. Y el frijol, cómo no se iba a dar bien si allí se daba silvestre, con la semilla que trujeron. De fama la semilla que trujeron. Y ayote va a haber que es gusto. Hasta para botar. Y tal vez que siembren la segunda. Chambones si no aprovechan ahora. Probado estaba que Dios no les tomó a mal que engañaran al viejo. Engañar al rico es la ley del pobre. La prueba era el invierno tan regüeno. Ni pedido ex profeso. Pues, hombre. Cuando asemos elotes. Así decían, creyendo que tardaría el tiempo, y hoy ya los estaban asandito a fuego manso, porque arrebatado no sirve. ¡Pa mí, está pura riata este tunquito, mi compañero!, dijo con los dientes sucios de granos de maíz tierno soasado, Pablo Pirir, el que hizo cambiar de estaca al Tiburcio Mena.

El sol con mal de ojo, chelón. Costaba un triunfo que se medio orearan los trapitos. Pero eso qué portaba. Nada. Y en cambio el llover parejo significaba mucho.

Lujo de agua que alentaba la risa de los que sólo sabían reír con los dientes de las mazorcas una vez al año.

—¿Qué hay por ay, vos, Catocho?

—De hablar, dicís vos... Hay nada. Que el señor Tomás siguió trastornado, que se doblaron a unos maiceros delanteando de Pisigüilito, por el Corral de los Tránsitos, y salió la montada a echarles plomo a los indios de Ilóm. Unos Tecún, parecen los cabecillas; pero no se sabe.

—Y el precio del méiz indagaste.

—Está escaso. Hora vale.

—¿Ónde lo igeron?

—Fuide en varias partes a preguntar si tenían méiz y a cómo daban.

—Eso sí estuvo bueno, porque así supiste. Sos un fletado, vos, fulano. El todo está en que el méiz tenga un precio este año. Yo vo a esperar que esté punto caro para vender el mío y así te consejo, porque cosecha como ésta una vez en la vida y más que se repitiera, cosecha en la que no vamos a ir porlos con el señor Tomás Machojón, no hay seguido, porque a los ricos jamás se les miltomateya el sentido.

—En los llanos de Juan Rosendo, bía fiesta.

—Cuentá qué fiesta bía. De pie andan rumbiando esas gentes. Son famosas sus fiestas.

—No supe. Nada más vide que estaban boqueando unas de sanchomo y el culebrero de las mujeres que bailaban con jonografo, que lo aventajan para allá, que lo aventajan para acá.

—Y vos, bravo.

—Si ni me apié de la bestia.

—Pero hombre, haberte arrimado pa que te dieran un trago. No indagaste, pues.

—Tal vez celebración de bautizo. A quien vide allí jué a la niña Candelaria Reinosa, la prometida de don Macho. Está algo desmandada, pero es bonita, yo la quisiera pa mí.

—Pues si el méiz se vende caro, te la concedo. A un rico no se le dice que no. Vos con reales en la bolsa y un par de guarazos entre pecho y espalda, la convencés en seguida.

—¿Se te hace?

—Apostaría mi cabeza.

—Lo malo es que dicen que hizo promesa de no casarse, de serle fiel al difunto amor.

—Pero es mujer, y entre la piedra de moler y la mano de la piedra de moler, quebranta muchos maicitos todos los días, para hacerles las tortillas a sus hermanos, y en una de tantas esa promesa del difunto que vos decís, cae entre los maicitos cocidos, y la quebranta.

Entre las milpas que a toda priesa echaban mazorcas aparecieron unos muñecos de trapos viejos que crucificaron la alegría maicera de los pájaros y las palomas rastrojeras. Las piedras de las hondas de pita zumbaban al cortar el aire filudo en el silencio tostado de los maizales en sazón, entre las parvadas de torditos, clarineros, sanates y cuacochos que venían a buscar granos para sus buches y sus nidos.

El janano trajo al viejo a que viera los espantajos. El señor Tomás Machojón, llevado de la mano por el muchacho, recorría el milperío sólo por reírse como un bobo de los muñecos de trapo, saludado de lejos por los maiceros desconfiados.

Algo andaba haciendo el viejo. Casual que por mirar los espantajos anduviera ronciando los maizales. Quizá medía las fanegas con la vista, al mirujeo, o por pasos, a la paseada. Tantos pasos, tantas cuerdas, de tantas cuerdas, tantas fanegas, la mitad para él. Ellos que ya habían consentido en no darle la mitad de la troje.

El viejo conversaba a pujiditos con el janano, a quien preguntaba qué significado tenían aquellos Judas milperos, sin cara, sin pies, algunos hechos con sólo el sombrero y la chaqueta.

—¡Ñecos! —le gritaba el janano mostrando sus dientes por el labio hendido, como si su risa de niño la hubieran partido de una cuchillada para siempre.

—Hueléle el fundillo...

—¡Chis, ñasco!

—¿Cómo crees que se llama este sombrerudo? —le preguntó el viejo con cierta intención.

El janano agarró una piedra y se la tiró al muñeco que por su sombrero grande parecía un mexicano.

—Ño digo que se llama... —dudó el chico, su labio leporino tuvo una contracción de pez al que se arranca el anzuelo, pero ante la necedad del viejo, soltó lo que pensaba— ...ño digo que se ñama, Maño-ón...

En la rajadura del labio, sus incisivos como dos enormes mocos adelantaron un filo de risa fría.

El señor Tomás se le quedó prendido de la cara, mirándolo. Al respirar el pobre viejo, se chupaba los cachetes salados de tanto pasarles por encima el llanto. Ya no tenía muelas. Sólo las encias clavadas de raigones. Y en las encías se le pegaba por dentro el pellejo de la boca en cuanto se disgustaba o afligía. Los locos y los niños hablan con la verdad. El Machojón de oro, para estas gentes sencillas, se había vuelto un espantapájaros. Dos palos en cruz, un sombrero viejo, una chaqueta sin botones, y un pantalón con una pierna completa y la otra cortada en la rodilla a rasgones.

El janano lo ayudó a levantarse de la piedra en que se había sentado y regresaron de noche hasta la casa grande haciéndose los quites de los sarespinos que de día parecen tener escondidos los shutes, como tigres, y sacarlos al oscurecer para herir al que pasa.

—Ya por aquí doblaron —dijo el viejo.

A la luz de la tarde amarillona se notaba un repentino cambio en la estatura de las matas de maíz, erguidas antes y ahora todas tronchadas a la mitad, dobladas para que acabaran de secar bien.

—Mañana van a seguir doblando... —añadió el señor Tomás, pero la palabra «doblando», que dijo en el sentido maicero de doblar la milpa, le hizo recordar, al oírla, el eco de las campanas que doblaban a muerto en el pueblo, hasta dejar zonza a la gente. Tilán-tilón, tilán-tilón, tilón tilón, tilón...

Se detuvo, volvió a mirar a su espalda varias veces

para reconocer el camino y suspiró antes de repetir con mala intención:

—Mañana van a seguir doblando...

La mano del que violentamente quiebra la mata de maíz, para que la mazorca acabe de sazonar, es como la mano que parte en dos el sonido de la campana, para que madure el muerto.

El viejo no durmió. La Vaca Manuela vino sin hacer el menor ruido hasta la puerta del cuarto de Machojón, adonde el señor Tomás había pasado su cama, y como no viera luz, acercó el oído. La respiración, fingidamente tranquila del viejo, llenaba la pieza. Hizo una cruz con la mano y le echó la bendición a la oscurana en que dormía su hombre: «Jesús y María Santísima me lo acompañen y libren de todo mal», dijo entre dientes y se fue a su cuarto. Al acostarse buscó una toalla para taparse la cara, por si las ratas le pasaban encima. Estaba tan abandonada la casa, desde la desaparición de Machojón, que las ratas, las cucarachas, las chinches, las arañas, vivían en familia con ellos. Apagó el candil. A la mano de Dios y la Santa Trinidad. El ronquido gangoso del janano y las carreras de las ratas, verdaderas personas por el ruido que hacían como si arrastraran muebles, fue lo último que oyó.

Un bulto con espuelas, gran sombrero y chaqueta guayabera salió del cuarto de Machojón. No era tan alto como el Macho, pero sí la pegaba, sí podía pasar por él. En la caballeriza ensilló una bestia y... arriba. La cabalgadura apenas hizo ruido al salir, guiada por unos bordos de llano que orillaban el patio empedrado. Sin parar, como una sombra, el viejo paseó por los regadillos de Juan Rosendo, por las calles de Pisigüilito, donde ahora vivía la Candelaria Reinosa. Aquí oyó voces. Allá vio bultos. Que vieran, que oyeran. Luego se internó en los maizales secos y les pegó fuego. Ni un loco. El mechero del señor Tomás estornudaba chispas al dar la piedra de rayo con el eslabón. ¡Aaaa... chis... pas! Y no para prender el cigarro de tuza que llevaba en la boca apagado, sino para que agarrara llama el milperío.

Y no por mal corazón, sino para pasear entre las llamas montado en el macho y que lo creyeran Machojón. Se manoteó la cara, el sombrero, las ropas, apagándose las chispas que le saltaban encima, mientras otras volaban a prenderse como ojitos de perdiz a las ropas de seco sol y seca luna, seca sal y seca estrella de almidón con oro de los maizales. En las barbas de las mazorcas, en las axilas polvosas de las hojas y las cañas amoratadas, al madurar, en la sed de las raíces terrosas, en las flores, baldíos banderines escarabajeados de insectos, el fuego nacido de las chispas iba soltando llama. El rocío nocturno despertó luchando por atrapar, en sus redes de perlas de agua, las moscas de luz que caían del chispero. Despertó con todas las articulaciones dormidas en ángulos de sombra y echó sus redes de trementina de plata llorosa sobre las chispas que ya eran llamas de pequeños fuegos que se iban comunicando a nuevos focos de combustión violenta, fuera de toda estrategia, en la más hábil táctica de escaramuzas. En la hojarasca sanguinolenta por el resplandor del llamerío, ligosa de niebla, caliente de humo, se oían caer las gotas del agua nocturnal con perforantes sonidos de patas de llovizna hasta el hueso de las cañas muertas, revestidas de telas porosas que tronaban como pólvora seca. Una luciérnaga inmensa, del inmenso tamaño de los llanos y los cerros, del tamaño de todo lo pintado con milpa tostada, ya para tapiscar. El señor Tomás detenía el macho para verse las manos doradas, las ropas doradas, como dicen que se veía Machojón. Ya todo el cielo era una sola llama. Abalanzamiento del fuego que no respeta cerco ni puerta. Árboles que se hacían reverencias para caer abrasados sobre la vegetación boscosa que resistía, en medio del calor sofocante, el avance del incendio. Otros que ardían como antorchas de plumas en total olvido de que eran vegetales. Poblados de tantos pájaros eran pájaros, y ahora pájaros de plumas brillantes, azules, blancas, rojas, verdes, amarillas. De las tierras sedientas brotaban chorros de hormigas para combatir la claridad del incendio. Pero era inútil la tiniebla que salía de la tierra en forma de hormiga. No se apaga lo que ya está prendido. Cañas, centellas, dientes de maíz en mazorca contra diente de maíz en mazorca, a las mordidas. Y como hilos de suturas que saltaran en pedazos, las culebras. Tumores ichintalosos de güisquilares. Ayotales de flores secas. Monte enjuto de flores amarillas. Frijolares en camino de la olla y la manteca al calor del fuego, de los aspavientos del fuego en la cocina. Y decir que era el mismo, el manso amigo de los tetuntes, el que andaba ahora suelto, como toro bravo entre la humazón. El señor Tomás iba y venía sobre la desobediencia del macho cerrero y ojiblanco, por donde lo llevaba el macho, sin guardarse la piedra de rayo, insignificancia de la que saltó, no más grande que el ojo de un maíz, la chispa del relámpago regado por el suelo torteado de los campos planos, por los cauces bejuqueros de las quebraditas y los trepones de las montañas afines a las nubes. Oro vivo, oro polen, oro atmósfera que subía al fresco corazón del cielo desde el braserío lujurioso que iba dejando en las tierras sembradas de maizales, cueros de lagartos rojos. Por algo había sido él y no otro el que chamuscó las orejas de tuza de los conejos amarillos que son las hojas de maíz que forman envoltorio a las mazorcas. Por eso son sagradas. Son las protectoras de la leche del elote, el seminal contento de los azulejos de pico negro, largo y plumaje azul profundo. Por algo había sido él y no otro el hombre maldito que condujo por oscuro mandato de su mala suerte, las raíces del veneno hasta el aguardiente de la traición, líquido que desde siempre ha sido helado y poco móvil, como si guardara en su espejo de claridad la más negra traición al hombre. Porque el hombre bebe oscuridad en la clara luz del aguardiente, líquido luminoso que al tragarse embarra todo de negro, viste de luto por dentro. El señor Tomás, que desde que desapareció Machojón, muerto, huido, quién sabe, se había vuelto como de musgo, apocado, sin novedad, sin gana de nada, era esta noche un puro alambre que le agarraba la juventud al aire. La cabeza erguida bajo el sombrero grande, el cuerpo hasta la cintura como en corsé de estacas, las piernas en el vacío hasta lo firme de cada estribo, y las espuelas hablándole al macho en idioma telegráfico de estrella. La respiración mantiene el incendio de la sangre que se apaga en las venas, cavidades con hormigas de donde sale la noche que envuelve al que muere en la traición más oscura. La muerte es la traición oscura del aguardiente de la vida. Sólo el viejo parecía ir viviendo ya sin respirar, de una pieza de oro jinete y cabalgadura, como el mismo Machojón. Le atenazaba el sudor. Le llenaba el humo las narices y la boca. Lo ahogaban con estiércol. Y una visión totopostosa, rajadiza atmósfera sofocante, lo cegaba. Sólo veía las llamas que se escabullían igual que orejas de conejos amarillos, por pares, por cientos, por canastadas de conejos amarillos, huyendo del incendio, bestia redonda que no tenía más que cara, sin cuello, la cara pegada a la tierra, rodando; bestia de cara de piel de ojo irritado, entre las pobladas cejas y las pobladas barbas del humo. Las orejas de los conejos amarillos pasaban sin apagarse por los esteros arenosos de aguas profundas, huyendo del incendio que extendía su piel de ojo pavoroso, piel sin tacto, piel que consume lo palpable al sólo verlo, lo que habría sido imposible desgastar en siglos. Por las manotadas de las llamas felpudas, doradas al rojo, pasaban los jaguares vestidos de ojos. El incendio se enjagua con jaguares vestidos de ojos. Bobosidad de luna seca, estéril como la ceniza, como la maldición de los brujos de las luciérnagas en el cerro de los sordos. Costó que los maiceros, después de abrir rondas aquí y allá, improvisadamente, con riesgo de sus vidas, ayudados por sus mujeres, por sus hijos pequeños, se convencieran que era inútil querer atajar la quemazón de todo. Se convencían, sí, al caer por tierra exhaustos, revolcándose en el sudor que los chorreaba, que les quemaba las fibras erectas de sus músculos calientes de rabia contra la fatalidad, sin explicarse bien lo que bien veían medio tumbados, tumbados a ratos y a ratos resucitados para luchar con el fuego. Las mujeres se mordían las trenzas, mientras les rodaba por las mejillas de pixtón pellizcado a las más viejas, el llanto.

Los chicos, desnudos, se rascaban la cabeza, se rascaban la palomita clavados en las puertas de los ranchos, entre los chuchos que ladraban en vano. El fuego agarraba ya el bosque y se iba encendiendo la montaña. Todo empezaba a navegar en el humo. Pronto agarrarían mecha los maizales del otro lado de la quebrada. En la cima se veían los bultitos humanos recortados en negro contra la viva carne del cielo, batallando por salvar esos otros maizales, destruyendo parte de las tostadas milpas, barriendo con ellas, sin dejar en las brechas más que la pura tierra. Pero no les dio tiempo. El fuego trepó y bajó corriendo. Muchos no pudieron escapar, cegados por la lumbre violenta o chamuscados de los pies, y las llamas los devoraron sin grito, sin alarido, porque el humo se encargaba de taparles la boca con su pañuelo asfixiante. Ya no hubo quien defendiera los cañales de la hacienda. Los cuadrilleros que llegaron de los regadillos de Juan Rosendo no se arriesgaron. El aire está en contra, decían, y con sus palas y sus picas y azadones en las manos, contemplaban alelados la chamuscazón de cuanto había: caña, milpa, bosque, monte, palos. De Pisigüilito llegó la montada. Sólo hombres valientes. Pero ni se apearon. A saber quien jugó con el fuego, dijo el que hacía de jefe, y la Vaca Manuela que estaba cerca, envuelta en un pañoloncito de lana, le contestó: El coronel Godoy, su jefe, fue el que jugó con fuego, al mandarnos a mi marido y a mí a envenenar al Gaspar Ilóm, el varón impávido que había logrado echarle el lazo al incendio que andaba suelto en las montañas, llevarlo a su casa y amarrarlo a su puerta, para que no saliera a hacer perjuicio. Se lo voy a decir a mi coronel, para que se lo repita usté en su cara, respondió el otro. Si tuviera cara, la Vaca Manuela le arrebató la palabra, estaría aquí frente al fuego, ayudándonos a combatir la desgracia que nos trujo por el favor que le hicimos. El muy valeroso cree que estando lejos va a salvarse de la maldición de los brujos de las luciérnagas. Pero se equivoca. Antes de la séptima roza, antes de cumplirse las siete rozas, será tizón, tizón como ese árbol, tizón como la tierra toda de Ilóm que arderá hasta que no quede más que la piedra pelada, veces por culpa de las quemas, veces por incendios misteriosos. Lo cierto es que los bosques desaparecen, convertidos en nubes de humo y sábanas de ceniza. El que hacía de jefe de la montada le echó el caballo encima a la Vaca Manuela y la tumbó. Los cuadrilleros intervinieron a favor de la patrona. Machetes, máuseres, caballos, hombres a la luz del incendio. Los cuadrilleros se cogían con los dientes la manga zurda de la camisa al sentirse heridos por las balas de los máuseres y las rasgaban para tajarse la sangre con los trapos. Ya también ellos habían logrado apiar a machetazos a dos jinetes, pero eran como catorce, contados así al vistazo. Los maizales que no habían agarrado fuego, tronaban con sólo el calor de la inmensa hoguera, antes de prender, y ya encendidos, seguían remedando el martilleo de los máuseres. Los machetes al vuelo de una mano a otra, pasaban, brillantes, rojos por la colorada que teñía los caballos de los jinetes heridos y empezaba a formar pocitos de sangre en el suelo. Las gentes son como tamales envueltos en ropa. Se les sale lo colorado. El bagazo seco del incendio que seguía rodando con su cara de ojo inflamado a la velocidad del viento, les empezó a secar la boca. Pero seguían peleando. Los heridos pisoteados por las bestias. Los muertos como espantajos de maizal caídos, ya agarrando fuego. Seguían peleando los cuadrilleros con los de la montada sin fijarse que el incendio los había ido cercando en una parte algo elevada del terreno. La casa de la hacienda, las caballerizas, las trojes, los palomares, todo estaba en llamas. Bestias y animales huían despavoridos hacia el campo. El fuego se había volado el posteado de los cercos que rodeaban la casa. Las alambradas con las púas rojas, se garapiñaban, algunas pegadas a los postes hechos tizones, otras ya libres de la grapa. ¿Cuántos hombres quedaban? ¿Cuántos caballos? La lucha entre autoridad y cuadrilleros cambió de pronto. Ni autoridad ni cuadrilleros. Los máuseres sin tiros y los machetes romos, así se disputaban hombres con hombres los caballos para escapar de morir quemados. Las culatas de las armas, los machetes doblados, pero sobre todo las uñas y los dientes, los brazos que se enroscaban como piales alrededor del cuerpo, del cuello de los rivales, las rodillas cuyas choquezuelas se hacen punta para golpear, para rematar. Poco a poco, todos aquellos hombres feroces en medio de un mar de fuego, fueron desplomándose, unos definitivamente, otros revolcándose del dolor de las quemaduras, o los golpes, otros derrotados por el cansancio, con una cólera fría en los ojos, mirando a los caballos que se abrían paso a través de las cortinas de fuego, para ponerse a salvo, sin jinetes, bestias de humo con crines de oro que tampoco alcanzaron la segura orilla. Las piernas flacas quemadas en un fustán de ceniza, la cabeza sin orejas con algún mechón de pelos, también ceniza, y las uñas abarquilladas, fue todo lo que se pudo levantar del suelo en que cayó la Vaca Manuela Machojón.

Venado de las Siete-rozas

VI

—Por lo visto no ha pasado el de las Siete-rozas.

—No. Y en de quiá que estoy. ¿Cómo sigue mi nana?

—Mala, como la viste. Más mala tal vez. El hipo no la deja en paz y la carne se le está enfriando.

Las sombras que así hablaban desaparecieron en la tiniebla del cañal una tras otra. Era verano. El río corría despacio.

—Y qué dijo el Curandero...

—Que qué dijo, que había que esperar mañana.

—¿Pa qué?

—Pa que uno de nosotros tome la bebida de veriguar quien brujió a mi nana y ver lo que se acuerda. El hipo no es enfermedad, sino mal que le hicieron con algún grillo. Ansina fue que dijo.

—Lo beberás vos.

—Sigún. Más mejor sería que lo bebiera el Calistro. Es el hermano mayor. Mesmo tal vez así lo mande el Curandero.

—Mesmo pué; y si llegamos a saber quién le hizo daño a mi nana con ese embrujamiento de grillo...

—¡Callate mejor!

—Sé lo que estás pensando. Igualito pensaba yo. Algún ninguno de esos maiceros.

Apenas se oía la voz de los vigiadores en el cañal. Hablaban al atisbo del Venado de las Siete-rozas. A veces se oía el viento, respirar delgado del aire en algún guachipilín. A veces las aguas del río que piaban en los rincones de las pozas, como pollitos. De un lado a otro se hamaqueaba el canto de las ranas. Sombra azulosa, caliente. Nubes golpeadas, oscuras. Los tapacaminos, mitad pájaros, mitad conejos, volaban aturdidos. Se les oía caer y arrastrarse por el suelo con ruido de tuzas. Estos pájaros nocturnos que atajan al viajero en los caminos, tienen alas, pero al caer a la tierra y arrastrarse en la tierra, las alas se les vuelven orejas de conejos. En lugar de alas estos pájaros tienen orejas de conejos. Las orejas de tuza de los conejos amarillos.

—Y qué tal que el Curandero volviera hoy mismo, ansina se sabe luego quién le trafica ese grillo en la barriga a mi nana.

—Sería bien bueno.

—Si querés yo voy por el Curandero y vos de aquí te vas a avisarle a mis hermanos, para que estemos todos cuando él llegue.

—Se nos pasa el venado.

—¡Que lo ataje el diablo!

Las sombras se apartaron al salir de la tiniebla del cañal. Una se fue siguiendo el río. Dejaba en la arena marcada la huella de los pies descalzos. La otra trepó más aprisa que una liebre por entre los cerros. El agua corría despacio, olorosa a piña dulce.

—Es menester un fuego de árboles vivos para que la noche tenga cola de fuego fresco, cola de conejo amarillo, antes que el Calistro tome la bebida de averiguar quién hizo el perjuicio de meterle por el ombligo un grillo en la barriga a la señora Yaca.

Así dijo el Curandero, pasándose los dedos uñudos como flautas de una flauta de piedra, por los labios terrosos color de barro negro.

Los cinco hermanos salieron en busca de leña verde. Se oyó su lucha con los árboles. Las ramas resistían, pero la noche era la noche, las manos de los hombres eran las manos de los hombres y los cinco hermanos volvieron del bosque con los brazos cargados de leños que mostraban signo de quebradura o desgajamiento.

Se encendió la hoguera de leña viva que les pidió el Curandero, cuyos labios de barro negro fueron formando estas palabras:

—Aquí la noche. Aquí el fuego. Aquí nosotros, reflejos de gallo con sangre de avispa, con sangre de sierpe coral, de fuego que da las milpas, que da los sueños, que da los buenos y los malos humores...

Y repitiendo estas y otras palabras, hablaba como si matara liendres con los dientes, entró al rancho en busca de un guacal para dar al Calistro la toma que traiba en un tecomate pequeño, color güegüecho verde.

—Que se junte otro fuego en el rancho, junto a la enferma —ordenó al volver con el guacal, mitad de calabaza lustrosa por fuera y por dentro morroñosa.

Así se hizo. Cada hermano robó un leño encendido a la hoguera de árboles vivos que ardía en el descampado.

Sólo Calistro no se movió. En la media oscurana, junto a la enferma, era mero como ver un lagarto parado. Dos arrugas en la frente estrecha, tres pelos en el bigote, los dientes magníficos, blancos, largos, en punta, y muchos granos en la cara. La enferma se encogía y se estiraba con trapos y todo sobre el petate sudado, mantecoso, al compás del elástico del hipo que le traficaba dentro, en las entrañas y el alma salida a sus ojos escarbados de vieja, en muda demanda de algún alivio. No valió el humo de trapo quemado, no valió la sal que se le dio como a ternero con empacho, no valió que pegara la lengua a un ladrillo mojado con agua de vinagre, no valió que le mordieran los dedos meñiques de la mano, hasta hacerle daño, el Uperto, el Gaudencio, el Felipe, todos sus hijos.

El Curandero vació en el guacal el agua de averiguar y se la dio al Calistro. Los hermanos seguían la escena en silencio, uno junto o otro, pegados a la pared del rancho.

Al concluir la toma —le pasó por el güergüero como purgante de castor—, el Calistro se limpió la boca con la mano y los dedos, miró a sus hermanos con miedo y se hizo tantito a la pared de cañas. Lloraba sin saber por qué. El fuego se iba apagando en el descampado. Sombras y luzazos. El Curandero corría a la puerta, alargaba los brazos hacia la noche, sus dedos como flautas de piedra, y volvía a pasar las manos abiertas sobre los ojos de la enferma, para alentarle la mirada con la luz de las estrellas. Sin hablar, por sus gestos de hombre que conocía los misterios, pasaban tempestades de arena seca, desmoronamientos de llanto que lo sala todo, porque el llanto es salado, porque el hombre es salado por el llanto desde que nace, y vuelos alquitranados de aves nocturnas, uñudas, carniceras.

La risa del Calistro interrumpió el ir y venir del Curandero. Le chisporroteaba entre los dientes y la escupía como fuego que le quemara por dentro. Pronto dejó de reírse a carcajadas y fue de quejido en quejido a buscar el rincón más oscuro para vomitar, los ojos salidos, crecidos, terribles. Los hermanos corrieron tras el hermano que después del estertor había caído al suelo con los ojos abiertos color de agua de ceniza.

—Calistro, quién fue el que le hizo el mal a mi nana...

—Oy, pues, Calistro, decinos quién le metió a nanita el grillo en el estómago...

—Habla, decinos...

—Calistro, Calistro...

Mientras tanto la enferma se encogía y estiraba con trapos y todo sobre el petate, flacuchenta, atormentada, elástica, el pecho en hervores, los ojos ya blancos.

A instancias del Curandero, habló Calistro, habló dormido.

—Mi nanita fue maleada por los Zacatón y para curarla es necesario cortarles la cabeza a todos ésos.

Dicho esto, cerró los ojos.

Los hermanos volvieron a mirar al Curandero y sin esperar razón, escaparon del rancho blandiendo los machetes. Eran cinco. El Curandero se acuñó a la puerta, bañado por los grillos, mil pequeños hipos que afuera respondían al hipo de la enferma, y estuvo contando las estrellas fugaces, los conejos amarillos de los brujos que moraban en piel de venada virgen, los que ponían y quitaban las pestañas de la respiración a los ojos del alma.

Por una callecita de zacate tierno desembocaron los cinco hermanos, al salir del cañaveral, en un bosque de árboles ya algo ruines. Ladridos de perros vigilantes. Aúllo de perros que ven llegar la muerte. Gritos humanos. En un decir amén cinco machetes separaron ocho cabezas. Las manos de las víctimas intentaban lo imposible por desasirse de la muerte, de la pesadilla horrible de la muerte que los arrastraba fuera de las camas, en la sombra, ya casi con la cabeza separada del tronco, sin mandíbulas éste, aquél sin orejas, con un ojo salido el de más allá, aliviándose de todo al ir cayendo en un sueño más completo que el sueño en que reposaban cuando el asalto. Las hojas filosas daban en las cabezas de los Zacatón como en cocos tiernos. Los perros fueron reculando hacia la noche, hacia el silencio, desperdigados, aullantes.

Cañaveral de nuevo.

—¿Cuántas tres vos?

—Yo traigo el par...

Una mano ensangrentada hasta el puño levantó dos cabezas juntas. Las caras desfiguradas por los machetazos no parecían de seres humanos.

—Me quedé atrás, yo traigo una.

De dos trenzas colgaba el cráneo de una mujer joven.

El que la traía daba con ella en el suelo, arrastrándola en los tierreros, golpeándola en las piedras.

—Yo traigo la cabeza de un anciano; ansina debe ser porque no pesa mucho.

De otra mano sanguinolenta pendía la cabeza de un niño, pequeñita y deforme como anona, con su cofia de trapo duro y bordados ordinarios de hilo rojo.

Al pronto llegaron al rancho, empapados de rocío y sangre, la cara pendenciera, el cuerpo tembloroso. El Curandero esperaba con los ojos de par en par sobre las cosas del cielo, la enferma de hipo en hipo y el Calistro dormido y los ojos de los chuchos andando en la atmósfera, porque aunque estaban echados, estaban despiertos.

Sobre ocho piedras, al alcance del fuego que en el interior del cuarto seguía ardiendo, se colocaron las cabezas de los Zacatón. Las llamas, al olor de la sangre humana, se alargaron, escurriéndose de miedo, luego se agazaparon para el ataque, como tigres dorados.

Un repentino lengüetazo de oro alcanzó dos caras, la del anciano y el niño. Chamusco de barbas, bigotes, pestañas, cejas. Chamusco de la cofia ensangrentada. Del otro lado, otra llama, una llama recién nacida, chamuscó las trenzas de la mujer Zacatón. El día fue apagando la hoguera sin consumirla. El fuego tomó color tierno, vegetal, de flor que sale del capullo. De los Zacatón quedaron sobre los tetuntes ocho cabezas como jarros ahumados. Aún apretaban los dientes blancos del tamaño de los maíces que se habían comido.

El Curandero recibió un buey por el prodigio. A la enferma se le fue el hipo, santo remedio, al ver entrar a sus hijos con ocho cabezas humanas desfiguradas por las heridas de los machetazos. El hipo que en forma de grillo le metieron los Zacatón por el ombligo.

VII

—A lo visto no ha pasado el de las Siete-rozas.
—No, y en de quiá que estoy. ¿Cómo sigue Calistro?
—Nanita lo llevó onde el Curandero otra vez.
—Calistro dio el sentido por la vida de mi nana.
—Dice, cuando no está llorando, que tiene nueve cabezas.
—Y el Curandero, vos supiste lo que dijo.
—Lo dejó sin remedio, salvo que se le dé caza al Venado de las Siete-rozas.
—Decirlo es fácil.

Sobre un mes que Calistro ronda la casa del Curandero y sus hermanos andan a la atalaya del Venado de las Siete-rozas en el cañal. Calistro va desnudo, va y viene desnudo, los cabellos en desorden y las manos crispadas. No come, no duerme, ha enflaquecido, parece de caña, se le cuentan los cañutos de los huesos. Se defiende de las moscas que lo persiguen por todas partes, hasta sangrarse, y tiene los pies como tamales de niguas.

—Hermano, venite, ya no esperés al de las Siete-rozas.
—¡Haceme el favor, no ves que estoy sentado en él!
—¡Venite, hermano, Calistro mató al Curandero!
—Por asustarme no lo digás...
—Es hecho...
—Y cómo lo mató...
—De la quebrada subió con el cadáver desnudo arrastrándolo de una pata...

El que estaba sobre el Venado de las Siete-rozas, Gaudencio Tecún, arrecho por su buena puntería y orgulloso de su escopeta, se fue deslizando de sobre el animal, hasta quedar por el suelo tendido, sin habla, pálido como si le hubiera dado vahído. El hermano que trajo la noticia de la muerte del Curandero lo sacudía para que le volviera el aliento a la cara. Lo llamaba a gritos. Y de no ser que le gritó su nombre, ¡¡¡Gaudencio Tecún!!!, con todos los pulmones, se le va de la tierra, de la familia, de la pena de puercoespín en que estaban.

Gaudencio Tecún, al grito de su hermano, abrió los ojos y al sentir cerca de su brazo el cuerpo del venado muerto, alargó la mano para acariciarle con los dedos las pestañas entre-rubias, la nariz de nogal, el belfo, los dientecillos, los cuernos de ébano, las siete cenizas del testuz, el mascabado de la pelambre, los ijares y alguna gordura delante de los testículos.

—¡Pior si a vos también se te juyó el sentido! ¿Ónde se ha visto que se le haga cariño a un animal muerto? ¡No sias bruto, parate y vonós, que dejé a mi nana en el rancho con el difunto y el loco de Calistro!

Gaudencio Tecún se despenicó en los ojos del sueño que sentía, parpadeando, para decir con palabras tanteadas:

—No fue Calistro el que ultimó al Curandero.

—¡Qué sabes vos!

—Al Curandero lo maté yo.

—Y caso no vide yo con mis ojos a Calistro salir arrastrando el cadáver, y caso vos no estabas aquí vigilando al venado y caso...

—Al Curandero lo maté yo, las tuyas son visiones.

—Vos matarías al Venado de las Siete-rozas, no se desmiente; pero al Curandero, aunque digás que son visiones, lo mató Calistro; por fortuna que todos vieron, que a todos les consta y que al Calistro no se le culpa en nada, porque es loco.

Gaudencio Tecún se enderezó frente a su hermano Uperto —era más bajito que él—, se sacudió los pantalones, sucios de tierra y monte, y doblando el brazo, para llevarse la mano izquierda al corazón, al tiempo de sacar el pecho de ese lado, palabra por palabra le dijo:

—El Curandero y el venado, para que vos sepás, eran énticos. Disparé contra el venado y ultimé al Curandero, porque era uno solo los dos, énticos.

—No se me esclarece; si me lo explicás te entiendo. El Curandero y el venado... —Uperto levantó las manos y apareó los dedos índices, el de la derecha y la izquierda—, eran de ver un dedo gordo formado por dos dedos.

—Nada de eso. Eran el mismo dedo. No eran dos. Eran uno. El Curandero y el Venado de las Siete-rozas, como vos con tu sombra, como vos con tu alma, como vos con tu aliento. Y por eso decía el Curandero cuando estaba nanita con el mal del grillo que era menester cazar el Venado de las Siete-rozas para que se curara, y agora con el Calistro lo volvió a repetir, lo dijo otra vez.

—Énticos, decís vos, Gaudencio, que eran.

—Como dos gotas de agua en un solo trago. En un suspiro iba el Curandero de un lugar a otro...

—Eiba en forma de venado...

—Y por eso supo al momentito la muerte del cacique Gaspar Ilóm.

—Le servía entonce, eso de ser hombre y venado. Le servía, pué... Ni atiempaban los enfermos. Era llamándolo y ya estaba con la medecina de zacates que andan lejos. Llegaba, veía al enfermo y se iba a la costa a traer el remedio.

—Pero, ¿cómo te explicas entonce al Calistro con el cadáver?

—Pues igual. Dende días lo andaba ronciando el Calistro; debe haberlo perseguido hoy en la tarde por la quebrada y antes que lo alcanzara se le volvió venado y de venado se vino corriendo sólo a que yo le metiera el postazo de escopeta.

—Talmente, onque el mortal no dejó aquí el cuerpo. El cuerpo apareció allá.

—Es lo que pasa siempre en este caso. El que tiene la gracia de ser gente y animal, al caso de perder la vida deja su mero cuerpo donde hizo la muda y el cuerpo animal onde lo atajó la muerte. El Curandero se le volvió venado al Calistro, y allá, al darle yo el postazo, dejó su forma humana, porque allí hizo la muda, y aquí vino a dejar su forma de venado, donde yo lo atajé con la muerte.

—Será cosa esa.

—Adelantate y le ves la cicatriz...

—Hecho. Me esperás en el camino. Escondé bien la escopeta.

—De juerza, la guerra sigue.

Gaudencio Tecún regresó los ojos al vuelo —se había quedado contemplando el cañal que en la noche clara era como ver agua verde— y puso el sentido en el rancho de su nana, allacito estaba y por aquí se oía.

Charás... Charás... Charás...

Paró la oreja para orientarse dónde quedaba el rancho por las barridas que le daba el viento remolón al guarumo que alentaba en el patio. Los grillos contaban las hierbas, las hierbas contaban las estrellas, las estrellas contaban el número de pelos que tenía el loco en la cabeza, el loco de Calistro que también se oía gritar a lo lejos.

A la babosa me hice ya de otro muerto —se dijo pronunciando las palabras; estaba solo—, de haber sabido no tiro... ¡Venado de las Siete-rozas, riendoso ibas! Y... —esto ya pensando, sin hablarlo— tendré de fuerza que regresar a despertarlo antes de la medianoche; malobra la que me buscó la suerte; y despierta o lo entierro...

Se sonó. Los dedos le quedaron engusanados de mocos y resuello de monte húmedo. Escupió amargo mientras se los limpiaba en el sobaco. Y con el brazo metido en una cueva, tanteando fondo para dejar escondida el arma, lo topó su hermano Uperto, que volvía de verle la cicatriz al muerto, acezoso, que le tardaba el llegar.

—Puro cierto lo que venías cuenteando, vos, Gaudencio —le gritó—; el Curandero tiene el postazo tras la oreja zurda, mero como el Venado, no se podía pedir más cabalencia, justo tras la oreja zurda. Por supuesto que al que no sabe la mauxima se le disimula entre los raspones que le dio Calistro al sacarlo arrastrando de una pata.

—Y allá están mis hermanos —indagó Gaudencio con la voz oscura.

—Saliendo yo, llegaba Felipe —contestó Uperto; por la cara le bajaba el sudor de la carrera que había echado del rancho a donde estaba Gaudencio escondiendo el arma.

—Y Calistro qué se hizo.

—Lo amarramos al tronco del guarumo para que no haga perjuicio. Él dice que otro mató al Curandero, pero como está fuera de sus sentidos ninguno le hace caso, luego que lo vidieron salir arrastrando al muerto.

Gaudencio y Uperto echaron a andar en dirección del rancho.

—Ve, Gaudencio Tecún —gritó Uperto después de algunos pasos; Gaudencio iba delante; no volvió a mirar, pero oyó—, lo del Venado y el Curandero sólo los dos lo sabemos.

—Y Calistro...

—Pero Calistro está loco...

Sólo Gaudencio y Uperto Tecún saben a ciencia cierta quién ultimó al Curandero. Sus hermanos ni lo sospechan. Menos su nana. Mucho menos las demás mujeres de la familia, las que torteaban en la cocina periqueando sobre el suceso. Un trastorno aquel palmearse unas a otras, llamándose como se llama a las tortilleras cuando pasan por la calle, con palmaditas de mano. El sudor les raja la cara de barro sumiso. Les brillan los ojos ribeteados de colorado de ocote, por culpa del humo. Crío a la espalda, unas. Otras panzonas, esperando hijo. Las trenzas en culebrerío sobre la cabeza. Todas con los brazos alistonados y escamosos de aguachigüe.

—Y aquí están ustedes, ooo... y no envitan...

Las torteadoras volvieron a mirar, sin dejar de palmear. Gaudencio Tecún asomaba por la puerta de la cocina.

—Yo les traiba un traguito, si alcaso quieren.

Les agradecieron.

—Si hay un cristal que se acomida alguna de todas.

—¡Amor cuánto vales! —exclamó la más joven y

alcanzando el vaso a Gaudencio, echó el resto—: ¿Por qué no decir yo quiero tal cosa, sin venir a cuentos que buenos son para que los crean otras?

—¡Lástimas al desprecio se llama esa manera de hablar; prestá el cristal para vaciar el trago, y dejate de plantas!

—¡Se echa de ver, ni que estuviera tan de más en el mundo, ni que sólo vos fueras el hombre y todos los demás mujeres, para hacerme el favor!

—¡Mancita!

—¡Caballo el que habla!

—¡Entonces yegüita la que contesta!

—¡Liso!

—Y de repente te robo, no decís.

—¡Gente es tanate!

—¡Gente estruida, pero, vos, pura del monte!

—Dernos el dedalito, pues, si nos lo va a dar —intervino la molendera—; yo estoy con algo de cólico; mejor si es anisado...

—Es...

—Yo también le recibo el favor —dijo otra muchachona, mientras la molendera se limpiaba las manos en el delantal para recibir el vaso—; me asusté mucho al ver que el Calistro subía con el Curandero arrastrándolo, como a un espantajo de esos que ponen en las milpas.

—Nemiga, ¿vos estabas lavando? —preguntó Gaudencio Tecún a la joven que se le reía en la cara, con los dientes color de jazmín, los labios pulposos, la nariz recogida y dos hoyuelos en las mejillas después de las palabras que cambiaron de entrada, palabra uno y palabra otro.

—Sí, vos, nemigo malo —contestó aquélla, dejando de reír y sin disimular un suspiro—, torciendo unos trapitos estaba cuando asomó el loco con el muerto. Lo verde que se pone una cuando se muere. Servime otro trago.

—Sabido —dijo Gaudencio al tiempo de empinar la botella de anisado en el vaso de cristal, hasta hacer dos dedos—. La sangre animal se vuelve vegetal antes de volverse tierra, y por eso se pone uno verde al pronto de morirse.

En el patio oloroso a perejil se oían los pasos del loco. Somataba los pies bajo el guarumo, como si anduviera a oscuras con el árbol a cuestas.

—Nana —murmuró Uperto en el cuarto donde habían tendido al Curandero: yacía el cuerpo en un petate tirado en el suelo, cubierto con una chamarra hasta los hombros y la cara bajo sombrero—. Nana, no se halla uno a ver gente muerta.

—Ni trastornada, mijo.

—No se hace uno a la idea de que la persona que conoció viva, sea ya difunta, que esté y no esté; que es como están los muertos. Si los muertos más parece que estuvieran dormidos, que fueran a despertar al rato. Da no sé qué enterrarlos, dejarlos solos en el camposanto.

—Mejor me hubieran dejado morir del hipo. Bien muerta estuviera y mijo bien bueno, con su razón, su peso. No me jalla ver al Calistro loco. Cuerpo que se destiempla, mijo, ya no sirve para la vida.

—El tuerce, nana, el puro tuerce.

—Docena de varoncitos eran ustedes, siete en el camposanto y cinco en vida. Calistro estaría alentado como estaba y yo haciéndole compañía a mis otros hijos en el cementerio. Las nanas cuando tenemos hijos muertos y vivos, de los dos lados estamos bien.

—Por medecinas no ha quedado.

—Dios se lo pague a todos ustedes —murmuró muy bajito y después de un silencio contado con lágrimas que eran notas graves de compases de ausencia, se apuró a buscar palabras para decir—: La única esperanza es el Venado de la Siete-rozas, que se deje agarrar un día de éstos para que Calistro vuelva a sus cabales.

Uperto Tecún desvió los ojos de los ojos de su nana y los puso en el fuego de ocote que alumbraba al muerto, no fuera a leerle lo del venado en el pensamiento, aquel manojito de tuzas envuelto en trapos negros, con la cabeza blanca y ya casi sin dientes, su nana.

Una señora asomó en ese momento. Entró sin hacer

ruido. Se fijaron en ella cuando apeaba el canasto que traía en la cabeza, doblándose por la cintura, para ponerlo en el suelo.

—¿Qué tal, comadrita? ¿Qué tal, señor Uperto?

—Con el pesar, qué le parece. ¿Y por su casa, comadre, cómo están todos?

—Viera que también un poco fatales. Donde hay criaturas no se halla qué hacer con las enfermedades, porque si no es uno, es otro. Le traje una papitas para el caldo.

—Ya se fue a molestar, comadre, Dios se lo pague; y el compadre, ¿cómo está?

—Que días que no anda, comadrita. Le cayó hinchazón en un pie y no hay modo que le corra.

—Pues ansina estuvo Gaudencio hace años, de no poder dar paso, y después de Dios, sólo la trementina y la ceniza caliente.

—Eso me decían, y anoche se lo iba a hacer yo, pero no quiso. Hay personas que no se avienen a los remedios.

—Sal grande tostada al fuego manso y revolvida con sebo, también es buena.

—Eso sí no sabía, comadre.

—Pues después me lo va a contar, si un caso se lo hace. Pobre compadre, él que ha sido siempre tan sano.

—También le traiba una su flor de izote.

—Dios se lo pague. Tan buenas que salen en colorado, o en iguaxte. Siéntese por aquí tantito.

Y los tres sentados en pequeñas trozas de madera, se quedaron mirando el cuerpo del Curandero que merced a las oscuranas y vislumbres del ocote bailón, tan pronto zozobraba en la tiniebla, como salía a flote en los relámpagos.

—A Calistro lo amarraron a un palo —dijo la nana, después de un largo silencio en que los tres, callados, parecían acompañar más al muerto.

—Lo sentí al pasar por el patio, comadre. Lástima que da el muchacho sin su juicio. Pero dice mi marido, el otro día me lo estaba diciendo, que con el ojo del venado la gente vuelve en juicio. Mi marido ya vido casos. Dice que es seguro para el señor Calistro.

—De eso hablábamos con Uperto, cuando usté vino. El ojo del venado es una piedra que se les pasa por el sentido y así se curan.

—Se les pasa por las sienes bastantes veces, como alujando tuza, y mesmo bajo la cabecera de la cama les hace provecho.

—Y esa tal piedra ¿ónde la tiene el venado? —inquirió Ruperto Tecún, al que llamaban Uperto; había permanecido como ausente, sin decir palabra, temeroso de que le adivinaran la intención de ir a ver si el Venado de las Siete-rozas había vomitado esa belleza.

—La escupe el animal al sentirse herido, ¿verdá, comadre? —fue el hablar de la nana, que había sacado de la bolsa de su delantal un manojo de cigarros de tuza, para ofrecerle de humar a la visita.

—Ansina cuentan; la escupe el animal cuando está en la agonía, es algo así como su alma hecha piedrecita, parece un coyol chupado.

—Creiba, comadre, que no sabía cómo era ni me lo figuraba.

—Y eso es lo que se les pasa por el sentido hasta volverlos lúcidos —dijo Uperto. Con los ojos de la imaginación veía el venado muerto por Gaudencio, en lo oscuro del monte, lejano el monte; y con los ojos de la cara, el cuerpo del Curandero allí mismo tendido. Pensar que el venado y el Curandero eran un solo ser se le hacía tan trabajoso, que por ratos se agarraba la cabeza, temeroso de que a él también se le fuera a basquear le sentido común. Aquel cadáver había sido venado y el Venado de las Siete-rozas había sido hombre. Como venado había amado a las venadas y había tenido venaditos, hijos venaditos. Sus narices de macho en el álgebra de estrellas del cuerpo azuloso de las venadas de pelín tostado como el verano, nerviosas, sustosas, sólo prestas al amor fugaz. Y como hombre, de joven, había amado y perseguido a las hembras, había tenido hijos hombrecitos llenos de risa y sin más defensa que su llanto. ¿Quiso más a las venadas? ¿Quiso más a las mujeres?

Asomaron otras visitas. Un viejo centenario que preguntaba por la Yaca, nana de los muchachos Tecún, muchachos y ya todos eran hombres con hijos y reverencias. En el patio se oía el rondar del loco. Somataba los pies bajo el guarumo, enterrando los pasos en la tierra, como si anduviera con el árbol a memeches.

Otros dos Tecún, Roso y Andrés, conversaban a un ladito del rancho. Ambos con el sombrero puesto, encuclillados, machete pelado en mano.

—¿Humás, Ta-Nesh?

Andrés Tecún, a la pregunta de su hermano dejó quieto el machete que jugaba de un lado a otro rasurando al pulso los zacates que le quedaban cerca, y sacó un manojo de cigarros de tuza, más grandes que trancas.

—Te cuadran éstos.

—Por supuesto. Y me das brasa.

—Con gusto. Yo también te acompaño.

Andrés Tecún se puso el cigarro en la boca, sacó el mechero y ya fue de echar chispas la piedra de rayo al dar contra el eslabón, hasta encender una mecha que parecía cáscara de naranja sacada en culebrita, y con brasa de la mecha encender los cigarros.

Andrés Tecún recogió el machete y siguió trozandito las hierbas sólo por encima. Los cigarros encendidos se veían en la oscuridad como decir ojos de animal del monte.

—Y entre nos, vos, Roso —Andrés hablaba sin dejar en paz el machete—, al Curandero no lo mató Calistro: tras la oreja tiene un postazo y aquél no cargaba arma.

—Me fijé que le dimanaba sangre de por la oreja; pero, por Dios, Ta-Nesh, que no había pensado en eso que me estás diciendo.

—Es la guerra que sigue, hermano. Que sigue y seguirá. Y nosotros sin con qué defendernos. Te vas a acordar de mí: nos van a ir venadeando uno por uno. Dende que murió el cacique Gaspar Ilóm que nos madrugan. Es un perjuicio el que le haya podido el coronel Godoy.

—¡Hombre maldito, no lo mentés! ¡Sólo matándolo volvería a ser bueno; Dios nos dé licencia!

—Bien chivados nos tiene...

—Y eso que nosotros, hermano, las del buey, sólo pa bajo...

—La guerra sigue. En Pisigüilito, según dicen, son bastantes los que no creen que Gaspar Ilóm haya hecho viaje al otro mundo con sólo tirarse al río. El hombre parecía un pescado en el agua y fue a salir más bajo, onde la montada ya no podía darle alcance. Debe estar escondido en alguna parte.

—Eso de darse culas uno mismo con la esperanza, que sea cierto lo que uno quiere, eso quiere uno siempre. Lástima, pues, que no sea así. El Gaspar se ahogó, no porque no supiera nadar —como vos decís era un pescado en el agua—, sino porque en lugar de gente, en el campamento encontró cadáveres, los habían hecho picadillo, y esto le dolió a él más que a ninguno, porque era jefe, y entonce comprendió que su papel era también irse con los que ya estaban sacrificados. Sin darle gusto a la patrulla, se echó al río como una piedra, ya no como un hombre. Vas a ver que cuando el Gaspar nadaba, primero era nube, después era pájaro, después sombra de su sombra en el agua.

Callaron Roso y Andrés Tecún. En el silencio se oía el ir y venir de los machetes que eran parte de la respiración de aquellos hombres. Seguían jugandito, trozando las hierbas.

—El cacique le hubiera podido al coronel ese, si no le mata a su gente —expuso Roso a manera de conclusión escupiendo casi al mismo tiempo una brizna de tabaco que le había quedado en la lengua.

—Desde luego, luego, que sí —afirmó Andrés que ya jugaba el machete con el ánimo inquieto— y la guerra está en eso, en que uno se ha de matar al pleito y no como lo hicieron con él, dándole veneno como a un chucho, y como lo están haciendo con nosotros, allí tenés al Curandero: mampuesta, plomazo y ni quien te eche tierra. La ruindad de no tener armas. ¡Cuestarse vivo y no saber si amanece, amanecer y no saber si anochece! Y siguen sembrando maíz en la tierra fría. Es la pobreza. La peor pobreza. Las mazorcas se les debían volver veneno.

A la familia entera se le aliviaba algo, no sabía qué, cuando el loco dejaba de pasearse bajo el guarumo. Dolorón tan de todos. Calistro se detenía largos momentos bajo las orejas verdes del árbol cosquilloso de viento, a olfatear el tronco y babeaba palabras con las quijadas tiesas, la lengua de loroco, la cara de siembra escarbada por la locura, y los ojos abiertos totalmente.

—¡Luna colorada!... ¡Luna colorada!... ¡Taltucita yo!... ¡Taltucita yo!... ¡Fuego, fuego, fuego... oscurana de sangre cangrejo... oscurana de miel de talnete... oscurana... oscurana... oscurana...!

...plac, clap, plac, el ruido que hacía Gaudencio Tecún sobre el cuerpo del Venado de las Siete-rozas, al pegarle con la mano, plac, clap, plac, tan pronto aquí, tan pronto allá...

Golpecitos, cosquillas, pellizcos.

Desespera del animal que no despierta, gran perezudo, y va por agua. La trae del río en la copa de su sombrero para rociársela con la boca en la cabeza, en los ojos, en las patas.

—¡Ansina quizás vuelva en sí!

Los recostones de los árboles unos con otros hacen huir a los pájaros, vuelo que toma Gaudencio como anuncio de la salida de la luna.

¡No tarda en aparecer ese pellejo de papa de oro!

Desespera del venado que no despierta a rociones de agua y empieza a darle de golpes en el testuz, en el vientre, en el cuello.

Al sesgo cruzan las aves nocturnas, cuervos y tapacaminos, dejando en el ambiente airecito de puyones con machete, tirados a fondo.

¡Y quizás por eso es que uno se hace los quites de noche, aunque no haya naide y aunque esté dormido, por aquello de las dudas del aire!

Rociada el agua, golpeado el animal, Gaudencio se envuelve los pies, los brazos, la cabeza con hoja de caña morada y así vestido de caña dulce baila alrededor del venado haciéndole aspavientos para asustarlo.

—¡Juirte! —le dice mientras baila—. ¡Juirte, venadito, juirte! ¡Hacerle a la muerte de chivo los tamales! ¡Engatusarla!

—¡Juirte! —le dice mientras baila—. ¡Juirte, venadito, juirte en las Siete-rozas! Allá lejos me acuerdo... Yo no había nacido, mis padres no habían nacido, mis abuelos no habían nacido, pero me acuerdo de todo lo que pasó con los brujos de las luciérnagas cuando me lavo la cara con agua llovida. ¡Juirte por bien, venadito de las tres luciérnagas en el testuz! ¡Un ánimo reuto!... ¡Por algo me llamo tiniebla sanguínea, por algo te llaman tiniebla de miel de talnete, tus cuernos son dulces, venadito amargo!

Arrastra una caña de azúcar a manera de cola, va montado en ella. Así vestido de hojas de caña morada baila Gaudencio Tecún hasta que la fatiga lo bota junto al venado muerto.

—¡Juirte, venadito, juirte, la medianoche se está juntando, el fuego va a venir, va a venir la última roza, no te estés haciendo el desentendido o el muerto, por aquí sale tu casa, por aquí sale tu cueva, por aquí sale tu monte, juirte, venadito amargo!

Saca, al dar término a sus pedimentos, una candela de sebo amarillo, y la enciende con gran trabajo, porque primero hace llama en una hoja seca con las chispas del mechero. Y con la candela encendida entre las manos, se arrodilla y reza:

—Adiós, venadito, aquí me dejaste en lo hondo del pozo después que te di el hamaqueón de la muerte, sólo para enseñarte ¡cómo es que le quiten a uno la vida!

¡Me acerqué a tu pecho y oí los barrancos y me embarqué para oler tu aliento y era paxte con frío tu nariz! ¿Por qué hueles a azahar, si no eres naranjo? En tus ojos el invierno ve con ojos de luciérnagas. ¿Dónde dejaste tu tienda de venadas vírgenes?

Por el cañal oscuro vuelve una sombra, paso a paso. Es Gaudencio Tecún. El Venado de las Siete-rozas quedó en la tierra bien hondo, lo enterró bien hondo. Oía ladrar los perros, los gritos del loco y al allegarse más al plan, subiendo de la quebrada de los cañales, el rezo de las mujeres por el alma del difunto.

—Que Dios lo saque de penas y lleve a descansar... Que Dios lo saque de penas y lo lleve a descansar...

El Venado de las Siete-rozas quedó enterrado bien hondo, pero su sangre en forma de sanguaza bañó la luna.

Un lago de miel negra, miel de caña negra, rodea a Gaudencio que ha metido el brazo hasta el sobaco en la cueva en que dejó escondida el arma, que lo ha sacado tranquilo porque el arma está allí segura y que antes de avanzar por el plan hacia el rancho del velorio, después de hacer la señal de la cruz con la mano y besarla tres veces, ha dicho en alta voz, mirando a la luna colorada:

—Yo, Guadencio Tecún, me hago garante del alma del Curandero y juro por mi Señora Madre, que está en vida, y mi Señor Padre, que ya es muerto, entregársela a su cuerpo en el lugar en que lo entierren y caso que al entregársela a su cuerpo resucite, darle trabajo de peón y tratarlo bien. Yo, Gaudencio Tecún...

Y marchó hacia el rancho pensando: ...hombre que cava la voluntad de Dios en roca viva, hombre que se carea con la luna ensangrentada.

—Ve, Gaudencio, que el venado ya no está...

Gaudencio reconoció la voz de Uperto, su hermano.

—Y vos fuiste por onde estaba, pué.

—Cierto que fuide...

—Y no lo incontraste...

—Cierto que no...

—Pero si viste cuando salió rispando...

—¿Vos lo viste, Gaudencio?

—No sé bien si lo soñé o lo vide...

—Recobró la vida entonce y entonce va a recobrar la vida el Curandero. Susto que se va a llevar mi nana, cuando vea al hombre sentarse, y el susto del muerto cuando oiga que le están rezando.

—Lo que no es susto en la vida no vale gran pena. Y ve que yo sí que me asusté cuando fue medianoche. Una luz muy rara, como cuando llueven estrellas, alumbró el cielo. El de las Siete-rozas abrió los ojos, yo había ido a ver si lo enterraba por no ser un animal cualquiera, sino un animal que era gente. Abrió los ojos, como te consigno, levantó humo dorado y salió de estampida reflejando en el río color de un sueño.

—La arena, decís vos.

—Sí, la arena tiene color de sueño.

—Con razón que yo no lo encontré donde lo mataste. Fuide por si casual no había escupido esa piedra que dice mi nana que es buena para volver el sentido a los locos.

—Y, ¿encontraste algo?

—Ni riesgo al principio. Pero buscando, estaba y aquí la traigo; piedra de ojo de venado, me tarda en llevársela a mi nana para que le aluje los sentidos y la mollera al Calistro; tal vez así se aviene a curar de su trastorno.

—Fue suerte, Uperto Tecún, porque la piedra de ojo de venado, sólo la llevan los venados que no sólo son venados.

—Pues porque este Venado de las Siete-rozas era gente la llevaba, y como sirve para otros males yo a solas me he repetido que el Curandero tenía razón cuando la gravedad de nanita dixía que sólo se curaba del grillo cazando al de las Siete-rozas, y por atalayarlo vaya que no quedó, días y noches me pasé en el cañal vigilando si pasaba, la escopeta ya lista, y la muerte fue tuya, Gaudencio, porque vos te lo trajiste al suelo de un postazo, y también te trajiste al Curandero; pero no culpas porque no sabías, de haber sabido que el venado y el Curandero eran énticos no le tirás.

A la familia entera de los Tecún se les alivió todo cuando el loco dejó de pasearse bajo el guarumo. Era un dolorón tan de ellos, de dieciséis familias de apellido Tecún, habitantes del Corral de los Tránsitos, el trastorno del Calistro que se detenía a veces bajo el árbol de orejotas verdes, olfateaba el tronco y babeaba palabras que no se entendían: ¡Luna colorada! ¡Luna colorada! ¡Taltucita yo! ¡Taltucita yo! ¡Fuego, fuego, fuego! ¡Oscurana de sangre! ¡Oscurana de miel de talnete!

La nana le alujó las sienes y la mollera con piedra de ojo de venado. La cabeza del Calistro era de tamaño normal, pero por ser loco se le veía una cabezota tan grande. Grande y pesada, con dos remolinos, cayó sobre la falda negra, olorosa a guisados de la nana y se dejó, igual que un niño, al ronrón de que le quitaba los piojos, pasar y pasar el ojo de venado, hasta que estuvo en sus cabales. La piedra de ojo de venado junta los pedacitos del alma que en el loco se han fragmentado. El loco tiene la visión del que se le quiebra un espejo y en los pedacitos ve lo que antes veía junto. Todo esto lo explicaba el Calistro muy bien. Lo que no se explicaba era la muerte del Curandero. Un sueño incompleto, porque junto a él decía ver, sin poderle descubrir la cara, al que de veras lo mató, a esa persona que era sombra, era gente, era sueño. Físicamente sentía aún el Calistro haberla tenido muy cerca, oprimida contra él como un hermano gemelo en el vientre materno y haber sido parte de esa persona, sin ser él, cuando ultimó al Curandero.

Todos se le quedaban mirando al Calistro. Tal vez no estaba curado. Sólo Gaudencio y Ruperto Tecún sabían que estaba bien curado. El remedio. La pepita de ojo de venado no falla.

Coronel Chalo Godoy

VIII

Clinudo, miltomatoso y hediondo a calentura, en camisa y calsonío de manta de costal de harina, las marcas de la harina borrosas bajo los sobacos, por el fundis, sombrero de petate en forma de tumbilla, polainas de cuero y espuela sonta más al carculo que atada al calcañal escamoso, el subteniente Secundino Musús, escurría su caballo piligüe por los claritos de buen camino para medio apareársele al coronel Chalo Godoy, Jefe de la Montada, y espiarle la cara con todas las del disimulo, porque el hombre iba gran bravo y Dios guarde si lo topaba pulseándole el sentido.

Pues, ciertamente, de resultas de la patrulla que qué años que los venía alcanzando y dónde que los alcanzaba, iba gran bravo el jefe. Gran agrio iba.

Y por eso no había hablado palabra, él que era tan amigo de contar cuentos, en horas y horas que tenían de trepar por una pendiente pedregosa, triste, en la que las bestias, envejecidas de cansancio, marcaban más y más los pasos, y los jinetes, cegados por la noche, se volvían de mal corazón. El subteniente se le apareaba, le echaba la mirada de reojo y visto el semblante de disgusto del jefe, se quedaba atrás en su peque-peque.

Pero en una de tantas apareaditas, el caballo agarró trote y luego pareja, sólo para desbitocar lo amargo. Al sentir el coronel Godoy que lo venían coleando, volvió la cabeza con ojos de cangrejo coqueado y se soltó en violencias, mientras aquél luchaba por contener la bestia, apulgarado en los estribos, nalgueado por el trote.

—¡Jo... darria la tuya! A cada rato me figuro que es la patrulla la que nos alcanza y sos vos. Por no dejar de estar cansando al caballo tu compañero. Y ésos qué es lo que esperan para alcanzarnos. Deben venir pasando el agua, comiendo, guanaqueando, apeándose a cada rato con el pretexto de cincha floja, de miar, de buscarnos con la oreja pegada al suelo del camino. Y siquiera despacharan ligero. De los que dicen: purémonos que el jefecito va adelante. Eso si no se han metido a robarse las reses en las tierras. Las mujeres y las gallinas también peligran. Todo lo que es nutrimiento y amor peligra con gente voluntariosa para darle gusto al cuerpo. Sólo que estos dialtiro dicen quitá de ái: tentones, cholludos, sin respeto. Y a la preba me remito. Ya agarraron la cacha de quedarse atrás por ver qué se roban y quién los hace andar. Ni arreados. Sólo que esta vez les va a cair riata. Entre que yo para con el hígado hecho pozol y ellos a paso de tortuga. ¡Quemadera de sangre tan preciosa! Y esto que ya no es cuesta, ¿qué será, mi madre?... Palo encebado pa mulas.

El subteniente guardó silencio, mas por aquello de que el jefe lo creyera enterado de lo que decía a gritos que le saltaban de la boca como chivos dando topones, movió la nuez picuda de abajo arriba, sin tragar aire ni saliva de la angustia, sintiéndose tamañito del miedo por el acecido de su caballo que en lugar de pescuezo parecía llevar una sierra de aserrar madera.

Sensación de pelo sobre los ojos y mugre sobre la

piel al ir creciendo los cerros en la oscura claridad nocturna. La noche bajaba peinada y húmeda del alborotado cielo de las cumbres. Los cascos de las cabalgaduras resonaban, como trastos de peltre, al chocar en las piedras de los desburrumbaderos. Los murciélagos baquetaban con sus cuerpos de hule vivo, entre ramazones secas y telarañas, esqueletos cascarudos, restos de troncos carcomidos de hormigas, ceibas entre nubes de paxte. Pájaros de aire gris pasaban el pico por dientes de peines invisibles: ¡quruí! ¡quruí!... Otros de celeste pluma se dormían con el día bajo las alas y otros goteando el colirio de sus trinos en el ojo cegatón de los barrancos.

—¡Cuestón, por la grandiosísima!

—Y nos queda lo más labrado, mi coronel, aunque ya puede decir que salimos a la cumbre. Aquella ceja de encinos es mi tanteo.

—Es que ya era tiempo...

—Y de la cumbre, al lugar de «El Tembladero», que le llaman.

—Allí vamos a hacerle un tiento a la patrulla, tal vez nos alcanzan y llegamos todos juntos al Corral de los Tránsitos. Es mi veneno la gente lerda y siempre me toca gente lerda, preciosidad de mierda.

—No es sólo idea lo del Corral de los Tránsitos. Por esa zona hay mucho cuatrero, con decir que hace poquito le quitaron la cabeza a todos los Zacatón. Pero es gente necia, mi coronel. Ven el peligro y no lo evitan. El maicero de tierra fría muere pobre o matado. Y es que la tierra los castiga por mano de indio. ¿Para qué sembrar donde la cosecha es mala? Si son maiceros que bajen a la costa grande. Allí encuentran la mesa puesta, sin necesidad de echar abajo tanto palo bueno.

—«El Tembladero» no está lejos...

—Pues ya lo creo que no está lejos...

—La luna tampoco debe andar lejos...

—Pues ya lo creo que tampoco debe andar lejos...

—Ah, la puta, con el responso.

—La ordenanza, mi coronel...

—Los tapojazos que te van a llover, pedazo de petate.

Me extraña que andes mancornado conmigo y no me sepas el modo. El respeto al jefe no está en esas babosadas. Embusterías y labias se hicieron para mujeres y por eso se vuelven amujerados los melitares de escuela, por la ordenanza. Cura que se guía por el catecís, músico que toque por solfa y melitar de ordenanza no quiero ni para remedio. Es ése el punto que vos debés de saber si querés ser ascendido. La religión, la música y la milicia son cosas distintas, pero se parecen, se parecen en que las tres son de instinto, el que las sabe, las sabe y el que no, no las apriende.

Aupó la bestia que montaba con un grito:

—¡Macho bayunco!

Y añadió:

—¡Macho bruto!... Pues bien, como te iba diciéndote: el catecís, la solfa y la ordenanza se inventaron para los que sin saber lo que les suda el cuerpo que quieren ser en la vida, se meten a decir misa, se meten a cantar, se meten a querer mandar, porque se lo enseñaron, no porque lo sientan, y el arte militar es el arte de las artes, el arte de matar madrugándole al enemigo, que en la guerra como en la guerra. El arte militar es mi arte y yo les hago roncha sin haber estudiado ni rosca.

Salieron a la cumbre. La luna al rojo vivo daba luz de brasa. Las cabalgaduras se veían como barriletes volando. En el fondo del valle se adivinaban trozaduras de río, arboledas en relámpagos de loros verdes, cerros tipaches.

—¡Subteniente Musús, vista a la derecha! —gritó el coronel; emergían de la cuesta uno tras otro a una doble luz de tela fina—, la luna está a lo militar.

Secundino mirujeó en el horizonte el enorme disco ensangrentado, al tiempo de contestar:

—Sabe haber sus quemas por este tiempo, mi coronel, y ésa es la propia causa de que la luna esté pintía. A no ser los calores...

—¡Guía a la derecha he mandado, sin explicaciones,

melcocha nos volvimos ya, y saludo de ordenanza, la luna está a lo militar!

Al subteniente le dolió la tapaboca tan a tiempo; pero como según su jefe a los militares lo que más les lucía era ser cuerudos, mientras saludaba a la luna militarmente, con la mano en el ala del sombrero, dijo ganoso:

—El humo de las quemas tiñe ver sangre, mi coronel, y es como si guerrearan en la luna y hubiera muchos heridos... como si guerrearan —repitió sin poner ya mayor asunto en sus últimas palabras, fijos los ojos en una gran serpiente de árboles que parecía arrastrarse entre los cerros con ruido de retumbo. Lo que se llamaba «El Tembladero».

A don Chalo Godoy se le regó el gusto en el encaje curtido de la cara. Hablar de la guerra era su mero cuatro.

—Pues a mí me gusta este tiempo —dijo reconciliado con el subalterno—, porque me arrecuerda. Ver quemar como a estas horas es puro como ver guerrillas. El chirivisco hace ruido de balaceadera cuando arde y hay humazón, y hay resplandor de artillería en las lomas, y se ve que avanzan tropas donde el fuego priende rápido y que se repliegan apenas sopla aire contrario. Éstos son los puntos que te vengo explicando. La guerrilla es igual al fuego de la roza. Se le ataja por un lado y asoma por otro. Se le ataja por ese otro lado y asoma por otro. Guerrear con guerrillas es como jugar con fuego y si yo le pude al Gaspar Ilóm fue porque desde muy niño aprendí a saltar fuegarones, vísperas de Concepción y para San Juan. Diablo de hombre ese Gaspar Ilóm...

—Viéramos, mi coronel...

—No se le adivinaba el pensamiento caprichoso como el fuego en las rozas. Por aquí, por allá, por todas partes saltaba ardiendo su pensamiento, y había que apagarlo, y cómo se apagaba si era pensamiento de hombre en guerra.

—Viéramos, mi coronel...

—Y no es mentira. Una vez lo vi arrancar un árbol

de jocote, con sólo quedársele mirando, obra de su pensamiento, de su fuerza, y agarrarlo como escoba de patio para barrer con todos mis hombres, basuritas parecían los soldados, los caballos, las municiones...

—Viéramos, pues, mi coronel...

—Y no se me determina —dijo don Chalo con los ojos en el camino que bajaban hacia «El Tembladero», por entre piedras y tostaduras de hojas secas—, pero según asigunes de habla antigua, por aquí por donde ahora vamos pasando, por estos cerros, se entretuvo el que conmueve la tierra con meneadito de jícara a mudar agua a sus peces-montañas, tiempo que aprovechó el huracán para espantarle las colinas que llevaba a vender al infierno, ese avispero de colinas que desde aquí se ven hasta el mar.

—Se ven, mi coronel...

—Las colinas quisieran regresar al morral del Cabracán. Son avispas. Tienen voluntad de regresar. Pero no las deja el aire del mar que sopla sin descanso. Y los barrancos son los huecos que al espantarlas quedaron en el panal. Un barranco por cada avispa, por cada colina.

El macho y el caballo en que iban amo y ayudante cambiaban de postura a las orejas siguiendo las formas que tomaba el ruido de «El Tembladero» en aquel encajonamiento de cerros, caracol de abismos en que sonaba y resonaba como aguaje la somatazón del aire en los pinares. Las bestias apuntaban las orejas hacia adelante cuando el ruido que venía a su encuentro era redondo, monótono, profundo. Hacia atrás, con repentes de violencia, cuando tomaba forma de ocho. Y una oreja hacia adelante y otra hacia atrás, alternándolas, al quebrarse las formas regulares, para lo que bastaba el chajazo de un cheje entre las ramas, la efervescencia de un chiquirín, los aletazos de aflatadas aves, la voz de los jinetes, bultos que hablaban a gritos, yendo casi a la par, como de orilla a orilla de un río caluroso.

—¡Las veces que habré pasado por aquíííííí... y siempre me da miéééÉÉÉdo!

—¡Yo no conozco el miéééÉÉÉdo! ¡Explica cómo éééÉÉÉs! ¡ExplicáááÁÁÁmelo!

El subteniente se hizo el sordo, pensó dar la callada por respuesta; pero don Chalo que iba delante le recogió la rienda al macho y le da berrinche si no grita con el galillo abierto hasta los ojos y tal fuerza de pulmones que hasta por las narices le moqueó el sonido.

—¡ExplicáááÁÁÁmelo... melo, melo, melo, melo explicáááÁÁÁs... pero, pero, melo explicáááÁÁÁs!

—¡Es un insosiego que siente uno atrás de úúúÚÚÚno!

—¡Creí que adeláááÁÁÁnte!

—¡Pues segúúúÚÚÚn!

—¿Según quéééÉÉÉ?

—¡Según por dónde se sienta el instinto de huííííííír! ¡El que siente el miedo atrás, huye pa-deláááÁÁÁnte! ¡El que lo siente adelante huye pa-tráááÁÁÁs!

—¡Y el que lo siente adelante y atrás se cááá... cáááÁÁÁ... ga!

El coronel remató su grito con una carcajada rumbosa. Los cuajarones sonoros de la risa no se oyeron, mas fue pintura alegre que se le regó en la cara y hasta el macho se alborotó con un sembrón de espuelas como si hubiera atendido y también se fuera riendo. Por poco lo saca del asiento. Casi desguinda las acciones del aliño en la fuerza que hizo con los pies en los estribos, al sentirse en el aire, al arrancón de la bestia alborotada, enderezarse como pudo y seguir adelante, me detengo no me detengo.

El subteniente Musús se quedó atrás, pasmado, miltomatoso, vestido de trapos blancos, sólo ojos en el huatal ralo, ojos de miedo por todo lo que se movía alrededor de su pellejo: el huracán doble ancho, el coágulo de sangre de la luna colorada, las nubes vagantes, las estrellas mojadas, apagosas, y el monte oscuro con hediondera de caballo.

—Uno no es ninguno, no será gran cosa— se apalabró Musús al rato de andar, y como hablando con otra persona—; pero es ruin pasarse la vida a caballo, con frío, con hambre, con flato de que lo maten a uno el rato menos pensado, y zafado eso, sin cacha de nada propiamente propio, pues el que va y viene no está en condiciones de tener ni mujer; es decir, mujer que sea suya, que le haya vendido en junto, porque mujer se tiene la que va por ái va, por ái viene, pero al menudeo, y luego tener sus hijos, y su casa, y una guitarra de aquellas que cuando se charranguean parece que estuvieran sonando bucul con pisto, fuera del gran pañuelo de seda, la color de jarabe de azúcar, terciado sobre el cuello de la chaqueta nueva y agarrado mismamente en la manzana de Adán con un anillo o una pepita de guapinol con hoyo... Desertarse, pues, quién sabe, porque las ganas no me faltan, si no me dan la baja, quién sabe; caso la vida es cola de iguana que se trueza un pedazo y sale otra vez para andarla peligrando. Se pierde y se perdió. No retoña. No es título.

Ni él mismo se oía lo que decía, tal el ruido del viento huracanado al bajar de la cumbre a «El Tembladero».

En la matochada enana se alcanzaba a ver a los jinetes de la cintura a la cabeza, como figuritas de ánimas en pena. El monte anegado de lucha colorada, quién sabe si fuego del Purgatorio es el fuego colorado de la luna. Y se oía, al mermar el arrastre del viento, un como cocer hervoroso de agua producido por el vuelo pertinaz de los insectos, la cantaleta de los sapos que andaban a saltos en los lodazales de las quebradas con pozas de agua nacida, y el chillido agudo de las chicharras, más corto e implacable cuando el enemigo les abría el vientre y se las iba comiendo vivas en la tiniebla del agua de brasa producida por el reflejo cárdeno de la luna colgada entre las montañas y los cielos azules, profundos.

El bulto del jefe se enmontaba. Bueno que más adelante aparecía. Aparecía y desaparecía. Musús no le botaba los ojos de encima. Por donde el bulto iba lo miraba, lo seguía. Ni perderlo ni arrejuntársele, no fuera ser el diablo y le pegara sus riendazos al sentirlo cerca, por aquello de quitarse la cólera que llevaba contra la patrulla que no había modo que los alcanzara.

Don Chalo no movía un solo músculo de la cara. Fijos los ojos zarcos, mohosos de verde por la tarde que acababa en luna de sangre, la quijada en sus bisagras de hueso igual que puerta de golpe, el bigote atrancado sobre las comisuras, y el pensar en el recuerdo. Así iba. ¿Para qué darle vuelta a lo sucedido? Pero le daba vuelta, y vuelta, y vuelta. Bonito es el dicho de a lo hecho, pecho. Pero no hay pecho que alcance para tanta cosa como uno ha hecho. Envenenado el cacique Gaspar Ilóm, la indiada no se había defendido: la oscuridad de la noche, la falta de jefe, el asalto por sorpresa y la borrachera de la fiesta favorecían sus planes de no matar a los indios, de asustarlos solamente. Pero la montada les cayó como granizo en milpa seca. Ni para remedio dejaron uno. A lo hecho, pecho. Aunque tal vez no estuvo malo que los mataran a todos, porque el cacique se tiró al río para apagarse el fuegarón de las tripas que lo estaba matando y se contralavó el veneno. ¡Bárbaro, por poco se acaba el río! Y apareció al día siguiente, superior al veneno, y de estar los indios vivos, se pone al frente de ellos, y echa punta y bala.

Regazón de árboles en los matorrales hondos, masudos, bermejos bajo la luna color de acerola, y ampollados por el viento sabanero que levantaba en los pajonales ariscos, olas que sobre los bultos de los jinetes venían reventando en tumbos de chilcas, corronchochos y zarzamoras, entre espumarajos de barba de viejo y nubes bajas acolchadas sobre las sombras cumbreras de los higuerillos y los horcones de los palos que en los enramas se veían sin ramas.

Las bestias agarraron un hojarascal al trote, apedreadas por ruidos de animales que se desprendían de los árboles golpeando el suelo, prontos a atacar o escabullir el cuerpo con movimiento de agua por la maleza. El chorro de una cola, un molinete, chispas de luz verde, brincos de rama en rama o chilliditos de brinco en brinco, denunciaban su presencia juguetona, despierta, titilante, al caer, huir, reptar, trepar, volar, correr, saltar.

Musús cortó un barejón, el primero que topó su mano,

para apurar al caballito piligüe que no atendía palabra ni espuela cuando se pegaba al terreno con el engrudo del cansancio y la cola rala de la oscuridad que era un medio sueño.

El torrente del aire huracanado iba en aumento al acercarse a «El Tembladero». Al subteniente le zumbaban los oídos como con la quinina. Se figuraba cosas horribles. El picotearse de los palos entre las ramazones hamaqueadas por el ventarrón... pac... pac... churubússs... le cosía a las orejas el recuerdo aborrecible de las armas trasteadas a espaldas del cuatrero, a quien un momento después, la descarga se encargaba de tronchar como matocho... pac... pac... churubússs... ¡Oficio de trastornados ese, ése de los cuatreros o ése de ellos de andar matando gente por no dejar, que se entiende autoridá!

Se escarbó las orejas para botarse de lo más adentro del oído el eco de las ramas al arrastre churubússs... pac... pac... y los puntazos secos de los palos que se picoteaban pac... pac... churubússs...

En la mano sólo le quedaba el olor del varejón de la chilca. Se fue como candela. Mejor un bejuco. Y con el tanteo de no espinarse, tiró de un bejuco que al remover las ramas del árbol en que estaba, le salpicó la espalda y el sombrero de agua dormida en las hojas. Tiró del bejuco y amenazó al caballo en voz alta, porque el pensamiento se le salió en palabras al escalofriársele el cuerpo con el roción de sereno en la espalda:

—¡Jué... yegua, a bejucazos hay que hacerte andar!

El huracán cimbreaba los árbolonones, crujía la tierra con sollozo de tinajón que se raja, los follajes agrietados se lloraban de cielo sobre la masa ciega del matorral ampón y hasta la montura parecía erizarse de miedo y picar a Secundino con sus pelos de punta. Secundino, a cada envión del aire, a cada hamaqueón del suelo —por «El Tembladero» temblaba la tierra a cada rato—, apretaba las piernas a la cabalgadura, vale que las tenía como horquetas de tanto andar a caballo, no sólo para asegurarse, sino por aquello de sentir el movimiento remante de la bestia que avanzaba por el huatal cuarteado sobre su cabeza en terrones de sombra que simulaban edificios que se venían abajo o cerros que se desplomaban. Pero, a ras de lo más grave del peligro, por momentos mermaba el huracán, el cuajo del huracán, y su gran fuerza quebrada, el ventarrón. Las ramas, entonces, perdían poco a poco su vitalidad llameante, se destrenzaban los troncos elásticos y en el asiento de la oscuridad, color de brea raleada por el rescoldo de la luna que ardía como bola de fuego, todo se iba quedando quieto, cernido, quebradizo, entre desmoches apagosos, retumbos subterráneos, chachales de agua limpia y montañas de hojas que despertaban a cada alboroto de ráfaga con fragor de mancha de chapulín que lija el aire.

Musús refregó las nalgas en el asiento achicharronado de la albarda totopostosa, sin aflojar las piernas y sin apearle los ojos al bulto del jefe que desaparecía del macho cuando se botaba de espaldas, andando, andando, para contemplar a sus anchas los altísimos tragaluces abiertos entre las copas de los pinos, por donde entraban, chorros no, bueyes de luna joyante, de una luna sin cáscara colorada, de luna sin lustre de sapuyulo, de luna sin sangre.

Y por ir el jefe de espaldas sobre la montura, con los ojos en las nubes y en las aéreas sombras de los pinos rasgados por saltos de luz esplendorosa, y el ayudante siguiéndolo al bulto, no sin empinar la cabeza de tiempo en tiempo, para beberse a sorbos el paisaje de laguitos de cielo que el amo iba apurando de tesón, ni uno ni otro, antes tan atentos a los cambios del camino, echaron de menos los huatales disueltos en lluvia de grillos y sustituidos por alfombras de pino seco, regueros que el brillo de la luna convertía en ríos navegables de miel blanca, a lo largo de laderas desnudas, rodeadas de pinales, jaulas de troncos en los que loqueaba otra vez el viento enfurecido y saltaban las sombras de las ramas igual que fieras acoquinadas por el cuerear de los bejucos.

La noche como ver el día. Soledad de espejo grande.

Humo de vegetación por el suelo rocoso. Ardillas con salto de espuma de chocolate en la cola. Topos con movimientos de lava que antes de enfriarse quieren perforar la tierra y tontean aquí y allá. Parásitas gigantes de flores de porcelana y algodón de azúcar. Las piñas de los pinos como cuerpecitos de pájaros inmóviles, pájaros exvotos petrificados de espanto en las ramas siempre convulsas. Y el constante quejido de la hojarasca arrastrada por el viento. Tristeza de luna fría, buida. La luna del argeño. El camino se perdía en las jaulas de troncos alfombrados de pino seco, para reaparecer más adelante, ya en el agarrón de la bajera, picado de hoyos de taltuza y en un temblor de luces retaceadas por ramas de árboles bajos que caían sobre los jinetes con sonar de agua revuelta a chipotazos. Cuesta abajo, después de las llanuras alfombradas de pino, volvía la vegetación pesada, continua, compacta, formando largos túneles por donde el camino, visible apenas, simulaba el cuero de una culebra.

El macho sacudió la cabeza al sentirse salpicado de goterones de luna blanca. Agujeros redondos, mosquetas friolentas grandes y pequeñas, perforaban la penumbra de esponja y sapo del cerrado toldo de ramas sobre ramas que iban recorriendo. El caballo se barrió las ancas con la cola, al sentir los rociones de la luz caliza, cola de pelo corto que dejó en alto para soltar aire y estiércol. Parpadeó el coronel con aquella jarana. Pleito de arañas parecían las manos del subteniente bajo el juego de luces y de sombras. El coronel se frotó las narices. El subteniente rechinó los dientes. La luz y la sombra le despertaron la picazón de la sarna entre los dedos.

—Sierpe Castííííía! —gritó el subteniente—. ¡Hágale la crúúúÚÚz si tiene cóóóóÓÓstras!

—¡Nos viene luceáááÁÁÁndo!

—¡Así parééééÉÉÉce!

—¡Coqueala más encima con tus grííííÍítos!

—¡Nimala vilumbróóóóÓÓsa! ¡Nimala mááááÁÁla!

—¡CréééÉÉÉciais!

—Pues tal vez que lo sean —se fue diciendo él mismo—, tal vez que lo sean, Secundino Musús; pero lo mero cierto es que la Sierpe de Castilla tuertea a las bestias, empioja a las criaturas, enturnia a las mujeres, vuelve más tapias a los sordos y al prójimo que tiene costras, si no le hace la cruz a tiempo, lo abodoca.

La Sierpe de Castilla se quedó espejeando sus goterones de luz en un nigüerío de puntitos negros, sin más realidad que la apariencia de movimiento que le daban las partículas de luna desgranadas entre las hojas del oscuro túnel de ramas gachonas agitadas por el viento sobre los jinetes, y el camino siguió culebreando bajero, cada vez más angosto, sólo para dar paso a una bestia, por entre rocas blancas rayadas de negro por las sombras oblicuas de los troncos de los pinos que a todo espacio lucíanse elásticos y afilados, con un mechón friolento en lo alto.

Los jinetes cerraron los ojos al primer tapojazo. Los cerraron de instinto, pero ya los tenían abiertos, de afuera los tenían. Hechos a echar filo con los machetes y bala con las pistolas y huir, porque el hombre valiente también huye, a tiempo se les hizo patente que eran los troncos de los pinos proyectados por la luna en listones de sombra, los que les iban cruzando la cara a tapojazos, y sólo medio ladearon el cuerpo para defenderse de aquella relampaciadera vistosa. Los rayos de luna que pasaban entre tronco y tronco, por las pinadas, brillaban en el pelo prieto del macho con el lucimiento de las sombras de los palos que a rayas negras se estampaban en la camisa arinosa del subteniente Musús. Aire y tierra, al avanzar los jinetes, parecían irse alforzando en pliegues luminosos y oscuros, parpadeo en el que piedras y sarespinos daban brincos de saltamonte.

En la luz y no en la luz, en la sombra y no en la sombra, los jinetes y las cabalgaduras se apagaban y encendían inmóviles, y en movimiento. Al tapojazo en los ojos, sensación de golpe de tiniebla vacía, de cosa vaga y existente, seguía el disparo a quemarropa del luzazo, y al golpe de luz, el otro tapojazo de sombra.

Y el coronel no iba para diviertas. Iba gran bravo. Gran agrio iba por culpa de la patrulla que dónde que los alcanzaba.

No vieron disolverse los huatales, al entrar a «El Tembladero», por ir pescueceando la luna y ahora a través de aquella trama encajuelada de luna y sombra de los pinales, en que el macho y el caballo parecían cebras rayadas de plata y el subteniente, vestido de mantadril blanco, volatín o presidiario de traje a rayas negras, tampoco le pusieron asunto a la penumbra de moho tierno y transparente en que venas de chirivisco se iban volviendo monte entre los palos, maleza que al caer en la espesura se hizo sombra impenetrable, como si su existencia vegetal sólo hubiera sido un paso entre la luz y la tiniebla profunda.

El viento latigueaba en lo hondo, mientras en los bosques aún alumbrados, los conacastes solemnes, los corpulentos y olorosos cedros, las ceibas de tan viejas con nube de algodón en los ojos, los capulines, los ébanos, los guayacanes, se acudían, acercándose más y más unos a otros, hasta formar todos juntos murallas de cáscaras y nervaduras, raíces fuera del suelo, nidos viejos, abandonados, paxtes, polvo, ventárrón y tramos de oscuridad indefinible, bien que al faltar la luz por completo sólo quedara de aquel movimiento de cuerpos inertes una ligera humazón blanca, venosa, y más adentro, una auditiva sensación de mar embravecido.

No se veía nada, pero ellos seguían avanzando, como algo fluido, inexistente, sobre ruidos de derrumbe y bajo aguaceros de hojas pesadas como pájaros anfibios. De vez en vez les sorprendían golpes de ramas bajas o caídas que al rozarles la cara les dejaban la impresión de araño de agua.

—¡Maaa... cho! ¡Maaa...cho!

La voz del coronel apagaba el silbido del subteniente Musús, que más que silbidito era la punta de su respiración de huisquilar humano que iba buscándose camino con la guía de su alentar. Una rama quiso arrebatarle el sombrero. Musús ahogó el silbido, y protestó al rescatarlo:

—¡Jué..., palo ingrato! ¡A la babosa se quiere quedar con mi sombrero, ja... más!

Los huesos echan fuego de noche, en el camposanto; pero la claridad que venía en contra de ellos, a tientas, en medio de una preciosa oscuridad, más parecía luminaria del cielo olvidada allí desde el principio del mundo. ¿De dónde les llegaba aquel resplandor de caos? No lo sabían, no lo averiguaban, y no habrían sabido si no ven esplender ante sus ojos un árbol del tamaño de un encino que alumbraban millones de puntitos luminosos.

Musús se le apareó al jefe para decirle: ¡Vea, mi coronel, la brama de los gusanos de fuego!... Pero por todo hablar, se le jugó en el pescuezo de pellejos palúdicos, la manzana picuda, como huevo de zurcir medias, y sólo chistó un ¡Vea, jefe!

Prendidas a las ramas más altas las hembras llamaban a sus amantes de ojo cíclope, paseando sus farolitos encendidos, millones de ojos de luz en la noche inmensa, y los gusanos avivaban sus faros diamantinos respirando con todas sus fuerzas de machos calientes y se ponían en marcha desplazándose como sangre de azulado resplandor de perla, hacia lo alto, por el tronco, por las ramas y ramitas, las hojas y las flores. Al acercarse los gusanos que seguían avivando sus faros con su respiración codiciosa, las hembras encendían más y más sus núbiles fulgores, coqueteándoles con los mil movimientos de una estrella, luces que después del encuentro nupcial se iban amortiguando, hasta quedar de toda aquella luminaria una mancha opaca, el resto de una vía láctea, un árbol que se soñó lucero.

La luna les dio otra vez de alta. Asomaron al borde afilado de un cráter del tamaño de una plaza. Una gran plaza vacía. Las rocas, ligeramente anaranjadas, reflejaban en la telita de agua y luna que como espejo las cubría, masas oscuras que igual que manchas misteriosas se movían de un lado a otro. Pero el corazón de «El Tembladero», adonde, por fin, enfilaban por un resto de camino que más parecía cauce deshilachado de arroyo invernal, encerraba otros secretos. Como por encanto cesaba en el interior de aquella gran taza rutilante, el ruido de cuatro leguas de hojas sacudidas sin descanso por el ventarrón, y se escuchaba el tintineo de las lajas que cantaban bajo los cascos de las cabalgaduras. Uno que otro garrobo huía a su paso por entre natosidades secas de hojas atrapadas en telarañas color de humo. Los garrobos dejaban un ruido de raspón de nadador en seco. Vivas y uñudas, se veían las huellas de algún tigrillo en la rinconera del atajo que los precipitó hasta el fondo de «El Tembladero».

Sombras misteriosas, lajas cantantes, ambiente en el que se podía hablar sin desgañitarse. Y allí acampan a dar tiempo a los hombres montados que formaban el grueso de la patrulla, para pasar todos juntos por el Corral de los Tránsitos, a tomar ellos algo de lo que traían en sus tecomates —café, chilate, guaro de olla— y a refrescar las bestias humeantes, sudor contra sereno, si éstas, que venían muertas de cansancio, no reviven las dos a un tiempo y pegan regresón tal, tan de repente, que poco faltó para que los escupieran por las orejas y los dejaran mordiendo el suelo.

A la distancia de un tiro de piedra, atravesado en el camino de lajas cantantes que cruzaba «El Tembladero», se veía un cajón de muerto.

—¡Su má... quina! —alcanzó a decir el coronel, al dar la vuelta el macho y barajustar de trepada coleado por el caballo piligüe que no obedecía rienda, porque el subteniente a dos manos quería hacer fuego sobre el cajón de muerto, al ganar el borde que coronaba el fondo de «El Tembladero», con un máuser, si el coronel, que iba colgado de la pistola sobre la ondulante respiración del macho que ya era sólo eso: una respiración prieta que trataba de salvarse, no le grita a tiempo que no disparara. El torrente de hojas sacudidas por el viento les pegó en la cara, los sumergió en seguida; mas ahora a un paso de la desolación de «El Tembladero», en que se habían sentido desnudos como para la muerte, qué consolador aquel oleaje verde, rumoroso, rumiante, ensordecedor, que iba vistiéndolos, aislándolos, protegiéndolos. Hojas en los tallos, chillidos de micos con cara de gente, tensos saltos de fieras, caída de bólidos con los tendones sangrantes de luz, estrellas fugaces que piaban en el cielo como pollitos perdidos en la inmensidad, guachipilines que se desplomaban en seco, como suicidas supremos, colapso de una voluntad vegetal que ya no quiso resistir más tiempo la embestida del viento. El que huye de un peligro y encuentra una multitud y se mezcla entre todos y sigue avanzando con los miles y miles de seres que se mueven, se siente tan seguro, como el coronel y Secundino, al salir de «El Tembladero» y desembocar en el torrente circulatorio del viento que leguas y leguas a la redonda sacudía cielo y tierra.

—¡Baboso, no ves que están velando muerto! —fue todo lo que oyó el subteniente y por eso no mandó la bala.

Corrían. El viento les cerraba los ojos, les abría la boca, les dilataba las narices, les enfriaba las orejas. Corrían materialmente hechos pescuezo con el pescuezo de las bestias, para oponer la menor resistencia, y porque el contacto con el animal sudado, vivo, hediondo a costal de sal, les deparaba una vaga seguridad de compañerismo en aquel riesgo.

Y no se detuvieron hasta llegar a la cumbre, en la flor cimera de la cuesta cuya raíz la fatiga y la memoria les recordaba muy profunda. El coronel Godoy se desanudó el pañuelo que traía al cuello, húmedo de sudor de pelos, para limpiarse la cara.

Musús dejó caer los párpados para no ver la lechuza que le había quedado enfrente. La luna le bañaba las alas de lechuga ribeteadas de venitas de corazón de plátano. ¡Mal agüero, trigueño, lechuza y cajón de muerto!, le gritó la sangre.

—Mi coronel... —dijo Musús, sin mover los labios, tullido de palabra y de mandíbulas.

Y Godoy le contestó en el mismo tono y sin mover la boca:

—Mi coronel..., ahora sí, verdá..., mi coronel...

—La vela del muerto de los cuatreros...

—Ahora sí, verdá... la vela del muerto de los cuatreros...

—Y ya no ponen muerto, sino cajón.

—Se han vuelto precavidos. Antes, para que vos veas, un baboso se hacía el muerto sobre un petate, y hasta le ponían las cuatro candelas; pero ahora discurrieron que era mejor sólo el cajón, así la gente no sigue camino al ver el cajón de muerto, y ellos pueden arrear el ganado robado, con el camino libre de allí pa adelante.

—Mi señor coronel como que despenó a un tal Apolinario Chijoloy, que siempre hacía el difunto, porque era impedido y no podía andar robando.

—¿Y lo conociste vos?

—Me lo contaron con pelos y señales. Fue después de cuando usté le pudo al cacique de Ilóm, y ái sí que estuvimos ansinita de la muerte; sólo porque no le faltó la sangre fría para sus disposiciones, que contamos el cuento. Vea que entrársele a sus tierras montañosas a ese cacique que era embrujado de conejo amarillo y desmocharle la gente, mientras él andaba lavándose las tripas en el río. En menudos vi que caiban los pedazos de los indios, cuando la montada les cayó encima. Los seis años hace ya y sólo de eso se habla.

—Y éste siete —aprontó el coronel—. Llevo la cuenta, porque según los iscorocos, los brujos de las luciérnagas, a quien también hicieron picadillo, me tienen sentenciado para la roza seutima. Este año me toca morir chamuscado, según ellos. ¡Ya palmando yo este año, que vayan a la mierda!

—Apolinario Chijoloy fue el último muerto que usté muerteó dialtiro.

—Reconozco que a ése me lo volé tapamente. Lo agarré boquero, desde un bordo del camino, y a la sombra de un matorral grande que mordía un despeñadero, que fue por donde me resbalé para escapar antes que llegaran a vengarlo sus compañeros. El pobre estaba haciéndose el muerto sobre una chiva barbona, entre cuatro candelas, una ya se había apagado. Tiré de prisa, por miedo a que se apagaran las otras tres candelas. Sólo medio se encogió a recibir el balazo.

—Y la patrulla que no parece.

—Y no hay más que esperar, porque sería peligroso, imprudente, volver al camino sin refuerzo de tropa. No hay gente más bragada que los cuatreros, y listos que son, son relistos, el peligro afina a la gente, le afina el oído, le afina el ojo, la hace casi adivina de lo que le conviene y no le conviene.

—Flor júpiter, los cuatreros tienen las del león, las del tigrillo, las de la culebra, las del viento en los matochos.

Por estar conversando, oyeron pasos de bestias cuando tenían los bultos en frente, sobre ellos, ya para agarrarlos. Se les fue el habla. Corrieron a las bestias que habían apersogado cerca de allí, para que se refrescaran el hocico en la humedad del monte y algún zacate les matara el hambre, ajigolón en que el coronel arrancó con el cabestro la mata en que tenía amarrado el macho, y el subteniente reventó el lazo de su persoga.

Era la patrulla. Los diecisiete hombres de la montada enharinados de tierra y de luna. No hay como un hombre montado. ¿Quién dijo algo contra eso? Montado, ya sea para la guerra, ya sea para el amor, no hay como un hombre montado.

Ese pensamiento se le atravesó por la mollera al Jefe de la Expedicionaria, coronel Gonzalo Godoy, cuando al frente de sus hombres, tomando el mando de las fuerzas, dispuso que se desplegaran en plan de ataque envolvente.

Avanzaron a galope, deseosos de probarse con los cuatreros. Para sacudirse el frío y la murria, no hay como una asamblea de balazos. El ruido torrencial de «El Tembladero» los apeñuscó y desembocaron todos juntos en el sitio en que se encontraba atravesado el cajón de muerto. La luz lunar afilaba las aristas del trágico mueble de madera sin pintar, a la rústica, madera blanca de pino que al devolver la claridad lo rodeaba de un halo de esplendor.

Parte de la patrulla había quedado a la entrada de «El Tembladero», al mando del subteniente Musús, para evitar un ataque por sorpresa. Todos eran oídos y ojos. A Musús se le secó la saliva. Quiso soltar uno de sus ralosos chisquetes de subteniente de línea, y sólo logró lanzar un poco de aliento reseco. Desde lo alto, el subteniente y sus hombres veían lo que pasaba en el fondo de «El Tembladero», como en una plaza de toros. El coronel se apeó del caballo y aproximóse al féretro, seguido de la tropa, todos arma en mano, apuntando, ya sólo para disparar. Con el cañón de la pistola, el coronel golpeó la tapa del cajón, imperiosamente. Nada. Estaba vacío. Lo que él había dicho a sus hombres. Vacío. Un nuevo ardid de los cuatreros para robar ganado, sin comprometer a ninguno de la partida a hacerse el vivo, haciéndose el muerto, para resultar de veras muerto por hacerse el vivo.

Don Chalo volvió a golpear el cajón con el cañón de la pistola, imperiosamente, ya con más confianza. Nada. Vacío. Golpeó de nuevo y nada, nadie respondió.

A una orden del coronel, que a veces mandaba con los ojos y la cabeza, dos soldados se acercaron a destapar el cajón. Sólo el jefe se quedó en su puesto, los demás echaron pie atrás y por poco corren. Dentro del cajón había un hombre vestido de blanco, con el sombrero de petate en la cara. Un chorro de sudor frío le bajó al coronel por la espalda. ¿Quién era aquel hombre?

Las piedras anaranjadas reflejaban caballos y jinetes, sólo que sus sombras regadas como tinta de tinteros negros, no parecían quedar en la superficie, sino penetrar la piedra.

El coronel le apartó el sombrero de la cara con el cañón de la pistola, y el que ocupaba el cajón, al recibir la luna en plena cara, abrió los ojos, levantóse asustado y saltó fuera de la lúgubre canoa. El coronel volvió a quedarse en su puesto, no sin haber reculado un paso, fuera a ser alma de la otra vida, se le estaban reviviendo los muertos, y sin perder tiempo, mientras amenazaba al que aún no sabía quién era, ni siquiera si era humano, con la pistola, amenaza que en abanico repartía a sus hombres para que se acercaran, le preguntó:

—Alma de esta vida o de la otra...

—Carguero, señor —respondió la voz deshuesada de un hombre que acababa de despertar y sentía acabamiento de hambre.

Al percatarse el coronel que no trataba con uno de sus muertos, se sintió parado en sus zapatos, y seguro de lo que hacía, inquirió:

—¿Carguero de qué?

—De ese cajón que lo fui a traer al pueblo.

—Decí la verdá o te destapo los sesos...

—Decir que soy carguero... Decir yo, pues. Fui al pueblo a mercar el cajón para enterrar al Curandero que falleció ayer, aquí arribita, en el Corral de los Tránsitos.

La patrulla se había ido acercando. El indio con el sombrero en la mano, los calzones blancos arriba de la rodilla, la camisa blanca de mangas cortas, parecía de piedra bronceada.

—Merqué el cajón y me vine ligero. Por aquí me entró el sueño. Me acosté a dormir. Como llevaba el cajón me metí adentro para estar más seguro. Por aquí hay mucho cochemonte, mucha casampulga, mucho animal perjuicioso.

—Ese cajón de muerto y vos, son seña de que por aquí se están levantando ganado ajeno.

—Puede ser, pero no por mí ni por el cajón de muerto. Los cuatreros no nos quieren a los indios, somos razas de chuchos miedosos, dicen.

—Pues por eso te metieron allí a la fuerza, porque dijeron, si se pierde indio no se pierde nada. Es el punto, y echá el resto de lo que vos sabés de los cuatreros que aquí puerteando deben andar, o te vas metiendo de nuevo al cajón.

En el costillaje del indio, pintado en la camisa lamida de luna y frío, se apuñaba el cañón del revólver del coronel Godoy que lo hizo recular, casi lo bota, hasta el féretro de pino.

—Habla, porque entendés bien castilla.

—Yo no voy a ocupar el cajón que es del Curandero. Si querés me matás y me enterrás aquí, pero no en el cajón del Curandero, porque entonces me va peor en la otra vida; si me vas a echar bala, mandá que el cajón lo lleven al Corral de los Tránsitos.

—¿Y quién te va a recibir el cajón? ¿El muerto?... —el coronel chanceaba, seguro de que el indio no era más que una treta de los cuatreros que era de lo negado que anduvieran por allí; sus bromas en ocasiones parecidas le habían servido para averiguar la verdad—. Y el muerto te abrazará y te dirá: Dios te lo pague que me trajiste la última mudada, y si es pobre puede que esa mudada sea el último estreno que haya hecho a la medida, porque estoy seguro que te dieron la medida.

—Sí, señor, y me recibirán la caja los que están en el velorio.

—¡La caja! La caja se le dice a un cajón flamantemente acabado, barnizado por fuera y forrado por dentro; pero eso que vos llevás es un simple y vil cajón de pino. ¿Y quiénes hay en el velorio?

—Mujeres...

—¿Y hombres?

—Hay más mujeres.

—Y se murió, de qué se murió, lo mataron.

—De viejo se murió.

—En todo caso, antes de darte tus balazos, vamos a averiguar si es cierto lo que decís. Te vas a ir amarrado con mi segundo, el subteniente Musús, y cinco hombres. Si no es cierto, si me estás mintiendo, llevan orden de meterte en el cajón, cerrarlo, pararlo en un árbol y fusilarte encajonado, ya sólo para echarte al hoyo.

El carguero levantó el cajón, como el que nace de nuevo, se lo puso a la espalda y andando, más corriendo que andando para alejarse de aquel hombre cuyos ojos zarcos brillaban como cristales con fuego. La patrulla fue tras él por el cresterío de peñas que rodeaban aquel interior volcánico y de allí, según órdenes de Godoy, el subteniente Musús marchó con cinco de la montada, los más amargos, hacia el Corral de los Tránsitos. El carguero, inútilmente amarrado de los brazos, con el cajón de muerto a mecapal, iba delante. Se perdieron en el rumor de las hojas.

IX

La nana, madre de los Tecún, parecía salir de muchos años y trabajos. De años sucios de chilate de maíz amarillo, de años blancos de atol blanco con granos de elote, uñas de niños de maíz tiernito, de años empapados en los horrores rojos de los puliques, de años tiznados de humo de leña, de años destilando sudor y dolor de nuca, de pelo, de frente que se arruga y abolsa bajo el peso del canasto cargado en la cabeza. Encima, arriba, el peso.

Años y trabajos pesan en la cabeza de los viejos, hundidos de los hombros, vencidos hacia adelante, con un medio doblez de las rodillas que los mantiene como si fueran a caer arrodillados ante las cosas de su fervor.

La nana, madre de los Tecún, la vieja Yaca que siempre andaba con la mano color de palo quemado sobre el estómago, desde el embrujo de grillo que le dio aquel hipo mortal, chocó los ojos chiquitos de culebra contra la sombra húmeda del aire, al asomar con la otra mano el hachón de ocote encendido para mirar quién o quiénes llegaban a la madrugada. Pero no vio nada, Se hizo a la puerta con una masticación de palabras. Había oído llegar gente de a caballo. Los muchachos, sus hijos y sus nietos, ya no estaban, pues.

Pronto la rodearon varios hombres con armas. Traían al acercarse al rancho, las bestias de la rienda. Descalzos, vestidos al desigual, pero todos con correajes de soldados.

—Señora, nos va a dispensar —dijo el que mandaba, no otro que Musús—: podría decirnos dónde vive el Curandero, es que tenemos un enfermo que está bien grave, es muerto si no le ve el hombre ese.

A prudente distancia habían dejado en lo oscuro al indio con el cajón, custodiado por un tal Benito Ramos.

—Aquí lo pueden ver... —contestó la anciana, algo refunfuñando, volviendo la lumbre del hachón de ocote hacia el interior del rancho, donde veíase el cuerpo del Curandero mismamente tendido en el piso de tierra regada con flores silvestres y ciprés para dar el huele.

Musús, que en todo lo que podía imitaba al coronel Godoy, servilismo simiesco de criado, avanzó hacia el cadáver del Curandero y le dio un puyón por el ombligo con el extremo de su revólver. Sólo la camisa de trapo viejo cedió y se le vio el pellejo de la barriga hundido.

—Y de qué dice que murió —preguntó Musús, temeroso de que también fuera a levantarse del suelo, como el indio se levantó del cajón.

—De viejo... —asentó la anciana—, es el peor mal la vejez, mata seguro.

—Y usté cómo que está mala, entonce...

—De vieja sí —asentó nuevamente la anciana, haciéndose tantito para adentro sólo ella, sin meter el hachón de ocote, por temor a que los de la montada dispusieran examinar el cuerpo del Curandero que el Calistro, al sacarlo arrastrando por las piedras, dejó como Santo Cristo. Calistro, el loco. Ya no está loco. Volvió a sus cabales mediante la piedra de ojo de venado. Fue suerte doble. Suerte porque se compuso al sólo alujarle las sienes y la mollera con la piedra de pepita de ojo de venado. Y suerte porque se pudo ir con sus hermanos antes de que llegara la montada. Peor si se les trepa a la cabeza la gana de beber chocolate con sangre.

En todo pensaba la nana de los Tecún, sin desatender las visitas, con el hachón de ocote siempre afuera, para evitar dificultades, casual fueran a ver que el muerto no era muerto, sino matado. Se los llevan a todos amarrados, sin esperar respuesta ni manceba.

—Pues, hombre, ái ven ustedes... —titubeó el subteniente Musús en dirección a sus hombres, rascándose la cabeza que le asomaba bajo el sombrero como coyolón grande con pelo, porque no dejaba de resmolerle que el carguero se salvara del fusilamiento que le tuvo ordenado el jefe. Meterlo en el cajón de muerto, cerrarlo, pararlo y... ¡fuego!

El indio entró arrastrando el cajón, mientras la patrulla salía del Corral de los Tránsitos a reunirse con el coronel Godoy en «El Tembladero». Después de Musús, que al despedirse tuvo tiempo de ser un poco el coronel en sus palabras y modales, pues dijo que el cajón era el «extremo de pomada» del Curandero, cada soldado saltó a su bestia y arrancó de priesa, apenas si tuvieron tiempo de recibirle a la nana unos cigarros de tuza que se atrancaron a la boca sin brasa, salvo el Benito Ramos que tenía el pacto con el Diablo de que cuando le llegaba un cigarro a la boca, solo se le prendía. Hombre de lo más raro. Se tragó un pelo del Diablo. Ése fue el pacto. Y se puso seco, seco, el pellejo color ceniza, los ojos negros color carbón. Lo concebido fue que el Diablo le dijo que iba a saber cada vez que lo engañara su mujer. Y no lo supo, porque la mujer lo engañaba con el Diablo. Una mujer hermosa, ver carne blanca, ver trenzas largas, ver unos ojos que tenía color negro de frijolitos fritos con manteca bastante. Para el desayuno esa mujer. Por sus ojos.

Los jinetes se internaron en el lenguaje de las hojas galopando uno tras otro. El camino bajaba precipitadamente. Fortuna. Porque así, pronto estarían en el corazón de «El Tembladero», para dormir un rato. En la oscuridad, traicioneras plantas espinosas, de esas que el viento no mueve, que son como cadáveres de árboles insepultos, les arañaban, menos al Benito Ramos que con sus ojos de carbón veía de noche. Venía atrás. ¿Venía o no venía atrás? Siempre andaba a la retaguardia. Era la cola de la montada. Y más malo que Judas.

El cielo iba cebándose de estrellas. El bosque se extendía como una mancha negra. Así lo veían a sus pies, al ir vuelteando el camino que bajaba, entre precipicios, del Corral de los Tránsitos a «El Tembladero». Los resoplones de las bestias, catarros de madrugada, el aullido lejano de los coyotes en dulce de luna, las ardillas que no parecían roer sino reír soñando cosas alegres, los alargados ruidos de las aves nocturnas al dar en los palos entre la maleza de rumor castigante.

Iban ya en el bosque. La luna había caído en una lenta luz podrida en un cielo abombado, lloroso de relente. Los jinetes alojaban su estar presentes en una falta de movimientos que los hacía ausentes hombres de moho, pellejudos, color de huevo güero. La goma del cansancio y el desvelo. La goma del caballo. Temblor de palos trepones por donde el cielo baja de rama en rama, fresco de luceros, a los regatos de quebrados espejitos que luz líquida parecían entre los peñascales. Con aflicción de cucaracha, así iban los que eran más amargos que el jiote, dejando que las bestias se hundieran, bien metida la cabeza hacia adelante y el trasero hacia arriba, en la bajada que cada vez se hacía más pronunciada, a tal punto que ellos tenían que abrirse para atrás, echados, materialmente acostados sobre la montura, de eso que la tenedora les tocaba el sombrero. Olor a trementina de ocote en la palpitación avisposa de la atmósfera agitada por el susurrante mar vegetal de «El Tembladero». Ahogo de sahumerios de azufre en que parecían flotar enfermedades, desolladuras de animal castrado, ojos de sapos. Iban amareados por todo. Por la bajada, por el cansancio, por el desvelo, por la trementina penetrante y por los chicotazos del aire bravo que a veces pasaba solo y a veces con hojas de navajuela.

El primer indicio fue un olorcito a monte quemado, apenas perceptible, pero evidente para avivarles la corazonada de lo que les comunicó el Benito Ramos, antes de agarrar el regreso. Y no habló más porque no era el Benito hombre de muchas palabras, o quizás por no afligirlos. Eso tiene de bueno hacer pacto con Satanás. Saber las cosas antes de que sucedan.

—Vean, «El Tembladero», muchachos —díjoles Benito Ramos en el Corral de los Tránsitos—, pues hagan de cuenta que es un embudo, un embudo gigantesco de peñas de loza vidriada. El huracán es de lo bravo, pero allí se calla. Puede ser más bien que no penetre, que no baje no sea que enviuden las nubes, que enviuden las hojas, que enviude todo el hembrerío de cosas que el huracán preña. Y hasta uno se asusta, tras andar en el raudal encaprichado de los palos frondosos que ensordecen, cuando casual asoma al bordo del embudo, donde no se mueve nada, ni una brizna. Paz en medio de la tormenta. Calma en medio de la tempestad. Sosiego en medio de la mayor tremolina. Como si de un palo en la cabeza lo dejaran a uno sordo. «El Tembladero», ya bajaron ustedes al fondo, es una cueva en forma de embudo, no bajo tierra, bajo el cielo. Allí la oscuridad no es negra, como en las cuevas subterráneas, es azul. Y ahora, escúchenme, sin hacerme preguntas, porque ya saben que digo lo que tengo que decir y nada más. En el fondo del embudo se ve al coronel Godoy con sus hombres. Está humando puro. Tiene ganas de comer sopa de verdolaga. Pregunta si habrá por allí. Alguien contesta que puede ser peligroso. Mejor comer lo que va en el bastimento. Sólo hay que calentarlo. De ninguna manera —dice el coronel— permito que hagan fuego, comeremos el bastimento helado y llevaremos verdolaga para hacer sopa en el Corral de los Tránsitos, mañana. No es malo que quiera comer verdolaga. Lo malo es que se le haya antojado comerla en aquel lugar, donde no hay, seguramente, y que en seguida haya tenido miedo de juntar fuego, de que sus hombres juntaran fuego para calentar café, cecina y pixtones, que estaban fuera de las árganas y que debían comerse fríos. La verdolaga es alimento de muertos. Es una suave y verde llama de la tierra que penetra de claridad alimenticia la carne de los que ya van para el suelo a dormir lo eterno. Cuando un hombre anda en peligro, como el coronel que está sentenciado a la seutima roza, querer comer verdolaga es mal agüero. Y mientras esto sucede en el grupo de los soldados y el coronel, las bestias cercanas a ellos, sacuden las orejas y remueven las colas, dando un casco con otro, como si dormidas fuesen alejándose. Los animales se van de los lugares de peligro en aparentes sueños que ellos tienen en la cabeza; pero como su instinto no llega a inteligencia, allí se quedan. Mientras esto sucede en el fondo del embudo, el coronel, sus hombres, el bastimento, las bestias remolonas, alrededor del embudo se van formando tres cercos, tres coronas de muerto, tres círculos, tres ruedas de carretas sin ejes y sin rayos. El primero, contando de adentro afuera, de abajo para arriba, está formado por ojos de búhos. Miles y miles de ojos de búhos, fijos, congelados, redondos. El segundo círculo está formado por caras de brujos sin cuerpo. Miles y miles de caras que se sostienen pegadas al aire, como la luna en el cielo, sin cuerpo, sin nada que las sustente. El tercer círculo, el más alejado no es el menos iracundo, parece jarrilla hirviendo, y está formado por incontable número de rondas de izotales, de dagas ensangrentadas por un gran incendio. Los ojos de cerco de los búhos miran al coronel fijamente, clavándolo, hasta donde alcanzan en número, poro por poro, igual que el cuero de una res, sobre una tabla gruesa que destila suero hediondo. Los brujos del segundo cerco miran al coronel como un muñeco de tripas, jerigonza, dientes de oro, pistolas y testículos. Caras sin cuerpo asomadas a tiendas de cuero de venada virgen. Sus cuerpos los forman las luciérnagas y por eso, en invierno, están por todas partes, brillando y apagando su existir. Una, dos, tres, cuatro, cinco, seis rozas le han contado al coronel y la séptima, dentro de «El Tembladero», será de fuego de búho dorado que desde el fondo de sus pupilas lanzarán los búhos. Poco a poco, después de la helada, aparecerá el argeño y después del argeño, el fuego de búho dorado que lo quemará todo con su frío. Lo primero que sentirán los hombres que acompañan al coronel Godoy, es molestia en los lóbulos de las orejas. Se tocarán las orejas.. Se las rascarán. Se pasarán, confundidos y en el ansia de botarse la molestia, la mano derecha hasta la oreja izquierda y la mano izquierda hasta la oreja derecha, hasta quedar así con las manos cruzadas una en cada oreja, rascándose, hurgándose, casi arrancándoselas, por la picazón del frío, hasta quebrárselas igual que si fueran de vidrio. Unos a otros se verán salir de lado y lado chorros de sangre, sin atender mucho a tal visión, porque estarán arrancándose los párpados, también cristalizados, quedándose con los ojos desnudos, abiertos, quemados por el fuego de búho dorado. Y en seguida, tras soltar los párpados, como pedazos de ombligos con pelos, se arrancarán los labios y enseñarán los dientes como granos de maíz en mazorcas de hueso colorado. Sólo el coronel, clavado poro por poro en una tabla por los ojos de los búhos, que seguirán mirándolo fijamente, quedará intacto, con sus orejas, sus párpados, sus labios. Ni la ceniza del puro se le caerá. Manos de tiniebla esgrimiendo dagas lo obligarán a suicidarse. Pero sólo será su sombra, un pellejo de sombra entre los izotales. La bala se aplastará en su sien, caerá al suelo, pero otras manos oscuras levantarán el cuerpo, lo montarán en su cabalgadura y empezarán a reducirlo con la bestia y todo, hasta que tenga las proporciones de un dulce de colación. Los izotales, en cerrado movimiento, agitarán sus dagas rojas de incendio hasta las cachas.

El subteniente Musús marchaba a la descubierta. El olor a monte quemado era tan fuerte que se detuvo un momento. Otro de sus hombres gritó:

—¡Han sentido mucha-áááóóó! ¡Entre los que van humááááÁÁÁndo!

Cerca y lejos se oyeron las manotadas y los sombrerazos de los que se pegaban en los trapos, para botarse las chispas, si es que se iban quemando. Y entre un turbulento mar de aire dulce, escucháronse las voces en ronrón: No soy yo... No es conmigo... No somos nosotros... Viene de frente la hedentina a quemado... Yo traiba una chenquita en la boca, pero apagada... Quién se va a andar quemando con un cigarro pinche en esta oscurana que moja... Sólo que agarrara fuego el agua... Vamos, que destilamos agua de sereno... Y... y no me apeo a hacer mi necesidad... Si vieran las chispas, son huelencias...

—¡Huelencia la que vos vas a dejar allí! —remedó alguien, al tiempo de oírse una bestia que se detenía y un hombre que se apeaba y pujaba.

La huelencia, sin embargo, ya era fuego en el aire, fuego de roza, de quema de monte.

Y las voces ronroneras de los de a caballo: Saber qué está pasando allá abajo... Y para pior si el jefe dispuso dormirse con el puro en la oreja y prendió fuego... Y cómo que está lloviendo en «El Tembladero»... Dios guarde un incendio bajo el agua, el agua se quema y lo quema todo... No... Es el aire... Son las hojas... Es el aire... Son las hojas... Las hojas... El aire...

Les aclaró de una vez. Al galope. Se miraron. Estaban. Estaban juntos, sudorosos, acezantes, como con calentura. Luz de vidrio vivo. Los ojos de ellos y los ojos de los caballos. Se desbandaron. Parecían subir la cuesta para abajo, tan ligero iban trepando, como basuras humanas en medio de la humazón. Los izotales, dagas ensangrentadas. La humazón. Riendaciadera de llamas. Desertarse. La última voz de mando de Musús pudo ser ésa: ¡Deserten filas!

Benito Ramos se quedó entre los izotales. Las llamas no lo tocaban. Para eso tenía su buen pacto con el diablo. Dejó escapar la cabalgadura, después de botarle el freno. Soponcios de murciélagos que caían asfixiados. Venados que pasaban como postazos de cerbatana. Avispas negras, hediendo a guaro caliente, escapando de panales color de estiércol, sembrados en la tierra, mitad panales, mitad hormigueros.

En otros de los cerros cercanos, bultos rastrojeros saboreaban el fuego que subía por todas partes de «El Tembladero». Llamas, en forma de manos ensangrentadas, se pintaban en las paredes del aire. Manos destilando sangre de gallinas sacrificadas en las misas milperas. Los bultos sombrerudos, humadores de puritos picantes como el chichicaste, vestidos de jerga gruesa color negro, sentados sin apoyar las nalgas en el suelo, sobre los pies doblados como tortillas, correspondían al Calistro, al Eusebio, al Ruperto, al Tomás y al Roso Tecún. Humaban parejo y hablaban en voz baja, pausada, sin entonaciones.

—Usebio —decía Calistro— habló con el Venado de las Siete-rozas. Desde bajo tierra lo apeló y le pidió que lo desenterrara. Y lo desenterró el Usebio. El venado le habló con voz de persona, así como nosotros, con palabras le habló: «Usebio», diz que le dijo el venadito, trep, trep, trep, haciendo con su pata delantera izquierda un molinete como tirabuzón, para significar que estaba trepanando algo bajo la tierra...

—Mero ansina no me dijo —medió Eusebio Tecún—; lo ciertamente cierto y verdadero es que al pronto de sacarlo yo del hoyo en que lo tenía entierrado, se acomodó en una peña que parecía una silla. En el asiento y en el respaldo brotaron, al sentarse el venadito, flores cafés pringadas de blanco y empezaron a pasearse gusanos con cuernos y ojos verdes, unos; rojos, otros, y otros negros. Chispeaba aquello de ojos de gusanos que fueron quedándose quietos hasta formar, entre el venado y el asiento y el respaldo de la silla, una tela de plush bien peluda. Ya sentado, cruzó la pierna mismo que un alcalde mayor y sonriéndome, cada vez que se reía la luna le entraba en la boca y le alumbraba los dientes de copal sin brillo, y sonriéndome, parpadeó igual que si una mosca de oro se le posara en el párpado corazonero, y dijo: Para tus saberes, Usebio, ésta es la seutima roza, en la que yo debía morir y revivir, porque tengo siete vidas como los gatos. Fui uno de los brujos de las luciérnagas que acompañaban al Gaspar Ilóm, cuando la montada le dio alcance. Allá salvé la primera vez, seis salvé después, y en esta seutima me tocó por tu mano, por tu mampuesta, por tu paciencia y tu ojo para esperar mi paso por la quebrada del cañal. Estuvo bueno. No me arrepiento de que me hayas matado. Reviví y sólo para sacar de en medio al que también le llegó su seutima roza...

—Y ésta es... —exclamaron al mismo tiempo Calistro, Tomás, Uperto y Roso o Rosendo, como le llamaban las mujeres. Los hombres le llamaban Roso y las mujeres Rosendo.

—Claro que es —tuvo Eusebio cuidado de decir y añadió, el fuego seguía trepando de «El Tembladero»—: sin decir más, el venado se rascó una oreja, la corazonera, me dio la mano, la corazonera, y echó a correr hacia abajo. Rato después, ya se vido el fuego...

—Y vos lo agarraste del lado corazonero, para doblártelo...

—Menos palabras, muchá, y más ojos, porque se nos pueden pasar, yo recién los dejé en el rancho consultándole a mi nana, si era verdad que había muerto el Curandero... —murmuró ásperamente Roso Tecún.

Una lluvia de postazos de escopeta fue la respuesta. Estornudaron las mecheras al mismo tiempo casi todas. Pon, pon, pon, pon... Y se quedaron silenciosos, mirando el resultado, entre las dagas mortales de los izotales y las manos de las llamas, manos de misas milperas.

Se troncharon de los caballos a muchos de los hombres que desde el fondo de «El Tembladero», trataban de salvar el pellejo, confundiéndolos con los hombres de Musús. Éstos volvieron de estampida antes de llegar al sitio en que estaban apostados los de Tecún. Si de todas maneras se iban a morir, mejor que sirvieran para que se cumpla la venganza por caminos de tierra colorada sombreados de pinales bastos.

María Tecún

X

De su lengua de bejuco, de sus dientes de leche de coyota, de la raíz del llanto arrancaban los derrumbes de sus gritos:

—¡María Tecúúúúúún!...

¡María Tecúúúúúún!...

La voz iba embarrancándose:

—¡María Tecúúúúúún!...

¡María Tecúúúúúún!...

Los cerros acurrucados embarrancados de ecos:

—¡María Tecúúúúúún!...

¡María Tecúúúúúún!...

Pero el eco también iba embarrancándose:

—¡María Tecúúúúúún!...

¡María Tecúúúúúún!...

—... ¡Que se lo lleve el diablo! —dijo una mujer pecosa, de pelo medio colorado en largas y escurridizas trenzas, algo tan alta, flacona ella. Nadie supo si estas palabras le salieron del pecho o de la camisa. Le salieron del pecho por lo descosido de la camisa. Más que descosida, rasgada. Y con un hijo en el bulto de la barriga, otro en los brazos, menudeo de manos de los que ya andaban prendiditos a las naguas vueludas y los hijos logrados guiando la carreta de bueyes, se le fue al que era inútil, pero de lo inútil, inutilizado, para hacer leña hachada, traer agua, campear animales, castrar colmenas y capar gatos. Acarrearon con todo lo que tenían. No mucho, pero tenían. De aquello de no querer dejar olvidado nada. Y para qué se lo iban andar dejando, si a ese hombre lo que le convenía era morirse.

—¡María Tecúúúúúún!... ¡María Tecúúúúúún!... —gritaba sin respiro el Goyo Yic, cansado de indagar con las manos, el olfato y el oído, en las cosas y en el aire, por dónde habían agarrado su mujer y sus hijos. Rieguitos de llanto le corrían, como agua de rapadura, por los cachetes sucios de tierra de caminos.

Y seguía gritando, berrinche de hombre que se quedó criatura, llamándola, llamándola, con el pelo en el viento, perdido, sin ojos y ya casi sin tacto. Los fugos le atrajeron con voces y risas fingidas como quien va a Pisigüilito y, pies para qué te quiero, se le botaron en dirección contraria. Pronto tendrían ante los ojos, en lo más parado de la sierra, allá abajo tumbada la costa con la respiración aplastada por el mugido del mar Pacífico. Para poray iban ellos por un pedregal que en verano era camino y en invierno, río. El agua baja de las montañas al mar, bien sana, bien limpia, bien buena, como el guaperío de gente que baja de la tierra fría a trabajar a la costa. Un reír de nube entre las pinadas que ya son pájaros de tanto pájaro de todos colores que tienen encima y por encima. Por encima los que les vuelan cerca. Pero agua y gente se haraganea en la pereza de los terrenos costeros. Agua y gente terminan hediondos, fiebre con frío entre los tendones de los manglares, reflejos y babosidades.

Goyo Yic se quedó parando la oreja, sin respiración porque se ahogaba con el aire y tenía que respirar a ratos ligerito y a ratos dejar de respirar. Con el gran susto que le dieron al no encontrarlos, todavía los oyó, sentía astillas de nervios en los pulsos. ¿Hojas? ¿Aves? ¿Agua voladora? ¿Sacudón de tierra que lo meneó todo?

Tumbando palos estaban. Y el palo más pequeño que por allí tumbaban a tierra, no lo cogían tres hombres a la brazada, dicho por sus hijos.

—¡...María TecúúúÚÚn!...

¡María TecúúúÚÚn!...

Se regresó a la casa llamándolos. El galillo le garraspeaba de tanto grito. Con las manos huesosas se aplanchó las piernas flacas. Temblequeando andaba. ¿Qué horas serían? Goyo Yic era consagrado para saber las horas y en la frialdad del monte, bajo sus pies de viejo tamaludos de niguas, echó de ver que era ya bien tarde. Al mediodía, el monte quema. En la mañana, moja. Y se enfría, como pelo de animal muerto, en la noche.

—¡No siás ruin, María TecúúúÚÚn! ¡No te escondás, es con vos, María TecúúúÚÚn! ¿Qué se sacan de eso, muchááááÁÁ? ¡Mucha-óóóóóó! ¡Mucha-mis-hííííííjos!... Se lo van a pagar a Dios, jodidos. ¡Estoy harto de gritar, María Tecún, Maríííííía Tecún! ¡Contesten, muchááááÁÁ! ¡Mucha-óóóóóó! ¡Mucha-mis-híííííí... mis-híííííí... mis-híííííí...!

El grito se le volvió llanto corrido. Y después de moquear un rato, y de estarse callado otro gran rato, siguió despeñando sus gritos:

—¡Parecen piedras que no-óóóyen! ¡Sin mi licencia se juéééÉÉÉron! ¡María Tecún, si te juiste con otro juida, devolveme a los muchachííííííítos! ¡Los muchachitos mííííííos!

Se chipoteó la cara, se jaló el pelo, se hizo tiras la ropa, y ya sin alientos para gritar, siguió de palabra:

—Ni siquiera me dejaste la mudada nueva. Echá pan en tu maxtate con lo que hacés conmigo, hija de puerca, desgraciada, maldita. Pero me las vas a pagar. Los cuerpos sin cabeza de los Zacatón son testigos. Bajo un catre te pepené a tientas. Por mí no sos muerta. Hubieras muerto criatura. Por mí no te comieron las hormigas, como cualquier desperdicio. Berreabas en busca de chiche de tu nana. Tus manitas calientes la encontraron. Ansina me figuro, porque te quedaste callada. Pero lo jué pa soltar más el llanto, un llanto que se fue volviendo de poquitos. Tu nana era una montaña de pelo helado. Y más duro chillaste al trepar buscando de la chiche para arriba; se me imagina a mí, pues, que querías en tu inocencia hacerte algo de lo que le hacías cuando dormía, para despertarla con tus exigencias. Se me imagina a mí, pues, le buscabas la nariz, los cachetes, los ojos, la frente, el pelo, las orejas y no encontraste nada porque le habían llevado la cabeza los Tecún. ¡India puerca, cualquiera, comportarte ansina conmigo que te pepené el tanteyo y te reviví a soplidos, como se revive el fuego cuando ya sólo es una chispa! ¡De la muerta, te arranqué como una iguanita sin acción!

El lamento le zumbaba a Goyo Yic, como ronrón, en las narices chatas, sin hueso, con algunas picaduras de viruela.

—El penco... ¡ansina es que me decís!, ¿verdá, María Tecún?... Pues el penco te llevó de la casa de los Zacatón retorciéndote del cólico y trajo del monte un zacate que te hizo vomitar la sanguaza que mamaste de una madre sin cabeza. Y en seguida el penco... ¡el penco es que me decís, cuando no estoy yo enfrente!, ¿verdá, María Tecún?... Pues el penco te crió con una vejiga de coche que se colgaba al pecho, porque no querías coger la botella ni el pocillo, como teta de mujer llena de leche de cabra terciada con agua de cal y de la que mamabas por un hoyito hecho con la punta de una espina hasta quedarte dormida.

Los barrancos respiraban para adentro y en eso conocía Goyo Yic su proximidad peligrosa. Iba andando, gimoteando, tiritando hacia su casa, de donde había salido gritando hace buen momento.

—Y al lado del penco creciste y de tu mano, el penco trabajó las siembritas, india cara de mil babosas. Méiz, frijol, ayotes, verduras, güisquilares. El penco engordó coches. El penco pidió limosna en las ferias para vestirte de abalorio. Mercamos hilera y aguja pa remendar los trapos. Compré bestias. Y de tu mano de moneda con huesos que dejabas como una limosna más, entre mis manos, mientras dormíamos, el penco soñó ver, pero no veía nada, aunque te veía a vos, materializada en tu cuerpo.

—¿No me tenías en las manos, María Tecún? Y entonce, por qué no mejor me embarrancaste. Me hubieras dado un empujón, al pasar por un barranco. Nada te hubiera costado. Y en la ceguera de la muerte, dado lo que te quiero, te seguiría sin impedimenta.

A lo tacuatzín anduvieron sus hijos en el gallinero, desde bien temprano. Madrugaron los fulanos más que de costumbre. Ni se acostaron quizás. Para qué se iban a acostar, si ya se tenían que levantar. La claridad los agarró con los bueyes uncidos, listos para pegar, y con todas las cosas que iban a cargar en la carreta puestas en el corredor y en el patio: la piedra de moler, los comales, las ollas, un tonel vacío, un bastidor de catre tramado con tiras de cuero crudo, unos petates, la hamaca, las gallinas, un par de cochitos, guacales, piales, aparejos, redes, gamarras, suyates, un poco de mezcla vieja en una lata de fósforo de lado y lado doblada, cal viva en un costal, tejas, láminas, el ocote, los tetuntes y los santos.

La carreta chirrió en las piedras de la puerta tranquera, como si sus ejes sin ensebar supieran que iban a echar pulgas a otra parte.

El Goyo Yic tuvo en la cocina la evidencia de la fuga. Primero con un pie medio levantado para usar el dedo gordo, después con las manos fue buscando a gatas los tetuntes. Esas piedras informes, como güegüechos de piedra, símbolo de la vida familiar por ser los bocios de la tierra abuela, fieles al fuego, al comal y a la jarrilla de café, encenizadas, quemadas, escamosas de hollín, no estaban en su lugar. Y por el techo destartalado, se habían llevado las láminas, entraba el cielo. El peso del cielo sobre sus hombros de ciego, estando sin techo, le hizo sentir que algo grande faltaba arriba en la cocina. El cielo pesa como el agua en las tinajas. Sus hombros conocían ese peso. Se refugiaba en su casa, o en lugares techados, o bajo los árboles de los caminos, para que no lo tronchara el peso del cielo, atmósfera, nubes, estrellas, aves sólo conocidas por referencias y refranes después de soportarlo todo el día y a veces la noche, pidiendo limosna al descampado. Sus hijos destecharon la cocina y parte de la casa. La claridad de la mañana, para él era calor, se colaba en las habitaciones sin tejas, sin muebles y sin gente.

Si el Goyo Yic hubiera mirujeado las mantas de los chilares arrancados de raíz, estropeados, pisoteados, el güisquilar por tierra con sus hojas fruncidas y vacío el rincón en que se mantenía el cofre de los mediecitos conseguidos por él a fuerza de estar los días y los días con la mano alargada al pie de un amatón, en el recodo del camino que va para Pisigüilito. Con la espalda desgastó el tronco cascarudo del amate en que se apoyaba a pedir limosna, cuando no lo hacía en la misma orilla del camino, sin cobijo arriba para estar más a la mano de los viajeros, aunque con peligro de ser atropellado por los patachos o el ganado en partidas. En verano se vestía de polvo, pero en cayendo las primeras lluvias, el invierno lo lavaba, lo refrescaba, lo rejuvenecía, hasta hacerlo sentir su carne como humedad que traía reumatismos. El reumatismo hacía largos viajes por su cuerpo, largos viajes de invierno, destemplándole los huesos, añudándole los tendones, y casi terminaba rígido de tanto llevar agua. Desgastó el tronco cascarudo del amatón pidiendo limosna y las monedas que juntaba le servían para dar a los que creía suyos —suyos, suyos, suyos—, techo, pan, ropa, y comprarles lo indispensable para el trabajo, herramientas y bueyes.

Goyo Yic sentía el aire de la noche como lluvia. El aire helado de la noche en la montaña es casi lluvioso. Las arboledas escapaban en el ruido viajero que producían sus ramas en el viento, como si también fueran fugas. Goyo Yic se desplomó en las yerbas mojadas de sereno, doliente, echóse el sombrero en la cara y se durmió.

Las luciérnagas jugaban a las candelitas en la oscuridad. Si Goyo Yic hubiera podido ver una sola de estas lucecitas verdosas, color de esperanza, que le alumbraban la cara picada de viruelas, reseca y sin expresión, como estiércol de vaca.

Un guardabarranca se llevó una selva en un trino. Un cenzontle en un trino la regresó a su lugar. El guardabarranca con ayuda de pitos reales se la llevó más lejos, rápidamente. El cenzontle, auxiliado por pájaros carpinteros, la regresó a las volandas. Guardabarrancas y cenzontles, pitos de agua y pájaros carpinteros, chorchas y turpiales, llevaban y traían selvas y trozos de selvas, mientras amanecía.

El ardor del sol despertó al ciego. Piedras grandes, espineros, pestañas de monte seco pasaban a distancia, pero él los sentía en sus dedos. Pasaban por sus yemas que sentían de lejos cuanto le rodeaba. El eco del sanatero de la ceiba de la plaza de Pisigüilito zonceaba, abajo, en el barranco. Los árboles no respiran igual cuando están plantados cerca de los barrancos. A mano derecha encontró la vereda. Ruido de lagartijas entre los chiriviscos. Olor a yerbas nuevas anunciaba el charco de la toma regada al salir al camino real. El amatón y Goyo Yic de nuevo juntos, sólo que ya él era un Goyo Yic sin hijos y sin mujer, juntos después de un día no verse, ya que el amate lo veía con su flor escondida en el fruto, y el ciego con ojos a los que era visible la flor del amate.

La primera limosna ese día, fue un gusanito caliente que le cayó del pico a algún pájaro. Yic se llevó la mano a las narices y se soltó en insultos al oler que era caca de pájaro. Mal día, tal vez. Se limpió la palma de la mano en el zacate y volvió a extenderla, separándose del amate, paso a paso, para acercarse más al camino.

A Goyo Yic le pegaba en los dientes la campana de los patachos. Su sonido de azadón destemplado. Y en el paso de las bestias y en el humor de los arrieros conocía si iban o venían. Si iban cargadas, se dirigían al pueblo o a los anda mases de por ái, y si descargadas venían. Si iban cargadas bajo el peso de los bultos, machos y mulas, sembraban los cascos en el suelo, y los arrieros se las entendían a tapojazos, insultos y chillidos; y si venían de vacío, el andar de los cascos era ligero, arrollador y los arrieros pasaban dándole rienda suelta al decir desocupado, entre risotadas y chacotas. Al arriero se le conoce en el camino según vaya o venga, de ida callado, de vuelta chalán.

Trenes de carretas de bueyes le pasaban por las narices chatas al Goyo Yic. Tulúc, tulúc, el batuqueo de las ruedas, entre los pisotones de los bueyes reacios y los gritos de los carreteros que le sacaban raza al eco —¡güey!... ¡güey overo!... ¡güey-güey!...— y no sólo le sacaban raza al eco, sino conmovían las nubes, enormes bueyes blancos, según le habían dicho al ciego, para explicarle cómo eran las nubes.

¡Ceje! ¡Ceje! ¡Buey topón, ceje! ¡Cejá-jué-puta! A reventones de cuerdas de guitarra sonaban las puyas en el cuerpo manso de los bueyes, y a golpes en calavera vacía los varazos que le daban en el testuz para que cejaran y así pudiera retroceder la carreta.

Las tortilleras con el mijo en el rebozo a tuto y el canasto en la cabeza sobre el yagual, y las que no tenían mijo, con el rebozo sobre el canasto en forma de cortina que les caía de lado y lado de las orejas, para librarse de la fuerza del sol, camisa de colorines, nagua y fustanes arremangados en el refajo y desnudos y muy limpios los pies que asentaban apenas en el camino, al pasar corriendo. Goyo Yic las reconocía por el paso menudo, seguido, torteante, andaban, como haciendo tortillas de tierra, y porque de vez en cuando le daban el golpe a la respiración con silbidos de molendera que cambia el ritmo de la mano en la piedra de moler.

De regreso de Pisigüilito, ya no corrían, volvían paso

a paso y se paraban a conversar, como haciéndole tiempo a la tarde. Goyo Yic las escuchaba, sin dar señales de vida, temeroso de que se callaran o volaran como pájaros. Oírlas hablar era para él mejor que una limosna, y ahora en su soledad, cuando para oír voz humana en su casa tenía que hablar él, y no es lo mismo cuando uno se habla, es voz humana, pero es voz humana de loco.

—Como que tres priesa, Teresa...

—¿Vendiste?

—Tanto y vo. Y en qué andás...

—Sí.

—¿Y cómo vendiste?

—Por un real diez tortillas. Caso no vendiste, vo, pué.

—No puse méiz anoche. Fue güisquil cocido el que truje. También trujo güisquil la señora Ildefonsa. Y qué venís comiendo...

—Mango...

—Y sólo rezas por vos...

—Y cómo querés que te convide, si sólo este íngrimo merqué, y no está bueno que digamos. Has oído decir. El señor Goyo se quedó sólo, íngrimo.

—Pues algo oí yo. La mujer se le fue con los hijos.

—¿Y no se sabe más?

—Que van para la costa, para por allá agarraron viaje.

—¿Y por qué sería?

—Se aburrió del hombre. Sin duda porque sie.npre la mantenía embarazada.

—Debe ser celoso...

—Como todo ciego...

—Sí, porque cuando se ven las cosas, ya no son celos, sino se ven.

—Pero ella no se fue con hombre.

—No, se fue sola con sus hijos. Incontrará otro, porque el señor Goyo tiene la impedimenta de los ojos para salir a perseguirla.

—Cabal que es bien ciego. A mí me gustaba la mujer. Te sé decir. Trabajadora, callada y mera buena. Se veía sufrida. Le iba el nombre de María, por lo blanca. María Tecún. Blanca y con el pelo color ladrillo.

El ciego parpadeaba, parpadeaba, parpadeaba, inmóvil, bañado en su sudor frío, hundida la cabeza entre los hombros, orejón. Y para hacerse presente levantaba la voz:

—Una limosna, por el amor de Dios, para este pobre ciego. Almas caritativas, una limosnita, por la Madre de Dios, por los Santos Apóstoles, Santos Confesores, Santos Mártires... —y al sentir que se alargaban los pasos suaves por el camino con ruido de fustanes almidonados, se agarraba las manos, se las pellizcaba hasta hacerse daño, para salir de la nerviosidad que le peregrinaba en el cuerpo, y murmuraba entre dientes—: ...puercas, de intención lo hacen, hablar, cuando me ven, de la María Tecún, y hablan, y hablan y hablan que no se les entiende lo que dicen... malditas... sebonas... burras... porquería suelta...

XI

Para la Romería del Segundo Viernes era poco el camino. Como se crecen los ríos se crecía de gente y como los ríos que se salen de cauce se salían los peregrinos para llegar a Pisigüilito por huatales, los cercos de piedra sobre piedra en llanadas de chilcates y guayabos. El ciego se amodorraba de oír pasar gente toda la noche y todo el día, y de repetir hasta el mareo sus oraciones en pedimento de limosna. Gente. Gente. Los de los altos olorosos a lana, risco y chopo. Los de la costa apestando a sal y sudor marino. Los de oriente, hechos de tierra de cuestas, despidiendo huele de tabaco, queso seco, ácida yuquilla y almidón en bolita. Y los del norte, olorosos a chipichipi, jaula de cenzontle y agua cocida. Unos procedían de las tierras quebradas de las cumbres, que el maicero tala y el invierno lava; otros de las altiplanicies con tierras de pechuga de gallina y pan llevar; y otros del pétreo prolongarse de los planes del mar sin horizonte, humeantes de calor, pujantes, tórridos, enceguecidos campos para siembras y siembras, merced a los diluvios que les caen encima. Pero eso sí, en empezando a cantarse el Alabado de la Sangre de Cristo acababan las diferencias locales y los de tierra fría, tierra templada y tierra caliente, y los de caites, y los de botines, y los bastos, y los pululos, y los pobres, y los que llevaban fiesta de pisto en las árganas y en las bolsas, cantaban al unísono:

¡Por tu costado glorioso
resbaló el rubí divino
y en el cielo silencioso
quedó cual gota de vino!

El Goyo Yic abandonó el amatón al no más pasar la Romería del Segundo Viernes, fiesta que aprovechó para juntar dinero. En un pañuelo de a vara hizo varios nudos para las monedas: más medios que reales, más cuartillos que medios y uno que otro billete. Las rodillas endurecidas de estar hincado, el brazo calambre de huesos y músculos de mantenerlo extendido, la lengua dormida de repetir oraciones amazacotadas y amancebadas con malas palabras contra los chuchos callejeros, y una máscara de polvo en la cara huesuda, así estaba y así se fue. No esperó que lo lavaran las primeras lluvias. Abandonó el amatón, que era su púlpito y tribuna, antes que las primeras gotas de agua, redondas y pesadas como monedas de plata, podaran la Romería del Segundo Viernes.

¡Por tu costado glorioso
resbaló el rubí divino
y en el cielo silencioso
quedó cual gota de vino!

El Goyo Yic no pudo desatar con las cucharas romas de sus uñas de viejo el doble nudo del quinto güegüechito de pisto en su pañuelo, y, entre maldiciones y pujidos, tuvo que meterle los dientes. Casi rasgó la tela descolorida del pañuelo que por lo sucio más parecía trapo de cocina, y de su boca, al ceder el nudo, saltaron, como escupidas, las últimas monedas al volcán de níquel que tenía entre las piernas, en el fondo del sombrero, sentado de espaldas al camino, frente a una peña. Largo rato pasó contando y recontando. Los cuartillos del tamaño de las yemas de sus meñiques, las monedas de medio como las puntas de sus dedos medios, y las grandes de a real, como la cabeza de sus pulgares. Hizo su cuenta. No había que irse muy de boca en la paga al señor Chigüichón Culebro. Apartó aquí, apartó allá y hechos los apartadijos volvió a echarle nudos al pañuelo y siguió adelante, guiándose por las señas que le dieron, para dar con la casa. Piedrones, agua de crecientes viejas, palos raizosos, rancherías con gente, vueltas y más vueltas, hasta bajar a un puente antiguo de cal y canto.

La casa del señor Chigüichón Culebro quedaba a una nadita del puente que pasó chenqueando porque el piso estaba disparejo, cerca de un matasanal. El olor envolvente del matasanos se lo declaró al Goyo Yic. Olfateaba como chucho, para averiguar bien si era allí, y porque le gustaba llenarse de aquel olor a fruta buena, deliciosamente perfumada. Acabó de atravesar el puente y fue derechito a dar con la casa que buscaba.

—Porque sólo ves la flor del amate, querés sanar para ver todas las flores. ¡Cómo será negra tu ingratitud, la venganza y la ceguera de nacimiento son tan negras e iguales a la rapadura amarga! El añerío de la eternidad tenés de recibirle al amate en que pedís limosna, respaldo y sombra, y querés alentarte de la vista para dejar de ver la flor del amate, la flor escondida en el fruto, la flor que sólo ven los ciegos…

—Güeno, no es por eso —atajó Goyo Yic haciendo 'n ridículo movimiento con la cabeza para orientarse y encontrar el sitio exacto en que estaba el herbolario, en que hablaba ronco, tan ronco, como nunca oreja humana ha oído hablar tan ronco—, no es por eso, y naiden saldría adelante sin ser un poco ingrato, y hay muchos que son ingratos, muy ingratos, muy, muy ingratos, señor Chigüichón, para salirse con la suya.

—Siempre ofrecí sanarte si tu ceguera era buena, pero nunca habías querido, por miedoso; preferías andar con esas dos bolsas de gusanos en lugar de ojos, gusanos que destilan agua de queso. Vamos a ver si todavía está de cura el mal, porque hasta el mal tiene su tiempo, mijo, y no es cosa de que siempre se puedan las cosas.

—Quiero que me diga cuánto me cobra, pa saber si me alcanza con los realitos que logré juntar hora pa la Romería del Segundo Viernes. Los realitos aquí se los traiba yo, ya... Pero no sé si me ajuste...

—No es cuestión de sanar ansina como se saca un diente, a los que como vos sólo ven la flor del amate, Goyo Yic. Antes hay que averiguar adónde anda la luna, ese cementerio redondo en que están las cenizas de los Santos Padres. Hay que averiguar si el aire del colmenero está como gato entre los eucaliptos o anda displicente; si lo primero, favorable, si lo segundo, no, porque el aire colmenero suelto enmiela el aire y para esta cura hay que buscar que el aire no esté pegajoso. Y tendré que ver de nuevo qué clase de ceguera es la tuya, porque hay muchas clases: la de nacimiento, la de shutazo negro, la de gusano que hiere sin que el individuo se dé cuenta, porque se le mete en la sangre y lo ciega a traición. La más fácil de curar es la ceguera blanca. Se quita de los ojos como el hilo de un carrizo. Es lo que es, un hilo que se enredó de repente, en un enfriamiento, o poco a poco, con los años, en la pepita del ojo humano, hasta dejarla como un carrizo sin hilo. Duele horriblemente, es como echar chile en llaga viva.

—Más que me duela, yo le recibo el aprecio, caso que tenga cura, porque es triste ver sólo la flor del amate, cuando se tienen sentimientos y se está peor herido de lo que usted me habla.

El señor Chigüichón Culebro se agachó a contar el dinero del ciego sobre un mollejón que estaba a la orilla del corredor, utensilio que le servía para afilar sus fierros de carpintero. Era su costumbre, contar el pisto en el mollejón. Para que agarre filo, decía, entre risueño y serio, y corte la bolsa de los tacaños y arañe las manos de los tramposos.

El Goyo Yic, hilachoso como vestido de hojas viejas de banano, con el sombrero de petate roto de la copa por donde le asomaba el pelo como una parásita, dijo buscando al herbolario con el movimiento de sus párpados lechosos:

—Disimule que me haga el valiente, que le diga más que me duela, pero es lo cierto; así me asen vivo, con tal de tener mis ojos y alentarme.

—La ceguera de sereno también se cura —siguió explicando el herbolario; después de contar el dinero de níquel, le palpaba los ojos al ciego, para agarrarle mero donde estaba oculto el mal, jugándole el pellejo de buche de los párpados—, se cura la ceguera blanca o ceguera de sereno o golpe de aire...

Goyo Yic se dejaba hacer contento de estar ya en aquellas manos, como si más que daño, al oprimirle fuertemente los ojos, le hiciera agrados, escuchando el ruido de masticación que el herbolario dejaba en torno suyo, machaca y machaca con los dientes, paseándose de un carrillo a otro, un bodoque de copal de cojón de puerco, blando y blanquísimo. Entre los ojos del Goyo Yic, buches con pepitas y el bólido de copal que masticaba, parecía establecer el señor Chigüichón Culebro, cierta relación salivosa.

—De ceguera blanca —siguió explicando— padecen tarde o temprano, las que están planchando y salen de repente afuera, pues se quedan con el nublado al darles el aire, mejor les diera en el pashte que ya sacan destilando, porque allí no tienen ojos, o que salgan antes al sentir la necesidad, para que no sea al último que se echan afuera, sin taparse los ojos. Y para lo que vos tenés, Goyo Yic, no hay como el raspón con navajuela o la leche de aquel monte de hojas y tallo azulados, flores amarillas hechas de ala de mariposa y frutillas espinudas que son alimento de palomas.

—Ahora voy a posar aquí —dijo el ciego, adolorido del examen que le había hecho el herbolario, llevándose la punta de los dedos a sus ojos, como para decirles: aquí estoy yo, no tengan miedo, este señor los va a curar, los va a dejar buenos, los va a dejar limpios.

—Sí, aquí te podés quedar, y si querés un bocado pedilo en la cocina.

—Dios se lo pague, es favor que le recibo...

Y allí posó el Goyo Yic, entre perros y el masticatorio del herbolario que en el silencio de la noche parecía llenar toda la casa. Nunca, escuchando fuera los grillos y dentro el correr de las ratas, había estado el ciego tan atento al ruido de un copal que era mascado rítmicamente, igual que un reloj. Hay reloj de sol, hay reloj de arena, hay reloj de cuerda. El herbolario era un reloj de copal. Cada prensón del copal lo acercaba al momento de su cura. Por momentos Goyo Yic movía la boca, pero él masticaba su pensamiento: fue ruin, ruin, ruin la María Tecún, la María Tecún fue ruin, ruin, ruin... Si ella estuviera conmigo, para qué iba andar yo exponiéndome a que me cortaran los ojos con navajuela. Se acobardaba. Porque no es juguete dejarse raspar con navajuela. Se incorporó. La masticación del corazón le llegaba a los oídos: ruin, ruin, ruin. Estaba sobre un montón de paja olorosa a manos manojeras, a sol estival, a cascos de caballo suelto. Oía aserrar y cepillar madera cerca de allí, no sabía dónde, sobre su cabeza, sobre su espalda, sobre sus manos, sobre su cara, sobre sus rodillas, sobre sus pies. Si el señor Chigüichón Culebro estuviera haciendo un cajón para enterrarlo. Se daría cuenta que llevaba más dinero. Sobre el estómago se agarró el pañuelo de güegüechitos de pisto, igual que un pedazo de intestino. La muerte no le importaba. Temía que lo fuera a enterrar vivo, llevando en su corazón, como el fruto del amate, la flor escondida de una mujer ingrata, la flor negra de una perjura. En su desesperación, Yic creía que al abrir los ojos ya curados, frente a él iba a estar la María Tecún. A ella era a la que quería ver, primero y siempre. La luz, las cosas, las gentes, nada le importaban. Ella, la ruin, la que encontró entre los Zacatón sin cabeza, crió y preñó después. La masticación del copal de Chigüichón seguía y cuando no era la masticación era el serrucho y cuando no era el serrucho, era el cepillo. Se le desplomó el cuerpo en el sueño peregrino verticalmente a la Zacatón, porque no era María Tecún, la ruin, sino María Zacatón. Él le apellidó con el apelativo de Tecún, porque los Tecún le quitaron la cabeza a todos los Zacatón. Entre el sueño y la vigilia quedó en las cañas de un tapesco tembloroso de pájaros que no eran pájaros sino lisonjas. Sonrió dormido. Temerle a un cajón de muerto él. A la orilla de los barrancos, en los caminos solitarios, en las cumbres había llamado a la muerte, desde que se fue de su casa, con sus hijos, la María Tecún.

Antes del alba lo despertó el herbolario y le hizo saber en voz muy baja, perceptible a su oído de ciego, solamente, que había preparado la alfombra de serrín y viruta necesaria para chuparle el fresco a la estrella de la mañana. Y lo levantó y llevó del brazo.

—Estamos —le fue diciendo en voz muy baja— en el país del aserrín y la viruta, y mi cuerpo te sirve de bastón. Hay que matar la pimienta gorda, ponerle el pie, destriparla. No oigo tus pasos ni los pasos de tu bastón hacen ruido. Escupimos y no oímos caer la saliva en el suelo, como si escupiéramos a la orilla de un barranco. Y ¿adónde vamos?... O, o, o... ¿adónde vamos con los pies sin apoyo, en un barranco?

El ciego oía palpitar el cielo como a un animal emplumado y le resmolía una picazón extraña en las ingles y en las tetillas, como si el sudor le carcomiera su presencia de valiente igual que el ácido que corroe metales.

—Vamos —añadió el herbolario con su voz de bajo, empujando al ciego suavemente, paso a paso— en busca de la navajuela que limpiará la vista del Goyo Yic, de la planta que da islas verdes para cubrirle con dos islas verdes los ojos después de la limpia, del rieguito de golondrina para refrescar sus párpados y de la calaguala, la contrayerba y el chicalote, por menester. Y nos agachamos —el herbolario dobló al ciego por el espinazo para que se inclinara— hasta pegar nuestras cabezas con el suelo bueno, y no podemos ver cómo es el país del aserrín y la viruta, porque no vemos y vuelven nuestras frentes sucias y morroñosas como testuces. Y nuestras manos retozan como perros —siguió el herbolario con su voz ronca, majestuosa, haciendo cosquillas al ciego— jugandito, revolcándose de contentas, pues ya sale con negros dientes de sandía, la oscuridad de la casa.

Otros pasos y una larga pausa en la que tronó varias veces el copal de cojón, pasta vegetal en la que los dientes quedaban clavados hasta la encía para soltarse luego, luego volver a clavarse y salir pronto, más pronto, apresuramiento y liberación de las mandíbulas que sustituye al salto. El que lo acostumbra no da la impresión de mascar, sino de saltar, de ir saltando.

—¡Nos han engañado! ¿Dónde está la luna? Sólo moscas zumban en esta casa de la señora sandía de los dientes negros. Moscas que pican, moscas que vuelan, moscas que hablan y dicen: los dedos trabajadores de estos dos hombres escarban con sus palas, las uñas, la nube del aserrín y la viruta que juegan, tiemblan, se esparcen bajo la respiración que les sale de las narices como de un cañón de escopeta cuache.

El herbolario tomó entre sus brazos el cuerpo desnutrido de Goyo Yic. Temblaba el Goyo Yic como una flecha ciega en el arco de un gran destino. Lo alzó en vilo y lo soltó para que cayera abandonado a su peso y empezó a luchar con él, gritando roncamente:

—Somos enemigos, ciegas inmensidades en guerra como hombres que se matan entre las torres y las fortalezas, perdimos el brillo del pájaro que se robó la luz y nos dejó en la noche, esperando el regreso de los ejércitos del sueño que han de volver derrotados de las ciudades. El moro nos ha dado su alfanje con miel de abeja, el cristiano su espada con miel de Credo, y el turco se ha cortado las orejas para navegar en ellas y llegar por mares desconocidos a morir a Constantinopla.

Y siempre luchando con el ciego que se quejaba, sin saber bien si todo aquello era un remedo de pleito, añadió más ronco:

—¡Go, go, go! La lluvia nace vieja y llora como recién nacida. Es una niña vieja. La luna nace ciega y brilla para vernos, pero no nos ve. El tamaño de una uña tiene cuando nace, uña con la que ella misma va quitando a sus ojos su cascarón de sombra, como la uña de la navajuela se la cortará a los ojos del Goyo Yic.

Pasada la ceremonia, Culebro acostó al ciego en un banco de carpintería, para atarlo con los bejucos simbólicos. El bejuco color café que ayudará a que el enfermo no se engusane de las heridas por ser camino de tabaco; el bejuco pinto que no permitirá que se revienten los cordones con las fuerzas que ha de hacer cuando el dolor lo tenga estrangulado; el bejuco húmedo, de verde telaraña vegetal, para que no se le vaya a ir la lengua por la garganta; y el bejuco del ombligo de su madre. Después de los bejucos simbólicos, que no eran tales ataduras, vino para el ciego la parte cruda. Los lazos con que lo amarró al banco empezaron a hacerle daño. Mientras hablaba de bejucos simbólicos, le había ido pasando por el pecho, los brazos, las piernas, los lazos que ahora iba apretando, a fin de que no se moviera, tenía que estar inmóvil mientras le raspaba los ojos con la navajuela.

El herbolario empezó la operación teniendo a la mano una media docena de aquellos bisturíes vegetales verdes, filosos, hiriendo, raspando, soplando los ojos del enfermo para que aguantara el ardor. El ciego, como un animal atado, indefenso, soltaba mugidos cavernosos, en los que se mezclaban el ay del dolor y lo de ruin que era ya como un nuevo apellido de la María Tecún.

Se orinó del dolor. Por segunda vez pasaba la navajuela. Altas alas del filo que penetra en la carne a cortar la conciencia, a dejar el montón humano sacudirse interminablemente. Le tastaceaban las quijadas, la respiración se le iba.

Culebro raspó más duro. El ciego soltaba algo así como maullidos de gato que se quema a fuego lento, rígido de los pelos a los pies, los brazos y las piernas como palos de amarrar redes entre los lazos templados, temblantes. Sangre de narices. La olió. Al olerla se le regresó y por poco se ahoga. Casi estornuda y no podía estornudar. La cosquilla nerviosa de la tos y no podía toser. Se ayudó con la saliva para licuar un poco el coágulo.

Después del tercer raspón con la navajuela, dijo el herbolario suavizando su voz grave:

—Ya la ñube se mueve al soplarla como la nata despegada de la leche, y ahora, sin perder tiempo, la vamos a sacar enrolladita en una espina. Con que aguantes ratito más, ya lo peor pasó.

El herbolario fue enrollando, con pasmosa habilidad de cirujano, las telitas blancas que encubrían los ojos de Yic alrededor de la espina. Sus dedos se veían más grandes y toscos en aquella faena de finura: descoser nubes de ojos de ciegos. Apenas terminó de sacar la telita del ojo izquierdo, lo cubrió con una hoja verde, y ya fue a sacar la telita lechosa del ojo derecho. Con rápido movimiento, destapó el ojo izquierdo, cubierto por la hoja verde, y en ambos roció gotas de riego de golondrina, hecho lo cual volvió a cubrir de nuevo los escarbados ojos con las hojonas verdes y con toda inteligencia le vendó la cara y la cabeza con largas tiras de corteza, frescas, manuales, hasta dejarlo en un envoltorio absoluto, del tamaño de un queso.

Al soltar las ataduras de los lazos, el ciego dejó escapar un quejido profundo. Estaba inconsciente. Chigüichón lo levantó con especial cuidado, para trasladarlo a la habitación más oscura de la casa, donde le dejó acostado en un catre de tijera, sin almohada, y muy arropado, dos ponchos, tres ponchos, para que no se le fuera a enfriar. Mañana le daría una toma de cardenillo. Y según que le entrara calentura...

—¡Ay, ruin! ¡Ay, ruin!

Yic fue tomando conciencia, entre la basca del mareo que le producía el dolor agudo, y la fiebre. El herbolario, a los tres días del raspón de navajuela, lo purgó con esponjilla, y le colocó bajo la cabeza buen número de flores de florifundia para que se durmiera —el sueño es el gran remedio—, no sin proporcionarle sus infusiones de guarumo colorado, para mantenerle activo el corazón. La esponjilla le hizo bien. Le descargó el vientre de la sangre que se había tragado. Faltaba el purgante de «flor de fuego», a los siete días. Para luego tenerlo a sus poquitos de agua de granadilla, refrescante y asueñosa.

—¡Ruin... ruin... ruin!... —era todo lo que alcanzaba a decir Goyo Yic. Ya no lo decía, ya sólo era un bagazo de pensamiento, un «in» ronronero en sus labios, entre sus dientes, adoloridos hasta la raíz del hueso, cuando le acariciaba la comezón de la carne viva en los ojos. Desgarraba el petate con la uñas en los momentos de mayor desesperación.

El noveno día se levantó. Lo levantó Culebro. Ya le quitaba el envoltorio de la cabeza, pero tenía que estar encerrado. En estos casos la luz es más peligrosa que un cuchillo. Cuatro días con sus noches pasó en la oscurana. Hasta el trece día en que Chigüichón lo sacó al corredor, mediando la tarde. En el sosegado sol que va cayendo, medroso, triste, largo como un látigo, mirujeaba las cosas en su húmedo lustre de superficies que no conocía y que le parecieron tan graciosas.

—Es el punto de bolita de morro el que cuesta dar a los ojos —advertía Chigüichón.

El ciego miró a Chigüichón, de quien tenía la idea sonora que le produjo el salto de agua de «La Chorrera», cuando fueron allá con la María Tecún. Así era el herbolario. Lo miraba, pero no podía quitarse de la cabeza el asociarlo al agua dando un salto mortal entre peñas. No era hombre. Era ruido de agua. Para él no era visible. Era sonoro. Seguiría siendo un ente representado por un ruido grande.

El herbolario lo dejó solo. Había que acostumbrarlo a usar sus ojos, a que no fuera con los ojos abiertos, mirando los objetos, y sin atreverse a pasar antes de alargar la mano, como si lo siguiera guiando el tacto. Al ruido de las corrientes que él había oído bajar entre peñascos, arrastrando con todo en la creciente, acababa de juntarse, en transparencia anegadora, algo más fino que el agua molida que él guardaba en los guacalitos de sus oídos, una tela de agua que vibraba sin ruido, presente aunque se tapara las orejas. Dos enramadas de lágrimas anegaron su visión. Lloraba con el pecho que se le rompía de agradecimiento. Alargó la mano para tocar un taburete, asegurarlo con su tacto, y sentarse. De ciego jamás llegó a la maternidad de tocar las cosas, como ahora lo hacía, ahora que estaba viéndolas, porque sabía su posición exacta en relación a su cuerpo. De ciego correteaba coches entre chichicastales y cercos de alambre espigado, sin quemarse en la hoja del chichicaste ni rasgarse las ropas en las púas del alambre. Un tordito se detuvo a la orilla del corredor, frente a él que silenciosamente se acomodó en el taburete, quién sabe a qué, porque no tenía qué hacer, convaleciente. El pajarito —más parecía una hoja que hubiera caído— vino, se detuvo, dio tres saltitos, y se fue. Mínimo. Nervioso. Grano de café electrizado. Se le fueron los ojos que, salidos de su cáscara, se le estarían yendo siempre. Suspiró con un profundo aprecio por la vida que le comunicaban aquellas ventanitas abiertas en su cara. Hueso, carne y paisaje. Contempló los árboles. Para él los árboles eran duros abajo y suaves arriba. Y así eran. Lo duro, el tronco, que antes tocaba y ahora veía, correspondía al color oscuro, negro, café, prieto, como quisiera llamársele, y establecía, en forma elemental, esa relación inexplicable entre el matiz opaco del tronco del árbol y la dureza del mismo al roce de su tacto. Lo suave de arriba, el ramaje, las hojas, correspondía exactamente al verde, verde claro, verde oscuro, verde azuloso que ahora veía. Lo suave de arriba antes era sonido, no superficie tocable, y ahora era verde visión aérea, igualmente lejana de su tacto, pero aprisionada ya no en sonido, sino en forma y color.

Su primera salida de la casa del herbolario fue al puente. Cerró y abrió los ojos viendo el aguaje lleno de chilliditos de ratones, entre pedrones que asomaban como manos de madejas que estuvieran hilando, las violentas madejas líquidas que al pasar chocando de un lado a otro, soltaban espumarajos de saliva, tan abundante como la que juntaba el herbolario al masticar su bólido de copal. De un viaje se iba toda el agua que pasaba bajo el puente amurallado, bastiones que parecían bueyes echando fuerza para que no se los llevara. Bueyes con el yugo del puente encima. No se veía que el agua se fuera y se iba, sólo comparable con el tiempo que pasa sin que se sienta; como siempre tenemos tiempo, no sentimos que nos está faltando siempre, según le explicó Culebro.

Volvía el herbolario con una mano de fuseas en la mano gigante. El contraste de aquel guantón de boxeador y las delicadas flores que como aretes vegetales mostraban, unas cáliz rojo y doble corola blanca, y otras corolas moradas, y otras corolas azules, con el cáliz rosado. El herbolario las miraba como un joyero o un orfebre. Sacudió la cabeza. Las fuseas le hacían pensar en el misterio de vida en función creadora de belleza. ¿Por qué se producían aquellas divinas flores que la Virgen María se puso de aritos? El maíz brota para que coma el hombre, el zacate para que se alimenten los caballos, las hierbas para las bestezuelas del campo, las frutas para que se regalen las aves; pero las fuseas, que sólo son adornos de colores delicadísimos, porcelanas vivas en las que el más sabio artista combinó los colores más simples. Llegaría al final de sus días, masticando un copal de cojón, sin esclarecerlo. El que algo hace es para que alguien le alabe, pero la naturaleza produce esas flores en sitios en que nadie las ve. El hombre que creara aquellas miniaturas de porcelanas con todos los secretos del bajorrelieve coloreado y las dejara perderse, sin sacarlas de su estudio, sería llamado loco.

egoísta, y él mismo sentiría, al no ser apreciadas sus habilidades, que su esfuerzo quedaba un poco baldío, truncado. Ese baldío en que quedaban aquellas lindas flores, causaba angustia a Chigüichón Culebro.

El herbolario dejó a Yic en el puente viendo correr el río, aletear algunas mariposas, saltar alguna liebre, seguida de otra, y cruzar, fugaz como un meteoro, un ciervo. Miraba aletargado, vagando, sin pensamiento, por el camino que prácticamente lo llevaría de regreso, cuando tropezó, no tropezó con nada material, pero se vio que había tropezado con algo, por el gesto que hizo, por haber ido hasta las piedras del reborde, para agarrarse, como cuando estaba ciego y el color cenizo que le bañó la cara. A grandes zancadas, tropezándose en los pedruscos y arbustos, en el puente, en el tronco del matasanos, en todo lo que se le ponía delante, volvió a casa del herbolario.

—¡Se quedó otra vez ciego o se volvió loco! —sentenció Culebro, en lo alto del corredor de su casa que daba sobre el camino, esperando a que llegara hasta allí, al menos hacia allí se dirigía. Las dos cosas eran posibles. Hay males que son más peligrosos en la convalecencia. Los imprudentes no sanan nunca. Y Yic lo era. A ruegos y amenazas logró que se quedara unos días después de la curación que, en verdad, fue milagrosa. Irse, irse, irse, pero a dónde, si no inútil. Después del raspón de navajuela, se debe tener mucho cuidado, porque un luzazo, un mal aire pueden volver la ceguera y entonces ya sin curación. Y el peligro de la locura, como resultado de la operación, cabía perfectamente. Para eso le suministró un poquito de «verdegrambre» o eléboro.

Goyo Yic no alcanzó a llegar a las gradas del corredor, se dejó caer y resbalóse como un cuerpo sin vida por el chaflán de tierra que del camino subía a las gradas. Un muñeco de milpas con ojos de vidrio, estáticos, abiertos, limpios, brillantes. Culebro bajó a la carrera, indagando —¿qué le había picado?— y a un tiempo llegó, cuando aquél, enloquecido, iba a clavarse las uñas en los ojos, en sus pupilas recién nacidas, con olor de rocío y luz de mañana todavía. Sus dedos quedaron como tenazas de alacranes que entre sus mechones de pelo lacio veíanse enredadas, al tomarlo Chigüichón por las muñecas. Apretó los dientes y cerró sus labios de cecina dura. Los ojos le eran inútiles. No conocía a la María Tecún, que era su flor del amate, él sólo la había visto ciego, dentro del fruto de su amor, que él llamaba sus hijos, flor invisible a los ojos del que ve por fuera y no por dentro, flor y fruto en sus ojos cerrados, en su tiniebla amorosa que era oído, sangre, sudor, saliva, sacudimiento vertebral, ahogo de respiración que se hace pelo, tetita de lima en la penumbra, niño que salta a la vida cogido por tacos de pita de cohetero humeantes, y los toles de las chiches ya llenas de leche, y el llanto del primer empacho, y la calentura del mal de ojos, y el tueste con chile en el pezón granudo, para el destete, y animalejos hechos de pluma para asustar al que ya debe ir comiendo tortilla y bebiendo caldo de frijol negro, negro como la vida. Y de su tiniebla empozada en llanto, no salió hasta que se le secó el agua por dentro y tuvo sed.

El herbolario le convenció de que le sería fácil de dar con ella, porque la conocía de oídas.

—Más de alguna de las que oigás hablar...

—Puede que sí —contestó Goyo Yic, no muy convencido.

—Más de alguna, por ái la topás; ella es la que no te va a conocer a vos, mesmo que le jures que sos vos, con tus ojos buenos.

—Dios se lo pague a usté...

Y cuando Goyo Yic se apartó de la casa del herbolario, no sólo el señor Chigüichón Culebro, con su copal de cojón entre los dientes, blanquísimo el copal y blanquísimos los dientes; sino el río bajo el puente que era su querencia olvidada porque al pasar lo olvidaba, los prontos del aire que tenía el carácter variable, los patachos, los bueyes, las ruedas de las carretas, los ecos de las voces de los enmontados en el guatal arrecho por esos lados, todo parecía irle repitiendo al oído: Más de alguna... Más de alguna... Más de alguna...

XII

Cada una se agachaba en el atrio a subirse el rebozo sobre el pelo guitarreado por el soplo de la cumbre, cada uno tantito a escupir el pedazo de cigarro de tuza y a quitarse el sombrero como tortilla fría. Venían puros helados, venían granizos. La iglesia, adentro, era un llamerío. Los cofrades, hombres y mujeres, los más viejos con las cabezas amarradas, sostenían manojitos de candelas entre los dedos chorreados de sudor y sebo caliente. Otras candelas, cien, doscientas, ardían en el suelo, pegadas directamente al suelo, en islas de ramitas de ciprés despenicado y pétalos de choreques. Otras candelas de varios tamaños, desde el cirio linajudo de adornos de papel de plata y alfileres con exvotos, hasta la meñique, ceras de más valor, en unas como almácigas de hojalata. Y las candelas en el altar adornado con ramas de pino, hoja de pacaya. Al centro de tanta alabanza, una cruz de madera pintada al verde y pringada de rojo, simulando la preciosa sangre, y una sabanilla blanca en hamaca sobre los brazos de la cruz, también goteada de sangre. La gente, color de palo jobo, inmóvil frente al madero rígido, parecía enraizar sus plegarias en la santa señal del sufrimiento con susurrante hervor de cernada:

...y lo mesmo te pido, Santa Cruz —y el que así rezaba levantaba las manos haciendo la cruz con cada mano—, y lo mesmo, y lo mesmo, Santa Cruz, lo mesmo; o los apartas por las güenas, yo a ese mi yerno no lo quiero, o los desaparto yo por las malas; ¡a donde yo van a venir juntos, pero mija sólo a enviudar!

...Al fin ruin, tituló el terreno que era mío, por herencia de mi padre era mío, pero yo te lo pido, Santa Cruz, que me lo quités de en medio, que se muera de natural, o yo lo quito, porque lo quito; ¡ve el bien que sería, mi Crucecita, que a ese tramposo me lo quitaras de en medio!

...El cirguión del temblor cegó las tomas por todo esto de aquí, ya no hay nacidos de agua por ninguna parte, mejor allá, menos culebra, menos ahuizotes, menos enfermedad; mandame pa por ái este año y vengo el año que entra en romería, por Dios que güelvo, por vos, Santa Cruz de Mayo, que güelvo, y si no cumpliera, me echas castigo; ¡te aceito el castigo, pero mandame por allá!

...Mejor se podiya morir el muchachito, Santa Cruz de Mayo, porque está sin remedio, como gallina ciega, como ingrudo negro, a saber qué tendrá en su cuerpo, ya no le queda acción, está puro aguadito, sin medicina.

Miraban la cruz cubierta de río, de lava de volcán, de arena de mar, de sangre de gallo, de plumas de gallina, de pelo de maíz, como algo doméstico, oficioso, solitario en los caminos, valiente contra la tempestad, el demonio y el rayo, el huracán, la peste y la muerte, y seguían rezando con susurro de cernada que hierve, y hasta el olor acre de la cernada, hasta que la lengua les quedaba como estropajo, insensibilizadas las rodillas de tanto estar incados, las manos goteantes de la viruela blanca de las candelas que sostenían por manojos, los ojos como uvas de bejuco.

Los zapatazos de los calzados, al entrar al adoratorio, el llanto de los niños de meses, traídos a tuto en sábanas blancas por las nanas indígenas, la repicadera interminable, el coheterío y de nuevo, la Santa Cruz llevada en procesión de la iglesia a la cofradía, como por gente coja, así el movimiento desacompasado del anda, entre filas de cofrades y mujeres, o de mujeres, cofrades y niños que seguían detrás en avispero.

Entre la cruz andante y la iglesia inamovible, en un espacio de cielo y campo que parecía medir el repique, iban quedando las tierras aradas para la milpa, los cercos de izotales en flor, la flor de barba de viejo hilada por las arañas de trementina, los ranchos como gusanos enrollados, una que otra casa de teja y pared blanca y en torno a la pila de la plaza morena, del asombrado color del aire bajo la ceiba, ventas de feria repartidas en enramadas de ciprés, en toldos de petate sostenidos con tres palos, o sábanas de colores añudadas a cuatro cañas de Castilla, que el viento inflaba como globos.

Goyo Yic entró en la iglesia de Santa Cruz de las Cruces estrenando el llanto de sus ojos abiertos. No pudo arrodillarse. Se fue de bruces trastabillando, hasta caer. Los pocos devotos que habían quedado en el adoratorio cuidando las candelas, se rieron.

—¿De qué color es el llanto? —gritaba, ya tendido en el suelo, y en el mismo grito, en la misma lastimadura del llanto respondía—. ¡Es color de guaro blanco!

Un jefe de cofradía con las mangas de la chaqueta de jerga azul con seis filas de botones, y dos asistentes vestidos de manta, camisa y calzón, lo sacaron del templo antes que viniera el auxilio municipal, arrastrándolo de los brazos hasta el atrio, donde quedó como algo sucio que poco a poco se fue cubriendo de moscas.

Las voces de las mujeres que llegaban a la iglesia o cruzaban por allí cerca habla que te habla, lo hacían sacudirse, quejarse, alargar un brazo, encoger una pierna. Buscaba a la María Tecún, pero en lo remoto de su conciencia ya no la buscaba. La había perdido. Para hacer hablar a las mujeres, a la María Tecún la conocía sólo de oídas, se volvió achimero ambulante. Caminos, ciudades y ferias...

—¡El espejito, niña, el espejito! ¡Peines! ¡Jabones! ¡Aguaflorida, para la florida niña! ¡Almanaques, hilera, listones, y los aritos de perlas! ¡Una pulserita, pañuelos, lápices, papel de amistad para enamorados, agujas, alfileres, peinetas y estos vidriecitos con perjume: el heliotropo, la devinia, el japonés! ¡Tricófero! ¡El tricófero! ¡Tómelo, llévelo, no estoy cobrando de más, es que la señorita apetecía el de la mujer trenzuda! ¡Las tierras del Señor!...

Todas hablaban, ofrecían, indagaban, curioseando entre las baratijas, hasta quedarse con algunas. Otras le hacían encargos. Si volvía a pasar y se acordaba era bueno que trajera prendedores más bonitos, botones y lentejuelas, sedas y bastidores redondos. «El Secretario de los Amantes» le recomendaban algunas y... no se atrevían... polvos para enamorar... los que no dejan que llegue el olvido nunca, aunque se le pague caro, y tarjetas postales con frases de amor y nombres evocadores... Carmen... María... Luisa... Margarita...

Las que, entradas en años, se quedaban mirando su mercancía sin merecer a sus ojos, las hacía hablar esperanzándolas con novenas, rosarios, pilas de aguabendita, guardapelo, pequeñas mantillas negras, y ungüentos para el reumatismo, píldoras para la debilidad, bolitas de naftalina para la vejez de las cosas, alcanfor, píldoras de éter, pomadas balsámicas contra el catarro, gotas maravillosas para el dolor de muelas, ballenas de corsé...

—Fue ruin la María Tecún —decía por los caminos, cargando todas aquellas porquerías en una gran tilichera que de viaje se acomodaba a la espalda, y al empezar a trabajar se colocaba arriba de la cintura, por delante, valiéndose de una correa de sudada lona con ribetes de cuero.

De noche, al regresar a la posada en sus recorridos de pueblos y ferias, paraba en cada pueblo donde había feria, contemplaba a la luz de la luna su sombra: el cuerpo larguirucho como ejote y la tilichera por delante a la altura de la boca del estómago, y era ver la sombra de una tacuatzina. De hombre al hacerse animal a la luz de la luna pasaba a tacuatzina, a hembra de tacuatzín, con una bolsa por delante para cargar sus crías.

Se dejó bañar, en una de esas noches de luna en que todo se ve como de día, por la leche de palo que baja de las heridas de la luna macheteada en la corteza, luz de copal que los brujos cuecen en recipientes de sueño y olvido. El copal blanco, misterioso hermano blanco del hule que es el hermano negro, la sombra que salta. Y el hombre-tacuatzín saltaba, blanco de luna, y saltaba su sombra hule negro.

—Vos que sos el santo de los achimeros, tacuatzín, podés llevarme por los caminos más torcidos o por el camino más derecho, al lugar en que está la María Tecún con mis hijos. Vos sabés que los hijos los lleva el hombre en las bolsas como tacuatzín y no les conoce la cara, no les oye su risa, no les apriende el habla que hablan con voz nueva, sino puesito que han estado en las nueve treintenas de la mujer, cuando la madre los arroja, los bota fuera de ella, y salen, entre raíces de humores fríos y pellejos calientes, hechos unos puros tacuatzines, peludos, negruzcos y chillones. ¡Ayudá tacuatzín, al achimero Goyo Yic, pa que cuanto antes tope a la mujer Tecún, en su voz, en su lengua en el aire sonando como cascabel!

Goyo Yic, en su mundo de agua con sed y huesos a los que la carne se adhiere dolorosamente, cambió de postura. La fuerza del sol le hacía sudar y al sudor se mezclaba su llanto de ebrio que no logra olvidar las contrariedades de la vida. La iglesia cerrada. Ya no se oían voces de mujeres. Pero él seguía tirado en el atrio soltando palabras sin ilación y dando manotadas. En las ferias todas se detenían frente a su puesto de venta, una sábana entre cuatro cañas de Castilla sostenida como techo, no sólo por sus baratijas vistosas, sino por ver al tacuatzincito que escondía la cabeza puntuda ante los curiosos, chicos y mujeres, las más mujeres. ¿Qué animalito es?, preguntaban al achimero casi todas deshaciéndose en melindres y nerviosidades, al mostrar los ojos grandes, negros, más abiertos para ver al tacuatzín y la desnuda risa de la sorpresa, sin atreverse a tocarlo, aunque alargaban la mano, por miedo y por asco, pues más parecía una rata grande.

El achimero, contento de que todas hablaran al mismo tiempo, así escuchaba muchas voces femeninas, sin necesidad de ofrecer los artículos de su comercio que quizás porque no le importaba como comercio sino como anzuelo para tirar la lengua a las mujeres, más de alguna, alguna, sería la María Tecún, era cada día más próspero, les explicaba:

—Es tacuatzín. Lo encontré botado en un camino y lo recogí. Me trajo la buena suerte y me quedé con él. Llueve, truene o relampacée, anda conmigo.

—¿Cómo se llama?

—Tatacuatzín.

Y entonces algunas se animaban a tocarle las orejas, llamándole:

—¡Tatacuatzín!... ¡Tatacuatzín!

El tacuatzín se escurría, temeroso, pegajoso, espeluznándose. Las curiosas se estremecían entonces hurgando en las baratijas.

De feria en feria, entre los emponchados comerciantes de tierra fría, tratantes de jarcias y monturas; los indios vestidos de blanco, muñecos de tuza tratantes en batidores, pailas, molinillos, sopladores y otros indios color de brea tratantes en achiote, ajo, cebolla, pepitas, y otros, livianos y palúdicos, vendedores de pan de maxtate, toronjas, bocadillos de coco, matagusanos, melcochas con anís, y otros tantos como van a las ferias, Goyo Yic era conocido más que por su nombre, por el apodo de Tatacuatzín.

—Lo propio, no me enojo y menos con la chulada; Tatacuatzín yo, y usted Mamachulita... —y entre palabras bonitas y manoseos cariñosos, la mujer se le avoluntó para irse con él por allí no más. Terreno barroso, montales y una laguneta, adonde las nubes bajaban a beber agua. La tuvo bien oprimida bajo su cuerpo hasta la madrugada, porque apenas intentaba despegarse de ella, entre ella y él, había lugar para el machete. El que desde que se le huyó la María Tecún, como si se le hubieran cerrado los poros, se quedó con ella adentro, él con otra mujer. Fue singraciamente y de él sólo estuvo el pellejo molido entre la María Tecún, que tenía adentro y la mujer que tenía afuera. Esa con que estaba. Y más que sus otros sentidos, el olor. El pelo de la María Tecún con huele de brasa de ocote recién apagado, retinto, lustroso y fino, y los senos como ayotes-tamalitos, que le abarcaban todo el pecho, y las piernas tuncas y rechonchas y el empeine amosetado. Olía a la María Tecún en su interior y sentía a la otra mujer, fuera de él, bajo su cuerpo, en medio de la noche barrida, estrellada, infinita. Cerró los ojos y le apoyó las manos en los pechos, para acariciarla, levantarse y escapar. La mujer hizo ruido de desquebrajaduras de dientes, rechinándolos, y de huesos en los gonces, alargándose, encogiéndose, triturándose la cara con las lágrimas que engranaban la pena del pecado a la placidez sonriente de su dicha. Un paso aquí y otro allá, en lo oscuro que era sombra o tierra amontonada detrás de chinamas, galeras y carpas de la feria. El cielo se movía. Admirable verlo andar como un reloj. Marimbas, guitarras, acordeones, gritos garrasposos de los que cantaban las cartas de «Los Pronunciados»: ¡El que le cantó a San Pedro!... ¡La sirena de los mares!... ¡El que por su boca muere!... ¡El que pica con la cola!... ¡El retrato de las mujeres!... ¡La bandera tricolor!... Pasó de los puestos de juego, juego de argollas, loterías, rueda de la fortuna, entre grupos de gente que se movía como imantada, hasta llegar a su chinama, donde tenía bajo siete llaves los oros falsos de su tilichera. Largó una moneda de níquel al que le hizo el favor de cuidarle y entró directo a buscar al tacuatzín, para acariciarlo. Era remordimiento. Su mano penetró en la bolsa vacía. De las puntas de sus dedos que no dieron como otras veces con el espinazo pelado del animalito, subió quemándole el brazo un frío eléctrico. Tomó el bolsón entre las manos y lo estrujó. El tacuatzín había huído. Se quedó, después de soltar la bolsa vacía sobre la tilichera, parado de una pieza. La flor de amate, convertida en tacuatzín, acababa de dejar el fruto vacío, escapando para que, como a la María Tecún, no la viera el que no estaba ciego, el que ya veía a otras mujeres. A la mujer verdaderamente amada no se la ve, es la flor del amate que sólo ven los ciegos, es la flor de los ciegos, de los cegados por el amor, los cegados por la fe, los cegados por la vida. Se arrancó el sombrero. Había misterio. Prendió un fósforo para ver las huellas del tacuatzín. Estaban bien marcaditas. No muy hondas, superficiales, ligeras. Las borró con la mano del corazón y el polvo que le quedó en los dedos y la palma, se lo pasó por la cara, por la lengua hedionda a besos de mujer ajena y cerró los ojos buscando en vano a la que no encontraría ya ni en la realidad ni en esa sombra de cajón de muerto, al tamaño de su cuerpo, regada por sus párpados sobre él.

—¡Ve, vos, Tatacuatzín, dame algo por haberte quitado las ganas!

Goyo Yic oyó la voz de la mujer en esa sensación de despoblado que dan las ferias al asilenciarse y, sin más esperar, alzó la tilichera, fue hacia donde estaba el bulto de la mujer contra la sábana blanca que rodeaba su trampa y le descargó, encima, al bulto, la gran caja de madera cubierta de vidrio con toda su achimería. La silueta oscura de la mujer que detrás de la sábana rala se veía como un manchón de chingaste de café, resbaló sin ruido, al tiempo que los vidrios rodaban en pedazos y caían en chinche a lo callado espejos, collares, aritos, pulseras, frascos de perfumes baratos, rosarios, dedales, alfileres, agujas, ganchos de mujer, jabones, peines, peinetas, listones en piezas desenrolladas, pañuelos, crucifijos...

Huir. Seguro que sí. Él también era tacuatzín. Y de andar fugo en el monte mucho tiempo se puso prieto. Lo malo es que en el monte de estar solo se estaba volviendo loco y se enredaba en cosas con la María Tecún que, aun cuando había sido ruin, merecía que así a lo solo le echara a la conversación. Si topaba un arbolito con perraje de flores le acercaba la mano temblorosa. Estás loco, se advertía, y seguía adelante, emboscado, sólo a ver que era igual a su adorado tormento, un salto de agua bonito, al que acercaba el cachete para que le floreara la espuma que era como la risa de... fue ruin. Se menoscaba el ánimo de no ver gente, no ver chuchos, vaya. Los chuchos ya tienen algo de gente. Comía lo que encontraba que se podía mascar y tragar. Raíces gordas con sabor a papas crudas, frutos que antes se aseguraba si los habían picoteado los pájaros, para saber que no eran venenosos, hojas carnosas, y unos tronquitos que mordían las ardillas.

De bien lejos olfateó el hombre que la mayor parte de la vida estuvo ciego, que había pueblo cerca. No sabría explicar cómo en el aire se le corporizaban las cosas a distancia. Lo que sus pupilas no alcanzaban estaba en su nariz. Y así fue como bajó, tras recorrer y recorrer tierras, desesperado de no ver gente ni comer caliente, a Santa Cruz de las Cruces, arrebiatado a un tren de carretas que vuelteaban trastumbando. Pronto se sintió cogido entre la última carreta y una ronda de enmascarados. Era el gran convite de la Feria de la Cruz de Santa Cruz de las Cruces. Vestidos de colorado, verde, amarillo, negro, morado, tocaban instrumentos, repartían latigazos fiesteros y bailaban.

Goyo Yic, que ya sólo era calavera con ojos, pelo y dientes, seguía las piruetas y los decires de los enmascarados con atención de infante. Los que llevaban en la cabeza plumajes de colores eran los reyes, el cabello y la barba de plata, los ojos con párpados de oro, gruesos los labios de la máscara, también plateados. Otros había que llevaban coronas y otros con unos sombreros que más parecían canastas de flores de papel de china. Entre todos iba y venía bailando, saltando, cueraceando a los mirones, el mico del hoyo, vestido de negro, coludo, cornudo, los ojos en ruedas rojas y roja la boca redonda con los dientes blancos. Una gran comparsa.

Goyo Yic, el Tatacuatzín, dejó la carreta en que se había trepado, para andar un poco arrastrado, y se incorporó a la algazara y polvareda de los que el pueblo de Santa Cruz de las Cruces recibía como los heraldos de la mayor festividad del año. Entre las agujas de una puerta tranquera, desembocó el convite seguido de multitud de chicos de todas edades, desde el mayorcito con honda de pita en la mano u otro instrumento de tortura, hasta el lloronzuelo, desde las muchachonas con las cabezas arrebiatadas de listones, igual que vaquitas de feria, hasta las señoras congojosas, en años de pelo color de espina y arrugas de tierra seca.

En la cofradía de gran patio barrido y oloroso a tierra mojada, el agua y la tierra en medio del olor de la tarde, se repartían bajo jocotales cargados de jocotes verdes como hojas, ya amarillando algunos, y aguacatales de triste aspecto somnolente, mesas con vasos de horchata ya servida, suave olor de chufa, agua de canela que parecía afinar los vasos de herradura, adelgazándose hasta hacer pensar en caballitos retintos, y fresco de suchiles, agridulce, picantón. Y al pie de los vasos de horchata, agua de canela y suchiles, los panes rellenos con frijoles negros y queso espolvoreado, otros con encurtidos y lechuga, otros con sardinas, y las enchiladas bajo tormentas de moscas que espantaba con parsimonia la vendedora zamba, ojerosa, de cara acachimbada.

En otras mesas —la cofradía era un mercado religioso bajo el vuelo de los clarineros alegres— se ventilaban otras aguas refrescantes: el chan de semillitas negras asentadas en el fondo del vaso que al servirlo revolvía la vendedora, una joven ella parecida a la María Tecún, semillitas que girando, girando iban hasta el garguero, como en una prueba astronómica de la formación de los mundos; los rosicleres de color de banderas, dulces, mielosos; y el agua de chilacayote, fresco con barbas de sargazos y pepitas negras, negras.

Por allá, en el fondo, se botaba con sólo un agua la gran enramada del altar, alta por delante, baja por detrás, como formando resplandor, toda vestida por dentro y por fuera de pino, ciprés, chilcas, hojas de pacaya, festones de pashte, parásitas con flores de forma pajarera, y frutas a madurar. La Santa Cruz, patrona de la cofradía, alzaba pie de un anda con nagüilla de cortina roja. Frente a ella, en candeleros y en el suelo de ladrillo —era la única cofradía que tenía altar con suelo de ladrillo—, ceras amarillas, adornadas con papel de china morado y retazos de oro pegados con engrudos de algodón, y ceras de todos tamaños, hasta las humildes candelas de sebo, enanitas y no por eso menos llameantes.

Fuera de este círculo celestial de candelas, una fogata de lengüitas de serafines y culebritas de humo, el altar propiamente dicho, consistente en una larga mesa cubierta con un mantel almidonado. En este altar los cofrades y peregrinos depositaban flores, frutas, gallinas, animales del monte, palomas, elotes, ejotes, frutas y otros presentes. Al centro de este altar, había una bandeja para las limosnas, bandeja que se repetía en una mesa colocada a la derecha, entre garrafas de aguardiente cuelludas y panzonas, con nances amarillos, cortezas de limón, cerezas y otras frutas de sabores en el cristalino mundo en que el licor parecía dormir como un lagarto transparente, con risa de muerto, fija.

La marimba esperaba las seis de la tarde. Goyo Yic, que miraba todo con ojos tristones de tacuatzín, se acomidió a soplar el fuego preparado para la quema de bombas y cohetes al pie de un aguacatal raizudo y altísimo. Los tizones mudaban la piel de fuego al soplarlos Goyo Yic con su sombrero. El fuego le recordaba a María Tecún. El calor del fuego entre tetuntes. Si jugaba el sombrero rápidamente sobre las llamas, cada tizón era un vivo cascabel, si haraganeaba el sombrero, se vestían los leños ardiendo de escama de ceniza, escama menos pesada que el aire, porque al resoplar con diligencia, nuevamente, volaba dejando en el amazorcado braserío del fogón, miembros de árboles amputados, sangrantes.

—Fue ruin la María Tecún...

Había dejado de soplar el fuego y le sacaron de su pensamiento los encargados de quemar los cohetes y las bombas voladoras. Fueron asomando sin sombrero, los pies lavados, las ropas nuevas, camisas a colores, pañuelos de sedalina en los cuellos y las insignias de la cofradía, consistentes, según los cargos de mayordomos o guardias, en cruces más o menos grandes sobre rosetas de listón morado y blanco.

Anunció la hora un presentimiento de pájaros que volaron de los árboles cercanos, al asomar al patio la cuadrilla de los que, llegado el convite, iban a soltar los cohetes, relinchos de caballitos enloquecidos, al sonar las campanas de las vísperas.

El repique no se hizo esperar. Se alzó en el inmenso y dulce silencio amonestador de la tarde que volcaba sobre las montañas profundos rosas y llameantes nubes rojas.

Y al repique, salieron disparados de las manos morenas de los que soltaban los cohetes, uno, otro, otro, otro, otro y otro cohete partiendo la pureza del aire con su quisquilloso respirar de nariz tapada, para estallar en lo alto, otros sobre las casas y otros, los que no agarraban viaje, entre los cercos y el suelo. Las bombas voladoras eran colocadas, mientras tanto, por muchachones que hacían sus primeros tanes en los morteros, y otros, más adiestrados, tan pronto como el proyectil caía en el mortero dejando fuera la punta de la mecha como la cola de una rata, aproximaban el tizón y... pon... pon... pon... estallidos violentos, terráqueos, seguidos de roncas detonaciones en medio de la celeste inmensidad ya con estrellas.

La noche sumergió a Santa Cruz de las Cruces en sus aguas de lago oscuro, hasta la altura de los cerros circundantes, ensoguillados de fogatas. Goyo Yic, helado como tacuatzín, seguía sopla que sopla el fuego con su pobre sombrero de petate viejo, por hacer algo, pues ya la quema había pasado y los tizotes habían servido.

Del alboroto de las seis de la tarde sólo quedaba la marimba querendona y apaleada, molida a palos como los árboles cuando los apalean para botar las frutas, los animales perjuiciosos cuando los apalean para que aprendan a eso, a no hacer perjuicio y a no ser haraganes, las mujeres cuando las apalean para que no se juyan, los hombres cuando los apalean las autoridades para quitarles lo de hombre que llevan dentro. Él ya no llevaba dentro nada de hombre. Se había vuelto tacuatzín, tacuatzina porque llevaba a sus hijos metidos en el bolsón del alma. Lo ruineó la María Tecún. Y para siempre. Y para peor el herbolario, que le sacó los ojos y le puso ojos de tacuatzín.

¡Fiesta de Santa Cruz de las Cruces! Por la señal de tus fuegos que llaman el agua que los pitos llevan en sus ojos escrutadores. Por el campesino que en tu día se destierra del suelo y se encarama a tus brazos de mástil, con las velas ensangrentadas, a llamar a Dios. Por los que frente a tus chozas, en tus calles, con basuras, palos secos y ramas verdes prenden sus fogarones para soñar que tienen a sus pies una estrella colorada. Las llamas de los cirios cuerpones se baten a duelo de lenguazos de oro frente a ti que eres el duelo de la vida, formada por los destinos que se cruzaron, el de Dios y el del hombre, entre enemigos a muerte, negaciones, tempestades y desgarrado llanto de madre. ¡Santa Cruz de las Cruces, que venga el agua pronto, que pronto pasen los azacuanes trazando en el cielo su gran cruz de sombra y ala! ¡Las manos le comen de dicha, Santa Cruz de las Cruces, al que te venera en tu día, en tu hora, en tu instante! Los venados, allá donde no ven, pero están, apuntan con sus orejitas para tu fiesta de cazadores que te traen las primeras presas. Los árboles saben que sus frutos más ricos son para adornar esta fecha en que cumple años la agonía del mundo, y empujan su savia más dulce con nuditos de voluntad de madera para que sean miel oprimida en la cáscara, y las avispas de shute negro que al picar dan calentura, se tornan esposas milagreras. ¡Santa Cruz de las Cruces, casada en artículo de muerte con Jesús, tu fiesta es el riesgo del hombre que se arranca de la mala vida y se abraza contigo, cuerpo a cuerpo, no sabiendo si te abraza o te lucha, para quedar después sólo mudada y sombrero de esqueleto, para susto de las palomas maiceras!

Noche entamalada con las hojas verdes de las montañas que formaban envoltorio al pueblo de Santa Cruz de las Cruces. Frente a la Santa Cruz, en la enramada del altar, bailaban los cofrades al compás de la marimba, todos con el corazón como después de un susto. Y para que el corazón les volviera a su punto, se acercaban a la mesa del trago y vaciaban en pequeñas copas el contenido de las garrafas, aguardiente que cambiaban por limosnas. Gulululuc, el trago por el gaznate, y chilín, el níquel, la moneda de níquel en el platillo de la limosna, y la reverencia a la Santa Cruz.

Medianoche. En el patio de la cofradía y en los alrededores, escuchábase el pataleo de las bestias adormecidas bajo el sereno, veíanse los fuegos de los condumios, los hachones de ocote de las ventas de frescos, panes y batido, y grupos de gentes, familias y conocidos, que andaban de paseo sin ruido, los pies descalzos y la risa de tan vieja ya cicatrizada en sus caras de fantasmas entrapajados.

Goyo Yic, después de tomar café, le dio manita a una mujer para que apeara un canasto de verduras y animalero, chumpipes y gallinas, que traía en la cabeza. La cargadora se le quedó mirando agradecida, las tostadas pepitas de los ojos en la cara pálida del jadeo, el cabello ruin por el yagual, y entre resuello, soltó un Dios se lo pague, en voz tan apagada que Goyo Yic apenas si percibió el acento. Con su ayuda, la cargadora arrastró el canasto hasta las colinas. Yic con su mano chocó la de ella. Había hablado. Había oído. Se le descompuso el cuerpo. Pero otro Dios se lo pague, acabó con el embrujo. No. No era la María Tecún. Pero qué voz tan parecida. Refregó la espalda en un horcón, mientras la mujer se perdía en la noche. Todavía la oyó mear. Pero por allí qué iba a conocer a su mujer si todas mean igual. El resplandor de los fuegos le doraba el pelo al Goyo Yic, la cara enjuta, cobriza, desaparentada de en lo que andaba. En la oscuridad, aire vestido de telaraña, los vaqueros humaban. Estornudos de mecheros de piedra de rayo y eslabón bravo y brasas de cigarros de tuza o puros trenzados. Humó y se emborrachó con ellos, el Goyo Yic. Le brindaron un trago de una botella, y se la pescueceó entera. Casi. Un culito dejó.

—Y vos, ¿qué te proponés olvidar que te bebés el aguardiente así? —le preguntó un vaquero cara de caite viejo.

—Es que la tristeza lo vuelve a uno algo tacuatzín... —fue su respuesta, pero ya estaba el aguardiente jugándole en la sangre, en los ojos, en los gestos, en los ademanes.

—Éste ya no se para —dijo otro vaquero.

—Lo susodicho —dijo otro.

Pero el Goyo Yic se paró y estuvo bailando y anduvo toda la noche no sabe dónde, hasta la mañana siguiente en que fue a caer de boca a la iglesia, de donde lo sacaron a botar al atrio.

La sequía lo hizo pararse. Había anochecido. Un día entero estuvo botado en el atrio, ratos oyendo mujeres que pasaban hablando, ratos sin darse cuenta de nada. Se paró como pudo. Le temblaron las canillas. Derecho a la pila de la plaza a beber agua hedionda a caca de jaula. Cuesta volver en sí.

—Entonce —se acercó a hablarle un hombre de campo más alto que él—, entonce nos vemos hoy, yo ya arreglé el trato, la mitá de las monedas usté y la mitá yo, y de la ganancia vamos mitá y mitá; pero hay que salir temprano para que nos abunde el tiempo.

Goyo Yic se buscó el pañuelo con los güegüechitos de monedas, pero no lo tenía y... entonces y entonces...

—No se busque más, yo se lo guardé y aquí lo tiene. Entonce nos vamos. Más para el camino tomamos café, si le parece.

El hombre empezó a caminar y detrás, como un baldado, fue Goyo Yic, igual que un tacuatzín detrás de un prójimo desconocido.

El café le asentó el estómago. Entonces se fijó, entonces, que el hombre amigo llevaba un garrafón a la espalda. Al mediodía se bajaron a beber agua, por una veredita, a una quebrada. Allí, al volver al camino real, le dijo el amigo:

—Entonce ahora lo carga usté...

Goyo Yic se echó el garrafón a la espalda y siguió caminando. Hasta entonces, cargando el garrafón vacío recordó el trato, lo pactado con aquel camarada. Le comía la lengua por perguntarle cómo se llamaba y le preguntó.

—Domingo Revolorio. Entonce ya no se acuerda de todo lo que hablamos. Cuando usté me tenía abrazado y me decía que sí, que sí, que sí, que yo daba la mitá del pisto y usté la otra mitá, que mercábamos el aguardiente y regresábamos a Santa Cruz de las Cruces a venderlo. El negocio es negocio redondo, si cumplimos nuestra palabra de no obsequiar a ninguno una copa, sea quien sea, sea el más amigo, sea un pariente suyo, sea un pariente mío. Regalado, nada. El que quiera, compra. Pisto en mano, trago en copa. Ni nosotros mismos podemos tomar sin pagar. Si usté quiere tomarse un su traguito, me lo paga; si yo quiero, se lo pago, y no es cuestión de que seamos uno en el negocio.

Mediaban las cuatro de la tarde y Domingo Revolorio, conforme el trato de dividirse gastos, trabajo y ganancias, tomó el garrafón hasta llegar a un poblado en que se destilaban, sabiduría antigua, en ollas de barro, muy buenos aguardientes.

Un guacal de agua hirviendo y polvo de chile, fue todo lo que tomaron de alimento. Lo primero, por lo tanto, al llegar, era comer. Tortillas, queso, frijoles, café. Y un par de tragos. Se entraron por una caballeriza a un mesón oloroso a sancocho. Tras el olor se entraron. Domingo Revolorio arregló con la patrona y allí comieron y durmieron, después de dar una vuelta por el pueblo. Sólo cuando oía hablar mujeres, se acordaba Goyo Yic que andaba buscando a la María Tecún. Últimamente ya no pensaba mucho en ella. Pensaba, sí, pero no como antes, y no porque estuviera conforme, sino porque... no pensaba. ¡Ay, alma de tacuatzín! ¡Ay, ojos de tacuatzín! Era cobarde. El hombre es cobarde. Ahora, cuando pensaba en ella, al oír hablar mujeres, ya no le daba como antes un vuelco el corazón, y se entretenía en pensarla con un hombre rico, con muchas fuerzas, con mucha puntería... ¿Para qué la iba a buscar él que si recobró los ojos, se le metió en el alma un tacuatzín? Los años, la pena que no ahorca con lazo, pero ahorca, los malos climas en que había estado durmiendo a la quien vive, en sus vueltas de achimero, registrando todos los pueblos y aldeas de la costa, y el paño de hígado en la cara de tanto beber aguardiente para alegrarse un poco el gusto amargo de la mujer ausente, lo fueron apocando y apocando, hasta darle la condición de uno que no era ninguno. Materialmente era alguien, pero moralmente no era nadie. Hacía las cosas porque tenía que hacerlas, no como antes, con el gusto de hacerlas para algo y fue peor cuando perdió la esperanza de encontrar a la mujer y a sus hijos. Hay tristezas que abrigan. La de Goyo Yic era tristeza de intemperie. Recogió las piernas, se encogió y se durmió hasta el día siguiente, antes que cantaran los gallos.

—Madrugó, compadre... —le saludó Domingo Revolorio y le pidió los realitos que le tocaba poner en el negocio del garrafón de aguardiente.

Le llamaba compadre. Se llamaban compadres. Así empezaron a decirse y así se dijeron siempre. Compadres. Sólo que había que saber quién de los dos era el tata de la criatura y quién el padrino, y si la criatura era el garrafón.

—Po-aquí en debo tener más si no alcanza con eso, compadre Mingo —dijo Tatacuatzín rascándose las cejas—; cuente, por vida suyita, hay que ganar tiempo para que no nos agarre la fuerza del sol en el camino; ya yo le di todo lo que tenía en efectivo.

—Y está cabal, compadre Goyo; llévesela usté; son ochenta y seis pesos, según mis cálculos, lo del garrafoncito de veinte botellas; bueno hubiera estado traerse uno más grande.

En la posada, los arrieros arreglaban sus cargas, unos se movían a dar agua a las bestias y otros las aparejaban. Sobre los aparejos echarían la carga; harina en saquitos blancos y azúcar en costales de brin extranjero.

Goyo Yic llevaba el dinero, y el compadre Mingo iba detrás diciendo entre otras cosas

—Pusimos mitá y mitá; el garrafón ya lleno lo vamos a ir cargando, ratos usté y ratos yo, y de lo que ganemos, mitadita para cada uno; en todo, la tajada por mitá, en las monedas del costo, en el trabajo pa llevarlo y en la ganancia. Dios nos favorezca.

—Por supuesto... Por supuesto... Por supuesto... —repetía Goyo Yic en los cabes que el compadre Mingo le dejaba para que él también opinara—. Y lo mejor, la condición: no regalar ni un trago, ni nosotros, los condueños podemos disponer de una copa, sin previo pago.

—Sólo ansina resultan buenos estos negocios; yo tuve cantina y me la bebí; la segunda me la bebieron los amigos; dos cantinas tuve y me quedó experiencia.

—Como pa que no le quedara, compadre Mingo. Lo magnífico es que vamos a llegar a Santa Cruz ya cuando estén escasos de guaro. Negocio redondo es en puras monedas, ni regalado ni al fiado.

—Sobre mil doscientos pesos le vamos a sacar a los ochenta y seis que nos cuesta el garrafón.

—Previsto...

—Y así tendrá usté para más amores. Su gusto es amar, compadre Goyo, y amar con pisto es mejor que amar pobre. El amor no se lleva con la pobreza, aunque digan lo contrario. El amor es lujo y la pobreza, qué lujo tiene. Amor de pobre, es sufrimiento, amor de rico es gusto.

—Y en qué ha visto, compadre, que yo sea enamorado.

—En que se para y se queda oyendo a toda mujer que habla. Aunque no sea con usté, usté se para y la oye.

—Ya le conté que ando buscando una mujer que sólo conozco de oído. Nunca la vide. Sólo la oí hablar y así tal vez la identifico. Tal quien la voy a encontrar un día, porque la esperanza no se muere en el corazón del hombre ni aunque la maten.

—Y si no la encuentra, compadre Goyo, la olvida, la cambia por otra mejor. Porque si da con ella y ella está voluntariosa con otro, lo chiva.

—Ni lo hable, compadre. Purititamente con otro, no

me importaría; pero si agarró mal camino y es mal ejemplo de los hijos, Dios guarde. No se deletrea todo lo que siento en el cuerpo: ratos la cosquilla de querer saber de ellos, de quererse empinar sobre todo lo que los oculta, para ver cómo están; ratos ahogo que no se va si uno no anda, como si andando, como si paseándose, acortara uno la distancia que lo separa de ellos. Pero ha pasado tanto tiempo, que ahora ya no siento nada. Antes, compadre, la buscaba para encontrarla; ahora para no encontrarla.

Mingo Revolorio, bajo de cuerpo, de pelo negro aplumado, cejijunto, tez bastante clara, representaba menos edad de la que tenía. Si reía parecía tocar un instrumento de banda, si callaba se borraba. Para hablar hacía siempre el gesto de arremangarse las mangas.

Varias veces hizo el movimiento de subirse la mangas de la chaqueta, pero no dijo nada, apenas entre los dos labios apuntaba un número y otro número, contando las botellas de aguardiente que iban llenando el garrafón, una por una, mientras el compadre Goyo Yic, pagaba el valor del aguardiente y compraba la guía para poder circular por los caminos con libertad. Por todo pagó ochenta pesos.

—Compadre Mingo —corrió a decirle—, estuvo mejor la cosa, porque nos sobraron seis pesos. Cobraron sólo ochenta pesos, con guía y todo. Sobraron seis pesos.

—Bien, compadrito, muy bien, porque ansina no regresamos sin nada en la bolsa. Siempre es bueno llevar algunos pesos para el camino.

—Son seis pesos.

—Guárdeselos usté, compadre; después, al llegar, haremos cuentas, que al cabo cuarenta y tres habíamos puesto cada uno, pero como sobraron esos seis pesos, sólo pusimos cuarenta, y de allí son tres de cada uno.

—Si quiere le doy sus tres.

—No, compadre Goyo, llévelo todo junto. Y compramos buen aguardiente, lo mejorcito que hay, sabor cacao, y tiene su colorcito a coñac fino, lo que hace más fácil el expendio, porque dicen que además de alegrar, alimenta. Se pudo haber comprado aguardiente de cabeza de carnero, que es más alimento, casi reconstituyente, pero cuestaba, sin duda, unos pesos más, y siendo así no nos traía cuenta.

Mingo Revolorio metió el garrafón en una red y se lo echó a la espalda, para agarrar cuanto antes la retopada del camino. Las primeras añilinas del día simulaban mercados de frutas —naranjas, limones, sandías, pitahayas, granadas, limas, toronjas, cerezas, acerolas, nances, pepinos, guanábanas, zapotes—, frutas que poco a poco dejaban de ser frutas sobre los cerros violáceos y se volvían flores de variadísimos colores y formas —claveles, geranios, rosas, dalias, camelias, orquídeas, hortensias—, flores que al salir el sol apelmazaban sus colores hasta formar el verde clorofila de las serranías, convirtiéndose en hojas.

—No me negará, compadre, que hace frío... —exclamó Goyo Yic, al pasar entre dos paredes de cerro, trepando, bajando, saltando, afinándose para caber en el camino, lo que llamaban Cerro Partido.

—Sí, compadre, hace frío; pero andando se quita.

Goyo Yic miró el garrafón a la espalda de su compadre con la sed que el frío caliente del paludismo pone en las pupilas, y repitió:

—Mucho frío, compadre, mucho frío...

—Andele que así se calienta y no se aflija por eso, que ya va a salir el sol.

—Vea, compadre Mingo, que tal vez nos caería bien un trago, que aunque nunca cae mal, ahora nos caería mejor, a mí por lo menos.

—Al estómago nos caería, compadre; pero no tenemos pa pagarlo y mejor sigamos. El pacto es pacto no es juguete, dimos palabra de hombre que de este garrafón no daríamos a nadie, ni a nosotros mismos, una copa sin el correspondiente pago.

—Quiere decir que a usté también le apetece.

—Por supuesto, pero no se puede, porque, además de la palabra, compadre Goyo, debemos pensar que son nuestros intereses los que peligran si empezamos a tomar gratis. Trago usté y trago yo, nos acabamos el garrafón y llegamos sin nada a Santa Cruz. Lo que yo puse era todo mi capital, usté también puso todo su capital, si usté se chupa un trago sin pagármelo y yo hago lo mismo, nos quedamos en la calle.

El camino sombreado por árboles corpulentos, grandazos, de ramas que se extendían superpuestas como capas de sopa de tamal verde, entre pozas de agua nacida de las peñas espejeantes por el agua y las arenas a la salida del sol, aumentó en Goyo Yic, Tatacuatzín, la gana de beber aguardiente, sin duda porque aquella humedad rumorosa y aquel calorcito de nuca que traía el sol al salir, le recordaba a la María Tecún, cuando, después de bañarse en el río, regresaba al rancho. Mujer sufrida. Cerró los ojos para apartarse, momentáneamente aunque fuera, del mundo visible, y paladear su felicidad de ciego.

—¡Compadre! —no se aguantó más—, ¡compadre Mingo, yo le compro el trago! —traía en la bolsa, por todo traer, los seis pesos que le quedaron al pagar el garrafón, las veinte botellas, y la guía.

—Si es pagado, no hay inconveniente.

—Y anticipado para que no desconfíe.

—No le permito, compadre, que me llame desconfiado con usté que es mi socio en este negocio. Lo que pasa es que gratis yo no podía darle el trago. Era pasar sobre el convenio.

Y así hablando se detuvo Revolorio, bien negras sus cejas juntas, pobladas, sobre su tez blanca, la voz como ahorcada, como engolada, debido a la carga.

Se detuvo, puso en firme el garrafón, echándose de espaldas sobre un bordo del camino, hasta que el garrafón tocó el bordo; lo soltó, ayudado por el compadre Goyo, que estaba que se le quemaba la mil por beberse el trago, y después de sacudirse las manos que también había apoyado a la peña, le vació a su compadre lo que hacía seis pesos de guaro, en un guacalito de fondo negro.

Goyo Yic, Tatacuatzín, pagó a su compadre Mingo

los seis pesos y apuró el guacalito a grandes sorbos, paladeándose al final y dando su aprobación de catador, igual que un pájaro que abre y cierra el pico después de haber bebido agua. Luego, tomó el garrafón para echárselo a la espalda. El compadre Revolorio ya había cargado, y ahora le tocaba a él.

Pie tras pie, trepó Tatacuatzín media legua, jadeando un poco, tronando las arenas del camino bajo sus caites de hombre que a su peso aumentaba el de la preciosa carga. Muy atrás seguía Domingo Revolorio, como cansado. De pronto, apretó el paso para alcanzarlo, igual que si le apremiara una necesidad urgente.

—Compadre... —le dijo, con la mano en el pecho, no se le notaba lo pálido, porque era blanco—, me estoy alcanzando, ya no respiro...

—¡Trago quería usté, compadre!

—¡Me muero!

—¡Un trago!

—Déme unos golpecitos en la espalda y déme el trago...

Goyo Yic, Tatacuatzín, le golpeó la espalda.

—Y el trago, compadre —reclamó Revolorio.

—¿Tiene para pagarlo, compadre?

—¡Sí, compadre, los seis pesos!

—Ansina sí baila mija, porque de regalado no podía darle el trago ni que se estuviera muriendo.

El guacalito lleno de aguardiente sabor de cacao en manos de Revolorio y los seis pesos en manos de Tatacuatzín. Aquél lo saboreó. Untaba las encías con su cerca de azúcar, sin ser dulce, y suavidad de pétalo de rosa con puyón de espina.

Mediodía. El sudor bajaba por la frente de Goyo Yic, que siguió con la dichosura, la preciosura, la lindura, del aguardiente a cuestas, en vista de que Mingo Revolorio estaba algo doliente. De encuentro y pasada un patacho de mulas: una, dos, tres, veinte mulas cargadas de cajas de maicena, jaulas con trastos de peltre entre paja blanca y barrilitos de vino. Los compadres se acuñaron a la peña mientras pasaban las mulas al trote, levantando nubes de polvo, cuidadas por los arrieros a pie y seguidas por los fleteros que iban a caballo.

—No siga, compadre Goyo —dijo Revolorio, sacudiéndose la tierra de la cara, parpadeó para ver claro, y con medias escupidas para no tragar tierra—, que ahora a mí me toca cargar un poco el garrafón, ya usté sacó más de la tarea.

Goyo Yic, Tatacuatzín, que había hecho casi dos horas de macho de carga atendiendo a que su compadre no podía mucho por estar enfermo de angina de pecho, se detuvo al solo despegar de la peña en que se recostaron a ver pasar el patacho.

—Si no le hace mal, si no le afecta, compadre...

Tatacuatzín no estaba muy convencido de la enfermedad de Revolorio. Se hizo el enfermo para beberse el trago. Casual que sólo de regreso le iba a afligir el corazón. ¿Por qué cuando venían no lo sintió?

—Trato es trato y a mí me toca cargar ahora.

Mingo Revolorio, con los brazos trunquitos que movía a lo muñeco, le quitó la carga entre risas y manoseos.

—Bueno, compadre, pero allá si le hace mal, y espere tantito, no se apresure, que antes que se eche el garrafón a la espalda, voy a querer mi trago.

—¿Vendido?

—Seis pesos que aquí tiene. Toda venta al contado, compadre, porque si no nos ruineamos.

Revolorio recibió los seis pesos y sirvió bien colmadito el guacal de aguardiente. Brillaba el líquido entredorado bajo el sol radiante. Tatacuatzín se lo sembró de un trago.

Un chubasco de hojas les cayó encima. Pleiteando estarían águilas o gavilanes en algún palo. Lo cierto es que en la modorra de la siesta, bajo el sol torrencial, casi sin sombra, se escuchaba en lo alto el repique de las alas borrascosas que chocaban bamboleando las ramas, de las que caían hojas y flores. Goyo Yic recogió algunas flores amarillas para adornar la dichosura, la preciosura, la lindura que llevaba a cuestas su compadre Mingo.

—Trago querrá, compadre, que lo está adornando —se detuvo a decir Revolorio, con la risa en los labios y los cachetes rojos de estar llevando sol, porque el sombrero a esas horas de mediodía no tapa, no sirve.

—No, compadre, no tengo con qué pagarlo.

—Pues si quiere le doy prestao los seis pesos.

—Si es su voluntá; al hacer las primeras ventas de ái lo descuenta y se paga. Usté es hombre pacífico, compadre. Vale que vamos a tener a nuestra disposición una bonita ganancia.

Revolorio le dio los seis pesos a Tatacuatzín, el Goyo Yic, y le colmó el guacalito con el fondo negro. Cuando se llenaba de aguardiente parecía un ojo sin párpado, desnudo, mirándolo todo. Tatacuatzín saboreó el licor, puro cacao, y le devolvió en pago, los seis pesos a Revolorio.

—Le debo seis pesos, compadre Mingo, y usté anda medio malo, déme a mí el garrafoncito que ya no veo las horas de llegar.

Siguieron más corriendo que andando. Goyo Yic con el garrafón a cuestas y Revolorio de Cirineo.

—Quizás no le moleste, compadre, apear un poco y venderme un trago. Me se alcanza el corazón, la palpitación la tengo dispareja.

—No, compadre, no es molestia, es bien para los dos, porque usté se beneficia tomándose el trago si se siente malo, y los dos ganamos, porque la venta es al contado. Lo malo sería que usté y yo fuéramos trago y trago de puro obsequio.

El guacalito se llenó burbujeante, bajo los ojos sedientos de los dos compadres. Tatacuatzín recibió de Revolorio los seis pesos, se los guardó y se echó el garrafón a la espalda para salir adelante.

Andando, andando Tatacuatzín decía:

—Si el negocio sale del todo bueno, como lo pensamos, y como tiene y tendrá que salir, usté está viendo que hasta nosotros, hasta usté enfermo, hemos tenido que pagar las medidas que nos hemos tomado, porque yo cuando usté se maleó esta mañana bien pude regalarle un trago, una medida. Sin embargo, compadre Mingo, no fue tacañería o mal corazón, fue porque así sentábamos una base de cumplimiento de lo hablado. Le iba diciendo que si el negocio sale bueno, con los reales vamos a ir a buscar a un herbolario que yo conozco, el señor Chigüichón Culebro, el mesmo que me sañó los ojos, para que le haga algo a mi compadre en ese su mal del corazón. Si no se va a cair muerto el rato menos pensado.

—Ya me han medecinado. Lo que dicen que tengo y yo lo siento es la espuma de corazón.

—¡La fregada!, ¿y eso qué es?

—A los que como yo hemos sido bebedores de trago todos los días, nos queda baba de licor en la sangre, y cuando esa baba llega al corazón, mata. No aguanta el corazón la baba del guaro.

—Pero debe haber remedio...

—Otro trago...

—¿Qué le dijiera?

—Que sí, compadre Mingo, si es su medicina y es al contado.

—Aquí tiene los seis pesos...

Goyo Yic recibió el monto y llenó el guacalito de aguardiente, rico cacao líquido.

—Por aquí es por lo de Suasnávar —informó Revolorio—, quiere decir que ya estamos llegando a Santa Cruz. Adelantito vamos a vistearla dende en la cumbre. Y estos Suasnávar son gente del tiempo del Rey, y por mero aquí, puta que los parió, dejaron un tesoro sepulto. Puro oro en barras y joyas preciosas. Ya lo han buscado. Vinieron hace años unos hombres altos, altos, blancos, blancos, con unos hombres negros, negros, también grandones, y ái fue de echar a retozar las piochas, los azadones, las palas y la denamita. Ya le andaban volando la cresta al cerrito aquel. Vea ónde le señalo. Aquel cerrito. Pero no encontraron nada.

—Y debe ser bastante...

—Después, se fueron muriendo de lo que vamos a morir usté y yo, compadre Goyo. La mina que encontraron fue la fábrica de aguardiente, y de ái ya no salieron. Primero, recién venidos, comían los blancos separados de los negros, los negros les servían de criados. Más tarde, en borrachera, los blancos les servían a los negros y todos se decían hermanos. Y es que el licor, compadre, traerá males, pero no deja de tener sus bienes: las divisiones de que vos sos mejor, porque éste es prieto, de que aquél es rico y éste un pobrecito, se acaban; todos son iguales ante el guaro, hombres los que son hombres.

—Compadre Mingo, es otro de seis pesos lo que usté quiere.

—Bien dicho, pero el pelo es que no tengo dinero. Por un poco me arruino si le pido fiado, porque fiado no da, ¿verdá, compadre?

—Pues eso, compadrito, no hay pena. Desde hoy usté me dio prestado a la palabra a mí, y ahora tiempo es que yo le devuelva el favor. Aquí tiene los seis pesos, de las ganancias yo se los desquito.

—Y más que fuera, porque al llegar y vender nuestro aguardiente, vamos a tener un montón de billetes.

Se llenó el guacalito y bebió Mingo Revolorio. Al terminar pagó los seis pesos que su compadre le dio prestados para pagar el trago.

—Y si yo me quiero tomar uno y yo tengo el pisto, compadre... —dijo Goyo Yic, a quien le despertó la gana el gusto con que Revolorio apuró el guacal.

—Pues sencillo —contestó Mingo, con su gesto de arremangarse las mangas de la chaqueta—, déme el garrafón a mí, yo le sirvo y usté me paga.

—Hecho, pues...

Sirvió Revolorio. Tatacuatzín pagó y bebió a jaloncitos. No era mataburro. Era trago fino.

—¡Misericordia de Dios, que todavía hay de esto! —dijo saboreando a jaloncitos aquel licor en olla de barro, secretamente investido de sabor de cacao, nada escandaloso, por el contrario, muy suave, muy suave, pero muy presente. Y ahora, compadre —siguió diciendo Yic—, si usté quiere tomarse el otro, me da el garrafón a mí, para que yo le voltee el trago en el guacal, y me paga. Ansina no hay trampa. Sirviendo y pagando.

—¡No me hago rogar, compadre, ni le hago trampas!

Goyo Yic recibió el garrafón con gran cuidado —si más manos hubiera tenido más manos hubiera puesto en la recibida— y sirvió a Revolorio. Más manos hubiera puesto en la recibida, en la sostenida y en la servida, levantándolo horizontal. Se estaba vaciando a toda prisa.

Mingo Revolorio aproximó la cara al guacal, el labio inferior salido y los ojos de caballo con sed. Era difícil echárselo en el garguero sin botar una gota. Y ni una gota hubiera botado, pero le habló el compadre, atajándolo:

—¡No, compadre, antes de tomárselo me paga! ¡Muy compadres seremos, pero en los negocios, no!

Revolorio estornudó, tosió, parpadeó, palmoteó:

—¡Causa suya, compadre, por poco me ahogo; se me fue el guaro al pulmón! ¡Desconfiado, mi compadre, aquí tiene sus seis jiotes; pero así me gusta la gente pa los negocios, nada de contiemples con naide!

—No es desconfianza, es regla que hay que seguir pa que no le hagan a uno de chivo los tamales. Babosos hay que se zampan el trago y no tienen con qué pagarlo. Se pierde el trago, porque uno no se lo va a sacar de la barriga y se pierde el amigo, si es amigo, y se hace un enemigo, si es desconocido. Mándeme preso, dicen, ya cuando tienen el trago entre pecho y espalda. Y qué se remedia con mandarlos presos. ¡Gusto me da ver cómo se saborea, mi compadre Mingo! Y por si acaso yo fuera queriendo otrito, compadrito...

—Me da el garrafón y se lo vendo.

En un cambio de manos, Tatacuatzín tomó el guacal y Revolorio el garrafón; para servir ya había que ir inclinándolo más.

—¡Eche pué, compadre Minguito! En seguidas le pago.

—Ya vido, compadre Goyo, que yo no soy desconfiado: lo dejo beber su trago y hasta después le cobro, o tal vez es que me paso de vivo. De vivir viviendo se vive vivo, decía mi abuela. Porque si usté no me pagara, qué pena, se lo descontaba de la ganancia que vamos a tener en el negocio, sobre mil doscientos pesos serán más o menos, y me quedo bajo.

Tatacuatzín tomó, encendida la piel de la cara, relumbrosos los ojos, electrizado el pelo al pasarle el licor por la garganta, que más que licor fue para sus adentros un escalofrío, un espeluzno que le llegó a la punta de los pies que conservaba tamulados, como cuando era ciego y pedía limosna bajo el amate de Pisigüilito. Tomó Tatacuatzín, se sentía parado en un montón de pelo, pagó peso por peso los seis pesos y arrebató a Revolorio el garrafón, galán, galán, con ademanes de pleito.

—¡Déjeme, compadre Mingo, esta preciosura, esta dichosura, esta lindura, para que yo le sirva otra medidita!

—La del soldado...

—No, la del estribo, y aunque sea la del afusilado, compadre Mingo, en siendo trago. ¡Me la paga, eso sí!

—Y sí, compadre Goyo, se la pago, aquí está su pisto.

—¡Seis pesos de aguardiente para mi compadre Mingo Revolorio! —el licor burbujeaba en el guacal.

—Se le forma coronita de espumas, porque es bueno.

—Ya me veo yo allá en el pueblo haciéndole la bolsa, compadre, vendiendo aquí y allá tragos y más tragos, porque se gana vendiendo al menudeo, más que por botella, y al contado, como aquí nosotros, al contado.

—Al fregadísimo contado, y como usté, compadre Goyo, es ahora el rico, bébase el último que ya seguimos pal pueblo...

—¡El antepenúltimo, en todo caso, porque no me estoy muriendo!

—Pues el antepenúltimo...

—Sí, déme seis con cuatro...

—¿Y esos cuatro?

—Al fiado...

—¡Regalado se murió y fiado es finado!

—¡Los seis, qué! Sin escatimárselo ni botarlo al suelo, compadre Mingo, porque el suelo también es bebedor, sólo que no se achispa y cuando se achispa hay terremoto. ¡Bonito su nombre, compadre: Domingo! Y alegre como los días domingos. Nació en día domingo, sin duda, y por eso le pusieron Domingo.

El garrafón, para servir, hubo que ponerlo boca abajo. Revolorio servía sin ver bien el guacal, mínima mitad de calabaza que tampoco estaba donde Goyo quería ponerla, bajo la boca del garrafón, porque se le jugaba para allá, para acá, para todas partes.

—¡Destán... teadamente destanteados! —exclamó Goyo Yic, entre palabra y sonrisa que más fue baba en los dientes.

Escupió, escupió y se limpió con toda la mano toda la boca, por poco se depone la mano, como si se fuera a arrancar los labios, por poco se arranca los labios, los dientes y la cara. Se limpió hasta las orejas.

—El peor negocio es que caiga al suelo —regañó Revolorio—; componga el guacal.

—Mejor tal vez echármelo en la boca direuto. ¡Compadre Mingo, hállele el fijo, aquí onde está el guacal, no en el suelo! ¡Voy a creer que es malquerencia la suya o es de castigo... por qué... po, po, porqué... po... porque sí... po... porquesí... porquenó...

—Por fin, compadre Goyo...

La líquida guedeja color de ébano cayó en el guacal, hasta derramarse.

—¡Está derramando sangre, compadre, porque es ganancia líquida!

—¡Lo pondremos a ganancias y pérdidas; chúpese los dedos, se me fue la mano y la chorrié de ayote!

Revolorio enderezó el garrafón con dificultad, mientras Tatacuatzín bebía, se chupaba los dedos, lamía lo de afuera del guacal. Luego se lo pasó para que le sirviera otra medida.

—¿Vuelta a darle vuelta al garrafón, compadre Mingo?

—Pre... gunta...

—Pues si usted manda, obedezco...

—Lo primero de todo los seis pesos —atajó Revolorio—, recíbalos, porque usté es redesconfiado.

—Ansina hay que ser en la vida, para no salir mal parado.

—De vivir viviendo se vive vivo, decía mi abuela Pascuala Revolorio.

—En la familia de usté todos han tenido nombres alegres, compadre: Domingo, Pascuala...

—¡Mi madre se llama Dolores!

—¡Buen nombre para una madre! ¡El haber mentado a su progenitora vale otro trago, yo se lo obsequio, aquí lo pago!

—Pero yo también quiero obsequiar un trago, compadre, tome los seis pesos otra vez.

El garrafón, cada vez más exhausto, pasaba de las manos de un compadre a las manos del otro compadre, y los seis pesos —la venta era al riguroso contado— cambiaban también de mano.

—Otro trago, seis pesos...

—Aquí los seis pesos, otro...

—Ahora, mi turno, seis pesos...

—El mío no me lo ha dado, ya se lo pagué...

—Entonce son seis de usté y seis míos...

Los compadres se miraban y no se creían. Es decir, el compadre Yic miraba al compadre Mingo, sin creer que era él, Yic, el que lo miraba ni creer que era al compadre Mingo al que veía. Si hubieran tenido estudio se lo explicaban, porque al compadre Mingo Revolorio le pasaba igual: miraba a su compadre Yic, lo tentaba, y se preguntaba, oyéndolo hablar, si estaba allí cerca de él, cuando lo miraba lejos, muy lejos, confundido con los rapados montes arenosos en que se asentaba Santa Cruz de las Cruces, montes cubiertos de una vegetación quemada, que en el rescoldo de la tarde tomaba tinte de caldo de fuego tiñendo rígidos espectros de peñas blancas, que ya era la entrada a la población, entre eucaliptos y voces de vecindario.

Uno por aquí y otro por allá, sin encontrarse más que para el topetón, así iban los compadres, los sombreros metidos hasta las orejas en forma de resplandor, el pelo flequeándoles la cara, sauces llorones que se reían solos, negociantes en aguardiente, sólo que del garrafón ya no quedaba mucho, a juzgar por el poco peso y por el ruido que el líquido hacía en su interior, al bambolearse con el inseguro compadre Revolorio.

Goyo Yic, Tatacuatzín, se tiró el sombrero hacia la frente, se lo encasquetó en tal forma que le cubrió los ojos —cerca de la punta de la nariz lo llevaba, hasta allí se lo metió para cegarse— y no por eso detuvo el paso de vals titubeado que hacía acompañando al compadre. Al entrar a sus antiguos dominios, tacto y oído, encontró a la María Tecún. ¿Cómo estás vos?, le dijo ella a él, y él le contestó: Yo bien, y vos... ¿Y en qué andás?, preguntó ella a él, y él le contestó: Vendiendo aguardiente, de resultas de un mi conocido que se hizo mi compadre. Ando en el negocio. ¿Vas a ganar bien?, le preguntó ella. Sí, le contestó él, algunos realitos.

Revolorio lo tiró de la chaqueta y lo echó para atrás por tierra, para luego acercársele, bamboleante el garrafón a su espalda, y sacarle el sombrero.

—¡No se enloquezca, compadre, hablándole a su mujer, que no es fantasma!

—¡Déjeme, mi compadre, me estoy viendo con ella y no le he preguntado por mis hijos!

—Es de mal agüero hablar así con gente viva cuando no está presente en carne y hueso, porque se le quita la carne y el hueso se le vuelve nada, naiden.

—Para mí como si estuviera mismamente conmigo. Pero ya que me ninguneó el sueño, véndame otra medida, ahora que lo endividualizo, aquí está usté, éste es usté, y yo soy el mismo que quiere la medidita.

—Si no estaba dormido, compadre Goyo, pa que diga que le ningunié el sueño. Déjeme de sueños. Hablaba como soñámbulo. Soñámbulo lo puso el guaro...

Revolorio se fue de boca y el garrafón quedó sembrado, mientras Tatacuatzín, que también cayó, arañaba el suelo, sin poder levantarse.

—¡Ruindad del guaro cabrón —se quejó Tatacuatzín— que nos tiene aquibotado el negocio!... Ne... gocio... ¿qué ne, ne, negocio vamos a poder hacer así? ¡Ricos nos hubiéramos hecho, verdá, compadre Revolorio?... Pero ái está que... ¿qué?... decí... decí... decididamente, qué es lo que está... porque el guaro no está... no está el guaro, pero está el importe y está la ganancia, porque se ha vendido sólo al contado... de seis pesos en seis pesos se ajuntó mucho y mi compadre Mingo lo tiene ái guardado en las bolsas... ái me lo van a contar cuando lo saque, hagamos cuentas y me dé mi parte, por cuanto soy su socio... ¡No, si el negocio no estuvo malo, bueno estuvo, lo malo es que lo malo, y entre lo más malo, lo más malo de lo más malo de lo más malo, de lo malo de lo que no hay más malo de malo, lo peor... es que nos hayamos chupado el garrafón hasta ver a Dios... porque eso sí, ¡adiós negocio!...

Revolorio roncaba.

—¿Dó... dó... dónnn... de está el pisto, compadre? —siguió Tatacuatzín—; la venta jué al contado y debemos tener algo más de lo que pusimos usté y yo, de los o... o... ochenta que pusimos usté y yo. ¡Doscientos pongamos que hay! Entonces la ganancia es de... de... de... ¿de qué es la ganancia, de vil guaro?... Y pongamos que hay más ganancia: trecien... tos, cuatrocientos... quiñentos y seiscientos, se hubieran hacido con el expendio en el pueblo.

El auxilio municipal les cayó encima, por escandalizar en despoblado, bien que hubo de llamarse a dos guardias de la policía de hacienda, traídos del resguardo, dado el encuentro del garrafón.

Nueve indios vestidos de blanco formaba el auxilio municipal, todos con machete, aludos sombreros de petate medio viejos y los calzones sostenidos a la cintura con fajas tintas, moradas, azules. Sus manos y sus pies trigueños eran como ajenos a sus cuerpos blancos, en los movimientos que hacían por levantar a los borrachos, y cuando hablaban, sus dientes asomaban como filos de machetes.

Los del resguardo, dos hombres rechonchos, husmeaban el garrafón oloroso a cacao. Sólo el olor les llegó. Suspiraban, se relamían, se frotaban las manos en el cuerpo, al quedarse con la gana de probarlo.

Tatacuatzín Goyo Yic —entre paréntesis— decía y no se sabía si decía así o —entre parientes no se cobra el favor con multa, y ya que hacen la cacha de levantarlo a uno, que sea sin maltrato— cabezazo para adelante, cabezazo para atrás, de medio lado a la derecha, de medio lado a la izquierda, para adelante, hasta sembrarse en el pecho el montoncito de pelo de una chiva que se había dejado, y para atrás hasta quedarse tilinte el pellejo del pescuezo, las orejas bañadas en sangre de cristiano, las venas en la frente sobresaltadas.

Lo arrastraron de los brazos, rotulando el suelo con sus pies rasguñadores y a Revolorio al peso, con el garrafón y los sombreros que eran las sombras blancas de sus cabezas negras.

Los sacaron a declaración al día siguiente, esposados, custodiados, escoltados, amenazados. En la cárcel no hay malo, todo es peor. Pero el peor de todos los males, en la cárcel, es la goma. Sedientos, temblorosos, asustados, al rato de preguntarles el que se hacía de juez, contestaban, porque de momento no le tomaban asunto a lo que oían, sino hasta después, y contestaban con palabras que les costaba ir juntando. Perdieron la guía. Por ir saca y guarda el dinero de los tragos que se vendían en el camino, se les cayó, y se les cayó. Papelito infeliz, cuadrado, blanquito. Su valor estaba en lo que decía y en los sellos de la Administración de Rentas y del Depósito de Licores, y en las firmas. Humaron cigarrillos de papel que daban humo de papel hecho humo, como la guía, que se les volvió humo. Sin la guía, contrabandistas; con la guía, personas honradas. Con la guía libres, sin la guía, presos y presos por algo que era más grave que despacharse a un prójimo al otro potrero.

Por muerte, se sale bajo fianza, por contrabandear, no, y el conque, además, de tener que solventarle al fisco el equivalente de la defraudación, multiplicado por saber cuánto.

En la cárcel no hay malo, todo es peor. Peor el dolor de estómago, peor la pobreza, peor la tristeza, peor lo peor de lo peor. Carceleros y jueces semejan gente sin juicio, trastornados. El cumplimiento de reglamentos y leyes que nada tienen que ver con la realidad, los convierte en locos, al menos así lo parecen a los ojos de los que no están bajo la influencia extraña de la ley.

Poco se logró esclarecer con las declaraciones de los que les vendieron la embotellada maldición del guaro. No fueron explícitos, les repetió el juez. Los compadres se quedaron sin entender. Un chaparrón de agua los ensordecía, entre las cuatro paredes del juzgado, y el hambre, porque de todo el día, sólo tenían en la barriga dos chilates. Y qué iban a ser explícitos, pensó cada uno con su cabeza, sin decir palabra, cuando entendieron lo que quería decir explícito, si los que les vendieron las veinte botellas de licor ámbar, oloroso a chocolate, por ser de madrugada estaban medio dormidos, entrapajados, emponchados, como mujeres recién paridas. Tampoco se pudo establecer si el licor que acarreaban los reos era fijamente legal o destilado en alguna fábrica clandestina, lo que agravaba el delito, porque no dejaron ni una gota, se lo bebieron todo, fue encontrado vacío el garrafón. Luego las contradicciones en que incurrieron al querer explicar que el aguardiente había sido vendido al contado, pero no tenían el efectivo; peso sobre peso, por más que sólo les aparecieran seis pesos. Seis pesos, cuando, echadas cuentas, debían tener sobre los mil, por lo menos. Si llevaban veinte botellas en el garrafón y a cada botella se le sacan diez guacalitos de regular tamaño y venían vendiendo el guacalito en seis pesos, por lo menos debían tener mil doscientos pesos. Se les esfumó el dinero y ahora ya podían echar a retozar la esperanza de manos y dedos en sus bolsillos, nerviosamente, salvo que los billetes y las monedas se fueran formando de nuevo, allí donde estuvieron y de donde desaparecieron, por arte de magia.

Para la autoridad no había misterio. Se lo gastaron —los compadres sabían que no—; o lo perdieron —los compadres dudaban antes de responder—; y si aceptaban haberlo extraviado, era porque se salvaban del delito de contrabando y defraudación al fisco, si al dinero se agregaba la guía, extremo que el juzgado rechazaba de plano, sosteniendo que nunca tuvieron guía; o se lo robaron, mientras estaban fondeados a la orilla del pueblo —les caía remal aquello de fondeados—; o... uno de los dos se lo guardó para no darle cuenta al otro.

En las bochornosas horas en que los sacaban al juzgado, disimuladamente se pasaban uno al otro la mirada por la cara, lavándose con los ojos; primero, por fuera, para luego mirarse fijamente, en gesto de querer penetrar lo que cada cual escondía detrás.

Se desconfiaban, sin la suficiente franqueza para decírselo, porque ya nada tenían suficiente. La cárcel acaba con todo, pero lo que arranca de cuajo es la suficiencia que hay en el hondón del hombre para enfrentar la vida a lo bueno, a lo libre.

—¿Qué camino agarraría el pisto, compadre? —rascaba Goyo Yic, con ánimo de gallo que busca pleito.

—Es lo que yo me pregunto, compadre —respondía Revolorio juntando, como gusanos que se topan, sus cejas pobladas de cejijunto, y arremangándose, añadía—, porque fue bastante lo que perdimos; si hace cuenta...

—El juez la hizo, compadre.

—La pérdida es brava y lo peor es que no podemos explicar si lo botamos en el camino, si se nos cayó donde se nos cayó el garrafón, que a saber cuánto de guaro tenía, si nos lo robaron o... en fin, qué se ha de hacer.

Y entre el «o» y el «en fin», cabía la frase de salvo que usté, compadre, se lo haya embolsado para no darme mi parte y disfrutarlo a solas.

Se lo dijeron. Tatacuatzín Goyo Yic no pudo más y se quejó de su mal pensamiento con Revolorio y éste le confesó que también a él le alzaba como levadura en caliente la duda de si su compadre... Pero, no podía ser. En las ventas, cada uno guardaba lo que recibía, y por lo mismo ambos tendrían que estar disimulando la mitad de la ganancia, con lo que saldrían parejos.

El robo. Las ferias atraen gente maleante y la de Santa Cruz de las Cruces era famosa por sus milagros, sus rayos en seco y sus hechos de sangre, fuera de robos y otros delitos. Algún mes del año tenía que ser el bravo y el bravo era éste signado por la cruz del Salvador del mundo, en que la calor se iba y venían las lluvias con su intemperie buena para las siembras, los cielos grises, bajos, y las cuentas con la justicia.

Todo lo de los compadres iba escrito en muchas hojas de papel y en muchas que seguían escribiendo, nombrándoles a cada poco por sus nombres y cabales apelativos, precedidos de la palabra reo. Era difícil acostumbrarse a ser llamado reo, y nunca estaban prontos a responder cuando les llamaban así: reo, conteste; reo, firme; reo, retírese. Otros reos esperaban con sus custodias, entre bostezadera y ruido de tripas, o jugando tipachas, con tortillitas de cera negra.

La justicia de Santa Cruz de las Cruces, por la inseguridad de la cárcel, acordó trasladar el saldo de los reos de la feria, a un viejo castillo del tiempo de los españoles, situado en una isla cercana a la costa atlántica y habitada como prisión, y entre éstos, allá fueron los reos Goyo Yic y Domingo Revolorio, sentenciados por contrabando y defraudación al fisco.

Amarrados de los brazos, a la espalda un atado de ropas en un petate, sábana y poncho, y colgando una jarrilla para hacer café, un tecomate con agua y un guacal, así como algún vidrio con aceite de almendras, salieron los compadres de Santa Cruz de las Cruces, custodiados por una escolta al mando de un capitán.

Goyo Yic cerró los ojos. Por un instante volvió al mundo de la María Tecún, flor escondida en el fruto, mujer que él llevaba en el alma. Pálido y cejijunto, le seguía Revolorio, ensayando una falsa risa de reo que se llama Domingo, luchando por no hacer el movimiento de subirse las mangas no fuera a creer el jefe que se le quería soltar, y encomendándose a Jesús de la Buena Esperanza, con la rarísima oración de los Doce Manueles.

Aquel día era sábado.

Correo-Coyote

XIII

Se huyó la mujer del señor Nicho, el correo, mientras él salvaba a pie montañas, aldeas, llanuras, trotando para llegar más ligero que los ríos, más ligero que las aves, más ligero que las nubes, a la población lejana, con la correspondencia de la capital.

¡Pobre el señor Nicho Aquino, qué irá a hacer cuando llegue y no la encuentre!

Se jalará el pelo, la llamará, no como la llamaba cuando eran novios, Chagüita, o como la llamaba después que se casaron, Isabra, sino como se dice a toda mujer que huye, «tecuna».

La llamará «tecuna», «tecuna», doliéndole como matadura de caballo el corazón y se morderá, se morderá la cola, pero se la morderá solo, solo él en su rancho sin lumbre, oscuro, íngrimo, en tanto los alemanes con comercio en la población leerán dos y tres veces las cartas de sus parientes y amigos y las cartas de negocios llegadas por mar y luego traídas por el señor Nicho Aquino, con devoción de perro, desde la capital hasta San Miguel Acatán, pequeña ciudad construida en una repisa de piedra dorada, sobre abismos en que la atmósfera era azul, color del mar, entre pinales de sombra verde oscura y fuentes de peñas, costureros de donde manaban hilos de agua nacida a bordar los campos de flor de maravilla, begonias de hojas acorazonadas, helechos y brisas de fuego.

¡Pobre el señor Nicho Aquino, qué irá a decir cuando llegue y no la encuentre!

Se quedará sin poder hablar, con el cuerpo cortado, trapos, sudor y polvo, y al encontrar palabra, lengua, voz para desahogarse, la llamará «¡tecuna!», «¡tecuna!...», «¡tecuna!», en tanto muchas madres leerán con sorbo de lágrimas sin motivo, pero lágrimas al fin, largas, saltonas, saladas, las cartas de sus hijos que estudian en la capital, y el juez de paz y el mayor de plaza, las cartas de sus esposas, y los oficiales de la guarnición, las letras de alguna amiga que les manda a decir que está bien, aunque esté enferma, que está contenta y feliz, aunque esté triste, que está sola y que le es fiel, aunque esté acompañada...

¡Qué de mentiras aquella noche en San Miguel Acatán, después de la llegada de la bestia descalza del correo!

¡Qué de mentiras piadosas salidas de los sobres alrededor de la verdad desnuda que esperaba el señor Nicho Aquino!

¡Qué de cartas en aquella párvula ciudad de casas construidas en laderas de montaña, una sobre otra igual que aves de corral, mientras el señor Nicho, después de gritar el nombre de su mujer, se encogerá como gusano destripado por la fatalidad al llamarla «tecuna», «tecuna», «tecuna», hasta cansarse de llamarla «tecuna», somatando los pies por toda la soledad del rancho!

El correo, cuando era el señor Nicho, llegaba con las estrellas de la tarde. Puertas y ventanas abiertas veíanlo pasar con los vecinos detrás, espiando, para estar seguros de que ya había llegado y poder decirse y decir a los otros: ¡Ya llegó el correo!... ¡Entró el señor Nicho, vieron!... ¡Dos sacos de correspondencia, sí, dos sacos de correspondencia traía!... Los que esperaban y los que no esperaban carta, quién no espera una carta siempre, todos pendientes, sentados en las puertas o asomados a las ventanas, atalayaban al cartero, prontos a romper el sobre y sacar el pliego, y a leerlo de corrido la primera vez y haciendo descansos y comentarios la segunda y tercera vez, los que sabían leer o medio leer, y a buscar quién se las leía los labriegos de cuero duro y ojo musgoso de sueño que sobre el papel notaban los escarabajos de las letras.

Por la calle principal sonaron los pasos del señor Nicho. Se supo que venía estrenando mudada y caites. Pensaría quedar bien con su mujer, así de nuevo, sin saber lo que le esperaba. Sonaron los pasos del correo por la plaza empedrada, olorosa a jazmines. Sonaron, después, sus pasos por los corredores de la mayoría, donde se paseaba el centinela. Y por fin, en el despacho del administrador de Correos, hediondo a cigarrillos apagados en salivazos, alumbrado por una lámpara de gas puesta sobre un escritorio cubierto de montañas de papeles.

El señor Nicho venía rendido de cansancio y jadeaba sin alcanzar resuello. Entró corriendo, la prisa de llegar, entregó los sacos de correspondencia y cuando le dijeron que todo estaba conforme, salió paso a paso, arrastrando los pies. Esperaría el pago, como siempre, sentado en una de las gradas del corredor, frente a la plaza desierta y llena de ruidos: grillos, ronrones, murciélagos. Pensaba en lo cerca que estaba de su rancho, de su mujer. Cuando por su trabajo se ausentaba de su casa, creía que al regresar iba a encontrarlo todo cambiado, pero no era así. La vida no cambia, es siempre igual. Sólo que ahora sí ya no sería igual. El cambio en redondo, la mudanza brusca. Jugó los cuencos de sus manos sobre las rodillas para aliviarse el cansancio y alargó las piernas para estar más a gusto. La paga. Los sesenta pesos que le daban por el viaje y que recibió con el sombrero en la mano y la cabeza gacha.

El administrador de Correos salió al corredor sobre sus pequeñas piernas de hombre cebado, sin poner, al andar, un pie delante del otro, sino de pie a pie, avanzando con movimientos de balancín, el puro en la boca, los ojos desaparecidos en sus cachetes de cerdo. Hombre de malas pulgas, era gordinflón, sin ninguna de las ventajas de los gordos, que son todos placenteros, barriga llena de corazón contento, no dejó que el señor Nicho alargara mucho la mano para recibir el pago.

—¡Indio abusivo, mano larga, esperá que te lo cuente! Son cinco, diez, quince, veinte, treinta...

Antes de contar cincuenta y cinco, se interrumpió para advertir al señor Nicho, que el dinero no era para beber y que si se emborrachaba lo echaba al cuartel quince días a pan y agua.

—No, siñor, no es costumbre mía beber, nunca me ha visto usté que yo esté borracho, no porque no me guste, porque para eso soy hombre, sino porque no resulta cuando uno es recién casado.

—Pensá bien lo que hacés —la voz de aquel hombre ya era manteca en el aire— porque bebiendo no se arregla nada, se empeora todo, se pierde la cabeza y todo se lo lleva el diablo.

El señor Nicho Aquino lo miró sin entender. Algún mal informe, supuso. El administrador lo miraba como queriéndole decir algo, pero la respiración con saliva le supuraba en los labios mollejudos.

—¿Y ahí qué llevas?

—¿Aquí?

—Sí, ahí... —el puro se le jugó en los labios; chupó, no tanto por fumar como por detener una baba que se le caía—. No vayás a estar trayendo encargos, porque es prohibido hacerlo. Si lo hacés te vas a la cárcel. El que quiera mandar encomiendas que las lleve al correo, para eso está el servicio, y que pague el porte.

—No, siñor, no es encomienda ajena, es mía. Un chalcito que le merqué a mi mujer, ya va a ser su santo. Lo merqué onde los chinos. Es de seda corinta.

La primera impresión del señor Nicho al entrar en su casa, fue la del que equivocadamente se ha metido en el rancho de un vecino. No es aquí, se dijo, habráse visto que me apura tanto llegar que ya no sé... En su rancho, cada vez que volvía de la capital con el correo, lo esperaban tortillas de maíz amarillo bien calientes, en el comal o en el tolito que fue de la madre de su mujer, el batidor de café hirviendo, los frijoles parados olorosos a culantro, el queso duro, el catre, el sueño, su mujer. Salió corriendo, ese rancho no era el suyo, estaba oscuro y solitario. Salió más corriendo que andando, pero no llegó a la puerta; ese rancho era bien el suyo y cómo podía no serlo y haberse metido él en casa vecina, si no tenía más vecindad que la noche inmensa, inacabable. Cerró los ojos, en un segundo le había tomado sentido a las palabras del administrador de Correos, a sus amenazas de que no se emborrachara, porque bebiendo no se arregla nada, y lo fue tentando todo idiotizado, los muros, los horcones de palo de corazón, el catre, la hamaca en que pensaban echar al tierno cuando les naciera, los tetuntes del apagado fogón.

El chucho también quiso decirle algo que no pudo expresar más que con pequeños lloros que no se sabía si eran de gusto por su regreso o de tristeza. Le lamía las manos. Su lengua garrasposa, caliente, seca, traducía a saber qué angustia con agitación apremiosa, tiraba de sus dedos, de sus calzones tomándolo con los dientes, sin hacerle daño, para llevarlo fuera de la casa. Lo sacó. Lo llevó al bebedero de agua, y hacia allí creció su desasosiego, saltando, llorando, correteando, pequeños ladridos a la sombra llena de estrellas, de plantas bañadas de sereno, de silencio inmóvil. El perro sabía dónde estaba su mujer. Pero ¿dónde estaba su mujer? Una neta sensación de que estaba muy cerca desapareció cuando, rechazando las insinuaciones ya violentas y agoniosas del animal, regresó al rancho de nuevo, queriendo entender lo que había pasado. Pudo más el cansancio, se echó al suelo y se durmió en seguida, guitarreado por el susto y por los calambres alacranados que lo despertaban, sin despertarlo.

El rancho no parecía deshabitado. El viento jugaba con la puerta sin atrancar. La abría, la cerraba. Las casas de las «tecunas», que son las mujeres que se fugan del hogar, quedan llenas de misteriosos ruidos. Ruidos y presencias. Los malos ojos de la duda, en el chingaste ingrato del café, con las pupilas aguosas de llanto negro. El cofre de la ropa buena, la ropa interior olorosa a calor de plancha, sacude sus aldabas como orejas metálicas sobre la madera hueca, al soplo del viento que entra desde el patio, donde el lazo de tender trapos ahorca al cielo. En un apaxte de agua sucia, amarillenta, un ratón náufrago. Y las hormigas negras, guerreras, rodeando los comestibles. Rosarios del mal ladrón, entran y salen, afanosamente, a los graneros, a la cocina, fuera de las taltuzas mazorqueras, instaladas de una pieza en la casa de las «tecunas», y los pajarracos que graznan de alegría, y los fantasmas de perros que olfatean, invisibles —sólo sus pisadas se oyen—, el tufo a meado de la eternidad en la vejez de las cosas abandonadas, polvo y telaraña, hasta que un buen día irrumpe en medio de tanta ruina, de tanto olvido abandonado a orillas del sueño de la muerte, el brote lujurioso del horcón de palo de corazón, abanderado al que siguen los brotes de las semillas asentadas en lo que fue techo de paja, ventana o puerta, y sobre el cascarón del rancho empieza a germinar la vida, a florecer la tierra, porque la tierra también es semilla que cae de las estrellas, y nadie, ni los viejos, vuelve a recordar la tragedia de la «tecuna», la ciega mujer que viste un traje de frijolitos negros, lágrimas de luto.

Nicho Aquino despertó con la fuerza del sol. Se sacudió la mudada nueva que había entrado estrenando para que lo viera su mujer, puesta sobre la ropa vieja, tiesa de sudor y polvo, por camisa y calzón de manta blanca. La muy «tecuna» le dejó la ropa lavada, planchada, arregladita, para que le doliera más el abandono, o quién sabe si no pensaba fugarse ese día, o tal vez tanteó esperarlo, o quizás la obligó algún otro, o quizás...

De blanco vestido de indio —para pleitear más vale indio que ladino; el indio es terco, el ladino rajón, desechando suposiciones, no hay nada más deseado que los celos— llegó a la Mayoría de Plaza. Por todo, era mejor poner en conocimiento de la autoridad. Mas que muerta la encuentren, que la encuentren, se decía, y al compás de sus pasos: mas que muerta la encuentren, mas que muerta la encuentren, mas que muerta... En los cabellos peinados con agua llevaba fijo olor de ruda, el bigote en dos escobillas pitudas sobre las comisuras, la nariz chata, caído de hombros como botella.

Le recibió la queja el secretario de la Mayoría. Un viejo militar con galones de capitán y cara de los que crucificaron a Dios. Al terminar el señor Nicho —mientras hablaba le daba vueltas al sombrero de petate— le dijo el veterano de apalear gente, moviendo las arrugas de su cara agria fruncida, que se dejara de quejas y babosadas, que buscara otra mujer, pues para eso había en el mundo más mujeres que hombres.

Y añadió:

—¡Con otro se debe haber ido, con otro mejor que vos, porque las mujeres siempre andan viendo cómo mejoran de condición, aunque estas mejorías son como las mejorías de la muerte!

—Alguno le calentó la cabeza...

—¿La cabeza?... ¡Mejor no hablemos, porque a mí me gusta hablar las cosas claras! En fin, vamos a dar orden de captura para que la agarren, y cuidado te vas siguiéndola, porque acordate de lo que cuentan que le pasó al ciego que se embarrancó por andar siguiendo a la María Tecún. La oyó hablar y en el momento en que iba a darle alcance, recobró la vista, sólo para verla convertida en piedra y olvidarse que estaba a la orilla del precipicio y, para tu saber y gobierno, todavía lo andan buscando.

—Dios se lo pague —el señor Nicho apoyó sus palabras en el gesto afligido.

—Dios no paga deudas ajenas y ve si te me quitas de enfrente o quitás esa cara de mártir que ponen los maridos babosos porque ella, muy «tecuna» será; pero el baboso quién es...

Del portal de la Mayoría, donde encendió un cigarro de tuza oloroso a higo, agrado de su mujer que sabía alujar como ninguna, tostar el tabaco al buen modo de antes, cernirlo y hacer el cigarro de uña y uña, bajó a la plaza, atravesó las tiendas del mercado, pasó frente a la escuela entre los chicos que salían a almorzar siempre a las once, y se coló en la tienda del chino.

—¿Comprás? —le preguntó al chino, desenvolviendo un paquetito, para mostrarle el chal.

El chino, congelado en el silencio, entre las moscas, sacó la mano, tomó el plumero y lo pasó por el mostrador de vidrios. El pelo negro como mancha de tinta china sobre el cráneo lustroso, la cara vacía de expresión, el cuerpo sin bulto humano. Por fin, le contestó:

—¿Lobado?

—¡Robada será tu cara, chino estornudo de tísico!

Recogió el chal del mostrador. Quería deshacerse de él por algo más que recobrar su dinero. A donde el chino entró temblando. Quería deshacerse de él porque materializaba, en seda de color de sangre, un agrado amoroso a quien menos lo merecía. Recogió el chal de una manotada y sin envolverlo salió hacia la tienda de los alemanes, situada al costado de la iglesia, braceando para darse ánimo, aunque él decía que para llegar más luego.

—¡Abran campo y anchura que va el chal de su hermosura! —gritó a unos arrieros sus conocidos que estaban descargando bultos de mercadería a la puerta del principal almacén de San Miguel, y fue directamente a ofrecer el chal a don Deféric.

El bávaro lo volvió a mirar con sus profundos ojos azules, techados por espesas cejas pajizas, y de un bolsillo del pantalón sacó al pulso lo que Aquino pedía por el chal —estaba haciendo cuentas— y se lo dio, sin recibir prenda.

Agradeció aquél, insistiendo en que se quedara con el chal —le daba lástima dejarlo ir en el río o romperlo en mil pedazos—, pero don Deféric, por más que le neció, no quiso saber nada.

Los arrieros, sus conocidos, cuando salía le escondieron la cara; ya tenían el ronrón del suceso y mejor no verlo.

Hablaron cuando ya no podía oírlos. Policarpo Mansilla, el más viejo y fuerzudo, acarreó a duras penas un bulto pesadísimo hasta la puerta de calle.

—¡Muchá, ayuden! —dijo, sudando, al dejarlo caer de sopapo—. ¡Sólo la tela de que cargan hacen ustedes! ¡Desvinsado voy a parar a causa suya, ya siento que se me abre la cintura cuando hago tamañas juerzas, no ayudan! ¡Botando la baba, como si nunca... se le jué la mujer y ya estuvo!

—¡Meté la mano, vos, Pitoso! —dijo otro de los arrieros—; me le quedé mirando por lástima que me da; la gran puerca con las mujeres; y Dios quiera, dicí vos, Policarpo, que no vaya a disponer irse trastumbando tras ella, porque esa babosa «tecuna» lo embarranca.

—Y vos, creyendo, ¡descabezado!... Ya vislumbro lo que te pasa por la cabeza: que la «tecuna» su mujer se lo va a ir llevando hasta la cumbre de María Tecún y que llegados a la cumbre, a lo más alto de la cumbre, ella lo va a llamar con cantadito de paloma, jirimiqueándole para que se le acerque, la perdone y hagan otra vez el nido con plumitas y besitos. ¡Viejadas de pico de comadre, porque lo mero cierto de todo eso que te estoy contando y que todo el mundo repite, es que el hombre que enviuda de «tecuna», no se aviene a la pérdida, se remite a buscarla y en buscarla, para darse ánimos chupa, chupa para no perder la esperanza, chupa para olvidarse de que la está buscando, mientras la busca, chupa de rabia y como no come, se engasa, y engasado la ve en su delirio, oye que lo llama y por quererla alcanzar, no se fija ónde pone los pies y se embarranca; toda mujer atrae como el abismo...

—Este Hilario ya puso cátedra. Para sermonear no tenés precio. ¡Cargá, fregado, sos arriero, no sos profesor!

—¡Dios guarde, moreno, eso de profesor es como pedir limosna! ¡Bultos más pesados, y tuavía dice «Mercadería fina»! Cargo, pero no me lo trago, como decía el indio.

—Y eso qué es... —intervino Policarpo Mansilla—, cargá y hablá, porque se pueden hacer las dos cosas al mismo tiempo, sólo que vos, como es con ademanes y visajes, yo digo que vos, Hilario, hubieras estado bueno para payaso.

—El indio aquel que se estaba muriendo y a quien el padre cura, con mil dificultades, porque vivía muy lejos, le llevó el viático. Como el camino era muy trabajoso, el cura perdió la hostia y al llegar al rancho, no encontrando otra cosa así delgadita que darle al enfermo, agarró una cucaracha y le quitó un ala. El indio en las últimas, boqueando, mientras el tata cura, a la orilla del tapexco, le decía: «¿Crees que éste es el cuerpo de Nuestro Señor Jesucristo...?» «Sí, cree...», contestaba el indio. «¿Crees que en este pedacito está su santísimo cuerpo?» «Sí, cree...», repetía el indio. «¿Crees en la vida eterna?» «Sí, cree...» «Pues si es así... abrí la boca...» En ese momento, el indio apartó la mano al padre, y dijo: «Cree, pero no me lo trago...»

El bávaro sonrió. Sus ojos azules, las montañas azules, los cielos azules en contraste con los arrieros prietos como sus arreos: coraza de cuero curtido sobre el pecho, adornada con tachuelas doradas, alguna con viejo bordado de lana, chaquetines de mangas con flecos, sombreros de ala basta, con barbiquejo, tapojos sudados.

Al salir de la casa conventual, el correo, a quien el padre Valentín llamaba, por buenote y bayunco, familiarmente Nichón, el sacerdote separó las manos que había mantenido beatíficamente trenzadas sobre su pecho, se santiguó y estuvo andando en la salita que le servía de escritorio y despacho, confortable por el petate del piso, tendido sobre serrín, lo que lo hacía más acolchado, y con cierta desolación por lo desnudo y alto de sus paredes.

El consuelo de la religión tarda en llegar a los infelices abandonados. No hay para ellos conformidad posible, el demonio los bandea y dan mal cabo de sí. El que ve a su mujer muerta, parece mentira, se conforma más fácilmente, la muerte trae la dulce paz de la segunda vista allá en el cielo; mas el que la sabe huida y se ve viudo de una ausente, sólo encuentra consuelo en perder los sentidos y perderse él... ¡Todo sea por el amor de Dios!

Se había detenido frente al escritorio, barnizado alguna vez de negro, ahora cenizo como sus cabellos, para sacar de un cajón con llave, su almáciga de notas, como llamaba a un diario que llevaba en infolio, y anotó el nombre de Isaura Terrón de Aquino entre las víctimas de la locura llamada vulgarmente de «laberinto de araña».

Ya antes había escrito y ahora releía:

«De las picadas de "laberinto de araña" —picadas dice el vulgo— se sabe poco y mucho se padece en esta mi parroquia, pero así la vamos pasando, y otro tanto ocurre con los urdimientos de los "nahuales" o animales protectores que por mentira y ficción del demonio creen estas gentes ignorantes que son, además de sus protectores, su otro yo, a tal punto que pueden cambiar su forma humana por la del animal que es su "nahual", historia esta tan antigua como su gentilidad. Se sabe poco y se padece mucho de la picadura de "laberinto de araña", como apuntado he, por ser frecuentes los casos de mujeres que enferman de locura ambulatoria y escapan de sus casas, sin que se vuelva a saber de ellas, engrosando el número de las "tecunas", como se las designa, y el cual nombre les viene de la leyenda de una desdichada María Tecún, quien diz tomó tizte con andar de araña por maldad que le hicieron, maldad de brujería, y echó a correr por todos los caminos, como loca, seguida por su esposo, a quien pintan ciego como al amor. Por todas partes la sigue y en parte alguna la encuentra. Por fin, tras registrar el cielo y la tierra, dándose a mil trabajos, óyela hablar en el sitio más desapacible de la creación, y es tal la conmoción que sufren sus facultades mentales que recobra la vista sólo para ver, infeliz criatura, convertirse en piedra el objeto de sus andares en el sitio que desde entonces se conoce con el nombre de Cumbre de María Tecún.

»Personalmente —de corrido siguió el padre Valentín Urdáñez releyendo su almáciga de notas con sus pequeños ojos de buitre, muy propios de todos los Urdáñez—, personalmente, al hacerme cargo del curato de San Miguel Acatán, visité la Cumbre de María Tecún, y doy testimonio de lo que por varios motivos sufre el que se aventura por allí. La altura fatiga el corazón y el eterno frío que a mediodía y a todas horas reina, duele en la carne y los huesos. En lo moral, descuartiza el ánimo del más valiente el silencio, tres sílabas de una palabra que adquiere aquí, como en el polo, toda su grandeza: silencio debido a la altura, lejos del "mundanal ruido", y más que todo a que en la niebla, estática y fugitiva, no se aventuran pájaros ni aves y la vegetación, por lo empapada, parece muda, espectral, bañada siempre por una capa de escarchas o peregrinas lluvias. Pero esta sensación de mundo muerto que da el silencio, va acompañada de otra no menos aflictiva. Las nubes bajas y las espesas nieblas borran la visión circundante, y es entonces uno el que siente que se está quedando ciego, a tal punto que, cuando se mueven los brazos, apenas se ven las manos, y hay momentos en que buscándose uno los pies no se los ve, como si fuera en una nube ya convertido en ser alado. Cierra el cuadro la vecindad de los abismos. Si en otras partes, el que se interna en la selva va con el temor de las fieras y presiente su aparición antes de corporizarse ante la vista espantada, aquí venden las fauces de la tierra, de la tierra convertida en fiera, igual que madre a la que hubieran arrebatado sus cachorros. Los precipicios no se ven, cubiertos por colchas algodonosas de nubes blancas, pero su amenaza es tan patente que se cuentan como años las horas que tarda la visita a la famosa Cumbre de María Tecún. Sin auto rización de mis superiores jerárquicos, por inspiración de la Santísima Virgen, Nuestra Señora, llevé lo necesario para bendecir la piedra, y debo aquí decir bajo juramento que al terminar la bendición, sin motivo aparente, las cabalgaduras que llevábamos, se patearon entre ellas, relincharon y mostraron los ojos desorbitados, como si hubieran visto al demonio.

»Ahora escribiré lo que por boca de los nativos he sabido sobre lo que llaman locura de "laberinto de araña". Es un delirio ambulatorio provocado por los malojeros o brujos. Para provocarlo, estos traidores a la fe católica, extienden sobre una esterilla o petate fino, polvo rojo de tizte, negros granitos de chian, blancor de harina o azúcar de mascabado, miga de pan, miga de tortilla, polvo de rapadura prieta, o de guapinol, o de cualquier otro alimento o condimento, salvo la sal por ser del bautismo. Extendido el polvo, de un bucul o jícara sacan un puño de arañas de grandes patas, gigantonas, y las azuzan con soplidos para que éstas corran por todas partes, como locas, sobre el alimento espolvoreado, alimento o condimento que al quedar rubricado por las huellas de las arañas enloquecidas, se proporciona a la víctima, la cual es asaltada por el deseo de escapar de su casa, de huir de los suyos, de olvidar y repudiar a sus hijos, a tal grado invierte los sentimientos naturales, este maldito brebaje.

»Pero el mal no anda solo, suele ir acompañado de lo peor. Los hombres a quienes abandonan las picadas, dice el vulgo, pero es más propio decir tocadas de "laberinto de araña", se descorazonan para el bien, quedan como árboles que pierden la corteza que los defendía de la intemperie y sin la brújula del buen amor, buscan la bebida o el amancebamiento, refugios vanos del pecado que lejos de tranquilizarlos más los desazonan y de los que escapan en busca de la "tecuna", agasajados siempre por la esperanza de encontrarla, agasajo que se convierte en lágrimas, por ser creencia popular que traídos a la Cumbre de María Tecún, ven reproducirse a sus ojos, en aquella piedra que fue mujer, la imagen de la mujer que les abandonó la casa, la cual empieza a llamarlos, todo para que el enamorado, ciego de amor, se precipite al feliz encuentro y no vea a sus pies el barranco o siguán, que en ese mismo momento se lo traga.»

Al final de cada nota, la firma: Valentín Urdáñez, presbítero, y muchas más tenía escritas, sin pasar en limpio, en borradores que eran verdaderas nebulosas, sobre un mal que bien pudo ser el de don Quijote, andante caballero que aún sigue andando, porque con él Cervantes descubrió el movimiento continuo, como le escribía un amigo académico, mofándose un poco de sus ingenuidades de cura de pueblo y dándole como remedio para las «tecunas», tocadas de «picadura de araña» y maridos abandonados, leer la leyenda del Minotauro.

Apartó la almáciga de notas para tomar su breviario. El nahualismo. Todo el mundo habla del nahualismo y nadie sabe lo que es. Tiene su nahual, dicen de cualquier persona, significando que tiene un animal que le protege. Esto se entiende porque así como los cristianos tenemos el santo ángel de la guarda, el indio cree tener su nahual. Lo que no se explica, sin la ayuda del demonio, es que el indio pueda convertirse en el animal que le protege, que le sirve de nahual. Sin ir muy lejos, este Nichón dicen que se vuelve coyote, al salir del pueblo, por allí por los montes, llevando la correspondencia, y por eso cuando él va con el correo parece que las cartas volaran, tal llegan de presto a su destino. Movió la cabeza ceniza de un lado a otro. Coyote, coyote... Si yo lo agarrara, le quemaba el fundillo, como a tío coyote.

El correo entró en la fonda de la Aleja Cuevas. La desesperación no lo dejaba en paz. Estuviera donde estuviera le trabajaba aquello de por qué se habrá ido, qué le hice, qué no le hice, qué le dije, qué no le dije, qué le pudo, qué no le pudo, con quién se juiría, a quién querrá ahora, estará mejor que conmigo, la querrán como yo la quise, la quise no, la quiero, la quiero no, la quise, porque aunque la quiero, ya no la quiero. A falta de Dios, el aguardiente es bueno. De la calle se tiró al interior del estanco, como a una poza sombreada. La fondera, de preciosa carne bronceada, ajorcas en las orejas, hablaba de codos sobre el mostrador de cinc con un fulano. Lo vio entrar, sin fijarse en él, pero le dijo:

—¿Qué traye allí, don?... ¿Chal es eso?... —y dirigiéndose al fulano, que casi le soltaba el aliento y el humo del cigarro en la pechuga, añadió coqueta— ...Vaya, que ya tengo novio para que me lo obsequie, porque si no son los novios ¿quién? ...Los maridos luego creyen de que uno le va a miquiar a otro si le compran algo así bonito.

—No es para vender... —cortó el señor Nicho un poco en seco, acercándose al mostrador a que le sirvieran el primer trago; se lo bebió con ansia.

—Yo creí que lo vendía, que lo había traído para vender.

—Es un regalo, y lo que se compra para regalar no se puede vender, ni se debe, ni se necesita...

—Pues si encuentra a la persona a quien se lo traía, ái me hace el favor de dárselo. ¡Plomoso, lo andaba vendiendo por nada allí donde el chino!

—Si lo piensa ferear hacemos trato, porque no me va a decir que lo viene a empeñar por un trago —terció el fulano, sacándose la mano con sensación de vacío de la bolsa de su pantalón acampanado.

—Disimule que no le acceda en la oferta, pero es que no está de venta.

—Pues si no se puede vender lo que se compra para regalar, regálemelo —propuso la Aleja Cuevas—; por ser color que me luce es que me gusta y quisiera quedarme con él; pero si no se puede...

—No puedo, si no con mucho gusto, a quién mejor que a usté, joven y bonita...

—¡Hasta mis flores me está echando!

—Lo que le prometo es traerle otro igual, igualito, del mismo color; dentro de unos días me toca salir de nuevo para la capital y se lo merco, si quiere como éste, si quiere de otra clase, como quiera...

—Quedamos en eso...

—Sí, había el par onde yo merqué el mío, y onde el chino entré a preguntarle si era fino...

—Yo creí que a venderlo...

—Y el muy bruto, en lugar de contestarme si era de buena clase, me preguntó si era robado.

—Cómo no le torteó la cara; es un reabusivo ese chino.

—Déme otro mi trago, no me dé vuelto de billete, échelo en guaro.

—Qué fiesta andará celebrando, es lo que yo digo, y no convida, la celebra solo.

—Yo digo que no es fiesta sino velorio —rióse de él mismo con risa de jirimiqueo— y si me aceptan, los convido yo, porque cuando uno es pobrecito como yo, todos le desprecian —el labio tembloroso, febril y húmedo de aguardiente—, celebren conmigo —la nuez se le pegó a la voz— lo que ando celebrando, pero se toman el trago... ¡caramba, no todo el tiempo es de jocotes!

—¿Vos te apuntás? —preguntó la fondera al fulano.

—No, para mí es muy temprano. De día el trago me sabe a remedio para dolor de muela. Más ese que vos te estás bebiendo... —dijo vuelto hacia la Aleja Cuevas.

—¿No te gusta mi anisado? Pero si te lo untara en la jeta con mis labios, no te disgustaría.

—Gustarme no, disgustarme tampoco.

—¡Tan acostumbrada estoy a los desprecios, canelo, que las caricias me ofenden! ¡Salú... por el señor correo, que ni sé cómo se llama y porque, como las golondrinas, ésas no volverán!

El señor Nicho se quedó prendido al ruido de las moscas. El fulano se había ido y la fondera le llevaba la conversación desde la trastienda; pero no hablaban, estaban siempre como queriendo hablar, la conversación de la presencia, de la compañía, para que no se sintiera solo, como el buey con su tazol, al ir pescueceándose la botella que compró para no molestarla con el servicio de los tragos sueltos.

Pero a decir verdad, la conversación de la presencia,

aunque a lo mudo es fatigosa, porque hay que estar siempre con el gesto amigo en actitud de estar atento a lo que el otro piensa, y si la Aleja Cuevas se la llevaba, no era por su linda cara, sino por el chal corinto, bordado, que ya no le parecía lindo, sino divino.

Sus ojos de miel de morro no le perdían movimiento a la mano y antebrazo en que el correo se había enrollado el chal, para él, en su enamoramiento, como si lo llevara así, yendo el resto en los hombros y espalda de su Chagüita Terrón, terrón de cosa dulce, que lo apretaba y apretaba. Alzó la voz y habló hacia lo que, fuera de él, era como otra realidad; dirigióse a la fondera:

—No la invito a libar más porque está ocupada en sus quehaceres; pero si gusta ya sabe que aquí lo tiene; no se lo deje decir dos veces si le cae bien.

—Voy a echarle sal al caldo y salgo con usted; se me está haciendo simpático, por fino; nunca habíamos hablado; yo lo veía pasar, sabía quién era y hasta recuerdo que una vez, para la feria, nos saludamos, ¿se acuerda?

—Todos me conocen, yo agradezco; con decirle que personas que se indagan en qué fecha toca que yo lleve la correspondencia a la capital y hasta entonces mandan sus cartas, sobre todo las cartas que van con dinero, con fondos.

—Y por lo mismo, don, si me quiere recibir un consejo, no está bueno que esté tomando tanto, porque si lo ven bebido ya no le van a confiar, y además corre peligro que lo arresten y hasta le den en el cuartel una su apaleada. Muy peligroso es que un hombre como usté chupe así, por botella. ¿Se ha puesto a pensar en lo que significa perder la confianza del pueblo? Perder la confianza de los extranjis que cuando usté sale, mandan sus cartas para... para donde están sus familias, pasando la mar y sus conchas; de los pobrecitos que pagan los sellos con sacrificios; de los que están enfermos y esperan que al recibir la carta que mandan con usté, seguramente por lo seguro, vengan a buscarlos sus parientes, para curarse; de las madres que les cuentan a sus hijos sus alegrías, sus penurias, las esperanzas que tienen cifradas en ellos; de los maridos o las esposas, las novias o los queridos...

—Je, je, je... —soltó el correo una risa con ruido de culebra cascabel en el agua—, esas cartas sólo mentiras dicen...

—Pero todo eso, bueno y malo, verdad y mentira, se va con usté, como su sombra, de este rincón perdido en las montañas.

El señor Nicho se pisoteaba un pie con otro —culpables de tanta responsabilidad eran sus pies de correo descalzo—, recostado en el mostrador, vaga la mirada, estúpido y sonriente, sin soltar el chal, conversando en una segunda realidad, la de sus adentros, con la Chagüita, su mujer que se fue por sus pies, pies para qué te quiero, pies andando, pies, pies...

—Yo te voy ir siguiendo —decía para sus adentros—; estés onde estés, te incuentro; no me llamo Nicho. Dionisio, como me llamo, si no doy con vos; yo digo que con el casamiento, el amor por vos se me solapó y hasta ahora, con la pena, lo estoy sintiendo de nuevo, me arde, me quema, me duele... Sin vos me estoy volviendo la misma babosada de antes en que no era nada, porque era hombre solo, y un hombre solo no luce, no merece, porque la mujer es la que le da el ser al hombre cabal.

La fondera, que no le quitaba los ojos al relumbre sangroso del chal, más vivo cuando le pegaban los rayos del sol que entraban oblicuamente por la ventana que daba luz al estanco, rezongó:

—¡Bolo baboso, ya se está poniendo necio! Sólo por eso quitaba yo esta mi porquería de negocio, por lo necios que son los borrachos, y brutos hasta decir no más, sólo burradas hablan... —sacó la voz que en el rezongamiento se quedaba en la trastienda, para decirle de nuevo—: No le conviene estar chupando así, don...

—Y a usté qué le importa...

—Eso me saqué, por quererle evitar...

—A mí nadie me manda...

—Si nadie lo está mandando...

—Un padre y una madre tuve y ya están enterrados; déme otra botella y cállese el hocico...

—No sea tan lamido, ¿oye?, malcriadote, porque llamo a la autoridá y se va preso. Liso, Dios sabe por qué tiene los sapos bajo las piedras, y por qué lo dejó su mujer, zanganote...

Nicho Aquino ya no oyó lo último. Se había querido recostar en la pared, la vio cerca, y se fue de espaldas. La Cuevas salió a la ventana para ver si la calle estaba algo sola. Ni un alma. Un chucho y hasta por allá estaba durmiendo, en una puerta, el cojo de la cohetería. Cerró la puerta del fondín con pasador y tranca, entornó bien la ventana, y en la media oscuridad empezó a querer desenrrollar el chal del brazo del borracho. Le abría suavemente la mano, como si le hiciera cariño, y poco a poquito se lo iba... Aquél se daba cuenta y retobaba, cambiando de postura... Ella lo dejaba, para luego empezar la faena con más primor y por otro lado. Volvía el correo a moverse, a zafarle el brazo, a protestar:

—¡No chiven... fregar... qué amoladera... nada... no... qué jocotear, si es mío... por bien tuavía, pero, por mal, primero muerto!...

Aleja Cuevas, al oírle hablar le acercaba la boca a la cara y le hacía: chu, chu, chu... hasta que volvía a dormirse. Pero se cansó y, teniendo el arma a mano, convenía ganar tiempo. Fue al mostrador y sacó un embudo —estaba puesto en la boca de un garrafón— y con el embudo se trajo hacia donde el correo estaba tirado, una garrafa del peor aguardiente. El señor Nicho apretó los labios cuando ella, como quien le saca los menudos a una gallina, le metió los dedos en la boca, para separarle los dientes. El embudo dio contra la dentadura, sangrándole las encías, resquebrajándose, hasta quedar medio a medio de la cavidad bucal. Como matar culebra, pensó la Cuevas, y así lo hizo. El borracho se ahogaba con la garganta insuficiente para el paso del líquido, pero había que darle sin parar. Varias veces intentó defenderse con los dos brazos y una mano, porque con la otra mantenía agarrado el chal, momentos que la fondera no dejó de aprovechar para arrebatarle la preciosa prenda, aunque sin resultado, porque éste, entre dejarse arrancar lo que tanto, al parecer, quería y defendía, y ahogarse, se ahogaba, no sin intentar en el ansia del ahogo y el vómito sacarse el embudo de la boca moviendo la cabeza de un lado a otro, sin conseguirlo, ya que el final del embudo lo tenía lindando con el galillo. Se vació la garrafa y la Cuevas lo dejó en paz. Había que esperar que la bebida le hiciera efecto, que se fondeara por completo. Abrió la puerta, después de ordenarse las ropas y el pelo, sacudirse algunos hilos de las barbas del chal que le brillaban en la enagua, y quedó a la espera, en la trastienda, haciéndose la desentendida. El caminar de un patacho y gente de a caballo que se detuvo, la hizo asomar al mostrador. Eran los arrieros. Descargaron donde don Deféric y venían a quitarse el olor del camino, con cerveza. A ella le cayó remal, remal, pero qué remedio.

—Sucedió como dijimos —entró diciendo Hilario—, este Nicho se vino a poner la gran riata; mírenlo cómo está, como coche se quedó tirado, siquiera lo hubiera hecho con gracia, con guitarra.

—Vos, Porfirio, que tenés juerzas, levantalo —dijo otro de ellos, el que entró trasito de Hilario—; pobre, se hizo perjuicio en la boca, al cairse.

—Seguro que lo levanto, es mi amigo, y aunque no fuera, es prójimo. No pesa nada, muchacho. Por eso va tan ligero con la correspondencia.

—Para mí que es verdad que se vuelve coyote al salir del pueblo, y por eso las cartas, cuando él las lleva, llegan que vuelan.

Así dijo Hilario, mientras Porfirio se agachaba a levantar al señor Nicho, ayudado por otro arriero.

—¡Muchá! —dijo éste—, por lo helado parece muerto, tiéntele la cara, ¡cómo está de frío!

Los arrieros le aproximaron a los cachetes y a la frente el revés de las manos tostadas y terrosas. Hilario le agarró las orejas y le frotó la mano en que no tenía el chal, porque la otra seguía como una garra rígida prendida al pedazo de seda refulgente.

—Y eso, para qué lo traería —intervino la fondera, de muy mal humor, refiriéndose al chal.

—Pobre, para su mujer... —le contestó Hilario, mirándola y casi interrogándola con los ojos, a qué se debían esos malos modos; bien sabía ella que no era fácil zafarse de los muchachos cuando regresaban de viaje, y que tampoco les podía decir: No vamos onde la Aleja, porque no, porque aunque fuera acompañado, él era el primero que quería ir, no por la cerveza, por verla.

—Y lo pior —dijo Porfirio— es que, además de estar hecho un hielo, se le está queriendo parar el corazón, se le sienten los pulsos; aquí ya casi no le siento nada. Lo mejor es avisar. Corre, vos, siquiera por aquella carta de buenas noticias que te trajo hora un año.

—Ya, vos, no acabaste, Porfirio; voy a ir a avisar a la Mayoría; pídanme una cerveza negra; ya saben que yo estoy criando...

—¡Mañas! Y bebétela, que hay tiempo, hay más tiempo que vida, y el enfermo de guaro no puede enfriarse más, ya está puro hielo.

—No, mejor voy, si el favor se hace, se hace bien, favor hecho a destiempo, no es favor, y como por favor voy, porque no me están pagando.

—Pobre el señor Nicho, hasta se turnió... —salió hablando otro arriero, Olegario de nombre.

—Seguro que se le trabaron los ojos. Ansina sería el sumpancazo. Cómo no se quebró, digo yo...

—Vos decí todo lo querrás, Porfirio, nadie te lo impide, pero trata de sentarlo bien, y tenerlo, porque si no lo tenés vos, se vuelve a cair. Bien dicen que hay un Dios pa los bebidos.

La fondera, mientras tanto, limpiaba y preparaba los vasos, sin dejar estar el copal que masticaba y tronaba en sus dientes nerviosamente. Alineó en el mostrador las botellas de cerveza, y detuvo el masticar, para decir, desentendidamente, pero con segunda intención:

—¿Un Dios? Un Dios y todos los ángeles. Y han de estar ustedes que yo ni cuenta me di que se había caído, porque estaba allá adentro en mis cosas. Me entré a fregar los trastes y cuando salí y no lo vi, dije: se debe haber ido el señor Nicho, y mejor porque ya estaba menudeando mucho; se acabó, como quien no dice nada, dos botellas de pura blanca, con eso cualquiera se cae.

—Bueno, muchades, que sea un motivo —dijo Hilario, alzando la voz y el vaso de cerveza, para chocarlo con los vasos espumantes de sus compañeros, el sombrero levantado y el tapojo al hombro.

Porfirio Mansilla, sin descuidar al briago, bebió y habló después de dar el primer sorbo con bigotes de espuma en los bigotes:

—Y hasta el chal se quiso comer por lo visto, pues está todo rasgado y manchado de sangre y aquí como que se rasguñó él mismo, en la desesperada de no poderlo romper. Se lo fue a obsequiar a don Deféric y el alemán no le aceptó.

—Ese señor sí que es decente; el otro día andaban los hijos del mayor de plaza con el mico y se metió aquí al estanco, yo salí corriendo; él pasaba y se detuvo a sacar al animal.

—¡Lástima de ver un hombre en mal estado! —siguió Porfirio.

—Pero el señor no está en mal estado —se le rió la fondera, se le rieron todos, al decir así Olegario.

—El que no quiere entender es peor que el que oye mal; quise significar el estado en que él está, y el que no me entienda que se vaya a la mierda...

—¡Respetá, vos! —saltó Hilario.

—Pero no me hagan perder la chaveta; entre detener al bolo y defenderme de ustedes; lo que yo quería decirles, es que da lástima ver a un hombre en este estado, y que lo güeno es que uno no se mira, porque si se mirara, jamás de los jamases se volvería a tomar un trago, y por eso son feyas las fondas onde hay espejos, porque los espejos son la conciencia de uno que lo está mirando siempre.

Le cortó la palabra Hilario:

—Por eso, mi chula —acercándose a la Cuevas— no ha puesto aquí más espejos que sus dos ojos...

—Vea si me desmayo —dijo riendo graciosamente la Aleja Cuevas—, y conste que no es el primero que me lo dice.

—Pero, Alejita, sí el primero que se lo dice sinceramente.

—Lo que se ve se cree, lo demás son versos; quiero ver si cuando eche viaje de nuevo se acuerda de mí y me trae de la capital un chal así corinto, como ese que trajo el correo.

—Haga cuenta, chula, que ya lo tiene en lucimiento, siempre que en cambio del chalcito, usté me dé algo...

—Si le estoy dando todo lo que quiera, no se queje... —y alargó el brazo, prieta carne dura, para llenar el vaso de Hilario, que se la comía con los ojos.

—Así me gusta —metió su palabra y su vaso Porfirios, como le decía Olegario, porque era tan grandonón y fuerzudo, que valía por dos arrieros—; así es como me gusta, que haya quien le salga al frente a este lengua de trapo; es más embustero, más mentiroso, más chismoso, y siquiera fuera rico, pero pobre y descalzo.

—¡Ya te vas a ir preso, con el correo te vo a mandar, vos bueno, y él bolo, para que lo cuidés ái en chirona!

—Y de veras, pues, que rasgó el chal —soltó la fondera, para asegurarse contra la más mínima sospecha—, debe haberlo agarrado a mordidas; qué culpa tiene el trapo de que la fulana se le haya ido juida.

—Agarró su camino y se jué y que la agarre otro, porque lo que soy yo me llamo Hilario y tengo mi querer contra asegurado —su brazo tostado, peludo, abarcó por la espalda a la fondera; ésta hizo como que se le zafaba, Hilario la apretó más.

—Déjese de cuentos, vea si lo van creyendo. Don Porfirio es mero deli...

—¿Deli, qué...?

—¡Delicado! Y yo con él estoy comprometida desde la vez pasada.

—Pero no me cumplió. Así son las mujeres. Y la dejo libre, para que se comprometa con Hilario, se casen y hagan fiesta el día del casorio. Ese día les ofrezco que me embolo del gusto como se emboló este señor Nicho. Hilario es soltero, sólo que no le garanto las ganancias, niña Aleja; más vale un buen casado que un mal soltero.

—Bebida de araña, le deben de haber dado a la mujer del señor Nicho —habló otro de los arrieros, por hablar, porque él sólo había estado bebiendo y escupiendo.

—Este colocho es el que me gusta cuando habla —siguió Hilario—, porque es crédulo y nadie le saca de la mollera que el tizte con andar de araña es el que hace a las mujeres perder el juicio de la casa y salir a enloquecerse al mundo; no piensa que el tiempo ha cambiado y que ahora a las «tecunas» ya no les dan su aliciente como antes, con andadito de araña, para que agarren mal camino, sino hilo de carrizo. ¿No entienden?...

—Yo sí entiendo —contestó la fondera, mientras Hilario seguía.

—Las arañas patanconas que ponían nuestros agüelos a correr en el polvorete que les daban a las mujeres, se acabaron, y ahora son arañas de coser.

De mal modo la fondera se le fue del brazo a Hilario; hizo con los hombros el gesto de qué me importa y sirvió otros vasos de cerveza.

—Éstos mis compas, vos, Porfirio, ya que se te cae el señor Nicho, no entenderán nunca lo que yo hablo. Les explicaré. El piquete de laberinto, se ha modernizado. Ahora «tecunean» a las mujeres los agentes de las máquinas de coser, calentándoles la cabeza...

—¡Qué aburrido el sermón! —exclamó la Aleja Cuevas; echaba chispas por los ojos contra las indirectas de Hilario.

—¡Sabés mucho, vos, callate! —advirtió Porfirio.

—¡Tenés muchas fuerzas, vos, mejor me callo!

—¿Y qué —salió la fondera, barajando lo dicho por Hilario—, a don Porfirio le llevaron alguna fulana detrás de una Singer?...

—Son bobadas de éste que se mete a hablar lo que no sabe...

Disimuladamente la Aleja Cuevas se pasó la mano por el pecho, como charrangueando una guitarra; significaba a Hilario, con esta seña, que se alegraba de la respuesta que, por ella, interpretando su pensar, le dio Porfirio Mansilla.

Y mientras se charrangueaba el pecho, dijo:

—Y a propósito, uno de ustedes me contó que había conocido a un tal Nelo que vendía máquinas de coser y que dejó su nombre escrito con navaja en un árbol de por aquí cerca.

—Este Hilario debe ser, porque... a quién no conoce, con quién no se mete, y qué no sabe. Parece que la gente se confesara con él.

—¿Nelo? ¿Nelo?... ¡Jijiripago, lo que es no haberse rozado con gente extranjera, para ustedes que era un indio tishudo como nosotros! Se llamaba Neil...

Hilario interrumpió su explicación. Cuatro soldados al mando de un cabo entraron a sacar al correo Nicho Aquino.

—No está muerto... —dijo uno de los soldados.

—No... —contestó Hilario—, lo que está es que está bolo.

—Bolo-muerto... —agregó el soldado, al tocarlo.

El cabo, de entrada, se pegó al mostrador y dijo:

—Un trago en fila de tres.

La fondera llenó tres copas. Así pedían siempre los del cuartel, para no desacreditarse. Un trago en fila de cuatro, eran cuatro copas; un trago, en fila de cinco, cinco copas; y así, fila de seis, fila de siete, y hasta siete, porque pasando de este número, decían: dos tragos fila de cuatro, que eran ocho, o dos tragos fila de cinco, que eran diez copas. Pero eso sí, sabían beber, le conocían el retopón al aguardiente, para saber aguantarse o retirarse a tiempo, no como este pobre Nicho, que hizo la fiesta del indio: adornó la casa, preparó los cohetes, y al ir a buscar el licor, se lo bebió y se quedó botado.

—Permita... No... Permítame la guitarra —dijo Hilario a la fondera, nalgas anchas, casi arrebatándole la botella con que le iba a servir más cerveza—, que a mí me gusta sin mucha espuma...

—¿Sin o con? —le fijó ella los ojos, atesorándolo.

—¡Sin! —contestó el arriero guapetón, jugándole las manos para arrebatarle la botella que, al fin, le quedó a él.

—Ni agradece que le iba a servir yo...

—¡No, Alejita, porque yo soy de los que tienen la vida en un... hilo de amor!

—Bueno, don palabras, síganos contando de ese su Nelo...

—¡Neil!

—Pues Neil...

—Y qué quieren que les cuente, y para qué, por contar hay muchos en chirona; sólo que me dé licencia Porfirio...

—¡Vos pidiendo licencia para chalaquear, y a mí, como si fuera tu padre!

—¡Más que mi padre!

—¡Bolo debés de estar!

—Eso es... —Hilario escupió—, llamame bolo a mí, prestituida a la señorita y hablá mal del gobierno y te llevan preso.

—¡No digo, Hilario, que sos bruto para hablar!, yo e quiero decir...

—Ya me lo estás diciendo: yo te quiero y yo también te quiero a vos, pero no quiero que insultés a la gente, y menos a la Alejita, porque ella qué culpa tiene de tener estanco.

—Nos vamos —propuso Olegario, fumando a grandes bocanadas de humo bajo el sombrero quemado de mugre—, porque es de que yo ya me cansé de estar parado; onde las Prietas se sienta uno...

—¡Váyase usted solo! —se voló la fondera—. ¡Váyase, que ái sí le van a dar su araña salada!

En el silencio que sobrevino, entre las caras de los arrieros —cuando estos hombres se ponían serios, se miraban feroces—, pasó la noticia de que al correo hubo que llevarlo al hospital, porque estaba grave, como envenenado.

—Yo no creo en máquinas de coser —retopó el arriero de pelo crespo, al que llamaban colocho, que se la tenía guardada la espina y pensaba responderle a Hilario—, yo soy a la antigua, creo en el piquete de «laberinto de araña», y más creo en vista de lo que estamos viendo: a la Isabra Aquino, la salaron, y a éste le dieron toma de la otra vida; vaya uno a saber las venganzas; yo por eso rezo, porque de los amigos que uno sabe que son sus enemigos, se defiende igual bailándoles la jícara y metiéndoles zancadilla al mismo compás; pero de los que uno está ignorante, sólo el poder de Dios, para contrarrestarlos.

Salieron todos juntos, en puño, mientras la Aleja Cuevas se mordía los labios de la cólera, lívidos y afilados como cáscara de piñuela, bien que les sonriera, al cobrarse la cuenta, para no dar sus lástimas al desprecio; y se fueron, risotadas, arengas, silbidos sobre tren de patas de machos, a seguir la parranda donde las Prietas, Prietuchas, Prietotas, una venta de aguardiente y chicha que estaba como juilín de río, según el colocho, y donde más embriagaba el pasar del río, triste, que la bebida.

XIV

Un silbido insistente, insinuante, incisivo, como si en el aire quedaran los dientes delanteros vibrando. La noche, sin haber llovido, parecía mojada. Las ramas de bambú, balanceadas por el viento mocetón, barrían con escobas de rumor más suaves que plumeros, el silencio del monte, en las orillas de la población, hacia el camposanto.

—Se me hizo que eras vos; tu silbido...

—Y tardaste...

—¡Qué bárbaro, si estás todavía con la boca húmeda de silbar; dame un besito y dejate de embromar! ¡Qué sabroso decirte «vos»; se me hace tan extraño tenerte que llamar «usté», ante los muchachos!

—¿Me quiere, mi vida?

—Mucho; pero qué es eso de me quiere, me querés; y a ver mi hocico... ¡sabroso!... otro... A mí se me hace que el amor de «tú» y de «usté», es menos amor que el amor de «vos», con chachaguate y todo, porque vos, ya me estás echando chachaguate; hacele, viejito, que para eso soy tu propiedad legítima...

—... Y mal portada, eso es usté, mal portada...

—Pero no me tratés de usté; se me hace tan extraño...

—Habrá que irse acostumbrando y... ya suspiré, y es que estoy triste; duele que mientras uno anda ganándose el medio, la que es su cariño se dé la grande con otro baboso...

—Corrieron a decírtelo...

—No es que corrieron, es que yo lo presentía, por corazonada se saben las cosas, cuando está ausente uno.

La sombra del bambú los acercaba, mientras, en intención, iban alejándose cortando sus ataduras amorosas. Ella, llena de cuidado, le tomó la cabeza con cariño y clavó sus misteriosos ojos muy profundamente en los ojos abiertos del arriero que estaba llorando.

—¡No siás bobo —le decía al oído—, cómo podés imaginarte, vos, que porque viene ese mequetrefe, planta de altanero, a estarse allí parado al poste de la esquina; que porque a veces entra al estanco y se está conmigo platicando de tonterías, de lo que pasa en el pueblo, de las ventas que ha hecho de sus máquinas de coser, lo voy a querer a él, y no te voy a querer a vos que sos mi quedar bien con mi corazón, y eso que te tengo el sentimiento de que me ves, cuando están los arrieros, tus compañeros, como petate; hasta me afiguro que te da vergüenza que sepan que sos mío! ¡Ah, porque eso sí, canelo, mucho te puedo querer, adorarte, morirme por vos, ser tu sometida, lo que vos querrás; pero si te da vergüenza mi condición de fondera, y por lo mismo me ninguneas ante los otros, con no volvernos a ver está arreglado; el amor a la fuerza apesta y pior cuando lo quieren a uno ver de menos!

—Los hombres como yo no lloran —murmuró el arriero parlanchín, oloroso a guaro y al olor de los guayabos que rociaban el rocío nocturno que bañaba sus hojas retostadas, en forma de pequeñas pringas de llanto de árbol—; los hombres como yo no lloran, y si lloran, lo hacen como los guayabos que, primero, se agarran con todas sus ramas a retorcerse, quemados por dentro de la pena, tan quemados que hasta el palo se les ve colorado; y segundo...

—¡Lloran cuando están bolitos!

—¡No te voy a decir que no es cierto! Pero también lloran cuando el corazón les avisa que los están traicionando, porque sólo quedan dos caminos; infelizarse, matando al rival, o hacerse de la vista gorda, fingiendo indiferencia, matando la vergüenza... ¡Dejame, me molesta que me hagas cariños que le haces a otro!

—¡Ve, Hilario, no sean tan rebruto; que estés con tus cervezas en la cabeza no quiere decir que... mi muchachito bravo, mi cuiscuilín, mi cuiscuilincito!...

—Ya te dije que ...soltame el brazo..., soltame la cara...

—¡Por vida tuya, no sabía qué favor me hacías al quererme, y ve, si fuera verdad que te estoy haciendo lo que vos imaginas, porque sos muy idiota, y sólo por eso lloraran los hombres, crecerían los ríos como en invierno, porque no te estés creyendo que todas las mujeres son como yo; me pesa el decirlo!

Callaron. Se veían juntitas las luces encendidas del pueblo. Juntitas y separadas como ellos. El zacate mojado de sereno les enfriaba las posaderas. Hilario miraba al cielo, ella arrancaba las puntitas de los zacates que le quedaban a distancia de su mano trigueña.

—Lo que pasa —siguió ella al rato de estar callados—,

es que amores nuevos y de la capital son mejores que viejos amores de pueblo; y es bonita, contá, tiene bonito pelo, debe ser de ojos lindos...

—Lo que quiero saber es a qué venía ese tipo a quedarse horas enteras en el estanco, a falta de pasar su cama.

—A que le diera el sí —Hilario se le quedó mirando, hizo el intento de levantarse, pero ella le retuvo—, pero yo siempre le dije que no, y a que le diera la seña...

—¿Qué seña? —rugió Hilario.

—De amor la verdadera seña... —riendo con todos los dientes, echaba la cabeza hacia atrás, para que el aire le besara el pelo—; no seas bobo, la seña del enganche de la máquina que me quieren vender —Hilario se acomodó de nuevo junto a ella, entre contento y serio—; plomoso, sos vos, chucán, marrullero, bien sabías que ha estado viniendo ese fulano a ofrecerme la máquina, a bandearme con que se la compre, que me la da a plazos, que no es mucho lo que se paga, que haciendo costuras la máquina se paga sola, y lo sabías porque echaste tu indirecta hoy en la tarde; dirás que no me fijé cuando dijiste que ahora ya no se les da a las mujeres polvo con andar de araña, sino máquinas de coser andando.

—Pero, no sólo a eso debe haber venido, qué casualidad...

—Tenés mucha razón. Un día resultó trayéndome un par de gringas más feas que hombres, pantalonudas, simpáticas el par de mujeres, interesadas en averiguar la vida de ese míster que vos conociste y que escribió su nombre con navaja en un árbol de por aquí cerca. Como yo no sabía, se fueron como vinieron, salieron por donde entraron, sin escribir una sola palabra en sus cuadernos; eso sí, bebieron chicha hasta empanzarse. «Curiosi», decían, y se zampaban los vasos de chicha como si fuera agua, después me pidieron que querían beber en guacal; más tarde el alboroto en el pueblo, a una la botó un caballo, la arrastró y por poco la mata. Vos sos el que sabés la historia de ese hombre misterioso.

—La sé, pero no la cuento. Es mi secreto.

—Y yo, para qué quiero saberla; sé que se llamaba Nelo, que a vos te llamaba Jobo, como yo te llamo Canelo, que puso su nombre en un palo, y ya está.

De vez en vez, entre el gotear del rocío, fragmentos estelares de un reloj de mínimas cristalerías rotas en minutos, sonaban, al caer en tierra alfombrada de yerbas, los mangos, con un sonido amortiguado, como si a cada cierto tiempo, cayeran para marcar las horas desde las ramas de árboles materialmente embrocados por el peso de los frutos. Poch, sonaban al caer los mangos, seguía después la cristalería del sereno minutero, y al rato, poch, poch, poch...

Hilario Sacayón era muy chico cuando vino a San Miguel Acatán un comerciante recomendado a su padre. El viejo Sacayón anduvo para arriba y para abajo con este señor y regresó diciendo que se llamaba Neil, y que era vendedor ambulante de máquinas de coser. Al día siguiente, Neil vino a casa de los Sacayón, y estuvo jugando con un chico, que era Hilario. Hilario lo miraba y lo miraba, luego lo tentó, le tentó la tela del pantalón, y la amistad fue sellada con una moneda que el señor Neil puso en su manita y un beso, oloroso a tabaco, en su cachete.

Ya de grande, Hilario oyó a su padre hacerse lenguas de la bondad e ilustración del señor Neil, cuando aconsejaba a sus hijos que no juzgaran nunca a las personas por lo que aparentaban y los trapos que vestían. El hombre aquel, en apariencia como tantos y tantos vendedores de máquinas de coser, era de los que en los ojos llevan una reproducción en miniatura del mundo. Hay hombres cuyos ojos son como aguas de estanques sin peces, pero otros tienen las pupilas con el pescaderío de la vida allí dentro, nadando, colaceando, y de éstos era el señor Neil.

Llegó a tal grado el amor de su padre por el recuerdo del señor Neil, que un día llevó a Hilario, ya adolescente, hasta un palo grande. En el tronco, grabado con navaja, se veían letras y números, decía: O'Neil-191... la última cifra borrada.

Sin perder tiempo, el viejo arriero, que arriero era también el padre de Hilario, y de los arrieros de antes, de aquellos que humaban un puro montando mula cerrera sin botar la ceniza, con su cuchillo trasladó a su pechera de cuero la inscripción, imitando los signos, y hasta la muerte, el finado llevó en su pechera de arriero, las letras y números del palo: O'Neil-191.

Éste era, escuetamente, el secreto de Hilario Sacayón. Muerto su señor padre, Sacayón hijo se apropió de la historia, agregándole de su cosecha imaginativa orejas y cola de mentiras. En boca de Sacayón hijo, O'Neil tuvo pasión por una muchacha de San Miguel Acatán, la famosa Miguelita, a quien nadie conoció y de quien todos hablaban por la fama que en zaguanes de recuas y arrieros, fondas, posadas y velorios, le había dado Hilario Sacayón.

La Miguelita, morena como la Virgen del Cepo, una milagrosa imagen esculpida en tiempo de la colonia y olvidada en una hornacina de la cárcel de Acatán, donde se aplicaba el tormento del cepo a los facinerosos, indios fugos y maridos mal avenidos; la Miguelita, con ojos como dos carbones apagados, apagados pero con fuego negro por lo mismo de ser carbones; camanances en los carrillos, cintura de acerola, boca de rosicler de moras, pelo de burato negro; la Miguelita, que no correspondió el amor desesperado de O'Neil, porque ella nunca lo quiso; Hilario le llamaba simplemente Neil y la gente poblana, Nelo.

Él la quería y ella no. Él la adoraba y ella, por el contrario, lo detestaba. Él la idolatraba. Neil le dijo que se iba a dar a la bebida, y se dio; le dijo que se iba a tirar al mar, y se hizo marinero; ahogó en el azul del mar su pena morena, con la misma pipa que fumaba ante la Miguelita, sus ojos azules, su pelo rubio, su cuerpo de gringo de brazos largos.

Hilario Sacayón no podía con su conciencia después de una parranda. Lo que inventaba. Pero, de dónde le salía tanta verba para ir colocando las palabras, las frases, los giros dolorosos y sarcásticos, derechamente, como si antes que él lo contara en sus borracheras ya hubieran estado escritas, puestas como debía ser, igual o mejor que si efectivamente todo aquello que él inventaba hubiera pasado ante sus ojos.

Se quedó escondido en su casa, al día siguiente de su encuentro con la Aleja Cuevas, porque con los compas arrieros siguió la juerga donde las Prietas y en su gran papalina contó muchas cosas más de los amores de Neil y la Miguelita. No tuvo valor para salir a la calle, pero en su casa, en su rancho, estaba la presencia de su padre, el cual, desde los muebles y rincones, pero sobre todo desde su pechera de arriero, le reclamaba haberle robado la historia de su vida. Más tarde, acallando remordimientos, consideró su ingratitud como una forma natural del hijo para anular al padre, es decir, para sustituirse al padre, y hasta vio al viejo Sacayón, complacido porque lo saqueaba en forma tan artera, contando como suyas las historias del progenitor. Luego, para acallar más sus remordimientos, le echaba la culpa al licor. El guaro suelta la sin hueso. No sabe uno lo que dice. Habla por hablar. Además, cabía devolver a su padre lo que por hablantín le robaba siempre que estaba encumbrado. Iría y contaría que todo lo del señor O'Neil, era referencia de su viejo; pero, reflexionando, en este caso el remedio resultaba peor que la enfermedad, porque era colgar al viejo arriero q'ie en paz descanse, sus embusterías.

Prometió, como siempre, no volver a hablar de Neil ni de sus amores con la Miguelita de Acatán, aunque lo picaran los amigos para que soltara el resto, porque, así empezaba la cosa, Hilario tenía un resto que contar.

Por eso, cuando las gringas interesadas en tomar datos sobre la vida de O'Neil volvieron al pueblo, Hilario Sacayón no pudo hablar. Estaba en su juicio y en su juicio no hablaba de Neil y de la Miguelita. Llevó a las gringas al pie del palo grabado, para que tomaran la fotografía; les mostró la pechera de su padre; les dio vagas referencias de sus recuerdos de chico, todo sujeto a la verdad, igual que si hubiera estado declarando en un juzgado. Las gringas, sin embargo, algo sabían de la historia de la Miguelita, morena como la Virgen del Cepo, alfeñique con anís de gracia, los pies como cabezas de alfiler, las manos gordezuelas; pero Sacayón se contentó con oírlas, vanidosamente, sin pronunciar una palabra. Las gringas, antes de marcharse, le dejaron un retrato del señor O'Neil, un hombre célebre. Hilario lo vio y lo escondió. Era horrible, chelón, flaco y desgastado. No, no podía ser el borracho jubiloso que se murió de sueño, porque lo picó una mosca en uno de sus viajes; el que le dejó a la Miguelita de recuerdo una máquina de coser que en las noches se oye, después de las doce campanadas del Cabildo... ¿Quién no la ha oído en San Miguel Acatán? Todas las noches, el que después de las doce campanadas del Cabildo se detiene a oír, escucha que cosen con máquina. Es la Miguelita.

XV

Tres semanas más tarde salía el señor Nicho con la correspondencia para la capital, curado de espantos; vio la muerte tan cerca, hubo que ponerle inyecciones toda aquella noche de su fiesta, inyecciones de alcanfor, no se encontró suero, más bien de aceite alcanforado, y recibió una tunda de palos que aún le castigaba el cuerpo; además se tuvo que ir con la ropa que llevaba puesta, que ya no era blanca, sino color de basurero, porque, acompañado de un soldado, fue a su casa, entrada por salida, y los ladrones habían cargado con todo. Ingratitud la de su mujer, ni porque estaba preso volvió. «Tecuna», «tecuna», «tecuna»...

«Tecuna.» Con la palabra en los labios salió de San Miguel Acatán, asustadizo, después de pasar a la iglesia a persignarse y a limpiarse con la manga de la chaqueta que llevaba puesta por regalo que le hicieron, la saliva que el administrador de Correos, cada vez más gordo, le roció en la cara, al hacerle las últimas advertencias.

—Tenés que ver por vos mismo, ahora que ya no tenés quien vea por vos, ahora que con lo de la «tecuna» te quedaste zonto; voy a mandar un soldado de vez en cuando a que le dé una vuelta a tu rancho; ¿dejaste con llave?; ¿dejaste con tranca?; ¿vendiste los coches, los dos coches que tenías, las gallinas?... Te llevás el chucho, el chucho mejor que la mujer.

El correo no tuvo tiempo para explicar al gordinflón que hablaba escupiendo, que salía con lo que llevaba puesto, que en los días que estuvo enfermo, primero, y arrestado, después, se lo robaron todo, hasta las dos láminas de una media cocina.

—*Pese su poque*... —dijo antes de salir del correo, pulseando los costales de correspondencia, dos grandes sacos de lona, y un despacho más pequeño con los asuntos oficiales.

—Vos serás muy ladino —le convino el administrador—, pero echas tus pedradas, ¿qué es eso de *pese*?... Pesa; pero no le hace, para eso es carga, y vos tenés la culpa, cuando estos monos hediondos que se llaman ciudadanos, saben que es el señor Nicho quien va como correo, se atasca el buzón de la oficina de correspondencia.

San Miguel Acatán, le tardaba el andar, el alejarse, el irse, quedó a sus espaldas y a la cola del chucho, entre las agujas de los eucaliptos que jalan rayos y centellas, iguales a la espada del Arcángel que bajo su zapato de oro tiene aplastada la cabeza del diablo; los mechones de los pinos fragantes, de buena trementina; y las manchas verdes de los demás árboles.

Se perdió San Miguel Acatán en un relucir de loza bajo el sol de la mañana; loza de sus techos, loza blanca de sus casas, loza vieja de la iglesia; y quedaron solos por el camino sombreado, el señor Nicho y el perro flaco, mal comido, trasijado, con las orejas trozadas, porque de cachorro le dio moquillo y hubo que sangrarlo, los ojos de oro café, pelo blanco, manchas negras en las patas delanteras.

—Vos qué dijiste... dormido te dejó mi mujer... ni sentiste... ni cuenta te diste, cuando se... —el chucho movió la cola— ...ah, Jazmín este... —el perro, directamente aludido por su nombre, le hizo fiestas— ...quieto, nada de salirse adelante y echarme zancadilla que ahora vamos prisa...

La jornada fue larga, por caminos hinchados de humedad, donde la tierra parece cáscara de papa podrida de agua, y juegan los regatos, como animales vivos, por todas partes, saltando, corriendo, actividad que contrastaba con los viajeros que ya por la tarde iban rendidos, directos a caer en una aldea de veinte casas, donde siempre los correos hacen noche. Les oscureció antes de llegar, pero aún se veían luces en los ranchos, cuando entraron. El perro jadeante, el señor Nicho sombrío, igual que un autómata, cascareando las pisadas de los caites por la calle llena de piedras de río, más río que calle.

Al quitarse el sombrero, en la posada, sintió el pelo untado de sudor, como pegado a las orejas, a la frente, a la nuca. Se llevó la mano para revolvérselo un poco. De su bastimento sacó tortillas, sal, polvo de café, polvo de chile dorado, así como un pedazo de cecina que le tiró al chucho y que fue un solo bocado para el hambriento animal.

La dueña de la posada le salió a saludar. Quería, además, que le llevara una encomienda.

—Está güeno —le dijo el correo, medio acomodando sus comestibles en una grada, a la orilla del patio—, con tal que no sea muy basta, porque materialmente no traigo lugar; si es encomienda chiquita, con mucho gusto, nana Moncha, ya sabe que estoy pa servirla.

—Dios te lo pague; y ve, Nicho, ¿cómo quedó la señora?, ya debe estar aguardando, porque espero que le diste su merecido.

El señor Nicho se contentó con dar un mugido. Desde que se casó con la Chagüita, cada vez que le tocaba hacer jornada donde nana Moncha, la vieja lo bandeaba con indirectas más que directas, para que le hablara para el parto.

El chucho estaba atento, esperando otra tajada de cecina, y lo que consiguió fue un puntapié. Si se lo hubiera podido pegar a la vieja, se lo pega. Jazmín, después de barrerse, chillando del dolor, con la pierna encogida del golpe, se apostó en un rincón, todo ojos y nariz.

La vieja ramoneó por el patio, que más bien era un sitiecito con árboles frutales, güisquilar y perchas para gallinas, y volvió a insistir:

—Pues ya lo llevás entendido, Nicho, que sólo me avisás y me voy para allá un día antes que reviente, voy a prepararlo todo; es cuestión de que me digan su tiempo, deben llevar la cuenta y hay que hacer el cálculo por la luna, más o menos, porque así se sabe y se tienen a mano las cosas que se necesitan, lo que es menester.

El señor Nicho acabó de engullirse la tortilla con queso, apuró un guacal de agua caliente con polvo de chile, y buscó dónde acostarse; pero no pudo pegar los ojos. Por los claros del rancho, entre las cañas mal ajustadas —ya era vieja la posada, como la dueña— se veían brillar las estrellas, esmeriladas, casi con filo en la profundidad del cielo. Hay palabras que da gusto pensarlas, decirlas: profundidad...

Y a lo profundo se iba él, desde su petate y su cobija, pero a lo profundo de afuera, divagando con los ojos de su cuerpo, en el radio visual que no lograba abarcar con sus brazos, en ese mundo impalpable que ya no tocaban sus dedos, pero que sus pupilas le traían como un mensaje del espacio. Otra profundidad había en él, en su adentro, oscura, terriblemente oscura desde que lo abandonó su compañera; pero a ese hondón ingrato sólo se asomaba cuando era mucho el peso de su dolor, cuando la penalidad en que estaba le tronchaba la nuca, como ajusticiado, y lo obligaba, suspendido en el vacío, a mirar su tiniebla, su tremenda tiniebla de hombre, hasta que lo copaba el sueño.

Aquella noche de la posada no pudo dormir. El cansancio físico lo botaba, martajado, flojón de las piernas, flojo de los pies, doliente de los dedos de los pies, de los calcañales que sentía duros como cáscara de aguacate verde, y mejor se salió al patio. Le quiso echar mano al perro, pero el perro se escabulló. Tampoco estaba dormido y se acordaría del golpe. Estuvo llamándolo, necesitaba tener su calor cerca. Por fin se le acercó el animal, apachurrándose cada vez que él extendía la mano para tocarlo, la mano que de un salto empezó a lamerle, cosquilloso, agradecido, hasta echarse muy junto a él, como cosa suya.

No veía bien con quién conversaba. Cualquiera hubiera dicho que con una gente.

—Decime, Jazmín, vos que sos más bueno que la gente, más persona que las que llamamos personas, decime a mí solo si al caso viste que la patroncita estuviera preñada. Con vos hablo, Jazmín, porque si la patrona andaba preguntando por vos, eso es lo que me trabaja y desespera, la sangre de mi hijo que ella lleva en el vientre, a tal punto que no puedo estar sin ella en el pensamiento. Y he tenido mujeres, Jazmín, así como vos has tenido muchas chuchas, para eso somos lo que somos, machos, y se me han ido, y las he dejado, y... todo; pero esto que me trafica ahora en los sentidos, nunca lo había imaginado, menos sufrirlo, es como si me quisieran sacar las tripas por la boca, para dejarme vacío; y de sólo pensar que no la veré más, que la perdí para siempre, me siento malo, como si la sangre se me fuera parando, y un ratonero de miedos y sustos me hace hacer gestos que no son míos...

El perro buscaba en sus manos el lejano olor de la cecina. Un bulto salió a basquear. Tenía como zoco. El correo creyó que era la comadrona y escurrióse a hacer como que dormía, mientras Jazmín se lanzaba a ladrar al bulto. Ladró, se cansó de ladrar, siguió ladrando; otros perros ladraron en la calle, en las casas, la noche se llenó de ladridos.

El bulto basqueó, entre vómito y tos, y luego, garraspeando, dijo a tientas, en la oscuridad:

—Yo como que oí hablar; ahora eso; puro hablado de gente oí, y no se ve que estén despiertos.

El señor Nicho, al escuchar la voz de un hombre, hizo como que despertaba, se desperezó y le dio buenas noches, desde las tujas.

—Noches... —rectificó aquél—, ya está amaneciendo.

Se dieron los buenos días, sin ser de día, en esa hora confusa en que parece repartirse en el ambiente frío, el color azul muerto del fuego enterrado en las cocinas. Bostezos y a la orilla de grandes bostezos, los gallos.

El primero que alzó el canto fue como susto aleteando para Nicho Aquino. Cerca lo tenía. No lo vio bien. A bostezar iba, cuando el quiquiriquí. Pegó un salto madre, quiso regresar a darle una patada, pero, para qué, si ya otro gallo estaba cantando, y otro, y otro...

Fue fácil encender el fogón en la cocina, una pieza destartalada muy alta, la más alta de la casa, con el horno derruido, caca de gallina por todas partes y en la parte alta de las paredes, hasta el techo, hollín y telarañas y algún murciélago que al brillar la primera llama, salió que se hacía pedazos.

El viejo del hablar garraspeado era un puro gusano verde. Un gusano limpio, en sus nobles arrugas como ombligos con pelos, dos granitos de azúcar quemado en dos ojos muy blancos, muy abiertos, chato, de pómulos salidos, frente angosta, pelusa blanca en la cabeza, y orejas grandes que se tocaba con la mano cuando le hablaban, porque era un poco duro de oído.

Se le quedó mirando y le dijo:

—No le jablés al chucho como le estabas jablando dende hoy, porque un buen día, te va a contestar y vos te vas a quedar mudo. Por cada humano mudo hay un animal que jabla. El chucho va a encontrar la palabra que le falta en su enteligencia, y vos ya no la vas a encontrar en tu boca. Consejo que te doy y que no me están pidiendo... —rió el viejo, que al compás de los gallos, al reír, parecía hacer: jijirijí— ...pero los viejos gozamos con eso, con dar consejos, es nuestro cuatro, es nuestro quedar bien, aconsejar a otros que hagan lo que nosotros no hicimos de jóvenes ni haríamos de viejos... —jí... jirijíjíjíjíjí— si como dejamos de ser jovencitos, pudiéramos dejar de ser viejitos... jijijijirí... ji...

Arrastrando los pies salió el viejo a ordeñar una cabra. Lo siguió Nicho Aquino. Hablando no sentía tanto su soledad. Las manos del anciano eran negras, igual que si antes hubiera estado deshollinando el horno o fuera de oficio tintorero: dos guantes de oscuridad con uñas brillosas, amarillentas, en las que las mamas de las cabras, contrastando con lo negro, se veían como florecillas de begonia, y la leche más blanca al saltar en chorros fisgueros.

—Te estás fijando en mis manos chamuscadas, tostadas, negras; pero mejor si te fijás en mi cara de gusano de geranio. Soy buen medidor, como gusano y como persona, y a vos, anoche, te medí el sueño, tunquito te queda el sueño para la pena que andás llevando; rabón, rabón te queda por ái, por el cuello te llega, lo más... Jirijijijí... jijirijijí... Los ojos, por eso, te quedan fuera; y no te podés dormir, no te llega el sueño a los ojos, y cuando mucho estiras la tela del sueño, que es como ala de murciélago, braceando para encontrar postura, moliendo la cabeza en la chaqueta que te sirve de almohada, de tanto moverte y estirar la tela del sueño, la rompés, y te entra la fatiga de estar tendido, y la gana de salirlo a buscar... Jijijí... buscar el sueño que no se encuentra en uno es andar de balde... Anoche, sin ir muy lejos, te anduviste tu legua, tal paseo tenías, buscando el sueño, y es buscando el sueño que se da uno cuenta que nada duerme, que la noche es un gran velorio de estrellas sonando en los oídos de los seres, grandes y pequeños, de las cosas que se ven como tumbas de la actividad del día: las mesas, los armarios, las cómodas, las sillas, no parecen muebles de gente viva durante la noche, sino piezas de un amueblado que se colocó a un muerto en su tumba para que siguiera viviendo sin ser él, sin ser otro, porque eso es lo grave, los muertos no son ellos ni son otros, no se puede explicar lo que son.

La vieja comadre, entre trapos, crines y rascones —apenas si le alcanzaban los pelos para hacerse trencitas de lado a lado, como escolar, y apenas si le alcanzaban los dedos para rascarse piojos y pulgas y piojillos—, soplaba el fuego cuando ellos volvieron con la leche, seguidos de Jazmín.

—El señor Nicho ya se va a poner andar —dijo la vieja, sin volver la cabeza, de espaldas al fogón que soplaba— y ve si me das unos reales para que traiga aguarrás...

—Seguro que sí, aguarrás para vos, yo para mí voy a querer me traiga unos reales de lilimento; se me quedan atrancados los dedos del reumatís, cuando ordeño, y además que voy a tener que castrar, y capar unos mis animales.

—Pero, nana Moncha quería que le llevara encomienda...

—Quería, pero es algo basta, y vos ya no trés lugar; cuando pases la próxima y vengas más aliviado; cada vez hay más gente en el pueblo y cada vez te echan más cartas en esos talegones de lona pintada con rayas. ¿Por qué, digo yo, serán así los sacos del correo?

Gallinas, gallos y perros, de murga en las casas, y los rebaños en largas filas, como ejércitos blancos en movimiento.

El correo salió de la aldea «Tres Aguas», porque diz que había pozos de agua azul en tierra blanca, de agua verde en tierra colorada, y de agua morada en tierra negra, seguido de Jazmín y acompañado del viejo de las manos negras.

La comadrona, mientras Nicho Aquino funcionaba la humadera, para encender un cigarro, le repitió lo repetido:

—Avísame con tiempo, Nicho, porque ya sé que a tu mujer se le atrancó la sangre...

Centenares, miles, millones de plumeritos de ilusión se dejaban ver, ondulando al suave soplo del viento, iluminados por el sol, y las manchas de los margaritones amarillos de corazón negro, animaban la vista regada por doquier entre cumbres de volcanes esculturales y cerros de piedras humeantes. Poco a poco, los viajeros se encontraron, sin dejar la planicie, y un ciego afán de camino caminado y por caminar se apoderó de ellos después de las primeras charlas.

—¡Bueno está ese tu chucho para comérselo!

—¡Pobre, si anda trasijado!

—Pero se engorda...

—Una barbarie...

—Todo lo que se relaciona con el alimento del hombre es barbarie; yo no sé por qué dicen los hombres que han dejado de ser bárbaros; no hay alimento cevelizado.

—El maíz.

—El méiz, decís vos; pero el méiz cuesta el sacrificio de la tierra que también es humana; ya te pusiera yo a cargar un milpal en la espalda, como la pobre tierra. Y más bárbaro lo que hacen: siembra de méiz para vender...

—Por eso es el castigo...

El viejo de las manos negras, manos de color de maíz negro, inquirió antes de contestar, de una pasa de ojos, en la cara del correo, todo lo que deseaba. Sin botar el paso, suspiró ya hablando.

—Y el castigo será cada vez peor. Mucha luz en las tribus, mucho hijo, pero la muerte, porque los que se han entregado a sembrar méiz para hacer negocio, dejan la tierra vacía de huesos, porque son los huesos de los antepasados los que dan el alimento méiz, y entonces, la tierra reclama huesos, y los más blanditos, los de los niños, se amontonan sobre ella y bajo sus costras negras, para alimentarla.

—¡Tierra ingrata, ya ve, pué!

—¡Ingrata, ingrata... pero, toma en cuenta, correo, que la tierra es ingrata cuando la habitan hombres ingratos!

—Pero, pongamos las cosas... El maíz pa qué quiere usté que se siembre...

—Para comer...

—Para comer —repitió el señor Nicho, maquinalmente, más pensando en la Chagüita que le venía con el olor del anís del monte.

—Y no es que yo quiera; es que ansina debe ser y es ansina que es, porque a quién se le iba a ocurrir tener hijos para vender carne, para expender la carne de sus hijos, en su carnicería...

—Difiere...

—En apariencia difiere; pero en lo que es, es igual: nosotros somos hechos de méiz, y si de lo que estamos hechos, de lo que es nuestra carne, hacemos negocio; es lo aparente lo que cambia, pero si hablamos de las sustancias, tan carne es un hijo como una milpa. La ley de antes autorizaba al padre a comerse al hijo, en caso de estar sitiados, pero nunca llegó a autorizarlo a matarlo para vender la carne. Dentro de las cosas oscuras entra el que podamos alimentarnos de méiz, que es carne de nuestra carne, de las mazorcas, que son como nuestros hijos; pero todo acabará pobre y quemado por el sol, por el aire, por las rozas, si se sigue sembrando méiz para negociar con él, como si no fuera sagrado, altamente sagrado.

—Lleva razón en lo que dice; pero no a todos nos han explicado eso; de saberlo quién iba a ser tan ruin y, por propia conveniencia, ya que el maíz debilita el terreno, parece que lo dejara raspado, a la larga, y hasta hay que dejar que descansen las tierras maiceras...

—Por los caminos ves, vos, y vos que sos correo habrás visto mucho, porque sos impuesto para andar, cada vez son más los terrenos ruineados por los maiceros: lomas peladas, onde ya sólo el agua resbala sobre piedra; planes sin capa vegetal hecha de pelo de muertos que fueron de carne y muertos que fueron de palo; rastrojos que oprimen el alma por lo pedrizo...

—Pero, digo yo, ¿con qué se viste a la familia, si no venden el maíz?

—El que quiere vestir a su familia, trabaja; sólo el trabajo viste, no digo familias, naciones enteras. Los haraganes son los que paran desnudos. Se haraganean con la milpita sembrada, y de la milpita tienen que sacar para comer, y para vender, a efecto de vestir a la familia, comprar las medicinas que se necesitan, y hasta las diviertas con aguardiente y música. Si sembraran el méiz, y de él comieran, como los antepasados, y trabajaran, otro gallo nos cantaría.

—¿Y hasta ónde va a seguir? Se está aislando mucho.

—Ya me debía haber regresado; pero me da pena dejarte ir solo, vas con mucha aflicción en la cara, y lo que le estuviste preguntando al chucho, me dio mala espina.

—¿Oyó, pué?

—Se oye todo; mejor que me contés; yo tengo el oído duro, pero cuando me entra la basca de madrugada, sindudamente lo que me repercute en la cabeza, hace que por dentro se me mueva todo, y oigo bien; también oigo cuando voy andando, cuando hay ruido a mi alrededor.

El correo, bajo un amate, el árbol que tiene la flor escondida en el fruto, flor que sólo ven los ciegos, mujer que ven los enamorados, contó su pena al viejo de las manos negras, sin más testigo que Jazmín, y muchas nubes con forma de perros, como jazmines en el cielo.

—¿Y la gana de encontrar a tu mujer te viene del ombligo pa bajo?

Nicho Aquino titubeó al contestar.

—Es lo primero que hay que poner en claro, porque si te viene del ombligo pa abajo la gana de juntarte con ella, con cualquier mujer que encontrés será lo mismo. Ahora, si es del ombligo pa la cara que te entra el ansia de llenarte con ella lo vacío que sentís, entonces es que la tenés individualizada, y no hay más remedio que jallarla.

—Es las dos cosas. A veces, pensando en ella, me agarra un frío detrás de la nuca que se me riega en la espalda, y al mismo tiempo, por delante, me parece en las piernas, y entrefuerceo con las manos, me retuerzo como bejuco que lo quieren poner de mecate, y hasta que me voy de mí mismo, como un resplandor de filo de machete, por las puntas de los pies.

—Y el ansia...

—El ansia, no sé; me castiga el pecho, la confronto con miedo, porque me bota la cabeza, me cierra los ojos, me frunce las manos, me seca la boca; es así que la confronto...

—Por todo, correo, no te conviene pasar por la Cumbre de María Tecún, y lo que vamos a hacer, es que yo me voy a ir con vos; yo sé ónde está tu mujer.

Al infeliz correo se le llenaron los ojos de coyote de agradecimiento. Al fin oía de boca de cristiano lo que ansiaba escuchar la noche que entró en su rancho y lo encontró vacío. Aquella noche que pasó aullando, como coyote, mientras dormía como gente. De boca de cristiano, porque de las cosas inanimadas: piedras, cerros, árboles, puentes, ríos, postes, estrellas, oyó antes ese «yo sé dónde está tu mujer», pero no hablaban, no podían comunicarle nada. ¿De qué sirvió la orden de captura de la Mayoría de Plaza? ¿De qué los avisos que se leyeron, a la hora de misa? Dios se lo pague al padre Valentín.

—Sigamos, seguime por aquí, yo sé ónde está tu mujer...

El correo, desorientado, embriagado por el gusto, no se fijó en que dejaba el camino real, el camino que debía seguir con los bultos de correspondencia, impuesto como estaba, por sagrada obligación, de llevarlos a su destino, a la central de correos, y entregarlos a aquel viejo largo, flaco y algo tiznado, como pala de hornear pan.

La vereda por donde apartaron, plana al principio, ligeramente veteada de tierras que semejaban corales, tomó pronunciado declive en un raizal de árbol botado por la tempestad, podrido por el tiempo, arrastrado por las hormigas y del que sólo quedaba, como vestigio de fantasma, un claro en el huatal donde cayó y apachurró las plantas.

XVI

El administrador de Correos somató la mano sobre su escritorio. Más duro la somató don Deféric. Más duro el administrador. Más duro don Deféric. Y detrás del bávaro de ojos azules alumbrados de arriba abajo por la luz de yema de huevo del quinqué anodino, se veían, igual que piñuelas, las caras de los vecinos importantes, los cuales, sin martillar el escritorio con las almádanas de los puños, mantenían sus ojos clavados sobre el funcionario gordinflón, algunos sus anteojos, y un tuerto que andaba por la plaza y se metió de mirón, su ojo de vidrio inmóvil y fatal.

Don Deféric salió violentamente, sin decir más, ya le había dicho «gordo estúpido», y él le había contestado «alemán de mierda». La casa de don Deféric estaba alumbrada con lámparas de luz blanca. Era otra luz y por decir así, un mundo distinto al amarilloso que envolvía al administrador de Correos, «cerdo estúpido en mayonesa», rodeado de los vecinos que hablaban a gritos, exigían, reclamaban.

El Mayor de Plaza, sin acabar de hacer la digestión, se acercó a ver qué pasaba, limpiándose los dientes desportillados con un fósforo, y de entrada le dio la razón al funcionario. Funcionario quiere decir persona que siempre tiene razón, y él no venía de arrear pajuiles, sino de la guerra, de cuando operaron las tropas al mando del coronel Gonzalo Godoy, contra los indios de la montaña. Entonces, Musús era sólo subteniente, el subteniente Secundino Musús. El haber salvado a unos cuantos hombres de la Expedicionaria en Campaña, cuando la guerrillada de fuego en que atraparon al coronel, en la trampa de «El Tembladero», le valió el ascenso. Lo treparon a mayor.

—No hay tales carneros —sentenció, impuesto de lo que se trataba—, cómo creen ustedes, tontos, que pueda suceder eso; ésas son puras nerviosidades de alemán que toca violín cuando hay luna, que se pasea los domingos con flor en el ojal, dándose tufos de conde, y que tiene mujer que monta a caballo como hombre; pero si él quiere correr con el pago del arriero que siga al correo para que la «tecuna» no lo embarranque al pasar por la Cumbre de María Tecún, enhorabuena, porque a mí me dolería que lo embarrancara, dado que mandé unos quiñentos pesos a mi gente.

Una viejecita casi del tamaño del quinqué, envuelta en un pañolón que arrastraba como si llevara vestido de cola, se empinaba para decir con acento español, que ella había enviado veinte pesos a su hijo, estudiante de bachillerato, en el Instituto Nacional Central de varones; el cojo de la cohetería daba golpes sepulcrales en el suelo con su muleta, para hacerse oír que él había mandado cuarenta y pico de pesos a su hermana Flora; y otro al hermano enfermo; y otro al cuñado preso; y otro de abono al Banco, repitiendo a cada momento: «¡Si no llega el abono me quitan la casa!»; y otro, triste como un hueso, a un amigo para que le comprara un billete de lotería; éste decía: «¡Fuera manos, se va probando la suerte, si llega, si se queda en el camino, me la quitó la tecuna!»

El administrador de Correos los miraba sin pestañear, enrojecido de cólera, con las orejas como tenazas de camarón, sus brazos pequeños en sus mangas de su saco de globo. Por momentos se le nublaban los ojos y casi le daba el ataque. Mejor, con tal de no quedarse torcido, sino muerto. El desagrado más grande de su vida. Valerse de su amistad, para poner valores en las cartas, sin declararlos debidamente. Lo dijo, lo repitió, lo volvió a repetir, somatando el escritorio, sin percibir en su tremenda exaltación de funcionario digno, rebajado, por aquel abuso de confianza, a la condición de cómplice, según el Código Postal vigente, sin percibir el ronroneo de los vecinos que en pocas palabras quería decir: Si sin declararlo se lo roban...

Don Deféric, mientras tanto, seguía en su casa, en la luz blanca de su casa, al lado de su esposa blanca, entre azaleas blancas y jaulas doradas con canarios blancos. Pero estaba enloquecido. Flaco favor le haría la «tecuna», si atraía al correo y lo precipitaba al barranco, como un hombre-carta, a un buzón gigantesco. En poder del señor Nicho iba su última obra musical compuesta para violín y piano.

Doña Elda, su esposa, trataba de calmarlo, haciéndole ver que no se llevara de leyendas, que las leyendas se cuentan, pero no suceden más que en la imaginación de los poetas, creídas por los niños y vueltas a creer por las abuelas.

El bávaro respondía que esa manera de pensar era absolutamente materialista y el materialismo es absurdo, porque lo material no es nada más que la materia en una forma pasajera. ¿Qué sería de Alemania sin sus leyendas? ¿Dónde bebió la lengua alemana lo mejor de su espíritu? ¿No manaron las sustancias primarias de los oscuros seres? ¿No ha revelado la nulidad de cuanto tiene límites, la contemplación del infinito? Sin los cuentos fantásticos de Hoffmann...

Doña Elda aceptaba que las leyendas de Alemania eran verdaderas; pero no las de aquel pobre lugar de indios «chuj» y ladinos calzados y piojosos. Con el dedo, como con el cañón de una pistola, apuntaba don Deféric hacia el pecho de su mujer, acusándola de tener mentalidad europea. Los europeos son unos «estúpidos», piensan que sólo Europa ha existido, y que lo que no es Europa, puede ser interesante como planta exótica, pero no existe.

Estaba enloquecido, fuera de sí. Subía las manos blancas, los puños blancos, todo él se empinaba hacia el techo, entre el aroma de las azaleas, el fuerte y mareante olor de los huele-de-noche, el perfume a tierra mojada de las colas de quetzal recién regadas, algunas con orquídeas, y bultos y cajas de mercaderías hediendo a desinfectante de barco, como la cera con que lustraban los pisos de cemento, donde su figura se reproducía como si él, jugando, hiciera ademanes y muecas de bailarín grotesco, sólo para verse cual jirafa de cabeza en el piso, y la lineal figura de su esposa, silueta de un cisne de cartulina con plumitas de papel alforzado.

El padre Valentín vino de visita. El reflejo negro de su sotana en el espejo del piso y luego contrastando con la blancura de una mecedora de mimbre que ocupó para estar más a gusto.

La presencia del párroco obligó a don Deféric a dejar su idioma y expresarse en español. El cura explicó que aunque nunca acostumbraba salir de la casa conventual de noche, salvo casos de confesión o enfermos graves, venía por tratarse de un enfermo grave que iba a morir sin confesión, si no se mandaba a una persona que lo acompañara al pasar por la Cumbre de María Tecún.

—Personalmente me ofrezco —dijo el padre Valentín— para salir en seguida; mi deber es estar donde hay un alma en peligro, *parvus error in principio, magnus in fine;* yo lucharé con el demonio...

El bávaro le interrumpió:

—Pierda usted cuidado, padre, le va a seguir un hombre de mi confianza; sería triste que el mejor correo se nos echara al barranco...

Y al bávaro lo interrumpió su esposa:

—¡Bravo —dijo aplaudiendo—, porque hemos estado líricos y heroicos!

Hilario Sacayón la interrumpió a ella. El arriero se presentó montado, a juzgar por sus arreos. Era el patrón tan buena paga y tan considerado que nada importaba salir a deshoras y luego que para un hombre con todo lo de hombre no hay hora buena ni mala para agarrar viaje, todas las horas son buenas, si es necesario.

Don Deféric lo abrazó le regaló un puro para que lo prendiera más adelante, y le dio algún dinero para gastos. El padre Valentín le entregó su rosario, para que lo rezara al sólo empezar la cumbre. Doña Elda una servilleta con pan negro y queso de sabor endemoniado. De un salto estuvo Hilario sobre la mula parda que llevaba, un animal codicioso para el camino que tomó casi al galope al dejar la calle oscura. Su misión era alcanzar a Nicho Aquino antes de llegar a la Cumbre de María Tecún, acompañarlo al pasar por dicho sitio y volverse.

El padre Valentín aceptó una copa de rompopo, por acompañar a don Deféric que tomaba coñac; doña Elda se contentó con un sorbo de Málaga.

—A las muchas causas de inestabilidad en los matrimonios —precisó el párroco, ya que se trataba de este tema, en relación con los sucesos que lo tenían allí desvelado— ninguna alcanza la gravedad de las esposas que víctimas de una locura ambulatoria, producida por esos polvos con andar de araña, abandonan sus casas, sin que se vuelva a saber más de ellas. Esta mano que ustedes ven con la copa de rompopo, alterna el rosario con la pluma, rezo o escribo a mis superiores, para que el Señor y ellos nos socorran en la necesidad de que los hogares no se destruyan, de que las familias no se acaben, de que por los caminos no vayan hombres y mujeres ambulantes, derecho a embarrancarse, como si fueran terneros.

—Esos seres se sacrifican para que viva la leyenda —apuntó el bávaro, sus ojos azules no eran transparentes; vidriados en aquel momento, por el contrario, semejaban dos pequeños discos de un azul seco de peltre inexpresivos.

—Inconscientemente —dijo doña Elda—, porque ninguno de ellos sabe que es movido, imantado por una fuerza oculta, para tal fin —y mirando a su marido de frente, agregó—: ¡te detesto!...

—¡El demonio, señora, el demonio!

—Nada importan las víctimas, ¿verdad, Deféric?, con tal que se alimente el monstruo de la poesía popular. Un hombre que dice fríamente que son seres que se sacrifican para que viva la leyenda, es detestable.

—Si no diciéndolo dejara la leyenda de exigir sus víctimas, lo callaría, pero es así, Elda, y hay que reconocerlo fríamente, aunque parezca detestable. Desaparecieron los dioses, pero quedaron las leyendas, y éstas, como aquéllos, exigen sacrificios; desaparecieron los cuchillos de obsidiana para arrancar del pecho el corazón al sacrificado, pero quedaron los cuchillos de la ausencia que hiere y enloquece.

El padre Valentín despertó en ese momento. Don Deféric hablaba en alemán. Se despidió rogándoles que al volver Hilario Sacayón le dieran noticias del correo. La calle estaba tan oscura que tuvo que aceptar el farol que le ofrecieron. Al quedar a solas apuró el paso, pero algo así como el cuerpo de un animal le flotaba en los pies. Se levantó la sotana y casi vio la sombra de un coyote. Si sos vos, Nichón, que dicen que sos coyote, exclamó; pero no podía ser.

Media hora más tarde sonaron las doce campanadas del reloj del Cabildo. Don Deféric, acompañado al piano por doña Elda, terminaba la ejecución de la obra musical que de pasar el correo por la Cumbre de María Tecún, sin novedad, llegaría a Alemania. Sobre el piano de media cola iba el bávaro a dejar el arco del violín, cuando su esposa se le acercó llena de miedo; en el silencio de la noche se escuchaba una máquina de coser, la máquina de la Miguelita de Acatán.

A las doce,
Miguelita,
cose y cose
en Acatán...
Cuando cose
Miguelita,
son las doce
en Acatán...
A las doce,
cuando cose
Miguelita,
suena doce
campanadas
el Cabildo
en Acatán...
Tan tan tan
tan tan tan
tan tan tan
tan tan tan,

son las doce
de la noche
en Acatán . . .

Hilario Sacayón se detuvo en la aldea «Tres Aguas». Humar un cigarro. Olía el monte a mastuerzo y a menta. Dos ojos salieron a ver quién pasaba tan temprano, dos ojos de un ayote de carne con nariz y boca, bajo ranchozo pelo y abundancia de naguas y fustanes. Era la Ramona Corzantes, partera, curandera, casamentera, por el lado bueno de la medalla, porque del otro lado diz que era bruja, zajorina, dadora de brebajes para enloquecer, enamorar, entregar el alma a Dios y sacar muchachitos, antes de tiempo, del vientre de las fulanas. Pero el peor, peor acuse que le hacían era el de saber preparar polvitos con andar de araña.

Costó que lo viera, estaba contra el sol, encandilada; pero se hizo sombra con la mano y en ojeándolo le gritó:

—¡Sos vos, Jenízaro, con razón que ni por entendidos se dieron los chuchos!

—¡Jenízaro por qué...reres! ¡No me laten porque saben bien que soy de casa, Ña Monchita, y porque conmigo luego, luego les cae riata!

—Sos de mal corazón. Si te vas a apiar, apiate, y esperá que me pase a lo oscuro, voy a cerrar tantito los ojos, porque con el espejazo del sol me quedé viendo chingaste de oro.

—Eso quedría usté, viejita: una cafetera en que después de irse el café quedara chingaste de oro. No me apeyo, voy priso. Me paré un ratito por verla y humarme este cigarro a la sombra de su alero; ya la están creciendo mucho las barbas a la casa y usté no la manda resurar, llame al barbero.

—En todo te habés de fijar; pero no te fijás en que estoy pobre, en que naide me dice: tomá, aquí está pa que pintes la casa. Antes la limpiaba yo mesma, me encaramaba a la escalera y con la escoba le botaba el jardín de arriba, las telarañas puercas, y vez hubo en que encontré hasta una masacuata; la tasajeamos porque no quería salir del techo la condenada; medio cuerpo se quedó adentro y medio huyendo. De esas resultas inventaron que yo era bruja.

—En estos días se ve poco movimiento...

—Muerto está, no hay negocio, fuera de los clientes fijos como el correo, señor Nicho.

—¿Pasó?

—Pasó pué, pasó anoche. Por ái debe ir. Iba a darle una mi encomienda, pero no llevaba lugar, era algo basta, y a más hablar tuve corazonada de no sé qué.

—Él es muy seguro...

—Sí, pero, vos sabés lo de su mujer; yo le estuve echando sus chinitas, a ver si me soltaba prenda; pero crees, Hilario, nada dijo, y lo siento, porque yo pensaba aconsejarle que no fuera por el camino real; apiate y tomás café...

—Sigo, Ña Monchita, otra vez será, voy priso y si me apeyo me agarra el tiempo. Le estimo el favor como si lo recibiera. ¿Y por qué le iba a dar consejo de que agarrara otro camino?

—Por el gran riesgo de que aun siendo hombre impuesto de correo, le salga la mujer a echarle voces de «tecuna», allá en la cumbre, y si es ansina no pasa, ái se queda, pasa derecho al barranco a enterrar cabeza. Vos tal vez lo alcanzás por ái y si lo ves, no dejés de alvertirlo.

—Son cosas esas, Ña Monchona, que no deben ser ciertas, levantes que hacen; no les basta caluñiar al prójimo y caluñan a las piedras, que no tienen culpa de lo que nos pasa. De fijo que en esa cumbre hay algo misterioso, uno mesmo se pone raro al pasar por ái, se espeluzna, se eriza, se le añublan los ojos, alea el pálpito en las narices frías como granizo, se salen los huesos del pellejo de tan helados, como si uno llevara el esqueleto afuera, pero todo eso es natural dada la altura y lo lluvioso del lugar; el camino se pone puro jaboncillo cuando no logra entrar el sol entre el nublado, y entonces es fácil embarrancarse. Por mí, le sé decir, Ña Moncha, que de día, de noche, de tarde, de madrugada, a todas horas he pasado por la Cumbre de María Tecún y nunca he oído ni visto nada.

—Decías que ibas priso...

—Voy, pero eso no quiere decir nada; póngase a humar.

Hilario le alargó un cigarro de tuza morada. La vieja lo miró y dijo, después de un largo chupetazo:

—El méiz sale con tuza morada cuando es de por aquí, de por la poza de agua morada. Vos sos incrédulo, porque sos pretencioso. En todo pretencioso hay un incrédulo. Para creer se necesita ser humilde. Y sólo las cosas humildes crecen y perduran; velo en el monte.

Cada uno de ellos se quedó reuniendo sus pensamientos en silencio, como si los sacaran del cigarro, al reunir el humo aspirado que en seguida soltaban por las narices y la boca en una largada de gran satisfacción. La posadora sopló el humo de su cigarro que se apelotonaba en el aire de la montaña, limpio, primaveral, ante sus ojos, y golpeando con el dedo meñique el cabito que le quedaba por humar, siguió cachando al arriero por su incredulidad.

Hilario, mientras tanto, pensaba en «su» Miguelita de Acatán. Él, en una de sus borracheras, después de llorar, como si bebiera aguardiente de sauce llorón, inventó los amores de la Miguelita y el señor Neil, de la máquina que se oye coser en el pueblo, después de las doce campanadas del Cabildo, a medianoche.

¿Quién no repetía aquella leyenda que él, Hilario Sacayón, inventó de su cabeza, como si hubiera sucedido? ¿No estuvo él en un rezo en que se rogó a Dios por el alivio y descanso del alma de la Miguelita de Acatán? ¿No se ha buscado en los libros viejos del registro parroquial, la partida de bautizo de aquella criatura maravillosa? ¿No se cantan sonsonetes para asustar a los niños o inquietar a las novias, amedrentando a aquéllos, cuando son mal portados, con la máquina sonámbula, y anunciándoles a éstas que el coser de aquella máquina enamorada de un imposible, acompaña las serenatas, haciendo posibles sus amores? ¿Cómo iba a creer en «tecunas» el que había inventado una leyenda?

—Ya la otra vez me consultaste, Hilario, y te dije lo de mi pensamiento. Como es que me llamo Ramona Corzantes que esa historia de la Miguelita la oí contar a mi abuela, Venancia Corzantes San Ramón, y hasta se cantaba, no sé, no puedo acordar, tarareando la música puede que me venga la letra; era una tonada...

...A la Virgen del Cepo le pido
que me topen los guardias rurales,
me rodeen, me esposen, me lleven;
la prisión ha de ser mi consuelo.
Miguelita, su nombre de pila,
Acatán su apellido glorioso,
y en la cárcel la Virgen del Cepo,
como ella, de carne morena...

—No puede ser, Ña Moncha, como es que yo me llamo Hilario Sacayón, que esa historia la inventé yo, por los sagrados huesos de mi padre, por Diosito, que yo la inventé; estando bolo la inventé; se me vino de la cabeza a la boca y quedó en lo dicho, como una realidá; sería como que usté me dijera que la saliva que en ese momento me llenaba la boca, no era mía, porque al cabo qué es lo que se habla, saliva que se vuelve palabras.

—¿No necesitas defender tu pretensión?

—Dende luego que no...

—Entonce, oíme. Uno cree inventar muchas veces lo que otros han olvidado. Cuando uno cuenta lo que ya no se cuenta, dice uno, yo lo inventé, es mío. Pero lo que uno efectivamente está haciendo es recordar; vos recordaste en tu borrachera lo que la memoria de tus antepasados dejó en tu sangre, porque tomá en cuenta que formás parte no de Hilario Sacayón, solamente, sino de todos los Sacayón que ha habido, y por el lado de tu señora madre, de los Arriaza, gente que fue toda de estos lugares.

La vieja siguió como hablando con los párpados, tan ligero parpadeó, antes de continuar:

—En tu caletre estaba la historia de Miguelita de Acatán, como en un libro, y allí la leyeron tus ojos, y vos la fuiste repitiendo con el badajo de tu lengua borracha, y si no hubieras sido vos, habría sido otro, pero alguien la hubiera contado pa que no por olvidada, se perdiera del todo, porque su existencia, ficticia o real, forma parte de la vida, de la naturaleza de estos lugares, y la vida no puede perderse, es un riesgo eterno, pero eternamente no se pierde.

—Lo puro cierto es que yo la arreglé a mi modo, porque en el tiempo de la tonada no existía el señor Neil; junté el nombre de la muchacha con el recuerdo de lo que mi tata contaba de ese hombre; en las borracheras se juntan tantas cosas extrañas.

—Y de estas resultas, el hombre ese y la máquina de coser, resultan bastardos; pero no tiene nada, no le hace mal, se salvó del olvido para seguir como los ríos; los cuentos son como los ríos, por donde pasan se agregan lo que pueden, y si no se lo agregan, llevándoselo materialmente, se lo llevan en reflejo; el hombre este y la máquina van en el reflejo de la Miguelita.

Hilario encendió otro cigarro con la brasa del que se le acababa, pura miseria de chenquita entre sus dedos, escupió y perdió los ojos en la llanada, hasta topar los torrentes de piedra equilibrada de las montañas, porque, a su parecer, las montañas eran piedras que venían despeñándose y de repente se equilibraban, quedando en aquella forma, momentáneamente quietas.

—Me voy, sigo viaje, Ña Moncha, y ái al regreso hablamos; la dejo con su turpial.

—Tené cuidado, no te desmandés mucho.

Un chucho viejo que se paró, cansado de dormir, y estaba desperezándose, empinado sobre las cuatro cebollas de sus patas, se aculó a la pared al pasar el jinete, luego ladró ronco, bajo y de mala gana. La Ramona-mona, o Monchona-mona, como la llamaban los que la tenían por bruja, volvió a mirar al turpial de finísima pluma y ojitos infinitamente lindos y pequeñines, como dos chispas de fuego.

—Baje, mi patojito —dijo al pájaro saltarín—, que ya le tengo listo su puchito de maicillo mojado con agua de la poza azul. ¡Cuidado me toma agua de la poza verde, porque se muere y se vuelve zacate que no canta, y menos de la poza morada porque se azonza y lo cazan con cerbatana! ¡Bajo la pluma están sus sesitos, y sus sesitos piensan que es bueno madrugar, y sus sesitos piensan que es bueno salir a paseo, y sus sesitos piensan que es bueno venir a ver a la Moncha! ¡Venga, patojito, venga! ¿No quiere que haga oficio?

La sombra de la Moncha apareció por el gallinero. Cerdos con los cuellos en triángulo de palos para que no pasaran el cerco, hozaban, gruñían, gruñían agudamente como si los estuvieran matando, mientras las gallinas, seguidas de los pollos, corrían despernancadas, hueco el cuerpo entre las alas medio abiertas, cacaraqueando; los gallos se abrían camino a pechazo limpio, dejando atrás, en la carrera, las patas espolonadas, y sobre el trabajoso aproximarse de los patos que iban en un chilla chilla insufrible, no andando, sino arando, palomas y palomos volaban a picotear el maíz, en el delantal de la vieja.

¡El gran poder de Dios, con el hambre de estos animales; pero así el hambre de uno cuando se los come y el hambre de los gusanos cuando se lo comen a uno!

El turpial saltaba con un gusanito en el pico.

¡Cabal, pué!... Se llevó la mano a la frente y paladeó algo así como un gusanito que se cayó de la memoria a la punta de la lengua. Pero de qué servía recordar, ahora que el Hilario iba lejos, el resto de la tonada.

Los arrieros hicieron las cargas,
plata en bambas y bambas de oro,
las llevaron camino del golfo
olvidando a la Reina del Cielo.
En la cárcel del cepo olvidada,
hasta el día en que fue Miguelita
de Acatán, parecida a la Reina,
una moza por todos buscada.
Y esa moza, carbón para el fuego
sus dos ojos, su boca un clavel,

cuando hicieron pasar a la Virgen
al templo, marchó del lugar...

Trató de seguir, pero se le trabaron las carretas; rato largo se quedó con los dedos en las ruedas de su cabellera lacia; le faltaba la guitarra; el turpial, engullido el gusanito, voló a las ramas de un suquinay que embriagaba con el aroma de sus flores, atrayendo abejas y mariposas, moscones verdes, agujas del diablo.

Y seguía... La canción seguía, pero ella no se acordaba. Se rascó una nalga, dijo algo y buscó oficio. La escoba, el trapo de sacudir. Detrás del cuadro de la Santísima Trinidad tenía los ramos para librarse del rayo. Maulló un gato pinto, color de mariposa. Buscó la pomada contra el incordio. Más bien basca tenía. Se recostó. Quién la mandaba tomar chocolate. Pero era tan sabroso el chocolate de casamiento. Chocolate de bautizo. Las fiestas se celebran con chocolate y tortas de pajaritos. Los pajaritos que el Niño Dios estaba haciendo con migajón, cuando llegó el judío a querérselos aplastar con el pie. El Niño Dios sopló, y los pajaritos volaron.

Hilario Sacayón, por las plantas de la mula juició que se iba acercando a la Cumbre de María Tecún. Hasta las bestias se ponen ariscas, pensó, tirándose un poco el sombrero hacia la frente, lo llevaba para atrás pura pashpala, y era mejor, por aquello de las dudas, mirar con los ojos escondidos, recónditos.

Creyó ver luciérnagas, tan presente llevaba el recuerdo de aquel jinete, Machojón, que se volvió luminaria del cielo cuando iba a la pedimenta de la futura. A ese paisa se le puso todo el bulto en contra del aire relumbrante de chispas de fuego, y el mal que se acoquinó.

—¡Alza, mula! —exclamó Sacayón al tropezar la bestia, sacándola con la rienda para un lado.

La neblina, igual que humazón helada, pegajosa, se le metió entre el pelo, bajo el sombrero, entre la ropa, bajo la chaqueta de jerga, bajo la camisa, por las mangas, por el pecho, le enfrió los pies descalzos, las polainas, los pantalones.

Lo cierto es que al paisa lo quisieron apear las luciérnagas y todavía no lo han apeado, anda por ái de luminaria del cielo y año con año baja a la tierra y se aparece donde están quemando, entre la roza, vestimentado de oro, desde el sombrero caballero, hasta los cascos del macho negro que monta, y que parece que es un macho entero.

Sacayón se pasó la mano por la cara. Llevaba la cara como granizada. Se frotó la nariz. Respirar neblina no es bueno. Pero qué remedio, en aquel mundo blanco de nubes en movimiento que, sin producir el más leve ruido, chocaban, se repelían, se fundían, bajaban, subían o quedaban repentinamente inmóviles, paralizadas de espanto.

Las primeras viruelas de oro volando desperdigadas, bastante pálidas por la luz del día y lo denso de la niebla, le hicieron apretarse al cuerpo, amarrarse a los huesos el ánima que llevaba tan pendiente de lo que pasaba afuera, mientras recordaba a Machojón. Se reconcentró y se mandó mirarlas de frente, para no atolondrarse. Los pies en los estribos. Eso es todo. Al menos que a él tampoco lo apeen. Pronto pasó la nubecilla de luciérnagas. Un velo de tal con lentejuelas, como el que cubre la cabellera de la Virgen del Cepo.

La rienda se le resbalaba de las manos, sentía feo el trote de la bestia, le repercutía en el sentido, gesticulaba para tomar aliento, eran ya las vueltas de la cumbre, donde la tierra bronceada, entre pinales desencajados, viajaba entre las nubes más ligero que la cabalgadura. Aupó a la mula —¡mula parda!... ¡y diay, mula!...—, la espoleó, la fustigó con la rienda para que acelerara la marcha y no quedase fuera de la tierra que escapaba a sus pies. ¡Horrible, se quedaba atrás, colgado en el vacío, cabalgando entre las nubes, convertido en un Machojón de granizo! Le sacudió frío, tas, tas, tas, tastaseaba los dientes, y las espuelas en los estribos, como dos flores de una planta de margaritas de metal a la hora de un temblor. ¡Mejor la muerte allí ya embarrancado, que la eternidad convertido en un ser de granizo, en un hombre-nube! Se palpó la pistola. Llevaba en el tambor cinco semillas de salvación-pólvora. Mejor que lo encontraran muerto de un balazo, la mula divagando por allí, que pasar los siglos, hasta que se acabara el mundo, convertido en una legumbre blanca, en una papa con raíces en lugar de pelo, en una cebolla con barbas de chivo, en un nabo calvo.

¡María Tecúúúúúún!... ¡María Tecúúúúúún!...

El grito se perdió con el nombre bajo una tempestad de acentos en la profundidad de sus oídos, en los barrancos de sus oídos. Se cubrió los oídos y lo siguió oyendo. No venía de afuera, sino de adentro. Nombre de mujer que todos gritan para llamar a esa María Tecún que llevan perdida en la conciencia.

¡María Tecúúúúúún!... ¡María Tecúúúúúún!...

¿Quién no ha llamado, quién no ha gritado alguna vez el nombre de una mujer perdida en sus ayeres? ¿Quién no ha perseguido como ciego ese ser que se fue de su ser, cuando él se hizo presente, que siguió yéndose y que sigue yéndose de su lado, fuga, «tecuna», imposible de retener, porque si se para, el tiempo la vuelve piedra?

¡María Tecúúúúúún!... ¡María Tecúúúúúún!...

En la cumbre, el nombre adquiría todo su significado trágico. La «T» de Tecún, erguida, alta, entre dos abismos cortados, nunca tan profundos como el barranco de la «U», al final.

Cruzaba lo más alto de la cumbre, frente a la piedra de María Tecún, enraizada en el vértigo del precipicio a cuya orilla no se acercaba nadie, donde las nubes caían podadas por la mano invisible del misterio.

Piedra de María Tecún, imagen de la ausencia, amor presente y alejándose, caminante siempre fija, alta como las torres, opaca de copiar tanto olvido, flauta de piedra para el viento, sin luz propia como la luna.

¡María Tecúúúúúún!... ¡María Tecúúúúúún!...

La ciega voz del ciego que, según el decir de las gentes, dejó las nubes de sus ojos al recobrar la vista en aquel lugar, para enceguecerlo todo con agua de jabón que no permite detenerse a las imágenes, fijarse en un punto, porque todas van resbalando, desfilando, borrándose como las pizarras de los pedregales de la laja negra que simulan cuerpos de lagartos petrificados, y como los árboles desmantelados, sin hojas, que más que árboles parecen cornamentas de animales hundidos en glaciares.

Un coyote le salió al paso, entre las rondas de los pinos que no trepan hasta arriba. Lo vio muy cerca, lo tuvo casi enfrente, para perderlo de vista en seguida entre vaho de lluvia y chiriviscos que parecían de hule, elásticos, fáciles de doblar, irrompibles. Tras el coyote oyó el chorrear de una cascada con poca agua.

Silbó. Extrajo de sus huesos todo lo metálico para dar aquel timbre de ocarina. Estaba fuera de peligro, en una campiña de dalias encendidas, pasturas verdes, chopos friolentos, menudas flores de ciénagas, ovejas en rebaños hondos, pajaritos rojos, patos silvestres y casucas con humo de cocina en los costados.

Sin dejar de silbar, se arrancó de la papada el barbiquejo mojado que lo venía ahorcando y se acordó del rosario del padre Valentín y del puro de don Deféric. Fumar puro rezando el rosario. Soltó la rienda de la mula. No sabía fumar puro ni rezar el rosario. El silbido cascabeleó entre risa y silbido.

¿Sería o no sería coyote? Cómo dudar que era coyote si lo vio bien. Allí estaba la duda, en que lo vio bien y vio que no era coyote, porque al verlo tuvo la impresión de que era gente y gente conocida. Se chupó una muela vieja con todo y el pellejo del carrillo. Se me ríen en la cara, si les cuento que llegué muy a tiempo a la Cumbre de María Tecún, que alcancé ver al correo Aquino en forma de coyote, aullando (esto ya sería arreglo mío) hacia la piedra madre de las «tecunas» que en su arenisca dura, siempre mojada de llanto, encierra el alma de las mujeres fugas; de las prófugas que llevan bajo las plantas de sus pies el desierto de la ceniza; sobre sus hombros, la tempestad que bota los nidos; en los extremos de los brazos, sus manos que ahora son pedazos de cántaros; en sus ojos, angustiosa mudez de cocos partidos, sin agua y sin carne; en los labios, la traición espinante de su risa; en sus vergüenzas, la vergüenza, y en su corazón, la burla del despecho. Todo lo que ansían les está negado.

Sacudió la cabeza —tanto pensamiento sin juicio—, trabóse nuevamente el barbiquejo, para no tenerse que ir agarrando el sombrero, que el aire se empeñaba en volver pájaro volador, espoleó la mula y pronto quedó a su espalda el caserío que, mirándolo bien, era la única señal humana, en la región de la cumbre.

Alcanzar al Nicho Aquino, acompañarlo en el mal paso y volverse a San Miguel, era la orden; pero, ¿casual lo alcanzó?, ¿caso lo vido?... En la cumbre, fuera del maldito coyote, no topó ser viviente.

El paso de la mula lo guiaba. Seguiría hasta alcanzarlo, para no regresar con las trompetas destempladas, hasta alcanzarlo, aunque fuera en el edificio de correo.

De encuentro cruzó un tren de carretas de bueyes. Los carreteros iban tirados boca arriba en las carretas, inmóviles, con los ojos abiertos. Los saludó, no porque fueran bonitos, sino para indagarse del señor Nicho. No lo toparon. Bien que lo conocían, pero no lo toparon. Ni la cabeza se les vio levantar, para saber quién les hablaba.

—¡Teléfano creen que llevan! ¡Haraganes babosos, ni para dar una respuesta como la gente sirven! ¡Despierten, sólo la mala, mala gente, duerme con los ojos abiertos, como los caballos!

Todo esto y más les hubiera gritado. Unos pajaritos rojos se le apeaban delante, para alzar el vuelo al sentirlo cerca, como si entre ellos fueran apostando hasta qué punto aguantaban el peligro de ser pisoteados por la cabalgadura.

Una mujer y un hombre a caballo. No los vio hasta que los tuvo encima, por ir mirando los pajaritos cardenalicios y porque fue en vuelta cerrada el encontrón. La yegua que montaba la señora, tras subirse a un bordo, se atravesó medio a medio del camino. Hilario barrió su mula para no estropearla. Poco más y ella bota una jaula que llevaba por delante con especial primor. Un aleteo en la jaula, otro aleteo en su pecho. Las trenzas de muñeca bamboleándose, los ojos verdes, la cara pálida. También la bestia que montaba el otro barajustó después del ceje que le impuso. Se saludaron. Se saludaron sin conocerse, como caminantes, coyuntura que aprovechó el arriero para preguntarles por el correo, si por casualidad lo encontraron. Venían de la capital y no se arrecuerdan bien, aunque de vista no atajaron a ningunito así correo. Ésos se echan por extravío, fue lo último que les oyó decir, entre la tierra que las bestias levantaban, al ir caminando, ya para desaparecer.

Pues en las finidas, por ái se fue, pensó Hilario, por extravío, o se volvió coyote, como cuenta la gente que es su cacha para llegar más luego, y Dios guarde haya sido aquel coyote que me salió a ver en la Cumbre de María Tecún. Mejor ni pienso, me tengo miedo, porque lo que se me afigura pensando resulta que es lo que es real. Sólo que en este supuesto qué va a poder ser, y mejor que no sea y que allá en el mero correo me lo encuentro con las manos en la masa, es decir, entregando las cartas. Eso sí, lo miro de pies a cabeza, para cerciorarme que es el mismo señor Nicho que salió de Atacán, aunque se haya vuelto coyote en el camino, sin ser aquel que topetié en la cumbre, porque ése andaba algo perdido, y regreso volando al pueblo con la noticia de que ya llegó, que ya están seguras las cartas que mandaron con pisto, porque eso es todo, el pisto que echaron en las cartas, no me van a contar que las palabras bonitas se cuidan... ¡Lo escribido no se lo lleva el viento, pero se lo come el tiempo!

Con los ojos, cerezas en garrafa de guaro del no dormir, el no comer y el beber distancias, acalambradas las piernas de estar montado, rota la cintura, el pico caído de cansancio, asomó a la capital anegada de ruidos y silencio en las primeras horas del día, por un lado oscuro sueño de volcanes y por oriente arenales de fuego.

El humo de los pocillos llenos de café caliente y el resuello de los madrugadores que pasaban a tomar café bajo la ceiba, mezclaban sus vahos, frente a la mujer que despachaba detrás de una mesa, al lado de un fuego de tizones gruesos que con su resplandor despertaba a los sanates en las ramas del árbol extendidas por más de seis brazadas a la redonda.

La mujer que servía el café sacaba el jarro aborbollando del fuego con la punta de los dedos y alargando mucho el brazo, para no chamuscarse la cara retostada de sol y humo. Despachaba con una criaturita dormida a la espalda, toda ella medio desnuda, en trapos tan delgados como tela de mitomate, amoratada de frío.

Al ver llegarse el arriero y pedirle café, le preguntó si no era Justo Carpio. Si es el nombrado, le dijo, váyase luego que lo andan buscando, y al saber que se trataba de otra persona, creyó prudente explicar que a Carpio lo buscaban porque le hizo al gobierno de chivo los tamales; en lugar de cal, entregó ceniza y tuvieron que parar las obras ayer todo el día.

Un fontanero se cuadró frente a la mesa. Buenos días, Fauna, se oyó que dijo debajo de una toalla que le envolvía el cuello y parte de la cara. Dejó en el suelo una llave maestra. Ella le sirvió. Después del primer sorbo —por poco se arde hasta el galillo, estaba rehirviendo— sacó un manojo de cigarros de papel amarillo, gordos como masacuatas, y se puso uno en la boca, directamente del manojo. El arriero le miraba. Casi de su estatura, aunque el pantalón de gabacha lo hacía verse más alto, bien que el sombrero que le tapaba hasta los hombros, lo apachara un poco. La que despachaba y el fontanero hablaban de un diente de oro. Por último, el fontanero que se bajó la toalla al cuello para tomar el café, tras un chupete al cigarro, soltar el humo por la nariz, pura escopeta cuache después de un disparo, entreabrió la boca color de carne cruda, y le mostró un colmillo dorado. Me quedó bueno, dijo él, entre afirmando y preguntando. Le luce, le contestó la mujer, lo felicito, y ahora para dónde la tira. Para el hipógramo, contestó el fontanero, voy a bombear una cañería que dicen que está tapiada, es el agua que está viniendo puro lodo. Bebiendo esa agua y pasando las calamidades que estamos pasando, con todo tan caro que se ha puesto, dijo ella, mientras en una olla vueluda enjuagaba los pocillos, no nos morimos ni aunque nos pique la casampulga más casampulga que haya entre las casampulgas, porque el remedio lo hemos comido por carretadas y adelantado. Al reír el fontanero enseñó su diente de oro.

Un viejecito que llamaban o apodaban Sóstenes llegó a tomar café. La que despachaba lo conocía, si se puede llamar conocer a una persona que sólo se ve de madrugada, entre el sueño que aún está en los ojos a duras penas abiertos y la luz lambiscona del fogón mezclada a la borrosa claridad del cielo. Sí, lo conocía, desde cuándo que pasaba a tomar su café allí con ella; pero siempre le dijo «Don», por las dudas de que Sóstenes fuera a ser su mal nombre.

El viejecito paladeó la bebida a tragos y entre sorbo y sorbo, inquiría a su alrededor con los ojos menudos al través de sus gafas, como si descubriera la ceiba, el templo, las casas que desde siglos estaban allí paradas. Al dar el último sorbo, pagó, se detuvo como desorientado momentáneamente, se frotó las manos y echó a andar. La que vendía café le alcanzó con la voz: ¡No se olvide, Don, que mañana no vengo, vea si se pasa a desayunar al mercado! Don Sóstenes volvió sobre sus pasos, preguntándole qué decía, y al enterarse, movió la cabeza con enfado, le advirtió que los catedráticos como él no podían desayunarse en el mercado sin mengua de su decoro profesional. Y no sé, no sé, se fue diciendo, pero me parece que si no desayuno mañana, mejor, porque tengo que explicar al divino Platón... ¡Sólo amamos lo que no tenemos!...

Tres hombres con cara de trasnochados hediendo a sudor apestoso a cebolla, llegaron al puesto. Café, café, café, pidieron. ¿Tocaron anoche?, les preguntó la que despachaba, plantándoles en fila tres pocillos humeantes. El más gordo, alto, zambo, con los ojos muy negros, contestó: Serenata, pero ahora a las nueve de la mañana quieren que empiece la marimba, día y noche va a ser de un solo viaje. ¿Cambiaron instrumento?, preguntó aquélla. No, contestó el que antes había hablado, buscándole la oreja al pocillo, para no quemarse. Otro de los marimberos se sacó un pañuelo de la bolsa del pantalón y se sonó al tiempo de estornudar. ¡Ya hora usté me va a despertar al muchachito; manera de estornudar, pior si así toca la marimba! El niño empezó a llorar y antes que soltara el chillido lo tiró hacia adelante, con el perraje que le servía para cargarlo a la espalda, y de la camisa se sacó un seno lleno de leche. La Juana podía vender café con leche, dijo otro de los tres marimberos. Ella contestó: Y tu casera aquella también, sólo que entonces no sería café con leche, sino café con porquería.

Un medio italiano se acercó silbando. El cuello del saco levantado. Lo acompañaban varios perros de cacería. Desde el campanario de la iglesia cercana, le gritó el sacristán: Fauna, mi café... ¡Qué pronto van a llamar a misa!, exclamó ella levantando la cabeza. Los marimberos y el hombre de los perros se alejaban conversando.

Hilario le pagó. Mientras desanudaba las monedas del pañuelo, le dijo: Mañana, entonces, no va a estar usté aquí... Pues no, porque... Pero reflexionando en por qué le iba a dar cuenta de sus actos a aquel fuerano metido, cambió el tono familiar informativo, por el burlón: ¿Usté se fue y regresó?...

El repique con todas las campanas no dejó hablar más. El arriero, que al llegar ató la mula a un piedrón, le contestó que no se había movido de allí, porque no midió el alcance ladino de la pregunta, avanzando hacia la bestia para seguir viaje entre la gente que entraba, unos con sus cargas, otros con sus bestias, otros con sus carretas; hombres, mujeres, niños, se repartían por la ciudad, ligero los que iban montados, al trote los que iban con sus cargas a mecapal o a pecho, al paso otros, y otros, los que arreaban coches, sin avanzar mucho, igual que si anduvieran en ciénaga. Los automóviles pasaban como cohetes, las bicicletas igual que en ruedas con filo, otras bicicletas con vapor, más ligero que cohetes, y los camiones, pandos de leña en trozo, pedorreándose de tan cargados.

Hilario, arisco y alegre, arisco por el susto que le dio un perro que desde un camión de esos salió a ladrarle, le ladró en la cara, en las meras orejas, el trastón pasó tan cerca de la mula, y alegre por el gusto de estar entre tanta gente, gente de todas partes, de todas edades, de todos tamaños, gente que él no conocía, vestida de muchos colores, moviéndose en distintos sentidos talmente que más que tener que hacer, parecían tener que pasear, andar andando siempre por obligación, para que la ciudad estuviera animada todo el día. Se detuvo en un portón. En el zaguán empedrado vendían zacate. Miró los manojos de zacate pegados contra la pared. Gruesos estaban. Dio voces para que salieran a despachar. Un hombre con nerviosidades de potrillo le recibió el dinero, para tenerle su zacate apartado. El zacate de la mula, rectificó Hilario, a lo montés, por aquello de no dejarse sentar mosca. Entraba a la ciudad muy contento, pero a medida que se internaba en las calles, abiertos los ojos, abierta la boca, el pellejo se le arrugaba, igual que agua golpeada, defendiéndose de cuanto a su parecer ponía en peligro su amor propio. Al mismo tiempo, debajo de esta inquietud pellejil de gallo comprado, y como compensanción, se llenaba de suficiencia, que traducía en el uso de la palabra pobre. Un cuerpo de banda pasó por media calle. El arriero los vio avanzar, se hizo a un lado, cerquita de él pasaron, gordones, uniformados, con sus instrumentos, sudaban, marchando. Se les quedó mirando y de muy hondo, conmiserativamente, dijo: ¡Pobres!... Más adelante, trepado en un como púlpito, encontró, ya en su faena de juez de lidia, a un agente de la policía de tránsito, dirigiendo con las manos blancas el tráfico de vehículos, y después de observarlo bien, por todo comentario, paladeó la misma palabra: ¡Pobre!... Y ya no se diga de un piquete de soldados que pasó con tambores y cornetas. Ésos eran reinfelices. Un hombrecito que gritaba como loco, vendiendo el periódico; un grupo de indios barrenderos; unos colegiales silenciosos, vestidos de un mismo color, le hacían apretar con las dos manos, como disimuladamente —en la ciudad lo ven todo— la manzana de su silla, para sentirse de viaje en medio de aquel jaracatal de gente sedentaria que no pasaría de zope a gavilán. ¡Pobres! ¡Pobres! ¡Pobres!

Más adelante se entró en un mesón —rato que no le daba de beber agua a la mula— y por si acaso andaba por allí posando o de viaje algún conocido para preguntarle por el señor Nicho. Sólo le dio agua a la mula y salió volando; de los cuartos salía jedentina a chinche destripada. Gente sobre gente vivían. Pobres.

Las tiendas de ropa eran tan vistosas, tan poéticas, mesmo que altares. En las puertas, guindados, pantalones, chaquetas, naguas, perrajes, ropa de muchachitos. En las estanterías, los generitos durmiendo en las piezas que cachazudamente extendían los dependientes en el mostrador, a todo lo largo, cuando alguien les compraba por vara. Detrás del mostrador, todo el día parados. Pobres. Sin duda se les recargaban las piernas. Se iban poniendo gordos como capones. Siempre sonrientes, peinados, arregladitos. Pobres, sin saber lo que es un aire con ventarrón. Y entre las tiendas de ropa y otros almacenes, las farmacias. Cuando uno entra en la farmacia con dolor de muela y sale aliviado, le parece un sitio de encantamiento, como le pasó a él en el viaje antepasado. Y pensar que allí están los venenos, escondidos en frasquitas que tienen brillo de ojos de víbora. El veneno con que mataron la primera vez al Gaspar Ilóm, el cacique de Ilóm. El Gaspar se bebió el río para revivir y revivió. Después voluntariamente volvió a arrojarse a la corriente, al ver a sus indios diezmados. Pegada a la farmacia, una zapatería, donde los zapatos parece que van andando por todos los que no tienen zapatos, él en cuenta, porque aunque se los atrancaba al entrar en la ciudad, en el monte se los quitaba, y era sabrosamente descalzo. Las ferreterías. Fierros en putal. Machetes, dagas, colipavos. Pura asamblea de pueblo. Y en pailitas hondas, postas de escopeta, desde la municioncita hasta el cincote de plomo. Y los arados, y las lámparas. En las plazas, las estatuas, igual que santos, sólo que de piedra, y al desapartar por aquella esquina, para subir al mercado, la eterna pregunta: ¿por qué, digo yo, le habrían hecho estatua a este caballo?... Pobre, allí estaba él también convertido en piedra, presidiendo el festín de las calles, empotrado hasta la mitad del cuerpo en la pared, que era como el tiempo hecho cal y canto. Pero él estaba fuera del tiempo. Todos envejecían a su alrededor. De tanto verlo ya no lo veían. Un simple punto de referencia en el tablero de la ciudad. Sólo los niños se fijaban en él. Los niños y los recién llegados.

Mil veces había machacado su mula aquel trepón de la calle del Sol, hasta la puerta del mercado, pero siempre acompañado de Porfirio Mansilla. Se vino sin avisarle. No lo hubiera dejado venir solo. Mirá con quién. Pero como venía en comisión no convenía traer junta y además estaba ocupado, iba a bajar a la costa a comprar un par de mulas tordillas.

Hilario llegó silente del monte y ahora ya estaba estilando bullanga. Medio detuvo la bestia al pasar por un taller de escultura. No le cuadraba ver a los santos sin bendición y quizá por eso el diablo le despertaba la curiosidad. Y es que no debía ser permitido que las imágenes se trabajaran como si fueran maniquíes o muebles. Un indio que Hilario conoció en el pueblo de la montaña y que también era dado a hacer santos, se desaparecía cuando tenía encargo de alguna imagen, y así oculto le daba forma con sus fierros, y hasta que el santo estaba edificado lo mostraba entre flores y rezos. Quizás por el antecedente, no le gustaba ver tras la mampara de vidrio que daba a la reja de un balcón, a los que hacían los santos, fumando, escupiendo, silbando, y a los santos que los rodeaban, sin ropa, sin canillas, puros bastidores sin corazón. Se limpió la boca. Ya también de estos santos de la ciudad iba a decir: pobres.

Un su conocido, Mincho Lobos, resultó saludándolo. Al sólo verlo le echó los brazos a la cintura, sobre las piernas, para medio abrazarlo así montado como estaba.

—Y en qué andas, fulano —le preguntó el amigo—, milagros de verte.

—Milagros de siempre —le contestó Hilario, contento de tener con quien cambiar algunas palabras; y arrimando un poquito más la mula a la orilla del andén, añadió—; ¡Ah, Mincho Lobos este! ¿En qué andas? ¿Qué te habés hecho? No te veo desde aquella vez.

—Pues aquí como me ven tus ojos; fregado vos que ya no te vi más tampoco; vengo ái enfrente, a devolver una imagen de la Virgen María que dialtiro no está buena, no inspira respeto.

—Ruin entonces...

—Tiene muy fieros los ojos. Entrá conmigo, apeate, acompañame, la vo a devolver.

—Voy volando pal correo. ¿Casual no viste o supiste si entró Nicho Aquino, el correo?

—El correo, decís vos, pues no supe, no te podría informar. Si me acompañas aquí un ratito, yo te acompaño luego; sólo intriego la imagen.

Sacayón se apeó, quién le iba a resistir a Mincho Lobos; el gusto con que invitaba y su cara de buen pan.

Un indio carguero traía envuelta en una sábana la santa imagen. Todos los tres entraron al taller pisoteando virutas que apagaban sus pasos y recibiendo, como la mejor bienvenida, el aroma de los cedros, de las pinturas y de un barniz con huele de guineo.

Mincho Lobos, a pesar de su flojera de hombre pacífico y bondadoso, hombre quitado de ruidos, se alegó fuerte con el maestro escultor, un caballero pálido, melenudo, una ceja sobre el labio en forma de bigote, y la corbata de mariposa. Hilario tanteaba sus movimientos, sintiéndose como más bayunco en medio de aquel emporio de cosas delicadas, para no botar nada de lo que en bancos de trabajo, mesas, estantes y esquineras se veía empolvado, olvidado, lejos del sol que brillaba en el patio, sobre los sembrados umbríos, fragantes, frescos, y la pelambre de los gatos.

—¡No, no, no, ni que nos la regale, no la queremos! —vociferaba Mincho Lobos—. ¡Será todo lo que usté quiera, será muy linda, pero no nos gustan los ojos!

—¿Y qué tienen los ojos, explíqueme?

—Tienen... No sé, no se puede explicar porque es cuestión de sentimiento. Si a los ojos sale el alma, a esos ojos no me va a decir usté que sale el alma de la divina señora.

—Pero si no me puede explicar por qué quiere que se lo cambie, cómo se lo voy a cambiar, me daría mucho trabajo, como hacer de nuevo el rostro; lo más caro, hay que encarnarla de nuevo, no sabe usté lo que cuesta, la paciencia que se necesita para ir tapando los poros, para ir dándole brillo, para ir haciéndole el cutis a fuerza de saliva y vejiga de coche. O usté cree que es así no más.

—Yo creo lo que veo y algún derecho tiene que tener el que paga, no nos gustan los ojos...

—Son de santo... —alegaba el escultor, con la voz aparatada de tisis, por lo cavernosa— y sobre los ojos de los santos no hay nada escrito. Vea ese San Joaquín, vea aquel San Antonio, un San Francisco que hay por ahí, aquel Jesús con la cruz a cuestas...

—Pero como en gustos no hay nada escrito, le cambia los ojos o no cobra el resto, y buscamos otro escultor que se los cambie, que al cabo no sólo usté es.

—Sería una mala acción, el trato fue de buena fe, por eso acepté, ya que sólo la mitad me adelantaran. Siempre las mismas dificultades con los pedidos de los pueblos. ¡Señor, si hacer un vestido le cuesta al sastre más dolores de cabeza que puntadas, qué será tener que hacer imágenes a la medida de los gustos de gente tan cerrera!

—¡No es fuerza que me insulte, con cambiarle los ojos está arreglado!

—¡Los ojos! ¡Los ojos!

—Sí, señor, los ojos, porque, Dios me perdone, pero esos ojos que le puso son como de animal... —Mincho Lobos se estremeció al soltar aquellas palabras, pero lo hizo en instancia última para reforzar sus argumentos; los labios le temblaban, le temblaba el sombrero que tenía en las manos; estaba cenizo del temor de haberlo dicho.

Un joven operario entró de la calle silbando el vals de «La viuda alegre». Al ver gente extraña en el taller, se calló, puso sobre una mesa dos paquetitos envueltos en papel de china y aprovechando el silencio que al entrar él se hizo entre el maestro y aquellas personas, dijo:

—Ojos de venado le traje. Dice que le siga poniendo de esos, porque no hay otros en plaza. En el otro paquetito vienen unos de tigre, por si le gustan; hay de loro, pero éstos son muy redondos y muy claros.

—Y de caballo, para ponerte a vos... —gritó el santero, avanzando hacia el aprendiz que escabulló el bulto atolondrado ante la cólera verde del maestro que cuando se enojaba se ponía como la hoja de un árbol—. Ese tendero —dijo después— me ha estado engañando; ojos para imágenes leí en el catálogo, y qué tiene que ver un animal con una imagen...

—El que me despachó —dijo el operario tímidamente— al dármelos, le dijo a la señorita que está en la caja: «Las bestias y los santos tienen los mismos ojos, porque son animales puros».

—El puro animal es él, imbécil; me van a venir a devolver la Señora Santa Ana de Pueblo Nuevo, porque ¡quién va a querer una Señora Santa Ana con ojos de venado, y el Nazareno de San Juan!...

El correo no quedaba lejos. Lobos despachó de vacío al indio que trajo la nana Virgen del pueblo. Le explicó que la imagen se quedaba en el taller porque la iban a arreglar, la iban a poner más linda. Hilario montó casi al salto y seguido de Lobos, que llevaba un caballo retinto, se bebieron en un decir amén dos o tres calles, hasta detenerse a la vuelta de la entrada principal del correo, en un callejón largo y estrecho.

—Entrada por salida... —explicó Hilario a Mincho

Lobos, que se quedó cuidando las bestias o, como se dice, deteniendo el rancho.

Las espuelas y el sombrero en la mano, el sombrero, las espuelas y las árganas, se metió a preguntar por una puerta grande, entre hombres cachuchudos, uniformados de verde claro, algunos sentados en largas bancas, con las guerreras desabrochadas, medio sacados los pies sudosos de los zapatos, otros yendo de un lado a otro, sin que ninguno le contestara. No atendían por estarse riendo, desperezándose las piernas, tullidos de tanto andar al regreso del turno, o listos para salir al reparto de la correspondencia que iba llegando de todas partes en sacos más o menos llenos, en carros, carretas, camiones oficiales o, simplemente, a lomo de hombre. Por fin, más adentro, un hombre del alto de una escalera, y así de flaco, le dio asunto. Oyó su pregunta y movió la cabeza de un lado a otro sobre los hombros huesudos, igual que calavera. Algo quiso decir, pero lo electrizó un estornudo y se puso a hacer gestos, hasta estornudar a sus anchas, ya con un pañuelo en la mano para sonarse y limpiarse. Sacayón repitió su pregunta y el hombre color de brea, le confirmó de palabra lo que acababa de decir con la cabeza. El correo de San Miguel Acatán, Dionisio Aquino, no había llegado. Debió llegar esta noche o lo más tarde esta mañana. Se le da por fugo.

—Es lo que pasa siempre —refunfuñó el viejo que hablaba algo matraqueado por la dentadura postiza que la manejaba y le quedaba floja—, le dan tanta confianza a un hombre que al fin y al cabo no es un cajero de banco, para estar llevando y trayendo dinero, sin que se le pegue un peso y sin exponerlo a que lo asalten en los caminos, un correo viaja por extravíos, viaja solo, algunos ni machete llevan. Éste se escapó y a saber con cuánto y cómo cruzan la frontera y se van a otro Estado —al decir esto hizo la señal de zafar de la palma de la mano huesosa su otra mano—, si te vi no me acuerdo, tu dinero aquí te lo tengo colgado en el güegüecho que te puse.

Hilario se le quedó mirando con la respiración ahogada, molesta, trabajosa. Por la cataplasma caliente del cuerpo le corría una angustia de raíz que no encuentra tierra, de río que improvisa cauces en el sueño de las plantas dormidas, la angustia de lo que sospechaba, del tremendo presentimiento que acababa de salir al mar de la realidad, no por la noticia, la noticia no tenía importancia, él ya casi lo sabía y ahora ya estaba convencido de lo que no quería convencerse, de lo que rechazaba su condición de ser humano, de carne humana, con alma humana, su condición de hombre, el que un ser así, nacido de mujer, parido, amamantado con leche de mujer, bañado en lágrimas de mujer, pudiera a voluntad volverse bestia, convertirse en animal, meter su inteligencia en el cuerpo de un ser inferior, más fuerte, pero inferior.

El señor Nicho y el coyote que encontró en la Cumbre de María Tecún eran la misma persona; lo tuvo a pocos pasos, le dio la impresión cabal de que era gente y gente conocida.

Salió sin articular palabra, enjugándose con la manga de la chaqueta el sudor frío que le perlaba la frente. Se puso el sombrero como pudo, ya estaba en la calle, en el callejón enmontado de zacates y plantas, como de hojalata las hojas azuladas y espinudas y como mariposas las flores ligeramente amarillas.

—A vos te fue mal —le dijo Mincho Lobos al verle la cara de susto que traía; Hilario tomó de manos de su amigo el cabestro de la bestia, para enrollarlo y montarse—. Pero no te pudo ir peor que a mí —agregó Lobos, entreteniéndose en arreglar la cincha de su montura—; vieras que siento feo llegar al pueblo, donde todos van a estar pendientes por saber lo que pasó con la Virgen. Cuando vine la primera vez a traerla me fijé que tenía unos ojos meros raros; pero en el entusiasmo y embelequería de llevarla, no le di importancia. Ahora figúrate lo que me van a decir, y me lo van a decir en mi cara: que soy un bruto. ¿Qué tienen que ver ojos de santos con ojos para animales disecados?

—Ve, Mincho, saliendo a lo tuyo por otro lado, sin

hacerte muchas catatumbas, que no las necesitas, vamos a bebernos un trago y te voy a contar a vos lo que me pasó; estoy asustado, hay animales con ojos de gente.

—¿Disecados decís vos?

—¡Vivos! Y es ansina, por qué te ha de extrañar a vos que un santo tenga ojos de... coyote, pongamos caso...

—¡Pero no siás bárbaro, sólo ói lo que me estás diciendo, salvo que te hayas vuelto evangélico!

—¡Lagarto!

—Te agradezco el convite, pero será en otra ocasión. Si me ven llegar al pueblo con tragos y contando que a la Virgen María le habían ponido ojos de venado, me linchan; con lo bravos que están.

—¿Quién te invitó a embolarte? Un trago te dije...

—Ni uno, Hilario, te lo agradezco igual; otra vez será que me contés que hay esas astucias y mañas de animales que son gente y por eso tienen ojos de gente; hay, ya lo creo que hay, un tatita mío contaba que él vio patente un curandero que se cambiaba en venado, el venado de las Siete-rozas; pero todo eso es tan antiguo...

Mincho Lobos le tendió la mano a Sacayón. Se despidieron. Cada cual agarró por su lado, del lado de su pensamiento. Al arriero en poco estuvo que se lo llevara por delante un automóvil. Le sacó un aire a la mula que no le había sacado nunca. Chispas echó y salió para un lado. Por fortuna la mula era obediente, hecha a la obediencia del instantero, y eso que andaba con falso freno.

La barbería lo recibió como siempre en una silla de montar a caballo, sin caballo. Se acomodó bien. Estornudó con las espuelas ya sentado. El barbero, don Trinidad Estrada de León Morales, le recibió fino, con palmaditas en la espalda, afectuoso.

—Me hace mi rapado de siempre y me rasura —le ordenó al entrar, mientras colgaba el sombrero, y ahora que ya estaba cubierto por un babero que le llegaba hasta los pies, sin exagerar hasta abajo de las rodillas, lo repitió—: me rasura y me hace mi rapado.

—¿Le jala?... —inquirió don Trinis, al ir pasándole por la nuca hacia las orejas la maquinita.

—Esa su porquería está ruinosa, me va a dejar como le vez pasada con dolor de muelas, y voy a tener que ir a la farmacia a comprar remedio.

—Sólo otro poquito que me falta por aquí, es que si no no queda como le gusta, don Hila; y qué me cuenta de por su tierra; qué hay de nuevo, los caminos parece que están buenos, regresó luego y se va a quedar unos días o es entrada por salida.

—Ya me voy...

—Entonce no vino por mercaderías. Se quedó don Porfirio allá, allá donde ustedes se quedó él. Yo creí que habían venido los dos, ustedes sí que parecen hermanos, siempre juntos, así me gusta verlos. Me contaron que la vez pasada cómo se les perdió o les robaron la mula.

—La encontramos; se salió sola y anduvo paseando, conociendo aquí con ustedes cómo es de bonito.

—Le gusta la ciudad...

—Me gusta, pero no me hallaría; es demasiado lo que uno tiene que ver y lo que lo tienen que ver a uno; aquí con ustedes todo abunda pero en malo; allá con nosotros todo es poquito, pero en bueno; y me da la impresión de que en el monte se vive más a lo libre; pobres, aquí ustedes están como presos, para todo tienen que pedir permiso; con permiso y con permiso y con permiso y perdone y dispense, a eso se resuelve la vida; con nosotros allá no hay tales carneros, no hay a quién estarle compermiseando.

—Le conseguí aquel su encargo...

—Porfirio fue el que se lo hizo, pero es igual.

—Salió algo carita, porque viera que están muy escasas; pero es una preciosidad; y además se encuentra parque, porque también en eso hay que fijarse... Ahora, un ratito quieto...

Don Trinidad le parlaba casi en las orejas, al irle cortando la pelusa con la máquina cero, inclinado, metiéndole los ojos entre el pelo que iba cayendo, iba saliendo por pedazos, como carne de coco negra.

—Al acabar de arreglarlo se la enseño —siguió don Trinis, rapa-rapa-rapa-rapa-rapa—, que al cabo no ha de ir muy preciso; la ve y si le gusta podemos hacer un buen trato, yo pensé en ustedes, en usté y en don Porfirio, cuando me la trajeron, un mi conocido sabía que yo andaba buscando algo parecido; a él no le había dado encargo, pero la trajo, y me la dejó para que la vieran; de un momento a otro vienen, le dije, y vino usté cuando menos lo esperaba.

Hilario guardó silencio contemplándose en el espejo: cara morena, ojos grandes, sedosos, labios bien formados, frente correcta, nariz aguileña. No era tan feróstico. Se lo tenía dicho la Aleja Cuevas, su gas del monte; va a bailar del gusto cuando vea el chal, porque aquella limpia de pelos tenía su antelación. Antes de ir a la barbería anduvo por donde los chinos y mercó un chal corinto, hermano de seda del que el pobre Nicho Aquino llevaba para su mujer, y del que se prendó la Aleja Cuevas.

—Si la quiere, con seguridad que le va a gustar, se la lleva y después me la paga, no es fuerza que hoy me dé el importe.

Tenía razón Porfirio Mansilla, los espejos son como la conciencia. En ellos se ve uno como es y como no es, porque igual que ante la conciencia, el que se mira a lo profundo del espejo trata de disimular sus fealdades y de arreglárselas para verse bien.

El rapa-rapa terminó con la máquina, la sopló dos y tres veces, para limpiarla de pelos, antes de ponerla en su lugar.

—Ya ve, ahora, peine y tijeras para hacerle la disminución, a modo de dejarle un copete que se lo pueda peinar fácilmente para el lado que quiera.

Un rato más y terminaron; Hilario, que tenía las nalgas duras como tetuntes, se cansaba de estar sentado en cualquier parte, menos a caballo.

—Me peina, si me hace el favor, para este lado de aquí...

El rapa-rapa le pasó un cepillo tan duro que le hizo

cerrar los ojos; presto le quitó el gran babero, trapo que sacudió con ruido, antes de ponerlo en un sillón desvencijado.

—Vea, don Hila —de uno de los cajones sacó un revólver y se lo puso en las manos del arriero—, es una preciosidad, y lo bueno es que no escasean los tiros para ese calibre. Aquí tiene usté sus cajitas de parque.

—Yo ando llevando la mía, pero, como le dije la vez pasada, está algo ruca; y el trato sería hacerlas cambio dando yo un buen ribete.

—Venda usté la suya por otro lado, o se la vendo yo, pero ésta me la compra al *cash,* porque resulta que la persona que la vende, tiene necesidad de *money;* llévesela y yo le doy la plata al fulano ese, después me la paga usté a mí, y si quiere, como a usté le convenga, me deja ésa y yo la ofrezco, dice usté cuánto quiere por ella, algo se le saca. Piénselo bien y verá que no se va a arrepentir, es un buen trato, así se va estrenandito pistola, y qué pena, aunque le salga el coyote.

El barbero, por estar examinando los tiros que había sacado de una cajita de parque, no se dio cuenta del gesto de profundo disgusto que hizo Hilario Sacayón al oír hablar del coyote. Por un momento, se vio Hilario con la pistola en la mano, estrenada en el cuero del coyote de la Cumbre de María Tecún, que no era coyote, él lo sabía, con todas las potencias del alma que no están en los sentidos, lo sabía, irremediablemente aceptado por su conciencia como real lo que antes para su saber y gobierno sólo había sido un cuento. Disparo contra el coyote y el Nicho Aquino cae herido o muerto a saber dónde, y cómo entierro al coyote, si se despeña, y cómo le devuelvo el alma al Nicho Aquino. En la mano tenía la preciosa arma. Se apresuró a dejarla y requirió su sombrero.

—¡Llévesela, don Hila, se va a arrepentir!

—¡Sólo los tasajiados se arrepienten de no haber comprado pistola! Si cuando vuelva a venir todavía la tiene, tal vez hacemos trato; ya me iba sin pagarle.

Encendió un cigarro, mientras esperaba el vuelto,

escupió en una escupidera que estaba a la salida, le dio la mano a don Trinidad Estrada de León Morales, y a la calle, donde esperaba su mula somnolente.

El ruido en las calles era tanto, que se podía partir en pedazos y comerse, o bien lamerse igual que si el aire fuera un plato y la bulla una jalea. Embadurnaba. De la ciudad salía siempre el arriero con la impresión de llevar algo pegajoso en las manos, en la cara, en la ropa. Se le fueron los ojos al pasar por una talabartería de lujo. En uno de los escaparates, un enorme caballo, y en la puerta, como recibiendo a los clientes, otro del mismo tamaño y porte, los dos enjaezados con aperos bordados en plata y oro, silla, frenos y estribos relumbrantes, espejeantes, casi con movimiento de luciérnagas. Al pasar por allí, aunque los caballos nunca tenían jinete, se le figuraba ver a Machojón, como dicen que se ve cuando están rozando. Pura luminaria del cielo. No se dejan montar, reflexionó, son cosas inmóviles que aparentan movimiento, como el sol y las estrellas; pero quién se va a trepar en ellos sin riesgo de quedarse allí clavado, hecho estatua, y además que deben ser huecos como el caballito aquel que don Deféric le regaló al mayorcito del Mayor, para el día de su santo. Mejor el caballo de piedra, más sólido, más caballo, color lechoso la crin, ojos con brillo en las pupilas cuando le daba el sol, refrenado hacia la pared de cal y canto y refrenado de culo de muchacho porque todos los escolares, al salir de clases, pasaban a montarse en él.

Volvió al zaguán de la venta de zacate hasta el patio. La tarde azonzaba a las gentes del mesón que andaban por los corredores, como perdidas. Lastimaban una guitarra y una voz cantaba:

Preso me encuentro por una cautela
y enamorado de una mujer,
y mientras yo viva en el mundo y no muera
jamás en la vida la vuelvo a querer.
¡No fue verdad lo que ella me prometió,
todo fue una falsedad, falsa moneda
con que me pagó!
Y todo aquel hombre que quiera a una ingrata

y que como ingrata la quiera tratar,
que haga como el viento que hojas arrebata,
que donde las coge las vuelve a botar.
¡No fue verdad lo que ella me prometió,
todo fue una falsedad, falsa moneda
con que me pagó!
Y hagamos de caso que fuimos basura,
vino el remolino, nos alevantó,
y después de un tiempo de andar en la altura,
¡la misma juerza del viento nos aseparó!
¡No fue verdad...!

Hilario, después de acondicionar la mula por ái, donde no molestara, darle agua, echarle el zacate, llegó al corredor con sus aperos, sólo a darse encuentro con Benito Ramos y un tal Casimiro Solares, que estaban descargando maíz sin desgranar, así traído en rede, de unas mulas. Eran sus amistades. Los dos eran sus amistades, pero uno de ellos, Ramos, no le caía bien, y tampoco él era santo de la devoción de Ramos. Antipatías. Ramos lo saludó, pero de entrada la grosería, el apodo, allá va la vaca, nana.

—¡Jenízaro, qué estoy viendo, que andás por aquí!

—Pero a vos es de hacerte la cruz —golpe por golpe le devolvió Hilario—, porque te aparecés onde uno menos se lo espera...

—¡Sé franco, vos, Jenízaro; mejor me decís claro que tengo pacto con el diablo, que por eso no vamos a peliar!

—¡Mentira es verdá!

Descargadas las mulas, mientras unas mujeres se acercaron a preguntar a Ramos y su compañero si el maíz lo traían para vender, Hilario se quedó pulseando el sonido de las guitarras. Se quitó el sombrero. Con una estrella de las muchas que brillaban en el cielo que le cayera en el sombrero sería dichoso.

¡No fue verdad lo que ella me prometió,
todo fue una falsedad, falsa moneda
con que me pagó!

Sentados en la grada del corredor, conversando en lo

medio oscuro, Benito Ramos le contó que estaba bien malo, de resultas de una hernia muy vieja, que no sólo le dolía, sino lo amenazaba matarlo el rato menos pensado, al estrangulársele.

—Pues confesate si no lo has hecho, sólo que yo creo que a vos no te confiesan... —le soltó Hilario en broma, atacándolo para estar a cubierto de una de sus tarascadas; pero al oír a Benito quedarse silencioso, empotrado en un callar basto, se arrepintió de su gansada, suavizó la voz y le dijo—: Lo que te conviene, antes de nada, Benito, es ver médico, y no afligirte; cuántas gentes se han curado de hernia; en el hospital la operan; luego hay otros remedios; son males que el mal está en dejarlos al tiempo, porque se agravan.

—Es lo que he pensado, más por eso vine; yo estaba esperando en mejorarme con los remedios del señor Chigüichón Culebro, pero no acertó conmigo: me dio a beber en ayunas una yerba astringente, el peor remedio que he bebido en mi vida, y me recetó una manteca con olor a clavo.

—Ese tu mal es de operación; van a tener que trozarte; por fortuna que en vos hay sujeto.

—¿Y a qué viniste? —preguntó Ramos, entre queja y queja; el dolor le llegaba a la voz; se le oía partido.

—No es cangro... —Hilario se tanteó mucho antes de pronunciar aquella palabra negra, que en la boca dejaba la sensación, al soltarla, de haber escupido un sapo.

—No, no es cangro; si fuera cangro me hubiera curado Chigüichón Culebro; es hernia congénita; vas a ver, vos, que yo temblé, creiba que era eso lo que yo tenía y se lo dije al herbolario: Siquiera fuera eso, me contestó, yo eso lo curo. Y, efectivamente, vi una enferma curada. Figurate vos que para curar el cangro, agarra culebra venenosa y le aplica indecciones de colchico. Aquel animal se pone monstruo, pero luego, como explica Chigüichón se vegetaliza, empieza a volverse como de madera, y acaba viviendo, muerto como ser vivo animal, y viva como ser existente vegetal. Y ese veneno de culebra vegetal aplica al cangroso, que también se pone monstruo, bota los dientes, el pelo a veces, pero se cura radicalmente. Te pregunté a qué viniste, y no me has contestado.

—Ando en comisión y ya voy de salida...

—Te envideo la salú. Jenízaro. Cuando se está así alentado como vos, el caballo lo descansa de estar cansado en la cama; yo te sé decir que de tus años me cansaba estar a pie, me aburría y eso que hice la campaña contra los indios de Ilóm; dragoneábamos entonces con el coronel Godoy y un tal Secundino Musús que hoy diz que es mayor, en ese tiempo era subteniente; parecía gallo sin plumas; palúdico, mero mal corazón.

—Allá está de jefe en San Miguel, en la Mayoría de Plaza está de alta; ahora está gordo, pero el carácter como que si lo tiene seco, amargo parece el hombre.

—Pues podés preguntarle. Cambiábamos de bestia y seguíamos adelante y siquiera por buenos caminos, hasta que nos desbandamos a raíz de la muerte del coronel Chalo Godoy. Ese hombre era bueno para la guerra, porque era malo para todo. En «El Tembladero» quedó, fue una trampa de brujos, lo quemaron. Nosotros salvamos el pellejo porque habíamos ido al Corral de los Tránsitos, con un indio carguero que encontramos en un cajón de muerto. El fregado se había metido allí muy afanosamente. Pensaba seguirle viaje al otro día. El coronel Godoy creyó que era astucia de los cuatreros que por allí abundan, que como ya les dije tenía despachados muchos difuntos fingidos, ahora en lugar de un prójimo haciéndose el muerto, sólo cruzaba el cajón...

—La canoa en que te vas a ir, hermano...

—Pero no de esta enfermedad. Pues sí, el coronel creyó que era artimaña aquel cajón allí abandonado en el puro monte, en el puro corazón del monte, donde no pasa nadie en muchos días. Cuál no sería, pues, el susto al destaparlo y encontrar adentro un indio, vestido de blanco, con el sombrero echado en la cara. ¿Crees que despertó?... Hubo que puyarlo con una pistolona, y entonces dijo lo que era. Bien vivo estaba el muerto, por supuesto que se salió volando, explicando que el cajón ya tenía destinatario, un curandero del Corral de los Tránsitos. Si te siguiera contando. Cuando hablo de estas cosas, se me olvida el dolor un poco. Quizás la historia se haya inventado para eso, para olvidar el presente...

Benito Ramos, a quien a veces le decían Benigno y a veces Pedrito, se golpeó los huesecillos de los dedos de la mano zurda, con la punta de los dedos de la mano derecha, llevando el compás de su silencio espesado por el pensamiento que le seguía trabajando, con el chasquido. Y rechazó el cigarro que le brindó Hilario.

—Te seguiré contando algo más de ese episodio de mi vida, siquiera para que se me olvide un poco esta cabronada que me castiga. Te voy a aceptar el cigarro, por hacerte el gusto, y porque tal vez humando... Es un dolor dormido, atrancado, entrecólico, como si tuviera reumatismo en las tripas. Dame fuego, y no te pido que escupas por mí, porque me sobra saliva; con el mal del dolor, de repente se le vienen a uno los montones a la boca. Pues sí, Jenízaro, al mando del subteniente Musús, trepamos de «El Tembladero» hasta el Corral de los Tránsitos, el indio con el cajón a cuestas, el cajón que le servía de cama, y nosotros con los máuseres listos para rempujar bala. Además llevamos orden: si el cajón no era para el curandero o para algún difunto de verdad difunto, meterlo al indio y fusilarlo allí mismo con el cajón ya cerrado y clavado, sólo para echarle tierra encima... —chupó el cigarro y expeliendo por la nariz el humo a golpecitos, tras escupir unas cuantas partículas de tabaco que le quedaron pegadas a la punta de la lengua, siguió con la voz más pausada—: ...Ni fusilamos al indio ni volvimos a ver al coronel Godoy, hombre bueno para la guerra porque era malo para todo lo malo; y... —volvió a fumar, un jaloncito— no quiero hacerte larga la historia, lo cierto es que antes que Musús y los muchachos de la escolta se dieran cuenta de la chamusquina —ni el huele del incendio se sentía, era todo normal como esta noche—, yo tuve la visión de lo que estaba pasando en «El Tembladero». Vos has visto las loas...

Hilario soltó la risa, carcajada luego y luego grandes carcajadas, tratando de explicar la causa de aquel reír a destiempo.

—¡Ja, ja, ja, en las logas, ja, ja, ja, en las logas, ja, ja, sale en las logas tu socio, ja, ja, ja, ja,... tu socio con los once mil cuernos!

Las palabras y frases, fragmentadas entre las risotadas, se sucedían sin hilación, logas, socio, once mil cuernos, sale, socio, once mil cuernos, loas, socio, once mil...

—¡Sale y pelea, ja, ja, ja, y pelea con el Ángel de la Bola de Oro, ja, ja!... —seguía riendo Hilario, retorciéndose de la risa mientras hablaba, como si le hubieran dado cuerda, entre manoteos de nadador que se ahoga, después de botar el sombrero, que no pudo evitar que se cayera por buscarse el pañuelo, pues ya tenía los ojos a punto de saltarle las lágrimas.

—¡Qué risa!

—¡Dejame que me ría, seguí contando!

—¡Que me ría, y está llorando!

—¡Seguí, seguí contando! —y volvía la carcajada incontenible, nacida de la imaginación de Hilario que se figuraba ver a Benito Ramos vestido de diablo de loa, con el santo dolor de la hernia en aumento cada vez que tuviera que golpear el tablado con el pie y pregonar su estirpe de Rey infernal, en lucha, primero, con el Moro de la Austrungría y después de vencer al Moro que en la boca trae espuma y en el culo mantequilla, con el Ángel de la Bola de Oro, todo para llevarse como premio, si vencía en el desafío, un indio bolo.

—¡Te equivocas, porque yo en esa loa, no salí de nada, estuve de espectador; la comparación te dio risa, reíte!

—Seguí contando y agradecido debías estar; no hay como la risa para espantar el dolor; vos viste como en una loa lo que pasó, antes de que sucediera.

—No sólo lo vi, se lo comuniqué a Musús y a los

muchachos. Vi patente, en el embudo de «El Tembladero», como te estoy viendo aquí a vos, que el coronel Godoy y sus hombres estaban rodeados por tres círculos mortales. Contando de donde él hablaba con sus soldados, sin darse cuenta del peligro que los amenazaba, hacia afuera, el primer círculo era de puros ojos de búhos, sin búhos, sólo los ojos, los búhos no estaban, y si estaban parecían tamales deshojados; el segundo lo formaban caras de brujos sin cuerpo, miles y miles de caras que se sostenían pegadas al aire como la cara de la luna en el cielo; y el tercero compuesto por rondas de izotales de puntas ensangrentadas.

—Visión como de engasado...

—Seguramente, sólo que resultó cierta. En el parte que dio el gobierno apenas decía que el coronel Godoy y su tropa, de regreso de un reconocimiento, perecieron por culpa de un monte que agarró fuego; pero la verdad...

—La verdad la viste vos, lo viste quemarse o morir guerreando, vaya que entre el cielo y la tierra no hay nada oculto...

—Ni murió quemado ni murió guerreando. Los brujos de las luciérnagas, después de aplicarle el fuego frío de la desesperación, lo redujeron al tamaño de un muñeco y lo multiplicaron en forma de juguete de casa pobre, de maleno de palo tallado a filo de machete. Le tenían reservado, por lo que vos ves...

—Por lo que vos viste...

—Por lo que yo vi; pero, ahora, al contártelo lo estás viendo vos; le tenían reservado un peor castigo que la muerte. Los indios eran más adelantados que nosotros, juzgo yo, porque como castigo habían dejado atrás la misma muerte.

Un chico de la calle, despeinado y astroso, con un zapato sí y otro zapato a la mitad, entró ofreciendo el periódico, a voces. Ramos lo compró y mientras desdoblaba la sábana de papel con letras, poco a poco, no le dejaba muchos movimientos el dolor de la hernia, dijo Hilario:

—Ya que lo compraste, leámoslo.

—Leémelo en la oscurana, decís vos, como si se pudiera; mejor nos hacemos a la luz de aquel foquito.

—Creí que podías leer en la tiniebla...

—¡Jenízaro, no me estés coquiando porque te voy a echar riata! ¡Mirá, hay una noticia de tu pueblo! «Corre-o que des-a-pa-rece...» ¡Yo no sé leer de corrido, seguí leyendo vos!...

Hilario arrebató el diario de las manos de Benito; pero Ramos, despojado en esa forma, no se avino, y se lo quitó de nuevo, tomándolo fuertemente, para seguir la lectura:

—«San Miguel A-catán. Te-le-grá-fi-ca-men-te in-forman que el correo re-gu-lar, Di-oni-si-o Aqui-no Co-jay, des-a-pa-re-ció con dos sa-cos de co-co-rrespondencia. Se li-bró-or-den de cap-tura.» Y... —destrabó los ojos, siempre que leía los ojos se le quedaban medio trabados— es todo lo que dice, vos, alelado, que desapareció el correo, no dice ni una palabra más, porque pudieron haber dicho... ¿Vos lo conocías?... Pregunta la mía, si a seguirlo te mandaron. No tengo pacto con el diablo, sino pacto con el periódico, y por eso devino las cosas...

—¿Y dice eso allí, pué..., que yo vine en seguimiento del correo?...

—Lo estás diciendo vos, Jenízaro. El diario sólo dice lo que te leí. Se les perdió el correo. Se les hizo invisible. Se les volvió ninguno. Debe ser que supo que llevaba mucho dinero en las cartas. Peligroso mandar pisto por correo. El dinero es de papel, pero no papel de amistad; de enemistad, diría yo, por eso cuando tengo algún pago que hacer, voy yo mismo y me evito la pérdida y el disgusto; billetes no son cartas.

Escupió. La saliva le llenaba de repente la boca. Saliva de basca del mismo dolor. Un temblor suave le sacudía debajo de la piel, igual que si en lugar de temblar sólo él, temblara toda la tierra.

—Bueno, Benito Ramos, voy a acostar el cuerpo, estoy molido, por yo me estaba más con vos platicando; pero dende que salí de San Miguel que no me echo ni he juntado los ojos; yo debí alcanzar al correo antes de la Cumbre de María Tecún, pero debe haberse ido por extravío y se extravió; es tan extraño todo lo que pasa que uno acaba por creer que está como soñando —bostezó largo—; bueno, bueno, ya me estoy durmiendo parado; si por un caso sabes por dónde anda el señor Nicho, me lo decís, averigualo, para eso tenés pacto con él...

—¡El milagro sos vos, que en nada te diferencias de vos mismo que sos malo! ¡Algún día te echo riata y —largó el brazo como una estocada a fondo— te van a tener que recoger con cuchara!

—¿Y vos, ónde fuiste?

—Anduve paseando...

—Hubieras convidado —dijo Hilario, alargando sobre un petate tul bien frío, sus tujas con calor de mula.

—En deveras, pué, que si se vienen conmigo se divierten; es media vida ir allí onde ésas; no gana uno, pero se divierte; y es lindo sentirse amado, aunque sea por trato... ¡Ay, baboso, ya me di golpe eléctrico! ¡Este pilar bruto, y más bruto yo que fajé con la punta del codo! ¡Huy, cómo me hormiguea..., huyhuyhuy, hasta los dedos, Dios me castigó por andar hablando de lo que no debo!

Tendidos en los petates, haciéndose almohadas con las chaquetas, Hilario y Benito se sostuvieron un poco la conversación, antes de meter las cabezas bajo las tujas, como lo había hecho Casimiro Solares. Una conversación somnolente, obligada, un puente en hamaca de hilos delgados sobre los ronquidos de río embravecido del dichoso Solares.

—El todo de venirte contando lo que te estaba contando, cuando entró el chirís que vendía el diario...

—Sí... —dijo Hilario, más dormido que despierto—, y después entró Casimiro...

—El todo era para llegar a la conclusión de que desde esa vez me quedó la fama de que tenía pacto con el diablo: tuve la visión anticipada de lo que le iba a pasar al coronel, de lo que le estaba pasando; mirá vos, no sé si lo vi antes de que sucediera, o lo vi en el mismo momento, pero a mucha distancia. Por supuesto que esa facultad de adelantarse a ver lo que va a ocurrir, la tienen muchos, que siempre serán pocos y por eso es rara; pero la tienen, sin haber hecho pacto con el diablo. Es algo natural o sobrenatural, como el pensamiento. Decime, vos, qué cosa hay en el hombre más admirable que el pensamiento. Y ¿por qué no pudo haber sido Dios el que me dio ese don divino? Ahora ya no lo tengo. Antes era cosa que de repente me llegaba, no sé de dónde, como en el vuelo de un ave que no veía, que se me entraba por las narices, por los ojos, por los oídos, por la frente, que se posesionaba de mí. Después, tuve ya que reconcentrarme algo, y algo daba en el clavo. Ahora, ya no, ya lo he perdido, con los años todo se acaba... ¿Estás oyendo, vos, Hilario?...

—Sí, es interesan... last... la perdiste... de... ser...

—Vos ya no ponés asunto...

—Debe ser muy a pelo —hasta aquí palabra tras palabra seguidas, luego espaciadas— anticiparse... a... lo... que... le... va... pasar... a uno... así... es... como... puede... hacerse el quite y se hace el quite a tiempo... —hablando de nuevo normalmente—; si la paré le va a cáir a uno encima y lo sabe anticipado, se quita a tiempo, y todavía la escupe antes de que lo haga torta. Me despabilé. Se me fue el sueño...

—Así debía ser; pero yo sé por experiencia que vale mil veces más no saber lo que va a pasar. Con sólo referirte que vi morir a mi señora madre antes de que me dieran la noticia de que una rama de mango le había caído encima; vi a la viejita caer como una hoja apachada contra el suelo y alargué la mano, pero qué iba a alcanzar mi brazo a defenderla, si estaba veinte leguas adentro, en la pura montaña.

—Tu mujer... —preguntó Hilario, al tiempo de dar una vuelta en el petate, enseñó la espalda color de bocadillo amelcochado sobre tuza; no lo dejaban dormir el cansancio, la cháchara del pactado con el diablo, los ronquidos de Casimiro, hediendo a huevo güero, la ambulancia del correo por el cuerpo, pena que empezaba en hombre y acababa en coyote, los santos con ojos de animales disecados... ¡escultor más bruto!... ponerle a la Santísima Virgen ojos de venado, yo que Mincho Lobos le pego...

—Mi mujer... —Ramos encogió las piernas, quejoso—, ya llevamos tiempo de andar desapartados, le dio por irse a vivir con sus hijos al Aguazarca; es una bandolera...

—¿Y vos te quedaste solo?, ¿no tuviste hijos con ella?...

—Pues no tuve; y es claro que su sangre la arrastre; todo eso del amor es babosada de gana de tener hijos; ves mujer que te gusta y ya te entra la gana de apechugártela, ¡en esa gana está el hijo!, luego te la apechugas y en el calor del cuerpo y el cimbrón del cerebro está el hijo, en la saliva de las jeteadas que le das, en el cariño que se transparenta en sus palabras... Se fue con sus hijos, es lo que resulta siempre que uno se arrejunta con mujeres que ya tienen prole, lo dejan a uno de viejo y silbando en la loma... ¿Querés cigarro?...

—No me gusta humar acostado...

—Pasé la vida con ella y no me arrepiento, Hilario; aunque sí, porque siempre acaba uno arrepentido, la vejez es un arrepentimiento tardío: le vaya a uno bien o le vaya mal, después de pasado el tiempo siempre tiene uno la impresión de que ha perdido el vivir en el vivir mesmo...

—Humá para no oler, este Casimiro se está deshaciendo; vos, Casipedo...

—Para eso sirven los hijos, vos, Hilario, para que no le quede a uno de viejo ese insosiego de haber perdido la vida en el vivir mesmo, de haber extraviado el tiempo en los días; la vida se pierde así, patachonamente, viviendo, y sólo los hijos dan la ilusión del patacho que sigue adelante, con el mejor que no se los puede uno comer ni venderlos, quedan...

—¡Vos, Casipedo, oí a Ripalda, adotrinándome! Difícil estás hablando; yo lo único que determino es que no tenés tus hijos, ¿por qué no pintás?

—Por la maldita maldición de los malditos brujos de las luciérnagas. Todos los que les caímos encima a los indios del Gaspar Ilóm, cuando los hicimos picadillo sin dejar uno vivo ni para remedio, fuimos salados: la luz de esa mañana nos quebrantó la luz de la vida en el cuerpo, fue luz con sal de maldicimientos de brujo, y los que tenían sus hijos se les murieron, se les murieron los nietos, al hijo del Machojón se lo robaron las luciérnagas mismas, para luminaria del cielo, y a los que no teníamos hijos, se nos secó la fuente. ¡A la mierda mandé a una tal por cual que se me arrejuntó y resultó encinta! ¿Cómo podía ser mío el encargo si los brujos nos dejaron chiclanes, huevos güeros?

—Pero el mayor Musús tiene un su hijo.

—Un su hijo suyo de otro, será, porque en ese entonces Musús era subteniente de línea y qué corona tenía para que no le cayera la sal, si le cayó al monte, a las piedras les cayó también; todo se vino al suelo marchito, y las piedras quedaron como quemadas. Todavía se le conoce como el Lugar de los Maldicimientos.

—Traibas el méiz en rede.

—Esas reditas... ¡Chingado, hasta en eso llevaban razón los indios! Vas a comparar vos lo que eran antes estas tierras cultivadas por ellos racionalmente. No se necesita saber mucha aresmética, para sacar la cuenta. Con los dedos se hace. El méiz debe sembrarse, como lo sembraban y siguen sembrando los indios, para el cuscún de la familia y no por negocio. El méiz es mantenimiento, da para irla pasando y más pasando. ¿Dónde ves, Hilario, un maicero rico?... Parece tuerce, pero todos somos más pelados. En mi casa ha habido vez que no hay ni para candelas. Ricos los dueños de cacaguatales, ganados, frutales, colmenas grandes... Ricos de pueblo, pero ricos. Y en eso sí que más vale ser cabeza de ratón, rico de pueblo. Y todo este cultivo tenían los indios, además del méiz que es el pan diario; en pequeño, si vos querés, pero lo tenían, no eran codiciosos como nosotros, sólo que a nosotros, Hilario, la codicia se nos volvió necesidá... De necesidá, si no pasamos del maicito: ¡pobreza sembrada y cosechada hasta el cansancio de la tierra! ... Este Hilario me dejó con la biblia en la boca, la mala crianza de dormirse; qué más da un muerto que un dormido, a la vista es igual el bulto... El maicero deja la tierra porque la agarra a siembras y resiembras, como matar culebra, al cabo se hace a la idea que no es suya, porque es del patrón, y si le dan libertá para quemar bosques, Dios guarde... Yo vide arder los montes de Ilóm, a comienzo de siglo. Es el progreso que avanza con paso de vencedor y en forma de leño, explicaba el coronel Godoy, con mucha gracia, frente al palerío de maderas preciosas convertidas en tizón, humo y ceniza, porque era el progreso que reducía los árboles a leño: caobas, matilisguates, chicozapotes, ceibas, pinos, eucaliptos, cedros, y porque con la autoridá de la espada, llegaba al leño la justicia a leñazo limpio por todo y para todos...

En su pensamiento se mezclaba el recuerdo de tanto bien deshecho con el dolor de la hernia, más doloroso en el frío de las tres de la mañana, un dolor que lo asfixiaba en frío, como si lo hubiera picado una avispa ahorcadora. Ladeó la cabeza y se quedó privado.

Efectivamente, la vendedora de café no estaba bajo la ceiba. La mesa con las patas para arriba y en lo de abajo unos tetuntes sobre un pedazo de costal quemado, cenizo el lugar en que juntaba el fuego, todo barrido por el frío de la madrugada. Hilario soltó la rienda de la mula, ya al salir de la ciudad, para desperezarse a entero gusto, más dundo que cansado de oír hablar a Benito Ramos y roncar a Casimiro Solares. El cuerpo como mango magullado. La cabeza hueca. De la cabeza le salían, sin duda, los bostezones huecos, huecos. Por las junturas de las puertas de algunas casas pasaba la luz eléctrica al vaho azulenco de las calles. Abrían de par en par las panaderías. Algo le agarró el tiempo. Menos mal que en San Miguel, por el diz del periódico, ya estaban enterados de lo del correo fugo. En las árganas llevaba el diario. Benito Ramos le hizo favor de regalárselo. Desayunó en un rancho, ya puro afuera de la ciudad, café hervido y tortillas tostadas, frijoles y queso fresco, ¡lástima que no hubo un chilito! Dos niñas eran las que despachaban. Una se veía muy bonita y eso que estaba sin peinarse y con la ropa algo ajada de haber dormido vestida. La mayor de las dos consintió que a Hilario le apetecía la menorcita, y no se desprendió de ellos. Mejor llevar la buena impresión de aquella preciosidad que el recuerdo angustioso de la hernia y la filosofía de Benito Ramos, el pactado con el diablo.

Sin esfuerzo, mientras pasaban los árboles, los cercos de piedras, los llanos, las peñas, los trechos de ríos, Sacayón veía como sobrepuesta en el aire la carita graciosa de la ranchera. Sobre todas las cosas que iban con él, a la par suya, por donde tirara los ojos aparecía ella. Es tan dada el alma a lo que el cuerpo quiere, cuando hay juventud. Al revés de los viejos. En los viejos, el cuerpo es el inclinado a lo que el alma quiere, y el alma, pasados los años, ya va queriendo volar.

Ranchera más buena. Primor y chulada. Estuvo tentado de regresar a proponerle casorio. Era cuestión de darle vuelta a la bestia y seguir caminando, sólo que en lugar de llevar la cara para donde la llevaba ahora la llevaría al contrario, y al final de su andanza, encontraría nuevamente el rancho con unas cuantas macetas de barro y latas de gas sembradas de flores y enredos que trepaban cortinas de hojas y flores al pajal del techo.

No se decidía a pegar el regresito. La mula se atravesó en un río grande a beber agua, algo poco la paró él, aunque no, pero algo hizo con la rienda para que se detuviera. Lindo volver a donde la cula llevaba la mola. ¿La cula?... La mula... ¿La mola?... La cola... se reconvino con malas palabras, qué ranchera ni qué ranchera, no era juguete su compromiso con la Aleja Cuevas. Le llevaba el chal. Era de su pueblo. No le faltaban sus reales. Tenía, además del estanco, una vega regable. Y tenía algo que valía más que todo el oro del mundo, algo de la Miguelita de Acatán, no en el físico —la Miguelita fue linda y la Aleja no dejaba de ser feíta—, sino en que las dos eran de Acatán. Le daba un aire en el modo significante de ser todo lo contrario de una «tecuna», por sufrida y por lo que le gustaba estarse en casa. La Miguelita cose cuando todos duermen, vela de noche para tener el pan del día, no sale de su casa y si sale regresa. Se encomendó a la Virgen del Cepo, mientras la mula, ya satisfecha, rozaba en el agua del río sus narices llenas de respiración animal gozosa.

Agua caminante del río que se tragó la mula para caminar ligero por un deshecho, más piedras que camino, donde leguas después se puso algo apagona y casi renca. A la par del río pedregoso, pespuntado al rumor de la corriente que en las vueltas formaban remolinos, apartó por entre inmensos cerros cenizos, azulones, hasta ganar la ribera de un lago con doce pueblos sentados a su orilla, igual que doce apóstoles en piedras de cerros en los que fueron atrapados ranchos y gentes trigueñas con ojos de juilín.

Iba dando una gran vuelta para no pasar por la Cumbre de María Tecún. Los cerros en lo alto se topaban como chivos. A la pareja del río caudaloso tuvo la impresión de que la bestia no caminaba y ahora su trepar era anulado por la visión de los cerros que crecían. Los jalones de la mula por la cuesta empinada significaban tan poco ante las moles empinándose más y más, hasta cortar las nubes. Chorreó una cascada que no vio, un eco profundo en sus oídos, sensación auditiva que le hizo patente que la tierra no sólo subía junto a él, más rápido que él hasta las cumbres, sino que se hundía, precipitándose en abismos somnolentes.

El río quedó con un rumor confuso, como un vuelo de pájaros de plumas líquidas. La cincha del camino por donde cortaba a lo extraviado ceñía la panzona de un cerro que se le figuraba un macho cimarrón, entre árboles lechuzones que se gastaban en acatamientos al soplar el aire, y el silencio era mayor cuando cantaba un cenzontle, porque se oía el cenzontle y se oía el silencio. Se amparaba contra los zarzales levantando el brazo y agachando la cabeza bajo el sombrero aludo. Sintió pasar un venado. Uñas en los árboles. Más adelante empezarían las vegas, los moscos, las colmenas zopilotas. Alzóse a mirar atrás. Ya había trepado lo suficiente. Asomó a buen camino en un plan largo. Patachos, indios cargueros, carretas de bueyes y gente de a caballo. Unos en la dirección que él llevaba. Otros contrariamente. Venían, lo encontraban, lo saludaban. Ningún su conocido. Lo encandiló el lago. La mula iba repicando con sus cuatro badajos, después de tanto sufrir en el atajo, donde un paso hoy y otro mañana era ir ligero. Él mismo se enderezó, botó la jiba que traía de la cuesta, jugando los dedos en la rienda, los pies en los estribos. Se detuvo a encender el cigarro de doblador que llevaba ruinmente apagado en los labios tostados. Manchas de pájaros negros, bravos, sentábanse ya alzándose de los potreros, tras picotear el estiércol, sin atender a los bueyes cabezones, a las terneras con garrapatas y sueño. Como chiflón de aire caliente pasaron unos fleteros. A Hilario Sacayón se le alborotó la gana de regresarse con ellos. Le dijeron adiós. Silbaban. Cuesta creer que haya gente que se esté sólo echada, o sentada, o moviéndose en un solo lugar.

Una voz femenina le hizo volver los ojos.

—¡Es triste ser pobre!

—¡No la vide por ir tanteando la puerta que tan menudamente queda de donde usté! ¿Qué tal, Niña Cande? Siempre en las ventas. Y ahora como que ya acabó. El otro día me quedé pensando que es sabrosa la carne de coche. ¿Chicharrones no tiene? ¡Ái le voy a comprar de todo! ¿Qué tal, usté?

—Bien, por los favores de Dios. Y usté, ¿ánde va?... Ya se iba pasando sin decirme adiós.

—A San Miguel...

—¿No trujo mulas?

—Pues no...

—Vino a lo solo; don Porfirio y Olegario también andan por aquí; no sé si están ái dentro.

—No me cuente; ¿y sus hermanos?...

—Ahora están aquí; hace como nueve días que vinieron de la montaña; entre y apéyese que ya le agarró la tarde y más adelante no hay ónde quedarse; más que va haber buena fiesta...

—Y más que más vale llegar a tiempo que ser convidado. Con su permiso voy buscando la puerta.

—Al ratito lo veo, y me alegro que haya llegado bien.

La Candelaria Reinosa seguía en su venta de carne de marrano a la orilla del camino. Ajamonada, vestida casi siempre de amarillo, sobre el despintado color de oro de su camisa caía la gruesa trenza negra como un chorro perenne del luto que llevaba en el alma. Sus ojos dulces miraban al camino con la avispada inquietud con que estuvo espiando el día en que Machojón debió llegar a la pedimenta de su mano. Su vida era el camino. Muchas veces, sus hermanos trataron de arrancarla de aquella venta de carne de marrano, ahora que ya eran gente de posibles; pero ella nunca quiso abandonar su mirador, como si fuera verdad que la esperanza se alimentara de la espera. Esperando alimentaba su esperanza. Un candil de aceite de higuerillo, al pie de una imagen de la Virgen de la Buenaesperanza, era todo el lujo de su tiendecita de chorizos, carne de marrano y chicharrones. Ahora la manteca la vendían sus hermanos en la capital. Mejor precio, y como ellos tenían entregas seguras de leña, Candelaria Reinosa, es tonto, sin saber por qué entristeció hasta sentir fríos y perder peso, el día en que sus hermanos le anunciaron que se llevarían la manteca. Sintió que le llevaban el traje blanco que debió vestir el día de su boda. Un traje sin encajes, lamido sobre su cuerpo de vara de flor silvestre. Tenía dieciocho años no cumplidos. El Machojón, siempre que llegaba a verla, le agarraba la mano, sin hablarle, y pasaban ratos largos callados, y si hablaban era para hacerse ver lo que pasaba en derredor de sus personas. «¡Ói las gallinas, pues!», le decía el Machojón, para que ella se diera cuenta del cacareo de alguna clueca, ya que a él, la verdad, le había costado hacerlo, y era más bien una novedad aquel ruido extraño al misterioso lenguaje en que ellos dos, sin más que darse la mano, se hablaban. «La llamita», decía ella, cuando chisporroteaba una candela encendida al pie de Jesús Crucificado. «Jodones que son los chuchos, ladran a los que van pasando porque han de ladrar; ¡mejor se estuvieran callados!» «La hojita», articulaba ella cuando el viento se llevaba una hoja. Todo tenía importancia. Eso es; entonces, todo tenía importancia. El sombrero de Machojón. Ocho y diez días güelía por donde lo dejara. ¡Puchis, si a veces güelía toda la casa! Sus espuelas repicadoras en lo hondo del paso varonil. Enterraba los pies en el suelo al andar, como los meros hombres. Y su voz llana, con soledad de hombre también.

La Candelaria Reinosa desapartó un brin con que tapaba la entrada a la venta de carne de marrano, para asomarse al patio de la casa, donde sus hermanos fiestaban, acompañados de sus mujeres, sus hijos y sus amistades. De mano en mano circulaba la copa que, para cada invitado, se llenaba de aguardiente. La marimba llamaba al baile. En un rincón esperaban las guitarras. Hablaban por hablar. Reían. Se abrazaban. Porfirio Mansilla traía abrazado a Hilario Sacayón, seguidos por Olegario, que iba cuereando el suelo, para levantar tierra, con un chicote largo como una cola de mico.

Llamaba la atención un viejo de color azafranado. Le apodaban «Chichuis». Apareció curando. Su cuatro era que le llamaran «doctor». Otros invitados lo rodeaban. La Candelaria se dio cuenta de que hablaban de ella. ¡Qué le importaba!. El doctor, desagradable como un piojo blanco, no se apeaba de su macho: casarse con ella. Y de edad, al decir de sus hermanos, estaban tal cual, sólo que ella no quería.

Porfirio, Hilario y Olegario, los arrieros, llegaron hasta donde Candelaria estaba, traveseando con sus dimes y diretes, risotadas y cuchufletas.

—¿Por qué sólo ispía, por qué no baila? —le preguntó Hilario, un poco detrás de Porfirio, que le daba la mano para saludarla.

—¡Azotes me daba Judas!

—¡Priéndase de mi brazo —dijo Porfirio al tiempo de darle la mano— y entonces van a ver éstos lo que es un aire con ventarrón!

—¡Estése en juicio! —exclamó ella, escapando su brazo del brazo de Hilario.

—Y en resumidas cuentas —intervino Hilario— ¿qué es lo que festejamos?

—La pedimenta de la mano de una hija de Andrés, mi hermano.

—La Chonita es la que se casa... —añadió Porfirio—; bien callado se lo tenían, así va ser cuando usté, Canducha, nos dé ese susto.

—Sólo que usté, don Porfirio, se quiere casar conmigo, porque no hay otro que tenga tan mal gusto.

Callaron para oír la marimba. Ya también andaban tentando las guitarras. Un perro renco aullaba, chillaba, huyendo hacia la calle desde la cocina, donde le cayó un buen palo.

—¡Mal corazón la Javiera! —dijo la Candelaria Reinosa, se aplanchó con las manos blancas el delantal sobre el vientre de solterona comilona, y pasó por entre los invitados a regañar a la molendera, una india hediendo a shilotes, preñada a saber de quién, pedigüeña, borracha y hasta dicen que algo de mala vida; pero eso sí, muy buena trabajadora; todo lo sabía hacer, sólo que era algo tentona; su devoción a las cosas ajenas la condenó a la dulce tortura de la piedra de moler.

No contestó al regaño ni tan siquiera alzó los ojos, hasta terminar la masa que tenía en la piedra. Paró la mano para enderezar el cuerpo en seguida:

—Dijeron sus hermanos que no me la iban a dejar venir a la cocina, y por demás... Mucho que dijeron sus hermanos... Por demás... Cualquier pretexto agarra... Es fiesta, váyase, deje de estar mirando el fuego...

Candelaria Reinosa, inmovilizada, clavados los ojos en el corazón de una hornilla llena de leños, brasas, llamas, humo. El humo a la llama, la llama a la brasa, la brasa al leño, el leño al árbol, el árbol a la tierra, la tierra al sueño. Juntas las dos cejas. Más juntas. Listo el delantal en su mano temblona para apagarse el llanto elemental, recóndito. El humo a la llama, la llama a la brasa, la brasa al leño...

La molendera le tocó el brazo con sus dedos fríos y acedos de agua chigua. Candelaria, sin darse cuenta, escapó de la cocina: tenía que atender, ninguno estaba atendiendo, interesándose primeramente por la porfía de los Hilarios, como ella, con todo cariño, acostumbraba llamar a los arrieros.

—Si soy Olegario yo, cualquier día que te dejo comprar ese par de mulas, Porfirio, y eso que te la llevás de conocedor de bestias. Y de paso tan caro que fuiste a pagar.

—No me echés la culpa a mí, vos, Hilario, yo le opiné en que no las comprara, él mismo te lo puede decir. Como me llamo Olegario que le marqué la inconveniencia de mercarlas tan recaras, porque están recaras esas mulas, vos, Porfirio, y como la culpa traidora...

—Unas copas de aguardiente les van a cáir bien... —dijo Candelaria al acercarse a los arrieros, alargando hacia Porfirio un plato con unas copas de buen guaro.

Porfirio no se hizo de rogar, reclamando a Hilario que le viniera con averiguaciones por las mulas, así que le había tirado la lengua para que le contara todo lo ocurrido en San Miguel Acatán, con motivo de la desaparición del correo Nicho Aquino.

Fue calamidad pública. El padre Valentín predicó el anuncio de que el Arcángel San Miguel, el más arcángel de los arcángeles, iba a soltar la tempestad de su espada contra la Cumbre de María Tecún, pasado el Cordonazo de San Francisco. De ser cierto, el correo le llevó un sobre lacrado con fondos para la curia. Echaron al administrador de Correos con orden de presentarse, pero en el camino le dio el ataque de apoplejía y se quedó torcido y sin poder hablar. Don Deféric quiso organizar una manifestación de protesta contra el palmario descuido de las autoridades locales, por haber despachado como correo a un hombre víctima de un infundio «sui-generis»...

—¡Pu... tata, ónde aprendiste la porciúncula!

—Así decía don Deféric. Se lo oí decir como noventa veces: infundio «sui-generis». Pero no hubo tal manifestación. El mayor Secundino Musús, con todo y ser su compadre, lo amenazó con la cárcel. El único indiferente que estuvo fue el chino; todos averiguaban menos él, hasta los presos; depende tanto su libertad de lo que el correo lleva y trae; y hasta la Aleja Cuevas, pero no por el correo, sino por un aljaraquiento que salió a matacaballo en sus seguidas, pero que no le dio alcance, porque se le alcanforizó en el camino, sin duda se le volvió coyote.

—¡Cómo sos de alcanzativo, vos, Porfirio!

—Y ve, vos, Adelaido, no está bueno eso que la dejés tan sola por andar chumpipeando; avisá siquiera que te vas; otro se puede comer el mandado.

—¡Será comida de coches!... Y en todo caso me quedaría la niña Candelaria que está en edad de merecer lo mejor. ¡Por su salú, niña Cande, pues, vamos a beber porque usté tenga muchas dichas!

Un ligero temblor de mano hizo tintinear las copas en el plato. Lo de las «muchas dichas» produjo un sacudimiento en el cuerpo de Candelaria Reinosa, en su ser que era como un bagazo de angustias. Mas ninguno de los tres arrieros, el Porfirio, el Hilario, el Olegario, se dieron cuenta por empinarse el trago. Arriba el codo, adentro el trago y abajo la cabeza para escupir el veneno restante.

Chichuis, el «doctor», pegóse al grupo de pasada, iba hacia donde estaba la marimba, tomó una copa del plato casi al tanteo por mirar fijamente en los ojos a Candelaria y se la pasó como agua, ni siquiera escupió, más bien paladeóse a dos carrillos diciendo:

—Se agrada la señorita en compañía de la gente de a caballo, son muy simpáticos, muy francotes, muy...

Los arrieros le agradecieron sus flores. Una fineza. Sólo Porfirio lo tomó a mal, se le estaban subiendo las copas y era de guaro peleonero, o quizá por ser fuerzudazo quería medir terrenos con el Chichuis, tipo entrometido, de esos que se agentan en la ciudad y después, como son del monte, no están bien en ninguna parte.

—¡Pero a nosotros los de a caballo, don, no nos gusta que se nos peguen piojos, y la niña Cande es señorita, porque se quiso quedar señorita, pues por docenas los montones despreceó de buenos partidos! Julián Socavalle, sin ir más lejos, se suecidó por ella; ése sí era de a caballo, pero más de a caballo fue el que fue mero de ella.

—Es... —atrevió Candelaria, halagada en su amor propio, bajando las pupilas gachonas hasta las copas vacías que los arrieros y el doctor habían vuelto al plato.

—¡Es, dice ella, y tiene razón, porque lo quiso, lo quiere y lo quedrá siempre! ¡Lo que se quiere, amigo, no tiene ausencia! ¡Muerto, desaparecido, lo que usté quiera, pero siempre presente, mientras vive la persona que le guarda afecto! ¡Ansina es que se intienden las cosas que se intienden a lo macho, como era Machojón!

—¿Era?... ¡Es!...

—Sí, niña Cande —intervino Hilario—, es y será, mientras haya una mujer que lo quiera, un hombre a caballo y en el cielo luminaria.

—Así me gusta —siguió Porfirio, alegre de palabras y alcohol, ya Olegario había dicho: ¡bravo!—, y más vale atajar a tiempo todo lo que hay que atajar; y como estos tragos también son para beberse, con permiso de la niña Cande; beba usté también, don médico...

La marimba, los guitarristas, el baile de son y molinillo, Candelaria Reinosa con alguna ceniza en el chorro negro de su trenza, su blusa amarilla, fiestera, el cotón que le sacaba los senos un poco arriba, y los Hilarios que ya con dificultad se estaban quietos, tantas ganas tenían de bajar la noche estrellada a los pies de sus amores.

Se les acercaron los novios: Chonita Reinosa, hija de Andrés, hermano de Candelaria, y Zacarías Mencos, ella con la boca gordita como flor de heliotropo, él con olor de conejo y arisco a pesar de la sociedad que adquiría cuando andaba calzado, herrado parecía que andaba, talmente le atrancaban los botines. Se acercaron al grupo de los arrieros y el «doctor» a oír lo que explicaba la tiíta Candelaria.

—A veces me despierta el trote de su bestia en las noches... Salgo a ver y por el camino una polvazón de luceros... Pasa cerca, pero como lo dejaron ciego las luciérnagas, no sabe que estoy desvelada esperándolo, un poco como se desvelan las hojas del encinal plomizo, cuando hay luna. Pasa tan cerca y tan lejos, cerca materialmente, lejos porque no me ve. Es horrible y sencillo —hablaba sin ver a nadie y sin fijarse en nada—, cosas que tal vez nunca suceden y si suceden es una en diez siglos... mi suerte, qué se ha de hacer, verme herida por la centella, por algo era y soy la imagen del verdadero herido, el amor debe entenderse así: el hombre puede ser muchas cosas, la mujer sólo debe ser la imagen buena del hombre que quiere... —las últimas palabras fueron un balbuceo, frunció la boca, iba a soltar el llanto, pero se le volvió risa de mujer que se ha quedado niña—. ...Recuerdo una vez que estábamos bailando aquí en este patio. Bailemos un *tiento-tuti,* me dijo, me quería echar zancadilla, no para botarme, sino para tener pretexto de tocarme la nalga; le di un sopapo...

—Y un besito, ¿verdá, tiíta? —dijo la sobrina, familiares y amigos sabían el cuento de memoria.

—Y digo yo, en mi tontera —preguntó Olegario fumando el cabo de un puro chichicaste y echándole el ojo a la novia que rebuena estaba para un *tiento-tuti*—, ¿todas las luminarias del cielo serán gente que fue de a caballo?

Porfirio, adelantándose al «doctor», que le iba a contestar, le dio un codazo en la barriga, no por la pregunta, sino por la intención adivinada, riendo y diciendo:

—Hay que ponerle la queja a Zacarías de que este Olegario le está deseando la novia. ¿Cómasela luego, Zacarías, no sea que este roncudo se la deseye en demasía y se le caiga de las manos!

—¡Serás fruta, verdá, vos, Chon? —terció Zacarías

Mencos, luchando por sacar las manos de las mangas de la chaqueta nueva que le quedaban largas, con los bigotes anaranjados, porque además de guaro, había bebido «macho».

—¡Fruta prohibida y apetecible, yo digo que sí es! —agregó Hilario.

—¡Prohibida para otros, pero no para yo —contestó Zacarías que logró libertar una mano y se la paseaba por los bigotes hirsutos—, porque con el casamiento cada quien cosecha la suya!

—Pero date cuenta, Zaca, que no estamos casados... —dijo la Chonita y se azareó.

Se oía la voz de un guitarrista que cantaba:

Tronco infeliz, sin ramas y sin flores,
a ti también te marchitó el dolor...

Los Morataya, Benigno y Eduviges, y otros amigos, le formaban rueda, sin moverse, paladeando la tonada. Eduviges era el mayor. Tras el pellejo el hueso y tras el hueso la tristeza de la importancia. Seis veces fue alcalde y la última vez por poco sale mal, porque un fulano que vino nombrado tesorero, se alzó con los fondos municipales, hasta la plata de los mangos les quitó a las varas de la autoridad.

Los oídos mineralizados de dos vecinas anegadas en años, les impedían hablar en voz baja. Secretábanse a gritos y de no ser la marimba todo el mundo se habría enterado de sus comentarios, a propósito del señor Eduviges Morataya, y ahora, por turno, referente al médico.

—Gusano de cementerio, como todos los que viven en las ciudades...

—¡De cementerio, en lo que está usté! ¡Polilla de hipotecas!...

—No sé, pero se me hace que le está queriendo rascar el ala a la Candelaria; ah, pero eso sí, primero come sandía el gato...

—Aprebe el anisado; están dando café con rebanadas

de pan de huevo; ésta es gente rumbosa, los Reinosas abuelos eran igual...

—Pero éstos son Reinosa o Reinoso...

—¿Y no da igual, pué...? Los abuelos eran gente que cuando hacían fiesta echaban la casa por la ventana, y aquí estuve yo, aquí donde estamos sentadas cuando se preparó todo para la pedimenta de la mano de la Candelaria; era la hija que más querían. Gabriel, se llamaba el tata. Gabriel Reinoso. Mataron una res, montón de coches, como dieciséis chumpipes...

—No sea exagerada; sabroso el anisadito; y tal vez por tanto rumbo se torció todo.

—Las desgracias que nunca faltan; el Machojón salió de su casa y no alcanzó a llegar a la pedimenta...

—La iba a hacer aquí...

—Pues aquí, aquí mismo, donde ahora ve usté que asistimos, pasados los años, a la pedimenta de la Chonita; el destino..., el destino...

—¡Muy luminaria será —decía Candelaria en el grupo de los marraneros, algunos gordos y picados de viruelas—, pero yo le he oído sollozar como si fuera un niño! Esos inmensos puntos dorados que vemos alumbrar la noche, no son dichosos, yo se lo afirmo. Al contrario, cuando los miro y los miro y de tanto mirarlos estoy como en familia con ellos, siento que son luces de añoranza. La bóveda infinita está llena de ausencia...

—¡Tiíta —vino la futura a llevársela—, quieren beber con la familia los invitados, allí en la sala!

—¿Y tu papá?

—Allí está con mi mamá, y sólo a usté la esperan; el «doctor» va a tomar la palabra.

La sala llena de invitados. La puerta llena de gente que se asomaba desde el corredor. El médico se arrancó nerviosamente:

—...Ya la torcaz no temerá al milano; ya el apuesto galán escogió la graciosa compañera para formar el nido; ya la copa de la vida desborda la espumante dicha...

El vozarrón de Porfirio Mansilla se oía entre los «isht», «isht», «isht», de los convidados que molestos por aquella mala crianza del arriero, arriero debía de ser, imponían silencio. Hilario se llevó al amigo casi a empujones.

—¡Venite, vos, Porfirio, estás metiendo la pata! ¡Venite conmigo, hombre, por Dios, vamos a ver que nos canten algo los que llegaron con sus guitarras de los Regadillos de Juan Rosendo!

En la sala se oyó el aplauso al terminar el brindis.

—Ya Olegario anda bailando —señaló Hilario, para quitarle a Porfirio la idea de pelear con el Chichuis—, es un bandido hasta para bailar. Le mete la pierna entre las piernas a las mujeres. Y lo que hiede a puro. Yo no fuera mujer por no bailar con él.

Porfirio se rascaba la oreja peluda, empurrado, sin decir palabra. Le contrariaba que le contradijeran. El Chichuis le caía mal, desde el apodo: piojo blanco, y era suficiente razón para buscarle pleito y si se descuidaba darle sus trompadas y si quería con fierro, pues también trabarle un su puyón que él mismo se lo remendara si de verdad era médico, porque de lo que menos tenía era de médico, un vivo que se quiere quedar con lo que tiene la Candelaria.

—Y a vos, qué... —le contradecía Hilario—, ya estás como esas viejas sordas que todo lo reducen a manutención y pisto, el amor, la amistad, la vida...

—Cántese algo, Flaviano; haciéndose de rogar ya porque sabe —decía una muchacha vestida de colorado a un joven trigueño con los dientes muy blancos, a quien llamaban «pan con queso», por la cara de pan de recado con un pedazo de queso adentro.

Uno de los guitarristas se dobló por la cintura, agachando la cabeza para pegar la oreja a la caja de la guitarra que mantenía sobre sus rodillas, y así embrocado la estuvo trasteando, aprieta y afloja las clavijas; al estar satisfecho del sonido, la charrangueó y con la cabeza en alto hizo señas a Flaviano, ya estaba listo.

—Veremos si les gusta —dijo éste, mostrando los dientes blancos en la cara trigueña—, es una tonada del pueblo de los señores... Es un valsito...

Porfirio alegró la cara apoyando el brazo sobre los

hombros de Hilario, que bajó los párpados para oír mejor la tonada.

A la Virgen del Cepo le pido
que me topen los guardias rurales,
me rodeen, me esposen, me lleven;
la prisión ha de ser mi consuelo.
Miguelita su nombre de pila,
Acatán, su apellido glorioso
y en la cárcel, la Virgen del Cepo,
como ella, de carne morena.
Los arrieros hicieron las cargas,
plata en bambas y bambas de oro,
las llevaron camino del Golfo,
olvidando a la Reina del Cielo.
En la cárcel del cepo olvidada
hasta el día en que fue Miguelita
de Acatán, parecida a la Reina,
una moza por todos buscada...
Y esa moza, carbón para el fuego
sus dos ojos, su boca un clavel,
cuando hicieron pasar a la Virgen
a su templo, marchó del lugar.
San Miguel Acatán la recuerda,
costurera que se oye en la noche
dar aviso con lumbre que vela
a mujeres honradas del pueblo:
El amor es amor cuando espera,
beso a beso formó mi cadena,
Miguelita cosiendo en el cielo
y yo preso por guardias rurales.

XVII

Es triste despegarse, al día siguiente, de donde hubo fiesta. El mal sabor de la boca, el estómago cocido por los tragos y la tristeza que es como la ceniza de la alegría. Convenido salir a las cuatro de la mañana, pero hasta las seis y media todavía andaban por la casa en que sólo estaban despiertos los cerdos, las gallinas, los perros. Y siquierita un buen chilate, pero puro café puzunqueado, sobras de la fiesta. Hilario hubiera dado lo que fuera por oír de nuevo la tonada de la Miguelita de Acatán, pero los músicos de los Regadillos de Juan Rosendo tenían tiempo de haberse ido y sólo quedaban de la canción la melodía y algunos retazos de la letra, como el humo caliente que se levantaba de la tierra al ir asomando el sol que no llegó a lucir bien, por una lluvia menuda que empezó a pegar fuerte. ¡Adiós!, le gritaron a la niña Candelaria, desde la puerta de trancas, mas nadie respondió. Lejos estaba pegando el sol. Se veía la cresta de los cerros dorada en aceite azul. Pero allí con ellos todo era barro resbaladizo, humedad de pellejo de aire mojado con olor a musgo. Se arrodillaron para defenderse un poco de lo que empezó chipi-chipi y se fue volviendo aguacero. Entre el sueño de los árboles mojados, los animales vivos, pero también como sueños.

Al final de una cuesta no muy larga, pero sí muy empinada, pura espinilla de cerro —qué buen nombre: Cuesta del Mal Ladrón—, en un paraje de tierra caliza, acordaron los arrieros hacer tiempo al agua que cada vez pegaba más fuerte. Uno tras otro de sopetón se metieron bajo el alero de una casa con bestias y todo. Casi nunca se veía gente en esa casa; ahora como que si estaban los dueños, el dueño más bien, porque la habitaba días sí, días no, don Casualidón, un español, españolísimo, aunque de origen irlandés, origen que denunciaban sus ojos de porcelana azul en la cara tostada al rojo cobrizo por el frío de la región, y los mechones rubios que parecían enmielarle la frente, las orejas y la nuca de toro. Todo este físico extraordinario y la estatura, lo distinguían de los vecinos que eran dialtiro rucos, menudos, cabezones y con los ojos de soldado con hambre, saltados por la mala calidad del agua, razón por la cual también eran propensos al bocio, a la hinchazón de las venas y al miedo.

Campos y colinas de color de ajo barridos por vientos que al pasar del Atlántico al Pacífico sus ímpetus oceánicos, no dejaban prosperar otra vegetación que la rudimentaria de las plantas rastreras y la firme de hojas con uñas de algunos cactos.

La tremolina de las cinco bestias, el hablar de los arrieros al sentirse bajo techo, casi intencional para que oyeran que llegaba gente, hizo que de la casa de don Casualidón, el español, saliera desperezándose un grupo de hombres cegatones de estar en la penumbra con los ojos fijos en un mismo punto. Eran muy conocidos de Porfirio.

—¡Huy!, ¡ustedes, ya están en el quehacer del diablo!

—¡Y ve quiénes hablan, hasta apiándose los encontramos, vayan más despacio! —contestó uno de los del grupo, el cuto Melgar.

Don Casualidón, el español, clavó, al salir, las manos apeinetadas en sus bolsas camperas; sólo los pulgares dejó fuera, igual que gatillos de pistolas.

—Creímos que era la montada —salió diciendo—; como aquí las escoltas se meten por todos lados, como murciélagos...

El cuto Melgar se le cruzó enfrente:

—Invito para mi rancho, es más rascuache, pero más seguro; con don Casualidón ya los de la escolta están aprevenidos. Y luego tengo el gallo...

—Sólo que vamos prisazos —hizo saber Porfirio, disgustado por la mala pata del encuentro—, y mejor si dejamos el desafío para otra ocasión, hay más tiempo que vida.

—Eso lo ven ustedes —dijo el cuto Melgar, entero, cejón, con cara de penitencia.

—¡Es tropelía atajar ansina a los hombres! —rezongó Olegario—; si el hombre no fuera del vicio, no sería hombre, y a poco nos quitan las mulas; engratitú...

—O se llevan las mías... —contestó Melgar.

—¡Ya eso es para tentarnos! —exclamó Hilario, al tiempo que Olegario preguntaba:

—¿Ónde las hubiste vos, cuto?

—Onde no se pregunta entre caballeros, ni cuándo,

ni cómo; las hube de haber hubido... ¿Verdá, Sicambro, que así se habla español? —dirigióse a don Casualidón, a quien el mote de Sicambro le caía como patada en la rabadilla—; y allí están, son mulas y mulas son para el que quiera llevárselas.

—¡Me ca... ches, va la otra mula, la de más alzada!

Estas palabras brotadas de más adentro de la boca de Hilario, cayeron en el silencio del grupo de hombres ya que no hablaban, que ya sólo respiraban, amontonados todos alrededor de una mesa, las cabezas sobre la mesa, ajenos a la lluvia que picoteaba el techo y las paredes de caña, en un ambiente húmedo y cargado de tabaco, mirando con las pupilas avivadas por el ansia lo que iba a formarse en el extraño mundo de las pintas, al rodar los dados minúsculos y fatales: treses, cincos, seises, «carnes», ganan; ases, doses, cuatros, «culos», pierden; en el mundo extraño de lo que no era todavía y sería en un instante, como si la tenencia y propiedad de las cosas fueran combinaciones de suerte efectivamente ficticias.

—¡Dejá que tire yo!... —dijo Olegario agarrándole el brazo a Hilario que ya tenía los dados en la mano, se jugaba la última mula de las dos que compraron en la costa y llevaban a San Miguel Acatán.

—Y por qué has de tirar vos... —defendió Hilario el brazo y la mano cerrada en que apretaba los dados; forcejearon—, primero me quitás los pulsos.

—Porque a vos te quieren y así no se puede; yo que no tengo a naide; si querés a la que tenés esperanzada me das los dados... —entre ellos nunca decían el nombre de la mujer que consentían como cariño verdadero, aludían a ella indirectamente, pronunciar el nombre era poseerla en cierto modo mágico, prudencia que contrastaba con la facilidad con que citaban los nombres de las mujeres que servían para la divierta del catre—; dame los dados, haceme caso, vas a perder la mula...

—¡Dejame, Olegario!

—¡No te dejo!

—¡Yo sé que voy a ganar!

—¡Yo sé que vas a perder! ¡Perder así dos mulas! ¡Dejame el tiro, si no es por aquélla, dejámelo por la Miguelita de Acatán!

Al oír invocado el nombre de la doncella de su fantasía, un ser que para él era tan real y viviente como cualquier otra persona, Hilario soltó los dados húmedos del sudor de su mano trémula.

—Y con él ¿va igual?... ¿Va la mula?... —preguntó don Casualidón, el español, acodado al cuto Melgar, por el lado en que le faltaba el brazo.

—Por supuesto... —contestó Porfirio con un flato bárbaro; el hombre fuerzudazo y valiente, se rajaba el último a la hora de un pleito y daba duro cuando pegaba, pero en el juego corría inutilón y cobarde por falta de sujeto a quien salirle al frente, a quien sujetar y quebrar con las manos; la suerte... ¡bah!... los que no son hombres para enfrentarse con el trabajo, enemigo que al fin se hace amigo, buscan esa jodicia para irla pasando, porque siempre juegan con trampa.

—Pues si con él va igual —dijo el cuto—, échele maíz a la pava; ay, mi hamaca, decía mi abuelo, y dormía en tres pitas.

—¡Va! —gritó Olegario golpeando y ya para soltar los dados se detuvo; levantóse el ala del sombrero alarmado por la presencia de un gallo palancón, desplumado y molestoso.

—¡Este gallo es el que nos trae torcidura! ¡Animal más feróstico! ¡Sáquenlo de aquí! ¡Échenlo pa fuera! Con la mala potra que tenemos y la mierda esa andando para un lado y otro.

El cuto Melgar le respondió en el acto:

—No, hombre, deje al gallo, no le está haciendo nada...

—Casual sea mi verdadera contraparte; si tiene pacto con el gallo, dígalo de una vez, no tiro y se queda con la bestia. A dos puyas no hay toro valiente, usté con gallo y con dados... Si yo sé, traigo mi gallo.

—¡Pare su rancho y deje de estar corriendo limpio! ¡Cargante, si sabe trae el prieto; deje al gallo!

—¡Charás la mier!...

—¡Zacarías con las narices!

—¡Animal más horrible, ya hasta miedo le tengo, no tiro si no lo echa al patio, qué fuerza es que esté aquí con nosotros!

—Pues sí es fuerza...

—Porque le trae suerte...

—¡Tire y cállese!

—¡Mientras esté el gallo no tiro!

—Y de veras —exclamó Hilario—, otro gallo nos hubiera cantado sin ese animal hambriento aquí presente medio a medio.

—¡Explicá vos, Sicambro! —chilló el cuto con la cólera en los colmillos, que eran los únicos dientes que le quedaban arriba.

Don Casualidón, el español, a quien aquello de Sicambro le caía como una patada, trató de calmar los ánimos explicando que el gallo tenía que estar presente por si llegaba a venir la montada.

—Esas son babosadas... —dijo Olegario—, qué tiene que ver una cosa con otra. No, viejo, arriero soy porque arreo, pero no pijijes y menos a guacalazos de agua.

El cuto Melgar, mostrando los colmillos de víbora manchados de nicotina, se vio obligado a explicar más:

—Aquí el terreno es suave, más hoy que está mojado, y las bestias no hacen ruido, como si caminaran sobre alfombra; naturalmente la montada le cae a uno sin que pueda zafar bulto.

—¿Y el gallo avisa? —preguntó Olegario con sorna.

—Ponga los dados en la mesa...

—No es cuestión de eso, yo quiero seguir jugando, ya que nos ganaron una mula y tal vez la recupero.

A instancias del cuto, Olegario obedeció, puso los dados en la mesa, no quería, pero cedió, convenido que seguirían hasta que ellos o el cuto y don Casualidón, el español, se quedaran con las mulas.

Pero poniéndolos Olegario y el cuto, sin que los presentes se dieran cuenta, barriéndolos con el muñón del brazo que le faltaba, de un golpe los echó al suelo y el gallo, ni bien habían caído precipitóse, tas, tas, tas, y no dejó nada, desaparecieron.

—Y ¿cómo hace?, ¿cómo enseñó al gallo? —indagó Porfirio, a quien todo aquel aparato le parecía viva cosa del diablo.

—¡Cómo hace... cómo enseñó al gallo...! —se le rió el cuto en la cara—, lo mantengo con hambre y así al caer los dados cree que son maicitos.

A pesar de la explicación práctica y el respeto que se conquistó el gallo, como colaborador hambriento, utilísimo esqueleto que entraba en funciones con voracidad de fuego cuando asomaba la patrulla montada sin hacer ruido, la carabina lista y deseandito darle gusto al dedo, hubo que sacarlo. Afuera el gallo. Don Casualidón puso otros dados en la mesa y frente a frente quedaron Olegario y el cuto para seguir echándole al chivo. Olegario recuperó la mula perdida y a golpes de mudo, sin mucho hablar, le ganó las otras dos al cuto que ya no tuvo más que «parar», dándose por terminado el desafío. Según segunes, en las últimas jugadas Melgar soltó un dado culero y ni así pudo: la suerte cuando da, da y cuando quita, quita. Si Dios quiere sale el sol y llueve, como ahorita mismo sucedía.

—Yo, muchá, vengo con el galillo seco de la pena que me hicieron pasar; hubo rato que sentí que se me fruncía el cutete —dijo Porfirio agarrando aviada en un medio trepón del camino, el aguacero de espinas de plata bajo la luz solar lavaba los pequeños cerros cercanos color de ayote tamalito—; y lo peor, digan, que eran las mulas recién compradas las que ya se estaban yendo con el cuto, una ya era del fregado, y pagadas tan recaras.

—¡Descaballadas de este Hilario mequetefre que se ha vuelto jugador y turbulento!... —Olegario hablaba que habría querido chamuscarlo con la voz, entre alegre y de mal talante.

—¡Ja, ja, ja... —reía Hilario, reía y decía— ...ja, ja..., la sacada del gallo lo torció; estaba que si se persina se araña!

—¡Ahora te da risa, pero si a mí no se me endereza el santo dendequeaque andaríamos a pie, porque tras perder esas dos mulas, «paramos» las nuestras, ¡qué importancia tres más, perdidas dos!... ¡Ganarle hasta las bestias con todo y que ya estaba metiendo el «prieto»!

—¡Bueno estuvo —gritó Porfirio— por querer hacer manganila! ¡Del que te has de librar, Dios lo señala, dice el dicho!

—Hilario me gustaba a mí cuando bebía, no ahora que se ha vuelto jugadorazo —siguió Olegario—; se echaba sus tragos, se pescueceaba sus botellas y se soltaba a contar una longaniza de versos que sabe de memoria, enredijo para volver loco a cualquiera... Pero hago mal en hablar así, por unos de esos versos me aflojó los dados; le tiene más puesto el afecto a lo ficticio que a lo real, es pueta; si a yo no se me ilumina pedírselo por la Miguelita de Acatán, perdemos hasta la camisa.

—¡Ja, ja... —seguía riendo Hilario—, el gallo lo torció; entre la Miguelita y el gallo! ¡Cuto bruto! ¡Cuto animal!

—¡Eso es, ahora insultalo... jugador!

—Porque vos lo decís; lo que pasa es que si veo mula se me pone hacer viaje; si veo santos me vuelvo bueno y rezo, aunque tengan los ojos como se los están poniendo ahora, ojos que no son de santo; si veo dados, pues juego, y no vaya a ver muletas porque me siento cojo, y no vaya a ver mujer, porque no te digo.

Don Casualidón, el español, los alcanzó montado en un caballo careto. La cabezada, el freno, los estribos sarracenos, todo muy bueno. Sus ojos claros de caramelo ensalivado, las alas aleteantes de su sombrero; se contaba que era cura arrepentido, y sí tenía el aire eclesiástico bajo su fieltro, con la americana oscura cerrada hasta el cuello, las guedejas rubias tras las orejas y la cara fresca a pesar de los años.

Eclesiástico, filibustero o las dos cosas, don Casualidón enterró sus últimas auroras en aquel sitio de arenales finos, secadores, terriblemente nocivos para los pulmones, donde el que llegaba con ánimo de avecinar se iba temeroso de asfixiarse poco a poco y nadie estuvo más que de paso.

Don Casualidón se conmovía, se erizaba, cada vez que el cuto lo llamaba Sicambro. Las ocho letras de la palabra Sicambro lo sacudían de arriba abajo, igual que el látigo del domador a la fiera acorralada. En el vivir cotidiano olvidaba su pasado, mas al conjuro de la palabra Sicambro, sentía la boca llena de amargor dulce de vómito, recordando que él mismo se condenó a pasar sus últimos días en aquel sitio en que sólo se podía vivir como castigo, donde las bestias eran flacas y tardías, la tierra desnuda y quemada por el aire, la vegetación tostada, rastrera, huidiza, rara la caza. Colgó la sotana, para qué ocultarlo, cuando su codicia rapaz lo hizo indigno de su sagrado ministerio y echóse encima un negro remordimiento de irlandés. Lo era por parte de su madre. Si hubiera sido español, si hubiera sido sólo español, decíalo despacio, palabra por palabra: sólo español, agarra su ambición y se la unta en el cuerpo como un aceite perfumado, sin temor al irlandés que afeaba y condenaba su codicia, lucha de sentimientos enconados que lo redujo a la condición de un ser mezquino. Por eso, por mezquino, se condenó a morir en un rincón en que ni la muerte enraizaba, porque esqueletos de animales y hombres allí fenecidos, pronto se descarnaban y desgastaban hasta convertirse en láminas de hueso que el aire huracanado arrastraba como hojas de un otoño sepulcral.

Pero vale la pena de contar su historia desde el han de estar y estarán que un día se nombró a don Casualidón cura párroco de una hermosa población de ladinos pobres, como hay tantos en tierra fría y pretenciosos como pocos debido a sus letras, no muy bastantes, pero sí las necesarias para llamarse letrados, gente de peso, triste e importante. La dulce pobreza aldeana que se disimula con buenos modales, agua, jabón y regalitos rodeó al párroco recién llegado de buena mesa, libros de estudio y pasatiempo, visitas, tertulias, briscas, tresillos, días de campo.

Sentado en su dormilona de cabecear antes de acostarse, paladeando a sorbos una tacita de té, supo don Casualidón, por una de las visitas, que un compañero que tenía a su cargo la parroquia de indios de esos que trabajaban en los lavaderos de oro, pensaba renunciar, por falta de salud. El irlandés adormecido por el té, no pudo nada contra el español que apuró en un momento de ambición toda el agua que ha pasado por los lavaderos de oro, para quedarse con una pepita de oro entre los dientes, sobre la lengua, bajo el cielo de su boca.

—¡Gallinas, cacao, tostones!

Ya no era don Casualidón, sino aquel don Bernardino Villalpando, obispo de la diócesis en 1567, con sus clérigos portugueses, genoveses, su sobrino y la mal-llevada.

El papel aguanta todo. Don Casualidón escribió al sacerdote enfermo proponiéndole la permuta de sus cargos, quejosísimo de no haber sabido hasta ahora sus quebrantos de salud, porque si no antes se lo hubiera propuesto, no importándole, por lo mismo, renunciar a los beneficios de su parroquia de tierras de panllevar y buenos cristianos.

El cura del poblado de los indios, un santo de palo duro quebrantado por la polilla de los años, le agradeció por carta su buen corazón, su gesto generoso, sin aceptar la propuesta de la permuta por ser su parroquia de cincuenta mil indios indiferentes, una de las dejadas de la mano de la limosna, pobre, pobre, pobre.

El español, mientras leía la carta sepultó la mano que le quedaba libre en la bolsa de la sotana buscando un poco de rapé pellizcado de la tela. En su codicia tomaba la desnuda verdad del cura enfermo, como una exageración para ocultar más a gusto a los cincuenta mil indios, que, por indiferentes que fueran, laboraban en los lavaderos de oro. En su imaginación saltaban, como en un surtidor, coladera en que el agua parece una risa, las pepitas y las arenas auríferas. Veía a los indios color de palo de jobo, con músculos de dioses, traerle de regalo, domingo a domingo, una de esas pepitas. Por herejes que sean valen más que estos ladinos catolicísimos, pero con todo hipotecado.

A mí se me hace gran cargo de conciencia, le escribía el cura de indios, en una segunda carta, la permuta en que su merced insiste, y por eso prefiero dejar de su cuenta las gestiones ante la curia.

Don Casualidón, el español, se trasladó a la capital, habló con el señor arzobispo, quien alabó grandemente su desinterés y sacrificio, y un sereno día de marzo hizo su entrada en la población de indios con pepitas de oro, y dejó a su colega en la dorada pobreza de una casa conventual amplia, ricamente amueblada, con ventanas a la plaza principal, luz eléctrica, agua en los búcaros de los patios, baño, loro y sacristán amujerado.

Al sólo llegar a su nueva residencia asomó don Casualidón, el español, la cara a la plaza principal metiendo la cabeza por un ojo de buey, en que por poco se queda trabado del cogote, ventanuco que daba luz a su habitación, por la traza más parecido a un calabozo; el piso de piedras de río, pegadas con mezcla ordinaria, las paredes sucias, las vigas ahumadas. La cama, un catre de tiras de cuero. Una mesa coja. Nadie asomaba. Dio voces. Todo parecía abandonado. El arriero que lo acompañó con el avío, se volvió en seguida. Por fin, de tanto clamar en el desierto, asomó un indio, le dio las buenas tardes, ya entrada la noche, y le preguntó qué se le ofrecía.

—Alguien que venga a servir de algo... —contestó el español.

—Nuay —le dijo el indio.

—Voy a querer comer algo, hay que hacer fuego.

—Nuay —respondió el indio.

—Pero soy yo el nuevo párroco, avísale a la gente; aquí, cuando estaba el otro padre, ¿quién servía?

—Ninguno es que servía —contestó el indio.

—Y en la iglesia, el sacristán...

—Nuay...

Don Casualidón, el español, fue acomodando sus cosas, ayudado por el indio. Aquello no podía ser. Se le subió el más duro conquistador a la cabeza y trepó al campanario por una escalera crujiente. Un repique violento, igual que alarma de incendio, anunció su llegada. Al bajar del campanario entre telarañas y murciélagos, encontró al indio que había mandado a dar noticia de su arribo a los vecinos.

—¿Ya fuiste a avisar? —le preguntó.

—Ya...

—¿Les avisaste, le dijiste a todos? —le preguntó.

—Sí...

—¿Y qué dijeron?

—Que estaba sabido que había llegado...

—¿Y no van a venir a saludarme, a darme la bienvenida, a ver qué se me ofrece?

—No.

Una lenta oscuridad bajaba con andar de tortuga de los amurallados paredones de un templo que fue orgullo de arquitectura en el siglo XVI. Los cincuenta mil habitantes, repartidos en hondonadas y riscos, extraños al mundo que parpadeaba afuera, bajo las estrellas, dormían su cansancio de raza vencida. Lenguas de lobo parecían las calles bajo los pies de don Casualidón, el español. Personalmente andaba dando voces a las puertas. Le contestaban dormidos, en un idioma extraño de tartamudos, y en algunas casas, a su desesperado llamar y pedir auxilio, asomaron caras cobrizas a saludarlo sin afecto y sin odio.

Esa noche lo comprendió todo. Las estrellas brillaban en el cielo como pepitas de oro. No necesitó más. Del mapa de Europa fueron saliendo tierras católicas, amontonándose sobre sus hombros, hasta arrodillarlo. La bestia española se resistía a doblar las rodillas, igual que un toro herido, y bufaba mirando de un lado a otro, con los ojos enrojecidos, brasosos. Pero se arrodilló en las piedras de su dormitorio, doblegado bajo el peso del remordimiento, y así permaneció toda la noche. Perlas de sol helado en los altos hornos de sus sienes, en su frente; regaderas de sudor frío en sus espaldas vencidas. Al pintar el alba subió al campanario a llamar a misa, abrió el templo, encendió los dos cirios del altar, se revistió a solas y salió. Nunca un «Introito» tuvo tanta voluntad atrás para el «mea-culpa». Se sonó las lágrimas, antes de comenzar: *Confiteor Deo...* El indio de los «nuay» se asomó. Le hizo señas para que se acercara a ayudarle. Algo sabía. Alcanzar las vinajeras, pasar el misal, arrodillarse, ponerse en pie, santiguarse. Terminó la misa y hubo que juntar fuego para el desayuno. El indio fue a conseguir café. Más parecía maíz tostado. El pan medio crudo. Unas naranjas. Y eso de alimento hasta después de mediodía en que volvió el café, el pan crudo y como variante, en lugar de naranjas, dos guineos morados. En la tarde, nada, y en la noche, menos: café frío. La penitencia fue larga: hambre, silencio, abandono, pero le aprovechó espiritualmente: todo el orgullo del católico español acurrucado bajo la cristiana sangre del irlandés. Las privaciones le hicieron humilde. Se adaptó a una vida primitiva, lejos de la civilización que veía, desde su templanza y simplicidad, como un hacinamiento de cosas inútiles. Los nativos eran indios pobres, llenos de necesidades por sus familias numerosas. La riqueza que pasaba por sus manos en los lavaderos de oro y en los trabajos de campo, no era de ellos. Salarios de miseria para vivir enfermos, raquíticos, alcoholizados. Al principio hubiera querido don Casualidón, el español, inyectarles energías, la salud que a él le iba faltando, diría don Quijote, sacudirlos como muñecos para que salieran de su renunciación contemplativa, de su silencio meditabundo, del despego a lo terrenal en que vivían. Pero ahora, corridos los años, no sólo los comprendía, sino también él participaba de aquella actitud de semisueño y semirrealidad en que el existir era un seguido ritmo de necesidades fisiológicas, sin complicaciones.

Una oscura visión, oscura porque no osaba sacarla muy afuera de su conciencia para examinarla, conformándose con entreverla así, sin explicación; una visión inestable, formada a manchas que se juntaban y separaban, como los caballos en que ahora iban entre una guedeja de arco iris y nuevos nubarrones cargados de lluvia, le hizo partícipe de la felicidad de aquella gente buena, pegada a la tierra, a la cabra, al maíz, al silencio, al agua, a la piedra, y despreciadores de las pepitas de oro, porque conocían su verdadero valor.

Era contradictorio conocer el valor de una pepita de oro y despreciarla. Los indios desnudos en los ríos que en las desembocaduras formaban telarañas de agua, melenas capilares de líquidos sistemas, semejaban fuerzas ciegas echando a la hoguera de los intereses del mundo, el fuego de los cientos de brasas encendidas, cuyo valor verdadero era la ruina total del hombre. Aquellos indios se vengaban de sus verdugos poniéndoles en las manos el metal de la perdición. Oro y más oro para crear cosas inútiles, fábricas de esclavos hediondos en las ciudades, tormentos, preocupaciones, violencias, sin acordarse de vivir. Don Casualidón se llevaba las manos a las orejas, para taparse los oídos, creyendo horrorizado que había vuelto a escuchar las confesiones de la gente civilizada que dan tanto asco. Mejor sus indios, sus fiestas en los solsticios, sus borracheras, sus bailes endemoniados.

Noche a noche, don Casualidón se repetía las palabras de San Remigio al bautizar al rey Clodoveo, en la catedral de Reims: «Inclina la cabeza, fiero Sicambro, adora lo que tú has quemado y quema lo que hasta ahora habías adorado», y apretaba los párpados, hasta sacarse lágrimas que en la oscuridad eran de tinta negra, para borrarse de las porcelanas azules de sus ojos la visión de los tesoros, contento con su pobreza entre aquellos pobrecitos de Dios, a quienes llamaban «naturales», para diferenciarlos de los hombres civilizados que debían llamarse «artificiales».

—No vas a tener para pagarte el bautis del muchacho Juan, pero te voy a dejar esto para usté... —le dijo un indio, una mañana, un domingo.

Don Casualidón, el español, estuvo a punto de rechazar el pequeño bulto redondo, en forma de un fruto de pera gigante, que le ofrecía el indio y que iba sacando de un envoltorio de pañuelos, pero oyó, para su mal, que dentro sonaban algo así como monedas.

Y, Villalpando, Villalpando, Villalpando, con diez sobrinos en lugar de uno, alargó los dedos para tomar la ofrenda. Pesaba. No podía ser más que dinero, bambas o ¡pepitas de oro!... Lo sacudió fuertemente y un retintín metálico parecía comunicar a sus apuros, más apuros por saber de qué se trataba. Bautizó al crío, que llevaba en las manos una indita color de afrecho, trenzuda y ojerosa, y al salir del baptisterio el matrimonio, seguido de un indio tarugo que sirvió de padrino, sin siquiera quitarse la estola, apresuróse a sacudir de nuevo el bucul. No cabía la menor duda. Plata, monedas de plata. El sonido de las monedas de plata al chocar una con otra. Lo destapó, encajándole las uñas a la tapa redonda y bien ajustada, para ver lo que había. Todo el engranaje de su cara placentera se transformó en el más agrio gesto de enfado. Guardó el hallazgo y salió al pueblo en busca de una bestia para hacer viaje. No encontró. Entonces se hizo el enfermo para que los indios organizaran su traslado en camilla, hasta la primera población en que hubiera médico o caballo. Y así, acostado en una camilla de hojas salió de aquel pueblo de indios, don Casualidón, el español, cargado por cuatro muchachones que acezaban, hablaban, acezaban, hablaban, acompañados de un viejo bigotudo que de vez en cuando se acercaba a los indios, que le besaron la mano antes de volverse, mejor caballo. Para él, españolísimo, viajó como uno de los reyes muertos, camino al Escorial. Para los indios, como uno de los señores que llegaban en andas a la Gran Pirámide. Abandonó la camilla, despidió a los indios y alquiló un caballo para dirigirse a su anterior curato. Sus zapatos, casi sólo lo de arriba, porque ya no tenían suelas, sonaron apagadamente en las baldosas brillantes de su antigua casa conventual. Allí estaba el sacerdote a quien, creyendo engañar, le permutó su parroquia de ladinos endeudados hasta la coronilla, por el curato de indios ricos.

Lo recibió dándole palmadas de gusto, apresuróse a decirle que estaba en «su casa», y ordenó al ama que preparara chocolate y una habitación; esa noche se quedaría allí.

Nada aceptó, fuera de los afectos, don Casualidón, el español, barbudo, desencajado, ojeroso, sin antes explicar el porqué de su visita. Un viaje larguísimo, mitad en camilla, mitad a caballo, para pedirle a su Señoría, una gran merced. La que usted ordene, le dijo el padre criollo, siempre que sea a la mayor gloria de Dios.

Don Casualidón, el español, extrajo del bucal con dificultad algo que para que saliera hubo que buscarle el lado, tiempo que el compañero, sin comprender bien de qué se trataba, estuvo a ver lo que sacaba. Por fin, don Casualidón lo tuvo en la mano. El clérigo amigo comprendió menos. Un freno. Don Casualidón se lo entregó diciéndole: ¡Póngamelo, padre! ¡Póngamelo!... Y le acercaba la boca abierta para que lo pusiera. ¡Por caballo, lo merezco! ¡Por bestia! ¡Por ambicioso!...

Don Casualidón colgó la sotana y huyó convencido de que no había quemado lo que hasta entonces adoraba, con el nombre de Sicambro, a las tierras cenicientas en que nada era estable y duradero, porque el ventarrón barría con todo.

Francamente era alegre acompañarse en los caminos, y aquel don Casualidón, en su caballo careto, seguía teniendo estampa de bandolero. Antes de San Miguel Acatán los dejó, después de una breve despedida. Siempre buscando la frontera, pensó Hilario Sacayón, y lo que está más allá, pensó Porfirio Mansilla: los ríos navegables, las monterías con hombres y saraguates, el golpe del canalete que va empujando las canoas, los pavos silvestres únicos en el mundo, de plumaje negro y copete rojo, las parlamas, los botaderos, para despachar las maderas preciosas, despeñándolas en las divinas manos de la espuma. Igual pensó Olegario. Sólo fue pensada. Ninguno habló. Les había entrado el callado de los que van llegando a la querencia. Hilario se le quedaba mirando a Porfirio de caballo a caballo. Pocas veces un amigo ha tenido tanta admiración por otro. Porfirio Mansilla era perfecto. Haberle adivinado que no le dio alcance al correo Nicho Aquino, porque se le volvió coyote. Pero Hilario sólo escuchó, sin contestarle; a nadie dijo nada, ni a la Aleja Cuevas, por el temor de que si descubría que en la Cumbre de María Tecún topó al señor Nicho convertido en su nahual, le fuera a pasar algo grave, le acarreara mala suerte: era tan sagrado, tan de íntima amistad el vínculo que entre ellos estableció el furtivo encuentro, que revelarlo acarrearía desgracia, porque era romper el misterio, violar la naturaleza secreta de ciertas relaciones profundas y lejanas. Balbucía algunas palabras cuando estaba a solas y dejó de tomar muchas copas temeroso de que se le fuera a soltar la lengua. Seis anisados y un par de cervezas, la medida. De allí no pasó. Hasta cambió de carácter; ya no tenía el buen reír de antes, su verborrea de bromista de velorio. Dueño de una verdad oculta, callaba, callaba y en sus ojos, al dormirse, juntábase la imagen del correo desaparecido, del que en San Miguel no se tuvo más noticia, con el sueño que era una especie de coyote suave, de coyote fluido, de coyote oscuridad en cuya sombra se perdían, en cuatro patas, los dos pies del correo.

XVIII

En lugar de cabello, pelo de música de flauta de caña. Un pelo de hilos finos que su mano de hoja con dedos peinaba suavemente, porque al hundir mucho sus uñas, cambiaba el sonido, se le resbalaba como un torrente. Asistía a grandes derramamientos de piedra con un sentimiento de ferocidad en la carne de zapote sin madurar y el vello helado, zacate repartido sobre sus miembros. La afirmación de una cárcel de fibras musculares tensas, rejuvenecidas, bañadas por lava con rabia de sangre y teniendo de la sangre sólo el rojo puro, la voracidad solar de metal amalgamado que reduce a la impotencia al suave hermano que se le agregó en busca de protección. De un salto de narices abandonó una acolchada nube de olor de ipecacuana. Necesitaba llegar, salir a través de aquel enredo de presencias a donde estaba su mujer, cuyo rastro tenía en las narices. La jerga hilada de la chaqueta cedió, la manta del calzón cedió para caer en pedazos de manchas y ser arrastradas por la corriente de agua carbonosa. El suelo se rascaba sin manos, como él, con sólo sacudirse. La región de los pinos, de las picazones. Él sacaba de las encías de glorioso color sandía los largos dientes y con movimiento de máquina de rapar, se rascaba la panza, el lomo, las patas, los alrededores de la cola color de membrillo podrido. En su rascarse imitaba la risa del hombre. Extraño ser así como era: animal, puro animal. El ojo de pupila redonda, quizás demasiado redonda, angustiosamente redonda. La visión redonda. Inexplicable. Y por eso siempre andaba dando curvas. Al correr no lo hacía recto, sino en pequeños círculos. Hablando, hablando, en un como sorbo profundo o grito de asombro, se tragó la garganta, igual que una ciudad. Mudo, sin más soliloquio que el largo aullido amoroso, cuerpo en lucha fluida con el viento, llegó a tener el alerta del instinto elemental, de su apetito feroz guardado en el estuche de su boca hocicuda. Cadenas de salivas relumbrantes de mares de apetitos más profundos y sensuales que la sombra guardada en las pepitas negras de las frutas. Y el tesón de afilar las uñas, marfiles ocultos en cebollas de goma. Su cabeza conformada en hacha, volvióse a todos lados, daba hachazos a izquierda y derecha. ¿Qué animales le seguían trastumbando? Dos pesados monstruos sin patas ni cabeza. Los sacó con los dientes, hurgando alrededor de ellos, como si los bañara de risa.

Le comía que estuvieran presentes. Sacudírselos de encima. Quitárselos. Animales sin extremidades, sin cabeza, sin cola. Sólo cuerpo. ¡...Ji, ji, ji... ji, ji, ji!... Dio una patada al aire, igual que si soltara inesperadamente un elástico, soltó su pie, y quiso huir, pero llevaba los sacos de correspondencia atados al cuello, animales sin pies ni cabeza, sólo el cuerpo, ji, ji, ji...

Notó que fuera de su andar de menudas cebollas zigzagueantes, rápido como el trueno, daba a cada cierto tiempo unos pasotes trabajosos con tamaludos pies de arena. En uno de estos pasos inseguros rodó barranco abajo por un desfiladero, sólo que en lugar de ir dando golpes con el cuerpo y la cabeza iba sobre patitas de menudas cebollas zigzagueantes.

A su lado estaba el hombre de las manos negras, el que se vino con él de la aldea «Tres Aguas», el que le prometió decirle por dónde encontraría a su mujer. Estaba a su lado, pero desaparecido, borroso ya, en medio de una espesa polvareda. Detenerlo, hablarle, defenderlo, decirle que se desaparecía. Nada pudo. Sólo vio que se llevaba su chucho y hacía señas de que siguiera por la cueva que le quedaba enfrente.

Se acobardó. Le dolían los pies heridos de andar entre zarzales. Pero él no anduvo más que algunos pasos, porque luego se desburrumbaron con el viejo de las manos negras, hasta la entrada de la cueva. ¡Cómo que no anduvo! Mucho y por todas partes. Sentóse en un peñón color de fuego. El fuego helado de la tierra. Sentóse a ver qué hacía. El camino real. Lo recordaba como una dicha y la vaga memoria de haberlo recorrido ya, hasta la Cumbre de María Tecún. Pasó por donde no quería que pasara el viejo, mientras estaba con el viejo. Un rápido ir y volver, ir, asomarse y volver. Sentóse entre la bocanada de la cueva y el espinero. Sombras de cerros picudos regadas en láminas de arena midieron, persiguiéndose, como agujas gigantescas de relojes de sol, el tiempo que para el señor Nicho ya no ha de contar más. Un cuervo color de llave vieja voló hasta picarle el hombro. Se sorprendió el pájaro de encontrarlo vivo. Dormía con los ojos abiertos junto a los sacos de correspondencia. Se decidió a entrar en la cueva. Pero al dar los primeros pasos tuvo el temor de que aquellas fauces de boca de fiera desdentada fueran a cerrarse y se lo tragaran. En busca de la claridad, sacó la cabeza para mirar al cuervo. El hambre le goteaba sabores: asados, tortillas, silabarios de frijoles como letras negras en las cartillas de los pixtones, alfajores, rapaduras con anís, agualoja. Midió por distancias de sabor hasta qué miseria había caído por andar peregrinando en busca de su mujer. Pagaba las consecuencias de su necedad. No era necedad. Pues de su capricho. No era capricho. Pues de su gana de volverla a tener bajo su respiración caliente. Y por qué no buscar otra. Porque no era igual. ¡Ajá! Ése era el secreto: ¿por qué no era igual?...

La «tecuna» huye, pero deja la espina metida y, por eso, con ellas no reza aquello de «ausencia se llama olvido». Se les busca como el sediento que sueña el agua, como el borracho que por una copa le daría la vuelta al mundo, como el fumador que loquea por conseguir un cigarrillo. Arrastró los sacos de correspondencia y se hizo más adentro en busca de otra piedra para sentarse. De veras estaba cansado. Pero no recordaba haber andado mucho aquel día. De la aldea Tres Cruces, al lugar del camino real en que desapartó con el viejo de las manos negras a una barranquita. Aunque vagamente recordaba haber ido hasta la Cumbre de María Tecún. Una piedra más bien pache le dio asiento. Iba a pensar bien, fuera de la luz, a solas, bajo la tierra, el porqué no podía estar sin su mujer.

Las «tecunas» —menos directo pensarlo en plural— tienen adentro de sus partes, cuerpos de pajaritos palpitantes, unas; otras, vellosidades de plantas acuáticas que vibran al pasar la corriente caudalosa del macho, y la mágicas, sexos que son envoltorios alforzados, graduales para plegarse o desplegarse en el éxtasis amoroso, allá cuando la sangre jalona sus últimas distancias vivas en un organismo que se alcanza, para saltar a ser el principio de otra distancia viva. El amor es inhumano como una «tecuna» en el hundimiento final. Su hociquito escondido busca la raíz de la vida. Se existe más. En esos momentos se existe más. La «tecuna» llora, se debate, muerde, se estruja, se quiere incorporar, silabea, paladea, suda, araña, para quedar después como avispa guitarrona sin zumbido, igual que muerta de sufrimiento. Pero ya ha dejado el aguijón en el que la tuvo bajo su respiración amorosa. ¡Liberarse para quedar atados!...

Ahora, ahora ya saben las piedras por qué la busca. Ahora, ahora ya saben los árboles por qué la busca. Ahora, ya saben las estrellas por qué la busca. Los ríos por qué la busca...

Sirviéndose de pedruscos de tiza rojinegra que vio esparcidos en el suelo, se pintó ojos en la cara, en las manos y en los pies, en la planta de los pies, por indicación del viejo de las manos negras, cara de gusano de geranio que se fue con su perro, y así tatuado de ojos echó a andar hacia adentro, a cuestas los sacos de correspondencia, entre cangrejos blancos, murciélagos y unos escarabajos ciegos de larguísimas antenas.

Nicho Aquino, ¿adónde vas?, se decía él mismo bajo la tierra de peñas goteantes, escuchando el concierto de las raíces que succionaban como puntitas de amor, en sexos de «tecunas», la vida de los terrenos, desde el perfumado hasta el hediondo, desde el dulce hasta el amargo, y el picante, el venenoso, y el quemante, y el agrio, y el grasoso. Un fluido de meteoros ocultos lo empujaba a lo brujo. Así iban los correos veloces de los caciques, por subterráneos que comunicaban pueblos. Los correos son como los hijos de huisquilar. Los huisquilares andan y andan y andan. Sus guías patentemente se van por aquí, por allá, por todas partes. De un día para otro, más ligeros que el sol. De una noche para otra, más ligeros que la sombra. Ya estaba. El hombre de la cara de gusano le explicó que llegaría a Cara Pintada, sala de luz solitaria. Retrocedió sorprendido, abierta de par en par la boca, suspenso el paso. Por un altísimo cañón se derramaba la luz del sol hacia el interior, con movimiento de agua; pero al caer más adentro, ya sobre su cabeza, volvía a ser agua, agua, agua, pero agua estática, agua congelada en diamantes, en éxtasis de diamantes. Pero no sólo de arriba, de abajo salía también una extraña verdura de cristales. Tuvo la sensación de estar dentro de una perla. A veces, la luz del cañón, sin duda al fortalecerse el sol, afuera, pasaba a través de los árboles que en bóveda tupida cubrían los encumbrados tragaluces, y el mundo que hace un momento era de diamantes oscurecía hasta la noche verde de la esmeralda, la noche de los lagartos, del sueño frío de las lianas. Primero gajitos de lima verde, luego esmeraldas puras.

El señor Nicho puso a un lado los sacos de correspondencia, se quitó el sombrero, como en la iglesia y siguió mirando alelado. Debía vivir alguien en aquel lugar. Se estaba desperdiciando tanta belleza. Por qué no regresar hasta San Miguel Acatán y avisar para que todos se vinieran y se quedaran aquí. No era la gruta de un cuento de niños. Era efectivamente real. Tocó apresuradamente, como el que teme se le deshaga en las manos lo que cree un sueño, las agujas luminosas. Daban la sensación de estar más frías que la tierra, porque a la vista parecían cuerpos calientes, solares. Estaría el sol en lo más alto del cielo y por eso alumbraba tanto. El señor Nicho seguía tocando los cientos, los miles de piedras de vidrios preciosos allí soterrados, sólo que ya ligeramente anaranjadas, con el color de la luna. Sintió frío. Se subió el cuello de la chaqueta. Había que hacer algo para salir de allí, buscar el camino real y seguir ruta para entregar los sacos de correspondencia en el Correo Central. Si su mujer vivía en parajes tan repreciosos, cuándo iba a quererse ir con él a vivir al pueblo que era un encumbramiento de casas feas, con una iglesia triste. ¿Por qué no venirse a vivir en el subterráneo todos, y tener esta Casa Pintada, como iglesia? Aquí sí que luciría bien el altar de Dios. Y el padre Valentín, y el piano de don Deféric, su señora blanca, hecha para estas paredes espejantes, y el gordinflón del administrador de correos, hediendo a sebo de hacer candela, y los arrieros con sus caballos goteando majestad, al ponerles de arreos algunas de estas bellezas.

Un hombre con pelo azul, más bien negro, en todo caso relumbrante, las manos tiznadas, como el viejo que le dio el camino para llegar en busca de su mujer a estos lugares recónditos, las uñas con brillo de luciérnagas, los ojos con húmedo brillo de luciérnagas, le sacó de sus pensamientos. Si le gustaba tanto, ¿por qué no se quedaba allí?

—¿Le parece? —apresuróse a contestar el correo, deseoso de hablar con alguien, para oír cómo sonaba la voz humana en aquel recinto. Igual que en cualquier otra parte abovedada. Otra prueba de que no estaba soñando ni viviendo un cuento de hadas.

Le dijo que le siguiera, el misterioso aparecido, y fue tras él, al extremo opuesto de la Casa Pintada, donde se oían trinos de pájaros, cenzontles, calandrias, guardabarrancos, tan cercanos que parecía que estaban cantando allí, y cantaban fuera, lejos, dónde; se oían parlerías de gentes que hablaban como loros, y ecos de remos que conducían embarcaciones con movimiento de alas de pájaros muy grandes.

La Casa Pintada daba a la orilla de un lago subterráneo. En el agua oscura pequeñas islas de millones de algas verdes, manchas que se iban juntando y separando bajo el pulso tenue de la corriente. Allí, por mucho que el señor Nicho tocara el agua, la realidad era más sueño que el sueño. Por una graciosa abertura, medias naranjas de bóvedas cubiertas de estalactitas y estalagmitas, se reflejaban en el lago. El líquido de un profundo azul de pluma brillante, mostraba en su interior, como en un estuche de joyas las zoguillas del deslumbramiento, los fantásticos calchinitles atesorados por la más india de las indias, la Tierra. Fúlgidas granazones de mazorcas de maíz incandescente.

—Lo primero —le dijo su acompañante— es que sepas quién soy yo, también debes saber dónde te encuentras.

Una pequeña embarcación pasó cargada de hombres y mujeres fantasmales, envueltos en mantas blancas.

—Soy uno de los grandes brujos de las luciérnagas, los que moran en tiendas de piel de venada virgen, descendientes de los grandes entrechocadores de pedernales; los que siembran semillas de luces en el aire negro de la noche, para que no falten estrellas guiadoras en el invierno; los que encienden fogarones con quien conversar del calor que agostará las tierras si viene pegando con toda la fuerza amarilla, de las garrapatas que enflaquecen el ganado, del chapulín que seca la humedad del cielo, de las quebradas sin agua, donde el barro se arruga y pone año con año cara de viejo bueno.

Otra embarcación pasó con frutas: guineos de oro, azúcar de oro, jocotes marañones de pulpa estropajosa color de sangre, miel de sangre, pepinos rayados para alimento de cebras, anonas de pulpa inmaculada, caimitos que más parecían flores de amatistas que frutos, mangos que fingían en los canastos una geografía de tierras en erupción, nances que eran gotas de llanto de un dios dorado...

—Las sustancias... —se dijo el señor Nicho, al ver pasar aquellas sustancias ígneas, volcánicas en presente vegetal, por el mundo pretérito de los minerales rutilantes, fúlgidos, repartidos en realidad y en reflejo por todas partes, arriba y abajo, por todas partes.

—Y sabido quién soy, te diré dónde te encuentras. Has viajado hacia el Oeste, cruzaste tierras de sabiduría y maizal, pasaste bajo las tumbas de los señores de Chamá, y ahora vas hacia las desembocaduras...

—Ando buscando a mi mujer...

—Contigo viaja todo el mundo tras ella, pero antes de seguir adelante hay que destruir lo que llevas en esos costales de lona...

El correo, impuesto como estaba de su deber, amparó instintivamente con el cuerpo los sacos de correspondencia, negándose a que fueran quemados. Mejor era seguir camino. Se movieron hacia el Oeste para asomar a un ventanal inmenso, abierto en la negrura de las peñas, y contemplar desde allí el vacío azul, lechoso, de la bruma que subía del mar. Nubecillas con patas de araña paseaban al soplo del viento por el polvo luminoso de la luz solar, polvo que se mezclaría al agua para que el agua fuera clara, potable, llorosa. Llorosa conductora de nostalgias es el agua llovida. Los que la beben, hombres y mujeres, sueñan con verdes que no vieron, viajes que no hicieron, paraísos que tuvieron y perdieron. El verdadero hombre, la verdadera mujer que hay, es decir, que hubo en cada hombre y en cada mujer, se ausentaron para siempre, y sólo queda de ellos lo exterior, el muñeco, los muñecos con deberes de gente sedentaria. El deber del correo, como muñeco, es defender la correspondencia con la vida, para eso lleva el machete, y entregarla a buen seguro; sólo que el muñeco se acaba, el deber del muñeco, cuando bajo la cáscara aparecía lo amargamente humano, lo instintivamente animal.

Su acompañante, que en la cara tenía la soledad de raíz arrancada, extendió a la inmensa sombra verde que empezaba en la tierra y acababa en el mar, sus manos de lodo negro con las uñas lentejueleantes de luciérnagas, y dijo:

—¡Hermano del correo es el horizonte del mar cuando se pierde al infinito para entregar la correspondencia de los periquitos y las flores campestres a los luceros y a las nubes! ¡Hermanos del correo, los bólidos que llevan y traen la correspondencia de las estrellas, madrinas de las «tecunas» y «tecunas» ellas mismas, porque después de beber espacios con andadito de nube, se van, desaparecen, se pierden como estrellas fugaces! ¡Hermanos del correo los vientos que traen y llevan la misiva de las estaciones! ¡La estación de la miel, Primavera; la estación de la sal, Verano; la estación de los peces, Invierno; y el Otoño, la estación de la tierra que cuenta los muertos del año en el camposanto: uno, dos, tres, diez, cien, mil, aquí, allá, más allá, y tantos y tantos en otros lugares! La carne tiene probada la bebida de emigrar, polvo con andadito de araña, y tarde o temprano ella también emigra como estrella fugaz, como la esposa huyona, escapa del esqueleto en que le tocó estar fijamente por una vida, se va, no se queda; la carne también es «tecuna»...

El señor Nicho enmudeció de espanto al ver que el brujo dejaba de hablar y venía hacia él, apretó la espalda contra los sacos de correspondencia para defender las cartas como parte de su carne. Pero fue inútil. Hay fatalidades como la muerte. La gana, así a lo macho, la gana de encontrar a su cosquilla, cosquillita de mujer en una lejana parte del cuerpo, le hizo ceder y en un fuego de palos secos cayeron los costales de lona tatuados con letras cabalísticas.

La hoguera tardó en morder la lona. No le entraban los dientes del fuego, húmeda y pegajosa, tal si hubiera absorbido todo el sudor de angustia del señor Nicho al no saber qué hacer entre sus deberes como muñeco-correo y la cosquillita de su mujer. Pero llamas de dientes de jaguar, llamas color de danta con la lengua fisgosa, llamas de enredijo de pelo de oro como leoncillos, mellaron la resistencia de los bolsones de lona rayados, y por un primer pedazo quitado, mascón abierto en negro y oro, penetraron en el interior de donde saltaron puños de papeles ardiendo: cartas de sobres cuadrados, de sobres largos, paquetes de papeles de colores, pedazos de lacre que se derretían como costras de sangre, trozos de cartón, estampillas...

El señor Nicho Aquino cerró los ojos. No quiso ver más. No tuvo valor para ver quemarse lo que no había defendido, para ver salir, igual que la oreja de un conejo blanco, la punta de la partitura que don Deféric enviaba a Alemania; el retrato de uno de los militares, algún oficial de la guarnición, que se retorcía en el fuego como si vivo lo quemaran; los billetes de banco que no ardían pronto, que empezaban a arder por las orillas gastadas y sucias por el uso de las mil manos de gentes que los habían contado, ensalivado, defendido y, por último, perdido; los pliegos del juzgado en papel como de hueso; las cartas del padre Valentín, escritas con letras de andadito de mosca, en demanda de auxilio contra la plaga de las «tecunas».

El señor Nicho, con los ojos cerrados, oyó que arrojaban la ceniza de la correspondencia a los cuatro nudos del cielo. Era ceniza de ruindad. Se reunieron los brujos engarabatados, enigmáticos; pelo y barbas; más vegetales que humanos, sin sexo, sin edad. El señor Nicho debía saber por boca de ellos dónde estaba su mujer desaparecida de su rancho sin dejar rastro.

...Bububú, bububú, jarría con agua hirviendo. Un trapo blanco. Un pedazo de trapo blanco en el lazo del patio, después del toque de oración casi oscuro. Perro que busca ansiosamente a la persona que acompañaba, alrededor del sitio en que se le desapareció. Va y viene, se para, husmea, suelta pequeños latidos de lloro, vuelve la cabeza, se empina sobre las patas delanteras para ver adelante, rasca, da vueltas, corre para un lado, corre para otro lado, sin encontrar lo que ha perdido: una mujer que salió de su casa con la tinaja de acarrear agua en la cabeza, sobre el yagual blanco, y a quien él seguía de cerca, olfateándole los talones, las naguas. Se borró, ya no estuvo, ya no la vio más, por más que la buscó, ni la tinaja, ni los pedazos de la tinaja, con tinaja y todo faltó de repente de la superficie del suelo. Primero creyó el perro que se había detenido y agachado a buscar algo, a recoger algo que se le había caído, o simplemente para rascarse un pie; pero no fue así: faltaba el bulto, faltaba ella. Mucho tiempo siguió buscándola, después de aquellos primeros momentos de duda, con el desasosiego más angustioso, congoja de lanzadera, asustadizo, sin saber qué hacer. De seguido hurgaba pequeños trechos de terreno, para luego levantar la cabeza y olfatear en el viento la ausencia de la que iba con él y de momento, en el tiempo que dura un segundo, lo abandonó, lo dejó solo, igual que si se le hubiera escondido. A saltitos, entre ladridos y lloros gemebundos de bestia que se atonta y teme por la vida del amo, siguió en el lugar desorientado, y sólo bien entrada la noche volvióse a casa, donde se derramaba el agua de la jarría, al hervir, apagó el fuego; el trapo seguía en el patio oscuro como una mancha blanca.

El señor Nicho reunió todas sus fuerzas para hacer frente a su desgracia. ¡Chucho al fin!, fue todo lo que dijo, en tono de reconocimiento a la fidelidad de Jazmín, el único que en la soledad de aquel campo cercado de alambres, vio la tragedia y retornó al rancho solo. Y no la encontró más, la anduvo buscando en la casa; al menos oír su voz, sentir su sombra caliente de mujer limpia cuando se salía a peinar al sol. Esa noche aulló desconsoladamente.

Al correo se le llenaron los ojos de pedazos de chayes que se fueron licuando en los pozos sin fondo de sus ojos. Tenía él también que tragársela con los ojos. Él también. Tragársela. Tragarse la imagen adorada como se la había engullido la tierra sin dejar rastro, sin que se hubiera levantado del suelo húmedo, barroso, la frágil polvareda que las levanta el que se cae. Nada. Cayó en un pozo de quién sabe cuántas varas de profundidad, de esos pozos que perforan en busca de agua y dejan abiertos al no encontrar, sin señal de peligro, sin broquel de ladrillos. Sesenta, ochenta, ciento veinte varas, por allí el agua es raíz honda. Un pozo oculto en la maleza como un reptil de cuerpo vacío y fauces sin dientes. La palabra se le volvía llanto y la tomaba de su recuerdo viva, linda, rechula, y por sus ojos mojados la dejaba caer dentro de su cuerpo adolorido, sin poder hacerse, aunque ya se iba haciendo, a la idea de que ya no la volvería a ver, a oír, a tocarle las manos, a sentir el olor de sus cabellos bañados en agua dulce y oreados al sol de la mañana, a pulsarla cuando jugandito la alzaba del suelo ingrato que se la tragó, para llevarla de un lugar a otro; ella pataleaba, se enfurecía, se ponía nerviosa, pero luego la risa le picoteaba los hoyuelos de lado y lado de la boca. Y más pena le causaba —el pesar es un mundo de raíces que duelen— la pérdida de la suave compañera de trapos de manta con el olor de las servilletas en que hubo calor de tortillas, dócil y manejable compañero de sus noches desatinadas por el calor de las cobijas, por la gana de ponerla bajo su respiración. El llanto le formaba al borde de los párpados, entre las pestañas, círculos líquidos, luminosos, tembloroso mundo de círculos concéntricos. Se había ido poniendo color de espina. Dejó su caparazón de hombre, muñeco de trapo con ojos goteantes, su trágico duelo de hombre inseparable del recuerdo de su mujer convertida en un montón de huesos, y carne, y pelo, y trapos, y pedazos de tinaja, y frío de soguillas y aretes, y enredijo de yagual, en el fondo de un pozo en que ella, por ir a traer agua, fue al encuentro de su tiniebla. Dejó su caparazón de hombre y saltó a un arenal de arenitas tibias y de lo más arisco bajo sus cuatro extremidades de aullido con pelos. El brujo de las luciérnagas que le acompañaba, desde que se encontraron en la Casa Pintada, seguía a su lado y le dijo ser el Curandero-Venado de las Siete-rozas. Mirándolo bien, su cuerpo era de venado, su cabeza era de venado, sus patas eran de venado, su cola, sus modales, su trasero. Un venado con siete cenizas en el testuz, siete erupciones blancas de volcán entre los cuernitos de aguijón con miel dorada nacida de sus ojos de oro oscuro.

Y él, sin decirlo, proclama ser coyote con sus dientes de mazorca de maíz blanco, su alargado cuerpo de serrucho serruchando, echado siempre hacia adelante, sus cuatro patas de lluvia corredora, sus quemantes ojos de fuego líquido, su lengua, su acecido (al acezar hacía sufulufulufú...), su entendimiento, sus cosquillas.

La vida más allá de los cerros que se juntan es tan real como cualquier otra vida. No son muchos, sin embargo, los que han logrado ir más allá de la tiniebla subterránea, hasta las grutas luminosas, sobrepasando los campos de minerales amarillos, enigmáticos, fosforescentes, de minerales, de arco iris fijo, verdes fríos inmóviles, jades azules, jades naranjas, jades índigos, y plantas de sonámbula majestad acuática. Y los que han logrado ir más allá de la tiniebla subterránea, al volver cuentan que no han visto nada, callan cohibidos dejando entender que saben los secretos del mundo que está oculto bajo los cerros.

La niebla subterránea no es invencible; pero ciega totalmente, duerme los dedos, la lengua, los pies y vacía poco a poco la cabeza por los oídos, por las narices en forma de sangre de oído y sangre de narices, a los que decididos a todo avanzan por las cuevas que aquí se enroscan igual que cueros pegajosos de serpientes que hubieran quedado vacíos, donde no estuviera la serpiente, sólo el cuero, allá se ensanchan en espacios abovedados como iglesias, más allá se empapan sus paredes de gotitas de agua destilante, y más en lo profundo se calientan como si en sus cavidades silenciosas hubieran hecho barbacoas y donde el calor picaba como chile en polvo, un calor seco, salado.

Los que decididos a todo penetran algunas leguas dentro de la tierra, valiéndose de hachones de ocote que les dan ojos, muchas leguas entre lagunas cubiertas de gorgojos de oscuridad en alforzas de gusano, abismos en los que hay pueblos sepultados a quienes acompaña únicamente el funesto canto del guácharo, y tantas leguas más en medio de un tropel de hormigas, zompopos, reptiles y alimañas tal vez inofensivos a la luz, pero en la tiniebla pavorosos en sus más leves movimientos, casi todos los que regresan con vida vuelven del misterio con los ojos cavados por ojeras profundas, los labios quemados de fumar, los tobillos flojos de cansancio, congelados, tiritantes. ¿Pasaron por una larga enfermedad? ¿Pasaron por un largo sueño? Si hubieran tenido ojos de animales de monte, como el Curandero-Venado de las Siete-rozas y el Correo-Coyote, para ver en la tiniebla misma, habrían seguido impávidos hasta las grutas luminosas. Ojos de animales del monte tenían el Curandero y el Correo, venado y coyote. Los brujos de las luciérnagas, descendientes de los grandes entrechocadores de pedernales, les colocaron en los ojos, en las pupilas-globitos de vidrio de sereno, unto de luciérnaga para que vieran en lo profundo de la tierra el secreto camino en que iban acompañados de centenares de animales, de sombras de animales abuelos, de animales padres que llegaban a enterrar pedacitos de los ombligos de sus nietos e hijos, nacidos de las tribus, junto al corazón del caracol, junto al corazón de la tortuga, junto a la miel verde de las algas, el nido rojo del alacrán negro, el eco sonajero de los tunes. Ellos mismos, sus nietos, sus hijos, vendrán después, si la vida les da licencia, para las confrontaciones con sus nahuales o animales que los protegen.

Los que bajan a las cuevas subterráneas, más allá de los cerros que se juntan, más allá de la niebla venenosa, van al encuentro de su nahual, su yo-animal-protector que se les presenta en vivo, tal y como ellos lo llevan en el fondo tenebroso y húmedo de su pellejo. Animal y persona coexistentes en ellos por voluntad de sus progenitores desde el nacimiento, parentesco más entrañable que el de los padres y hermanos, sepáranse, para confrontarse, mediante sacrificios y ceremonias cumplidos en aquel abovedado mundo retumbante y tenebroso, en la misma forma en que la imagen reflejada sepárase del rostro verdadero. El Correo y el Curandero han bajado a presenciar las ceremonias.

Los que descienden, y sólo descienden los que tienen ojos con unto de luciérnaga, mitad hombres, mitad animales de monte, se acomodan como sombras humanas en las grutas oscuras, sobre colchones de hojas o en la pura tierra, absteniéndose de comer, de beber, de hablar, sin saludar a sus amigos o conocidos para cortar toda relación humana.

Sombras solitarias, muertos negros con ojos de pupilas alumbradas miles de años atrás, contemplan con indiferencia la orfandad tenebrosa en que se mueven.

Hasta nueve días prolongan este abandono voluntario y enloquecedor, del que algunos escapan alucinados a buscar el sol, llorando, sollozando al salir de las cuevas donde dicen haberse perdido. Sólo los que a fuerza de valor sosegado agotan su tiniebla salen a la luz preciosa.

Preparados por aquella larga noche de nueve días de oscuridad y nueve noches aún más oscuras, los que no huyen, soportada esta prueba, asoman a una gruta tenuemente alumbrada, tiritantes, nocturnos, como parte de la tiniebla en que estaban igual que murciélagos de pelo de tiniebla, igual que muñecos de pelo de tiniebla, sacudidos por el frío de la muerte en sus ponchos de lana, bajo sus sombreros de paja y punta de techo de rancho, y se acusan en alta voz de ser hechos de barro, estatuas de arcilla que la sed botara en pedazos. Estas vociferaciones las ejecutan subiendo y bajando por los peñascos de la gruta espaciosa y poco alumbrada en que se mueven. Caer, saltar, resbalar, acuñarse de espaldas restregándose en las rocas, ir de pecho reptando en las cornisas, codos, uñas, rodillas, todo para correr el riesgo litúrgico sin caer en el espanto del abismo o en el agua profunda y estancada que no ha visto ojos de mujer. El cansancio los entorpece, les falta por momentos el resuello, abren la boca para ayudarse a respirar, basquean, se desvanecen algunos, otros pierden la cabeza y se arrojan a los grandes barrancos, a los profundos barrancos, hojas que caen parecen, tardan en caer, se destrozan en las piedras al caer. Cuatro días duran multiplicando sus ademanes torpes en esta danza desacompasada, dándose topetones de borrachos, arrancando pedazos de tierra con sabor a raíces para sustentarse, mitigando su sed de bagazos humanos en la arenisca húmeda de las peñas, gemebundos, lastimosos, vacilantes los más viriles y los otros desplomados en un sueño profundo. Los brujos de las luciérnagas vienen en su ayuda. Les anuncian que no son hombres de barro, que los muñecos de lodo caedizo y tristes fueron destruidos. Asoman en plena noche de aromas a esperar el sol. Los que subsisten. La luz preciosa los inunda, penetra por sus ojos, sus oídos, sus dedos, por los millones de ojitos de esponja de sus poros abiertos y gozosos hasta empapar sus corazones de arena colorada y volver de sus corazones convertida en una luz que no es la luz que rodea al hombre, que ha estado dentro del hombre, la luz que por humana permite ver el nahual separado de la persona, verse la persona tal y como es y al mismo tiempo su imagen en la forma primigenia que se oculta en ella y que de ella salta al cuerpo de un animal, para ser animal, sin dejar de ser persona.

Relámpago de nácar, choque de sol y hombre. Los que se confrontan con su nahual así, fuera de ellos, son invencibles en la guerra con los hombres y en el amor con las mujeres, los entierran con sus armas y sus virilidades, poseen cuantas riquezas quieren, se dan a respetar de las culebras, no enferman de viruela y si mueren diz que sus huesos son de piedralumbre.

Una tercera prueba los espera. Salen a lo alto de las selvas frías, hundidas en evaporaciones que forman una oscuridad blanca que los borra todo, todo, igual que la oscuridad negra de las cuevas. Se mueven, como si nadaran, entre las hojas de árboles y ceibas que con sus ramajes tejen una llanura de cientos de leguas verdes sobre el suelo verdoso que se extiende abajo. Una llanura aérea suspendida de las ramas sobre la cara terrestre. Mundo de nube evaporándose: orquídeas blancas, estáticas, inmóviles; orquídeas carnívoras, activas flores-animales de piel verde y gargantas de «de profundis» y erisipela; cientopiés de andar de pelo; arañas enloquecidas; escarabajos rutilantes; fluida soga de víboras que al dormir parecen escuchar címbalos; taltuzas pizpiretas, mapaches que lavan su comida; micoleones; ardillas; legañosos ositos colmeneros; pichones de nidos hediendo a cal y plumas; aguamiel de miel de mariposas y rocío empozado en ramas mutiladas de bambú; sangre de gallos vegetales en floreadas crestas de fuego; fuego verde de hojas de espina quemante; helechos de larga crin dormida en rizos; colmenas; enjambres de ruido jabonoso...

Cuatro días pasan en esta llanura aérea suspendida de las columnas de las ceibas sobre la tierra llana, los que salieron de la negra oscuridad de las cavernas a la blanca oscuridad de las neblinas. Cuatro días y cuatro noches sin dormir, invencibles, entre los tejedores del cansancio y los buitres, sin más alimento visible que las hojas del ramón, sin más habla que sus gestos, al andar agarrados siempre de las ramas, baja la cabeza, tronchados de la nuca, sin equilibrio, los pies con movimientos de manos, desnudos o medio desnudos, risa y risa, con el sexo al aire. La luz les produce una casta somnolencia. Se amodorran. Se rascan. Al cuarto día, al voltear el sol hacia Poniente, los brujos les anuncian que no son hombres de madera; que no son muñecos de los bosques, y les dan paso a la tierra llana, donde les espera en todas las formas el maíz, en la carne de sus hijos que son de maíz; en la huesa de sus mujeres, maíz remojado para el contento, porque el maíz en la carne de la mujer joven es como el grano humedecido por la tierra, ya cuando va a soltar el brote; en los mantenimientos que allí mismo, después de las abluciones en baños comunes, toman para reponer sus fuerzas: tortillas de once capas de maíz amarillo con relleno de frijoles negros, entre capa y capa, por las once jornadas en las cuevas tenebrosas; pixtones de maíz blanco, redondos soles, con cuatro capas y relleno de rubia flor de ayote corneto, entre capa y capa, por las cuatro jornadas de la tierra evaporándose; y tamales de maíz viejo, de maíz niño, pozoles, atoles, elotes asados, cocidos.

Llegados allí, viendo todo aquello, el Curandero y el señor Nicho, venado y coyote, sacudieron sus cuatro patas o verduras arrancadas de la tierra. Los invencibles, bañados en corrientes subterráneas de ríos helados como metales, comidos y vistiendo sus ropas de fiesta, embarcan en canoas ligeras hacia las grutas luminosas.

¡Mi mojarra de pedernal te proclama! ¡Mi cabello peinado con agua! ¡Mi alrededor de ti, yo! ¡Yo alrededor tuyo, tú alrededor mío! ¡Recto es el árbol del cielo y en él, antes que en la tierra, pasa todo: las victorias y las derrotas, antes que en la tierra, antes que en el lago, antes que en el corazón del hombre! ¡Tus manos llenas, tu frente verde, su mundo entre rodillas de agua, carne de flor a fuerza de estar arrodillado!

¡El primer día de una ciudad de campesinos con raíces de plantas medicinales, se alzó para escudarte contra el murciélago, para que tú, solar y vertebrado en médula de cañas melodiosas, con el vello rubio del sexo en la cabeza, fueras decapitado en sazón, entre las pirámides de eslabones de serpiente, el pez lunar y la niebla de los desaparecidos!

Estructuras subterráneas repiten sin labios, voz directa, rígida, salida de la garganta humana a la cavidad de las grutas con galillos de diamante, el canto de los brujos de las luciérnagas. La voz estalla, es un petardo que se abre dentro del oído secreto de las piedras, pero el eco la recoge y con barro de escultor de modulaciones la modela de nuevo, hasta dejarla convertida en copa resonando, copa de la que toman los que no fueron vencidos en el fondo de la tierra, el vuelo bebible de las aves, para no ser vencidos en el cielo.

El Curandero señala con su pata de venado, entre los invencibles, al Gaspar Ilóm. Se le conoce porque come mucho chile picante, por sus ojos sigilosos y por el pajal cano de su cabeza.

El Coyote-Correo, Nicho Aquino, ve al Cacique de Ilóm entre los invencibles, mientras el Curandero-Venado de las Siete-rozas le explica:

—Por la noche subieron los conductores del veneno a darle muerte, en medio de una fiesta. Sus labios chuparon de un guacal de aguardiente el veneno blanco, sorbiéndolo por poquitos con el licor. La Piojosa Grande, su mujer, se despeñó al verle los labios salóbregos de veneno. El Gaspar quiso matarla, pero llevaba a su espalda el bulto de su hijo. Invencible, como es, se bebió el río para lavarse el veneno y, superior a la muerte, volvió con el friíto del alba en busca de sus hombres; pero ¡ay!, de sus hombres sólo quedaban los cadáveres macheteados, tatuados por la pólvora en disparos hechos a quemarropa. Entonces, perseguido por las descargas de los que le querían vivo o muerto, se arrojó de nuevo al agua, al río, a la corriente, invencible, como se ve aquí entre los invencibles. Yo salvé de la matanza —prosiguió el Curandero, una nube de mosquitos volaba cerca de su oreja de venado—, porque tuve tiempo de volverme lo que soy, de sacar mis cuatro patas, si no allí me dejan tendido, hecho picadillo de carne, como a los otros brujos de las luciérnagas que recibieron los primeros machetazos dormidos, sin que tuvieran tiempo de convertirse en conejos. Eso eran, conejos, los conejos de las orejas de tuza. Pedazos los hicieron, pero los pedazos se juntaron, de cada brujo reptó el pedazo que quedó vivo para formar un solo brujo, un brujo de pedazos sangrantes de brujos, y todos a una voz, por boca de este ser extraño de muchos brazos, de muchas lenguas lanzaron las maldiciones: ¡Fuego de monte matará a los conductores del veneno! Quemados murieron Tomás Machojón y la Vaca Manuela Machojón. ¡Fuego de séptima roza matará al coronel Gonzalo Godoy! Quemado, aparentemente, murió en «El Tembladero», el Jefe de la montada.

—Aparentemente... —dijo el Coyote, que estaba queriendo decir algo; más bien el señor Nicho escondido en el coyote.

—Sí. Los brujos de las luciérnagas, descendientes de los grandes entrechocadores de pedernales, lo condenaron a morir quemado, y en la apariencia se cumplió la sentencia, porque los ojos de los búhos, fuego con sal y chile, lo clavaron poro por poro en una tabla, donde quedó tal y como era, tal y como es, reducido con su cabalgadura y todo al tamaño de un dulce de colación. Él quiso suicidarse, pero la bala se le aplastó en la sien, sin herirlo. Un pequeño militar de juguete, para cumplir su vocación. Los militares tienen vocación de juguetes.

El Correo-Coyote movió la cola. Oír todo aquello que pasó antes como si estuviera sucediendo ahora, a la puerta de las grutas luminosas, entre gente que desembarcaba de las canoas sigilosas para llevar sustento de pom a los invencibles, presentes como sueños en las rocas revestidas de piedras preciosas; los que nutren de humo perfumado y de la flor del aire o florecillas que se soltaban desde las embarcaciones con un hilo por toda la raíz, soplándolas para que ascendieran y quedaran detenidas en los encajes de diamantes y perlas que caían, que subían, imantándose mutuamente con sus delgadas antenas de mariposas muertas.

—Y después de las maldiciones, el fuego —empinóse con solemnidad el venado, el Curandero, sacudiendo su boca ribeteada de negro sobre sus dientecitos blancos— se apagó de un soplido, como se apaga una llama, la luz de las tribus, la luz de los hijos de las entrañas de estos hombres malos como el pedregal que en invierno quema de frío y en verano quema calentado por el sol. En ellos y en sus hijos y descendientes se apagó la luz de las tribus, la luz de los hijos. Machojón, el primogénito de Tomás Machojón, el conductor del veneno, fue convertido en luminaria del cielo cuando iba a pedir la mano de Candelaria Reinosa, y los Tecunes decapitaron a los Zacatón, que fueron arrancados de la vida como cortar zacate, descendientes todos, hijos o nietos, del farmacéutico Zacatón que a sabiendas vendió el veneno con que había dado muerte a un infeliz chucho de jiote.

Relámpagos de sol entre los árboles, al través de las galerías, cambiaban la decoración de las grutas, ahora de esmeraldas, verde mineral que descendía en medio de una atmósfera de jade verdeazul a la verdosidad, sin reflejo, de las aguas vegetales, profundas.

Cabía preguntar muchas cosas, pero por ser lo que más le intrigaba, el señor Nicho se atrevió, no sin que le escarbajeara el espinazo una nerviosidad de coyote maligno.

—¿Y la piedra de María Tecún?

—Tu pregunta, pelo grueso, pelo con filo, es un estribo para que yo me monte en la contestación.

—Pelo grueso, pelo con filo te lo pregunta, porque es mucho lo que se cuenta de María Tecún, de las «tecunas», que son las mujeres que se huyen, y muchos los hombres que se han perdido en la Cumbre de María Tecún... —se pasó un trago largo de saliva de coyote, amalgama de lágrimas y aliento de cerbatana para el aúllo, antes de poder decir—: ...y porque de allí vino mi disturbio. Sufrí lo que no se puede explicar a nadie que no sea animal y humano, como nosotros. Sentía en la cabeza que los celos me formaban cuajarones de sangre gorda, morada, que luego de tupirme, se me derramaba por la cara, caliente, para quedárseme por fuera pegada, hasta enfriarme la vergüenza con la muerte, igual que una mancha de cangro. Pero mis celos llevaban por debajo unas pústulas de lástima, y entonces me sentía capaz de perdonarla: ¡pobrecita, le dieron a beber polvo con andado de araña! ; y no era la lástima, me agarraba una gran cosquilla en la nuez, estrujándomela hasta producirme basca, al tiempo que dos círculos, también de cosquillas, se me pegaban a mamarme las tetillas, y un círculo de agua honda se me enroscaba en la cintura, y entonces, no sólo me sentía capaz de perdonarla, sino de quererla de nuevo para mis secretos quereres, complaciéndome en saber el que en su huida otro la hubiera conocido, gustado de su carne, de su interior de gruta luminosa, sólo que en ese hondón de cueva húmeda de su sexo, las rocas de punta y punta se mueven como raíces animales. Nadie que no sea animal y humano puede comprenderme. Después, ya sé lo sucedido; pero para llegar a este triste consuelo de saberla muerta —sólo el chucho fue testigo de cuando salió por agua y al atravesar un campito de zacatal cayó en un pozo— lo que habré pasado: sin duda mordí animales indefensos, sin duda asusté en los poblados, sin duda aullé junto a los cementerios, sin duda enredé el ovillo de mi locura en cuatro patas, alrededor de la piedra de María Tecún, entre neblinas y sombras...

—Salgamos del mundo subterráneo, el camino es corto y el relato largo, y sencilla la explicación si volvemos a la Cumbre de María Tecún...

XIX

El señor Nicho Aquino no podía volver a San Miguel Acatán. Lo queman vivo como vivas quemaron las cartas que llevaba para el correo central, los brujos de las manos negras y uñas de luciérnagas. Después de correr tierras ratos de hombre, ratos de coyote, apareció en un poblado que parecía edificado sobre estropajos. Lo certero, porque se veía, era que estaba construido sobre fierros, tablones y pilastras de cemento y troncos de árboles surdidos en el agua del mar, todo salóbrego, y aparatado de fiebre palúdica. Las casucas anegadizas, a las que se llegaba por graderíos de tablas sobrefalsas a corredores de pisos de madera carcomida, algunas con ventanas de vidrios que se cerraban como guillotinas, todas con tela metálica, y otras construidas en la pura tierra caliente, tierra hediendo a pescado, con techos de paja y puertas vacías como ojos tuertos. Dentro de las casas una sensación de gatos con catarro. Las cocinas de fierro. Las cocineras negras. Se cocinaba con petróleo, aunque en algunas casas existía el poyo cristiano, de cal y canto, con hornillas, y se cocían los alimentos con leña o carbón vegetal.

Tiempo fresco, decían las gentes, y el señor Nicho sentía que se asaba. Andaba llegando de la montaña, prófugo de la justicia. Le acumulaban, además del delito de infidelidad por la guarda de documentos, la muerte de su mujer, de quien no se tuvo más noticias. Cuesta acostumbrarse a la costa. Le dio acomodo, como demandadero, la dueña de un hotelucho que tenía más traza de hospital. Los cuartos de los huéspedes empapelados con un tapiz de flores que a fuerza de llevar sol se habían borrado. Un hotel con muchos gatos, perros, aves de corral, pájaros en jaulas, loros y un par de guacamayas que brillaban, igual que arco iris, entre tanta cosa sucia y servían de amuletos contra incendio.

Un solo huésped. Un huésped incógnito. Bajaba de un barco cada seis o siete días, con la pipa en la boca y la americana doblada en el brazo de carne blanca, rostro rojizo de quemadura de sol, rubio, medio cojo. Se le mudaba la servilleta en cada comida, para que se limpiara los bigotes y al señor Nicho le tocaba pasarle los platos: caldo, arroz, carne, platanitos, frijoles y algún durazno en dulce. Supo que era belga. Lo que no pudo averiguar nunca fue a qué se metía al mar. No pescaba. No traía sobrantes de mercaderías como los contrabandistas. Sólo él, su saco y su pipa. Conversando con la dueña del hotel, la Doña, le dijo que ella suponía que se ocupaba de medir la profundidad del mar, para ver si podían entrar los barcos ingleses, en caso de que hubiera bulla con la Inglaterra. El tren monótono de la vida, sólo comparable con el trencito del muelle que lleva y trae los carros de mercaderías. Un respiro en las tardes olorosas a bambú fresco, ya bien caído el sol.

Pero el señor Nicho que servía para todo —¡sólo de mujer no he hecho yo aquí!, decía a su patrona—, para lo que más estaba era para ir dos veces por semana y a veces hasta tres, según los encargos, en un barquichuelo guiado por un lanchero, al Castillo del Puerto.

Mientras en la costa del lado del puerto y aledaños quedaban las palmeras de troncos reflejados en el agua como culebras que fueran saliendo del mar, por el otro lado se iba pintando en la lejanía líquida, igual que una gran oropéndola, el Castillo del Puerto.

El reloj del tamaño de una pequeña tortuga que la Doña le daba para la hora —el mar como toda bestia tiene sus horas y de noche se embravece—, lo llevaba atado con una cadena casi de preso al segundo ojal de la camisa caqui, y su tic-tac le repercutía en el esternón, hasta que el hueso se acostumbraba a ir entre dos pulsaciones, la de su sangre y la del tiempo. De lado y lado, mientras la canoa cargada de mercaderías al internarse en el mar se iba afilando, alargando, más angosta que un palo, casi como un hilo, el horizonte iba extendiéndose, salpicado aquí y allá por cabezas y colas de tiburones. Colazos, tarascadas, ruidos groseros, vueltas y medias vueltas en el silencio del agua, bajo el silencio del cielo.

A veces llevaba a un pasajero o pasajera que se hospedaba en el Hotel King y convenía con la Doña que le diera alquilada la lancha para ir hasta el Castillo a visitar a alguno de los presos. Y en este caso, el señor Nicho les hacía bulto en la lancha, para que alguno de la casa fuera con ellos y aprovechar el viaje pagado para dejar encargos.

Los presos del Castillo del Puerto impresionaban a Nicho Aquino, montañés, por los cuatro costados, porque encontraba que a fuerza de estar allí encerrados en medio del mar, íbanse volviendo unos seres acuáticos que no eran hombres ni pescados. El color de la piel, de las uñas, del cabello, el tardo movimiento de sus pupilas, casi siempre fijas, la manera de accionar, de mover la cabeza, de volverse, todo era de pescado, hasta cuando enseñaban los dientes al reír. De humano sólo tenían la apariencia y el habla que en algunos era tan queda que podía decirse que abrían y cerraban la boca soltando burbujas.

En ese Castillo del Puerto, habilitado como prisión, entre esos hombres peces, cumplían condena por fabricación clandestina de aguardiente, venta de aguardiente sin patente, falso testimonio, robo e insubordinación, los reos Goyo Yic y Domingo Revolorio. Tres años y siete meses les echaron a cada uno, sin abonarles el tiempo que estuvieron presos en Santa Cruz de las Cruces. Los compadres eran los mejores clientes de palma de hacer sombrero, de la Doña del King. Días y días se pasaban uno frente a otro sentados en dos piedras, ya desgastadas antes que ellos llegaran, trenzando la palma en interminable listón que enrollaban hasta tener una buena cantidad y entonces coser el sombrero, los sombreros que fabricaban para vender por docenas. Revolorio siempre que terminaba el guacal de la copa de un sombrero se echaba de codos sobre sus rodillas y mirando al mar hablaba de tener bastante para hacerle un sombrero del tamaño del cielo. Goyo Yic pensaba cuando hacía girar en su mano el sombrero ya terminado, en los pensamientos que como en una pecera invertida, nadarían en él, desde el pececillo hasta el tiburón que se los traga a todos. En la cabeza pasa como en el mar. El pensamiento grande se come a los demás. Este pensamiento fijo que no se sacia. Y el pensamiento-tiburón en la cabeza de Goyo Yic seguía siendo su mujer acompañada de sus hijos, tal y como le abandonó la casa aquella mañana en las afueras de Pisigüilito. ¡Qué de años corridos! Anduvo de achimero se puede decir hasta que cayó preso, buscándola por todas partes, dando encargos para si alguien la veía que le dijera dónde estaba, y nunca supo nada, nunca tuvo la menor noticia de ella. Ciego se le salía el corazón, después de tanto tiempo, a llamarla por su nombre, como salió él, ciego entonces, de su casa gritándola: ¡María Tecúúúúúún!... ¡María Tecúúúúúún!...

Los presos. Unos ciento veinte embrutecidos por el comer y el dormir, sin hacer nada. El sol secaba la atmósfera y el aire de sal que respiraban los mantenía con sed. Una gordura húmeda de pescados lisos, sin escamas. Los que enloquecían se arrojaban al mar desde los torreones. El agua se los tragaba, seguidos verticalmente por los tiburones y en el libro de la cárcel se anotaba una baja, sin poner la fecha. La fecha se fijaba cuando dejaba de comer el muerto, vísperas de llegar algún «cabezón» del puerto. Mientras tanto, el muerto comía, para los bolsillos del señor director.

No eran presos especiales. Eran presos olvidados. El remanente de las cárceles se mandaba allí de temporada. Cuestión de suerte. A veces limpiaban los cañones del castillo, ocupación que distraía a unos y enfadaba a otros. Limpiar vejestorios. Peor que no hacer nada es hacer cosas inútiles. Sebo y trapos hasta que los bronces quedaban limpios, con leones y águilas en sus escudos imperiales.

Un extraño rótulo de letras que con algún fierro al rojo grabaron en un tablón, decía: PROHIBIDO HABLAR DE MUJERES. ¿De cuándo databa aquella inscripción en el tablero carcomido, seco de sol, seco de sal, madera ya ceniza? Se contaba que aquella voluntad en letras de molde navegó por todos los mares en un barco pirata. En la época heroica del castillo la advertencia se cumplía bajo pena de muerte. Idas las guarniciones llegaron los cuervos a sacar los ojos a las ausencias de mujeres que allí se habían hecho, sin hablar de ellas, pensando en ellas. Ahora aquel sitio hediendo a orines era el rincón más abandonado de la fortaleza.

—Fortuna, compadre, que usté no estaba cuando el letrero ese era cosa seria.

—¿Qué me hubieran hecho? —contestó Goyo Yic a Revolorio.

—Pues casi nada le hubieran hecho: una piedrita de seis arrobas en el pescuezo y al mar.

—Y digo yo, compadre...

—Hable, compadre Goyo, pero no de mujeres...

—El castigo no debe haber rezado con los que hablaban de su madre, porque tal vez eso sí era permitido, porque antes que todo la madre.

—Usté lo está diciendo, compadre, y por eso también era prohibido hablar de las santas madres; no... si el rótulo es sabio... Nada hay que aflija más que las pláticas en que salen a bailar las autoras de los días de los hombres. El soldado se debilita cuando empriende a hacer recuerdos dulces de pasados días. Deja de ser soldado y se vuelve niño.

Un carcelero con cara de llave torcida, saliéndoles al encuentro les señaló el cielo limpio, sin una nube, y todo el azul asfixiante del mar atlántico.

—Ahora hay que aprovechar para ver si se alcanza a ver la otra isla. Es una isla grande. Se llama Egropa.

Los compadres y el carcelero subieron a uno de los torreones. Un puntito oscuro en la lámina del mar. La barca del señor Nicho que regresaba a tierra desde el castillo. Una que otra palabra cambiaba el señor Nicho con el panguero. Juliancito Coy, aunque por defecto de pronunciación decía «Juliantico», así se nombraba el panguero. Desnudo, sólo con taparrabos. Sabía poco y sabía mucho. Pocas letras y mucha lancha. Así le hablaba Nicho Aquino. Juliantico mostraba su dentadura de pescado y combinando el remar con el hablar, entredecía: Mucho tiburón aquí y allá juera en la tierra mucho lagarto; es que uno como lo que es, es comida, estos babosos se lo quieren comer. Por una escalera treparon al muelle de la Aduana chiquita. El señor Nicho arreó con sus bártulos, canastos y cajones vacíos, y el lanchero con su remo al hombro, cada cual para su casa, si te vi no me acuerdo.

—Compadre, la isla Egropa... —señaló Revolorio, al tiempo de dar un ligero codazo a Goyo Yic.

—De veras, compadre, ¿cómo la alcanzó a ver?...

El carcelero cegatón y bigotudo arrugó la cara al entrecerrar los ojos para descubrir en el horizonte la isla Egropa. No vio nada, pero bajó contando que si no era la isla de Cuba, era la isla Egropa la que había devisado, bien devisada.

Cinco meses le faltaban a Goyo Yic (y a su compadre ¡por supuesto!), para cumplir la condena, cuando un día —cosiendo un sombrero estaba, un sombrero que tenía de encargo— oyó gritar su nombre con todas sus letras a la entrada del castillo, entre los nombres de nuevos presos que iban desembarcando de una lancha a vapor, con bandera, soldados y corneta, y que el alcaide recibía por lista escrita.

—¡Goyo Yic! —cantó el alcaide, al pasar lista.

El compadre Tatacuatzín dejó lo que estaba haciendo y salió a conocer a ese que debía ser su pariente. Por de pronto era su doble tocayo, de nombre y apellido. Un muchacho de unos veinte años, delgado, con el pelo negro, la cara fresca, los ojos vivos, el porte altivo, era Goyo Yic.

Tatacuatzín le preguntó:

—¿Goyo Yic?

Y el muchacho le contestó:

—Yo soy, ¿deseaba algo?...

—No, sólo conocerlo. Me sonó el nombre y vine a ver quién era. ¿Qué tal viaje? Es cansador. ¿Se los trujeron a pie? Así nos trujeron a nosotros. Pero aquí ya tendrá tiempo para descansar, tanto como los muertos en el camposanto.

Tatacuatzín, desde que vio al muchacho, supo quién era. Paseó la cabeza canosa de un lado a otro, junto al muchacho, los ojos pesados de llanto que no le salía y en la garganta palabras que lo estrangulaban. Pero entre el sabor amargo que le subió a la boca desde las entrañas, un hilito de esperanza, como un hilito de saliva dulce: por su hijo sabría el paradero de María Tecún.

Buscó al compadre Mingo para contarle y que le rezara la rarísima oración de los «Doce Manueles» que da tanta fortaleza y buen consejo, aquella que empieza por el «Primer Manuel», San Caralampio...

Goyo Yic supo, por el compadre Mingo, que Tatacuatzín Goyo Yic era su padre. Desde que lo vio en el portón del castillo, sus ojos se creyeron topar con algo que era suyo, allí donde todo le era ajeno, adverso; pero hasta ahora se daba cuenta del porqué de aquella impresión que de momento no pudo explicarse. Y por eso fue a dormir junto a él. Lo que se llama dormir. Era la primera noche que así de hombre dormía, protegido por la presencia de su señor padre. Sin embargo, inconscientemente, cerró los ojos sin miedo junto a un hombre.

Tatacuatzín Goyo Yic indagó, temeroso de lo que vino a sucederle por preguntón: el quedarse con su imaginación como un globo al que se le ha ido el aire azul; indagó el paradero de María Tecún. Al irse de la casa —le contó su hijo— los llevó más a la montaña, segura de que su tata echaría a buscar por la costa.

—A la montaña, adónde... —preguntó Tatacuatzín.

—A la montaña arriba. Allí estuvimos sus seis años.

Mi nana trabajaba el de adentro en una casa de finca grande. Le dieron rancho para vivir y allí crecimos todos.

—¿Algotro tata?

—No. Hombre, no. Éramos muchos nosotros y muy fea mi nana.

Fea, repitió Tatacuatzín Goyo Yic para sus adentros. Fea, fea, y estuvo a punto de soltar un «Pero si era bonita, bonita chula», mas pronto se acordó que él nunca la había visto, todos le decían que era bonita.

—Después fuimos a vivir a Pisigüilito, buscamos a mi tata, a usté lo buscamos, pero ya no estaba; quién sabe se fue, decíamos, o se murió, decíamos tristes. Mi nana se casó de nuevo. Dijeron que usted se había embarrancado buscando a mi nana. Como era ciego.

—¿Con quién se casó?

—Con un hombre que tenía pacto con el Diablo, y así debe haber sido, porque pasaron cosas muy raras en la casa: cada vez llegaban hombres distintos a ver a mi nana; él los encontraba, pero no les pegaba, no les reclamaba, no les decía nada. Esto fue porque la estuvieron probando si era buena, de buena ley, con aquellas acechanzas.

—¡Buena era, ya lo creo! —exclamó Tatacuatzín.

—Después nos fuimos huyendo de la casa uno por uno; sólo Damiancito, el más tierno, se quedó con ella, y por él supimos que el Diablo se enamoró de mi nana; ésos eran decires: la puso muy bonita, limpia, linda, pura estampa de botica; pero el hombre que se casó con ella se le pegó a no moverse de su lado, y cada vez que llegaba el Diablo salía apaleado; las grandes palizas le daba al Diablo, sin que el malo pudiera hacerle nada, porque el convenio fue así: mientras mi nanita no quisiera a los enamorados, mi padrastro les podía pegar, sin que le tocaran un pelo; y como mi nanita no topaba al Diablo ni en pintura, mi padrastro le podía dar riata, sin que el Satanás lo tocara.

—¿Y a vos, por qué te trajeron?

—Por alzado... Nos querían hacer trabajar sin paga... Es una ruina todo... No hay justicia cabal...

Tatacuatzín Goyo Yic impuso a su hijo de su vida que gastó buscándolos por pueblos y caminos. Lo primero, la operación. Chigüichón Culebro le devolvió la vista. Después la achimería. Por último la embelequería del aguardiente, hasta la carceleada. Los buscaba temeroso de que la mujer se los hubiera bajado a la costa, donde hay el gusano que deja ciega a la gente, para rescatarlos; pero, gracias a Dios, ella supo pensar y aunque se perdió la vida, se ganaron los hijos.

Goyo Yic le contó que su nana, por ser más aguerrida que un hombre, pura guerrillera, ofreció robárselo del castillo; mas ahora que conocía el lugar, con tanta agua brava, tanto tiburón y tantas cosas, le mandaría a decir que no lo hiciera. De noche el mar se pone tan picado.

—Primero vendrá a verte...

—Si intiende, me tiene que traer unos trapitos, la ropa de mudarme.

—Pues entonces, mijo, dejala que se asome y ansina ella por sus propios mismos ojos se desengañará de lo peligroso que es el mar, de lo encontradizo de las peñas, de lo ingrato de este castillo maldito.

—Usted se verá con ella...

—¿Eh? —hizo un gesto de duda—, después se sabrá; vale que no está viniendo mañana. Hay tiempo para pensarlo. Por lo mejor que venga.

Una cortina de nubes oscuras separó la tierra costera del castillo. Una cortina de nubes oscuras retumbantes a los estremecimientos del trueno que seguía a los rayos pintados como espineros de zarzas de oro sobre el mar.

—En estos días, mijo, no queda ni el consuelo de los tiburones.

El viento rugía. Ramalazos de lluvia. Olas del tamaño de iglesias subían y se desplomaban. La isla con el castillo se alejaban.

—Pior, tata, si se suelta la isla y nos lleva el mar...

—En llevándonos a la isla Egropa; sólo que tonces ya no verías a tu señora madre.

—¿Hay otra isla entonces?

—Así dice uno de los carceleros, al que le llaman Portugués. Pero no debe existir nada más allá de la corriente azul que vemos. A los de la montaña, por más que pensemos, nunca se nos imagina el mar, como es, así como animal.

La fabricación de sombreros también sufría con el mal tiempo. Sin sol los dedos no andan, se quedan atrancados como si ellos también quedaran trenzados, inmóviles en la palma, que se humedece demasiado, por lo que hay que hacer más esfuerzo para trenzarla.

—Presos viejos, mijo —decía Tatacuatzín, cambiando la conversación—, presos con subterráneo de reumatís en los huesos, las manos renuentes, las canillas de aquello que ya no obedecen; a los viejos el dolor se nos vuelve gusto.

El temporal golpeaba furiosamente toda la costa. Hasta los más apartados rincones del castillo, soterrados entre muros de cuatro y seis brazadas de piedra y mezcla endurecida por los siglos, se oyó como si se hubiera resquebrajado algo muy frágil, pero a la vez muy fuerte, en la base del peñón. Estaba casi oscuro. Las voces de los vigías, soldados y presos espiones, apagaban por instantes el grito desnudo de una voz humana en medio de la borrasca. Soldados y presos miraban, ya disforme y abatida, a merced del chubasco, una embarcación.

No se logró llegar a ella. No se supo nada. Los presos quedaron enjutos de temor, mínimos, insignificantes, ante los elementos desbordados. Hachazos parecían las olas, barretazos en lo profundo, conmoviéndolo todo, y la cresteria espumosa del agua saltaba a veces, en pleito de gallos, hasta los torreones oscuros, tenebrosos, silentes.

Los dos Goyos Yic, abiertos los ojos, siguieron toda la noche en la tiniebla lluviosa la misma fila de pensamientos. Esa embarcación deshecha. Tardaron en comunicarse sus aprensiones, sus temores, sus pensamientos, pero a medianoche ya no fue posible guardar silencio, más que estaban despiertos. Se les salieron las palabras como los ladridos a un perro que no quiere ladrar y que después, al ladrar, él mismo se asusta de oírse. Pero no, no pudo ser ella, no podía ser ella. Primero vendrá a traer la ropa a Goyo Yic, su hijo, y después se hablará de sacarlo de allí.

—Sólo que el impautado con el Diablo —susurraba Tatacuatzín Goyo Yic.

—Pero no, tata —respondió rato más, rato menos, pero después de un silencio, Goyo Yic, hijo—, el ese mi padrastro dicían que andaba suelto.

—¿Cómo dijiste que se llamaba? Hay nombres que no se le quedan a uno.

—Benito Ramos es que se llama...

—¿Lo dejó el diablo, pué?

—Sí, lo soltó...

Se arroparon y palabra uno, palabra otro, se quedaron dormidos. Tatacuatzín Goyo Yic abandonaba la mano para agarrar alguna parte del cuerpo de su crío, que así descansaba mejor en el sueño. Sangre vieja y sangre nueva de la misma entraña, el palo viejo y el retoño, el trance y la astilla del mismo tronco en medio de la tempestad.

De lado del puerto, el Hotel King embadurnado de agua salada, con los mosquiteros destilando humedad como si más fueran redes de pescar, la Doña le consultaba con los ojos a Nicho Aquino, algo que Nicho Aquino presentía patente, pero no se animaba a formar con palabras en la cavidad de su boca, temeroso de que al formarse con palabras, se hiciera cierto, ya no pudiera destruirse, convertido en realidad.

Empujado por los ojos de la Doña, sin abrir la boca, se decidió a subir al segundo piso. Crujió bajo sus pies la escalera de caracol. De un par de pasos, sobando la mano por la baranda pegostiosa de agua de sal, la barandita del segundo piso, empujó la puerta del cuarto del belga. Nadie, nadie. No estaban más que sus pantuflas, un sombrero tejano —el señor Nicho clavó bien los ojos en esta prenda que calculó rápidamente algo así como una herencia debido al parentesco que hay entre el amo y el criado—, un candelero con una vela a medio quemar y unos fósforos.

Sin que la Doña le preguntara, le dijo:

—No está...

—Ya ves, vos... —la Doña estaba de espaldas, cuando él entró en el salón de la cantina, junto al mostrador— ...ya sabía yo... la tormenta lo agarró adentro... —inclinó la cabeza hacia atrás, y volvióse con la ropa vacía en la mano—, ya ves vos, ya ves vos...

—Pero ¿tendrá riesgo?

—Ahora ya no...

Apresuradamente la Doña llenó otra copa de coñac y al galillo.

—Entonces no hay pena...

—Si se embarcó ya no tiene riesgo, y si no se embarcó tampoco tiene riesgo; Dios quiera que se haya ido a esos cerros en que dicen que hay minerales de oro.

La noticia de la embarcación destrozada al pie del Castillo del Puerto llegó al Hotel King días después, ya cuando la borrasca se iba alejando por el Caribe. Ese día la Doña se bebió la botella de coñac. Nicho Aquino se la destapó y se la llevó a su cuarto. Ella estaba metida en la cama, desnuda hasta la mitad del cuerpo, igual que una sirena vieja. Nicho Aquino saludó al entrar y al salir. La Doña no le contestó. Estaba como loca. No se daba cuenta de que tenía los senos fuera, a los ojos del hombre extraño. Más bien se los rascaba con la mayor naturalidad. Unos senos tristes, llorosos de agua de sal. El sirviente dejó la botella y el vaso limpio en la mesita que estaba junto a la cama. Colillas de cigarros de gringo, hediendo a caca perfumada. La Doña no lo vio o hizo como que no le veía, perdida en una nube de humo. Apenas si alargó sus dedos manchados de nicotina para pedirle que le alcanzara otro cigarrillo. Al salir el señor Nicho se quedó oyendo. El glu-glu-glu del coñac fue todo lo que oyó, al pasar por la garganta de la Doña. Después oyó que se levantaba. Por poco lo agarra en la puerta. Tan en seguida se echó hacia fuera que lo alcanzó junto a la barandita. Pero tampoco lo vio. Daba alaridos desgarradores, blasfemaba, insultaba a Dios con palabras soeces. Al sirviente se le paró el pelo del miedo. El mar levantaba sus olas cóncavas, igual que orejas, y se llevaba lo oído al fondo de todas las cosas, donde está Dios.

En el Hotel King, al día siguiente todo era normal. Había pasado la borrasca. En las costas millares de pececillos muertos. Los troncos de los árboles que bajan hasta meterse en el mar, bañados de sustancias marinas, mutilados algunos, otros bailoteando con raíces y todo como náufragos con zapatos.

—Muy peligroso... —dijo el señor Nicho a la Doña, que amaneció con todo lo que ayer tenía fuera, en el corsé.

—Echale a los cocos, no siás miedoso...

—Y con qué los tapo después...

—Con cera de cohetero, cera negra; así hice yo mi dinero: vendiendo cocos cargados. Después de estos días de frío, los presos dan lo que se les pide por un coco cargado. La chivás vos con tu miedo, no parecés hombre; en la vida todo quiere arriesgarse... —al decir así, la Doña pensó en la embarcación estrellada contra las rocas del castillo, en su hombre— ...Mucho que querés juntar tus mediecitos para ir a sacar a la mujer que se fue en el pozo... Con tu valor nunca vas a tener nada... Los ricos son ricos porque es gente que se arriesga a robar el pisto a los otros, comerciando, fabricando cosas, todo lo que vos querrás, pues mucho dinero junto en una sola mano siempre tiene algo de robo contra los demás...

—Pero siendo heladioso el coco por natural, quién se va a tragar que es agua de coco la que estoy vendiendo... ¡Ofrecer cocos después de una borrasca..., ocurrencia de señora!

—Se le unta la mano al alcaide; llevate cien pesos y de entrada se los das con disimulo. En seguida gritas: ¡Cocos! ¡Cocos!... Ya los presos saben... El agradecimiento que se pintará en sus ojos te hará sentir que además de un buen negocio estás haciendo una buena acción...

El negocio de los cocos fue redondo como los cocos. Todos compraron su coco cargado. En lugar de agua de coco se llenaban las cáscaras con aguardiente, unos, y otros con ron. Los de ron eran más caros. Era necesario echarse unas buenas buchadas de aguardiente o ron para aliviarse del malestar que en el cuerpo y en el alma dejaba la tempestad.

Domingo Revolorio compró uno de ron, y con él fue al compadre Yic a convidarle un trago, sólo que llegó anunciándole que sería vendido, como el aguardiente del garrafón que les valió la fregada en la cárcel. Uno y otro hicieron la mímica de venderse los tragos que se bebían. Tatacuatzín refirió a su hijo lo del negocio del garrafón. Vendimos al contado a seis pesos guacal sobre doscientos guacales, máximo, porque algo se nos cayó del traste; sea como sea, a seis pesos guacal, doscientas medidas eran mil doscientos pesos; cuando despertamos presos no teníamos nada, y sólo nos habían recogido los seis pesos. El muchacho se les quedaba mirando. Cosa del Diablo. Hicieron la prueba con el coco de ron, vendiéndose los tragos a peso. Yic, tata, pagó a Revolorio un trago. Le dio el peso. Revolorio quiso después que el otro le vendiera un trago. Lo tomó y pagó el peso. El mismo peso. Y así hasta terminar el coco: tres tragos cada uno. Al terminar debían tener seis pesos y sólo tenían el pinche peso con que empezaron la venta. Cuenta de magia. Vender al contado, acabar el producto, y al final no tener su importe, y menos la ganancia esperada.

Los días chorreaban sol, sol que en el Castillo del Puerto era plomo derretido. Las alimañas sofocadas por el calor salían a darse aire en los terraplenes de tierra arenosa y hierbas color de telarañas. Los presos les daban caza para arrojarlas a los peces, celebrando con alegres risas el caer de las ratas, lagartijas y ratones en el agua limpia, verde-azul, transparentada hasta donde el fondo empezaba a ser oscuridad de porcelanas de penumbra y frío de medusas.

Los soldados de la guarnición tenían prohibido gastar parque y por eso no blanqueaban contra los tiburones, pero ¡ay!, les comían las manos por darle gusto al dedo en el gatillo y paralizar de un disparo, si tenían buena puntería, alguno de los magníficos ejemplares de tiburón de mares tropicales que en enjambre nadaban enfrente, pequeños toros de aletas de almandros irisados, capitosos, con dobles filas de dientes piramidales. Los negros, dos o tres presos negros, en días de mucha bandurria se echaban a torearlos, sin cuchillo, sin nada, sólo con la burla de sus afiladas desnudeces. Estos negros despedían hedor a mostaza seca, antes de echarse al ruedo marino. Igual que los toreros. Es el güele de la muerte que sale al miedo del hombre, explicaban los carceleros. En un torreón, sin embargo, se apostaba el mejor tirador de la guarnición con el máuser listo, para disparar contra el tiburón, en caso de peligro, aunque, según contaban, hace años se dio el caso de que en el espumaraje no vieron a qué horas, de una tarascada de gato, el tiburón se llevó a uno de los toreros negros. El espectáculo era bravo, lujuria y misterio, y ejercía tal atracción sobre los espectadores, que algunos caían al agua, rompiendo la palpitación candente, chapuzones que pasaban inadvertidos, pues si en otras oportunidades hubieran provocado la risa de todos, aquí no cabía lugar, centralizada, imantada la atención por el juego a muerte del tiburón y el negro. Qué fortuitas formas tomaba la figura humana al presentarse y escapar del tiburón empaquetado en la tiniebla joven de su sombra marina. La bestia capitosa tras el cohete humano con explosión de espumosas burbujas en los brazos, en los pies, sin darle alcance. La masa oscura del animal oscilaba, estúpida, comprimida por el agua, mientras el charolado cuerpo del negro refluía, galvanizando a los espectadores. En el silencio expectante se percibía cada pringa de sudor caída en el líquido espejo de la orilla, de las frentes de los presos y el blu-bu-blu-bi-blu de los cuerpos enemigos pasando uno tan castigadamente cerca del otro que apenas si había tiempo de pensar en lo que no sucedía porque nuevamente la carnadura de ébano corinto, entre una risa y un castañeteo de dientes, se sustraía al tiburón que burlado, pero no vencido, descendía rápidamente trazando un tirabuzón de espumas, para volver de perfil, balanceándose entre anillos de cristal que al chocar casi sonaban.

Los oficiales, los soldados, los presos después de la «divierta de tiburón», volvían a su oquedad de seres opacos poco menos que deshechos de los nervios, algunos como insultados, con un brazo que les saltaba, con un ojo que les hacía faro.

Las aves marinas, aparatosas, destrenzaban perezas y distancias, aleteando con dificultad, volcándose desde la altura para apenas rozar el agua al tiempo de remontar el vuelo, entre peces voladores que saltaban como pedazos de pizarra de mesa de billar golpeada.

—Tata... —se le juntó Goyo Yic a decirle en un día de gran claridad—, allí está mi nana...

—¡Dios guarde le hayas informado que yo estaba aquí!

—Le conté ya...

—¡Ve lo que hiciste, por Dios..., yo no quería que supiera, y ella qué te dijo!

—Nada. Se puso a llorar...

—¿Y le dijiste que yo veía?

—No. Eso no le dije.

—Entonces si entrejunto los párpados y vos me llevás de la mano...

—Cree que está ciego...

La María Tecún conservaba sus pecas, los hilos lacios de su cabello colorado con buenas pitas blancas. Se echó para un lado del portón a enjugarse el llanto, a sonarse las acañutadas narices de vieja, y esperó con temblor de canillas bajo las naguas, al hijo y al padre ciego que se aproximaban.

Tatacuatzín Goyo Yic se le acercó mucho fingiéndose el ciego, como si se le fuera encima, hasta toparla con el cuerpo de frente; ella le sacó un tantito el bulto y tomándole la mano se le quedó mirando con los ojillos escrutadores, titilantes bajo las lágrimas gordas que le saltaban a los párpados.

—¿Qué tal estás? —le dijo, después de un momento, con la voz cortada.

—Y vos, qué tal...

—¿Por qué te trajeron?

—Por contrabandear. De resultas de un garrafón de guaro que compré con un mi compadre para revender en la feria de Santa Cruz. Perdimos la guía y nos fregaron.

—Ve, pues... Y a nosotros, ¿verdad, mijo?... que nos dijeron que te habías muerto, que eras fenecido. ¿Y hace mucho estás aquí?...

—Hace...

—¿Mucho?

—Dos años. Tres me echaron...

—¡Santo Dios!

—Y vos, María Tecún, ¿qué tal?... Te volviste a casar...

—Sí, ya te contó Goyito. Te dieron por muerto y me actorizaron a casarme. Los muchachos necesitaban tata. Mano de muejer no sirve con hombres. Hombre quiere hombre y Dios se lo pague salió güeno; al menos con ellos ha sido deferente. Te dejé...

Goyo Yic hizo un gesto de molestia, abriendo insensiblemente los ojos más de lo necesario, lo necesario para que ella que estaba prendida de sus pensamientos, le notara las pupilas limpias, no como las tenía antes.

—Dejá que te diga, ya que viene de mano que hablemos ante uno de los hijos. Te dejé, no porque no te quisiera, sino porque si me quedo con vos a estas horas tendríamos diez hijos más, y no se podía: por vos, por ellos, por mí; qué hubieran hecho los patojos sin mí; vos eras empedido de la vista...

—Y con el que ahora es tu marido, ¿no tenés hijos?...

—No. Al negado ese le quitaron la facultad de preñar

mujer los brujos. Un zahorí me lo dijo. No sé en qué matanza de indios tomó parte, y me lo maldicieron, lo secaron por dentro.

—¿Y a mí, si tuviera mis ojos me querrías?

—Tal vez... Pero vos no me querrías a mí, porque soy bien fea, feróstica. Que lo cuente tu hijo. Aunque pa los hijos no hay madre fea.

—Nana —intervino riendo Goyito hijo—, se fijó ya en mi tata...

—En de que lo vide venir, pero me he estado haciendo la disimulada. Abrazarme querías cuando te me echaste encima, pretextando no ver, tatita.

Tatacuatzín abrió los ojos. Titubearon las pupilas de él y de ella antes de juntarse, de encontrarse, de quedar fijas, cambiándose la luz de la mirada.

—Qué bueno que de veras tenés tus ojos... —dijo María Tecún apretando un pedazo de pañuelo en su mano cerrada de emoción.

—Pero vas a ver que hasta ahora me sirven, porque yo los quería para verte a vos, y te busqué... ¿por dónde no te busqué?... creí que iba a reconocerte por la voz, ya que de vista no te conocía, y me puse achimero, por ái va, por ái viene hablándole a cuanta mujer encontraba...

—¿Me hubieras conocido por la voz?

—Creo que no...

—Con los años se le cambia a uno la voz. Al menos, ahora que te oigo hablar, Goyo Yic, me parece que hablas distinto antes...

—También a mí me pasa con tu voz; era otro tu modo de hablar, María Tecún...

Domingo Revolorio, a quien Tatacuatzín Goyo Yic llamó, acercóse a hacer conocimiento de María Tecún.

—Acérquese, compadre...

—¡Compadre de un garrafón que le llevé al bautizo! —aclaró Revolorio festivamente—. No vaya a estar creyendo, señora, que éste tuvo más crianza...

—Entonces yo soy su comadre...

—Eso mero, mi comadrita...

—Siendo de un garrafón —intervino Tatacuatzín Goyo Yic, a quien apenitas si le cabía el gusto en el cuerpo—, no es su comadre, compadre, sino su comadreja.

—Está bueno, porque entonces es usté mi compadrejo...

Se veía venir la tarde. El tinte del mar, el tinte del cielo, las nubes ya arreboladas y la quieta solemnidad de las palmeras que iban entrando en el ocaso. Una que otra embarcación cruzaba a lo lejos el horizonte, que en un momento había tomado color violeta oscuro. El ensimismamiento de las aguas profundas, color de botella, aumentaba el enigma de aquel momento de negación, de duda ante la noche.

Ya se había dicho lo hablado y lo callado. La idea de la fuga de Yic hijo se descartó por peligrosa.

Le temblaba la quijada de mujer vieja al despedirse de su hijo. Hizo pucheros. No quería que se le saliera el llanto, para no aflijirlos. Le temblaban los párpados. Se limpiaba la nariz con la mano nerviosa. Sus pecas, su boca contraída por la pena, las pitas de su cuello, su pecho sin senos. Dio la vuelta encajando la cabeza en el hombro de su hijo. Volvería. Vale que vino con algo de vender. Unos seis coches. Mañana los somato y regreso a verlos. ¿Lo pensó o lo dijo?

Nicho Aquino acercóse con el reloj de la Doña en la mano, para avisarle a la vista que ya era tiempo de volver a tierra firme. Entraron en la barca, él con sus bártulos, ella con sus pesares, y el lanchero empezó a remar. Airecillos fríos, vesperales, cortaban la atmósfera de bagazo caliente que venía de la tierra. Suavísimos oleajes en la bahía quieta y amarilla, rodeada de palmeras negras, como una balsa de trementina de oro.

Nicho Aquino preguntó a la viajera silenciosa, de gesto poco amable a pesar de la ternura del llanto que se le secaba en la cara.

—¿A cómo tantea vender los cochitos?

—Depende. Si el maíz no anda muy caro tal vez consiga buen precio, aunque la verdá es que este año los coches están valiendo. Al menos por onde yo se han vendido algo regular.

Juliantico, el panguero, dando y dando. Su pelo como subido a un cerro sobre su cabeza. Sus ojos de Niño Dios con hambre alumbrados por las pringas de luz encendidas en la oscuridad navegante del puerto.

Nicho Aquino soltó un poco intempestivamente lo que venía pensando desde que embarcaron. Tuvo noticias, por haber oído al vuelo la conversación de los Yic y Revolorio en el Castillo, que aquella mujer era...

—¿Conque usté es la famosa María Tecún?

—Hágame favor... —le pudo lo que le dijo, pero le contestó de buen modo— ...¿famosa, por qué?...

—Por la piedra, por la cumbre, por las «tecunas»... —se apuró a decir el correo de San Miguel Acatán, hoy convertido en un nadie; la mano derecha de la Doña del Hotel King y su amante; pero un gran nadie desde que dejó de ser correo.

—También usté sabe lo de la piedra, pues... Entonces, según, ésa soy yo; piedra allá y gente aquí...

El señor Nicho navegaba en el mar junto a María Tecún, tal y como él era, un pobre ser humano, y al mismo tiempo andaba en forma de coyote por la Cumbre de María Tecún, acompañando al Curandero-Venado de las Siete-rozas. Dos animales de pelo duro cortaban la neblina espesa por la tierra de poro abierto que rodea la gran piedra. Volvían de las grutas luminosas, de conocer a los invencibles en las cuevas de pedernales muertos, conservándose la conversación para no disolverse, el venado-curandero en la mansa oscuridad blanca de la cumbre, tan igual a la muerte, y el coyote-correo en la caliente y azul oscuridad del mar, donde estaba en cuerpo humano. Si no se conversan, el Curandero-venado se habría disuelto en la neblina, y el Correo-coyote habría vuelto por entero a su auténtico ser, a su cuerpo de hombre que navegaba al lado de María Tecún.

El cabeceo del barco los hacía ceremoniosos. Iban

aproximándose al desembarcadero miasmático, hediondo, agua aceitosa, basuras.

María Tecún explicó que no se llamaba mero, mero Tecún, sino Zacatón y el señor Nicho, que al mismo tiempo de ir en la barca en forma de hombre con María Tecún, iba por la cumbre con el Curandero en forma de coyote, se lo pasó a éste en un aullido de yo sé más: ¡No es María Tecún, es María Zacatón, Zacatón...!

El Curandero-Venado de las Siete-rozas que lo llevaba tan cerca —marchaban a la par de la famosa oscuridad blanca de la cumbre—, le untó el hocico de venado en los pelos de la oreja arisca para decirle con cristalina sonrisa de espuma entre el luto del belfo:

—¡Te falta mucho para zahorí, coyote de la loma de los coyotes! Mucho que andar, mucho que oír, mucho que ver. Come asado de codornices, mastica el ombligo de copal blanco y escucha, hasta embriagarte, el vino de miel de los pajarillos que vuelan sobre el verde sentado en los árboles que es igual al verde sentado en el monte. ¡Zahorí se es en el momento en que se es uno solo con el sol encima! Y María Tecún, esa que dices que ves como si la tuvieras frente a frente, no es tampoco de apellido Zacatón y por lo mismo está viva: de ser sangre de los Zacatón habrían cortado su cabeza de criatura de meses en la degollación de los Zacatón que yo, Curandero-Venado de las Siete-rozas, ordené indirectamente por intermedio del Calistro Tecún, cuando los Tecún tenían a su nana enferma de hipo de grillo. Los Zacatón fueron descabezados por ser hijos y nietos del farmacéutico que vendió y preparó a sabiendas el veneno que paralizó la guerra del invencible Gaspar Ilóm, contra los maiceros que siembran maíz para negociar con las cosechas. ¡Igual que hombres que preñaran mujeres para vender la carne de sus hijos, para comerciar con la vida de su carne, con la sangre de su sangre, son los maiceros que siembran, no para sustentarse y mantener a su familia, sino codiciosamente, para levantar cabeza de ricos! Pero la miseria los persigue, visten el harapo de la hoja desgarrada por el viento de la impiedad y sus manos son como cangrejos que de estar en las sagradas cuevas, se van volviendo blancos.

—Si no es María Tecún ni María Zacatón, entonces, esta piedra, ¿quién es?, Venado de las Siete-rozas...

Por un momento oyó el señor Nicho que se ahogaba su voz en el vaivén rumiante del golfo, pero lo volvió a la realidad de la cumbre el habla del Curandero, al contestarle que en aquella piedra se escondía el ánima de María la Lluvia.

—¡María la Lluvia, erguida estará en el tiempo que está por venir!

El Curandero abrió los brazos para tocar la piedra, vuelto a la figura humana que veía en ella, él también humano, antes de disolverse en el silencio para siempre.

—¡María la Lluvia, la Piojosa Grande, la que echó a correr como agua que se despeña, huyendo de la muerte, la noche del último festín en el campamento del Gaspar Ilóm! ¡Llevaba a su espalda al hijo del invencible Gaspar y fue paralizada allí donde está, entre el cielo, la tierra y el vacío! ¡María la Luvia, es la Lluvia! ¡La Piojosa Grande es la Lluvia! A sus espaldas de mujer de cuerpo de aire, de solo aire, y de pelo, mucho pelo, solo pelo, llevaba a su hijo, hijo también del Gaspar Ilóm, el hombre de Ilóm, llevaba a su hijo el maíz, el maíz de Ilóm, y erguida estará en el tiempo que está por venir, entre el cielo, la tierra y el vacío.

Epílogo

Faros enloquecidos por los piquetazos de los zancudos y zancudos enloquecidos por la luz de los faros. Zancudos, moscos, mosquitos, jejenes... Al señor Nicho se le fue huida la cara para un hombro, igual que el tacón de un zapato torcido. Los años. Peso y soledad de plomo. Arrugas en forma de herradura le sostenían a duras penas la quijada, hueso malévolo que le colgaba, le colgaba irremediablemente. Moscas. Se le entraban en la boca. Escupirlas vivas. La Doña murió de fiebre perniciosa. Se puso negra, color de alacrán. Botó el pelo en la última peinada. Heredero del Hotel King y sus dieciséis mil ratas, el señor Nicho Aquino. Tatacuatzín Goyo Yic y María Tecún volvieron a Pisigüilito. Ella enviudó de su segundo marido, el postizo. Sólo un marido se tiene, todos los demás son postizos. Benito Ramos, el del pacto con el Diablo. Murió de hernia. Volvieron, pues, a Pisigüilito. Horconear de nuevo para construir un rancho más grande, porque sus hijos casados tenían muchos hijos y todos se fueron a vivir con ellos.

Lujo de hombres y lujo de mujeres, tener muchos hijos. Viejos, niños, hombres y mujeres, se volvían hormigas después de la cosecha, para acarrear el maíz; hormigas, hormigas, hormigas, hormigas...

Guatemala, octubre de 1945

Buenos Aires, 17 de mayo de 1949

Glosario

A

Abodocar: Salir chichones en el cuerpo.

Achimero: Buhonero.

Aguachigüe: (Viene de agua *chiva.*) Agua con la que se humedece la masa de maíz y se da de alimento a los chivos ó terneros de meses.

Aguajola: Refresco de canela o rosicler.

Ahuizote: Mal agüero, espanto, sortilegio, brujería.

Ajigolón: Congoja.

Anona: Chirimoya.

Añerío: Años sin cuento.

Apanuscar: Apiñarse, apeñuscarse.

Apaste: Vasija de barro cocido.

Apasote: Epazote. Planta medicinal y comestible, de olor fuerte y desagradable.

Árganas: Alforjas de pita para llevar provisiones.

Argeño: Enfermedad de las plantas que las pone marchitas, desmedradas, amarillas.

Atarraya: Red para pescar.

Atol: Apócope de *atole,* bebida hecha con maíz mezclándole leche, azúcar y otros ingredientes, según la clase.

Avilantaro: Pedro de Alvarado, conquistador de Guatemala.

B

Bajera: Hacia abajo, descendiendo.

Bambas: Monedas de oro o plata.

Barajustar: Huir o salir de estampía un caballo.

Batido: Especie de atol con cacao.

Bayunco: Sandio, montaraz, *tosco.*

Bolo: Borracho.

Boquero: A boca de jarro.
Botaderos: Lugar de donde arrójanse a un río troncos de árboles.
Bucul: Calabaza redonda que después de quitarle la pulpa, abierta por la parte superior, sirve para guardar tortillas.
Buido: Diluido.

C

Cacha: (Hacer la...) Poner diligencia para lograr algo, y en forma de «qué *cacha*», corresponde a qué engorro, qué molestia.
Caimito: Fruta tropical de color morado verdoso.
Caites: Sandalias toscas hechas de cuero crudo, cubren sólo la planta del pie.
Calaguala: Helecho emenagogo expectorante, diurético, antireumático.
Camanances: Hoyuelos que se les hacen a las mujeres a los lados de la boca al reír.
Canches: Personas de pelo rubio.
Cangro: Tumor, chancro.
Capulines: Arbol de fruto rojo, redondo.
Casampulga: Araña pequeña muy venenosa. *(Black widow* o *Viuda negra.)*
Cernada: Agua con ceniza o con cal que queda después que se hace hervir en usos culinarios. (De cernir.)
Cibaque: Médula fibrosa de una especie de tule. Se usa en tiras angostas para amarrar los tamales.
Cirguión: Sacudida, temblor, sismo.
Cochemonte: Jabalí americano.
Colación: (Dulces de...) Confitura de azúcar de diferentes formas: animales, árboles, figuras humanas, y en varios colores.
Cola de quetzal: Planta parásita que en forma de helecho crece en los troncos de los grandes árboles, y que se coloca en las casas como motivo ornamental. Debe su nombre a que las hojas tienen el largo, la forma y el color de las colas del quetzal.
Compas: Compañeros. (Ser compas, ser compañeros, amigos íntimos.)
Conacaste: Árbol corpulento de madera finísima.
Contrayerba: Planta medicinal. Machacados los frutos es buena contra quemaduras, etc.
Copal: Resina muy aromática que produce el árbol del mismo nombre y que muchas personas mascan como chicle; producto látex de los frutos del «Cojón de puerco»; varias otras plantas resinosas también se conocen por copal.
Corneto: Persona con las piernas torcidas.
Corronchochos: Frutillas silvestres de color rosado, dulces, astringentes; se confunden a veces con el orégano.
Cotón: Corpiño, dicen algunas veces al cotón, pero también dícenle cotón al jubón.
Coyoles: Palmera que produce en racimos muy grandes el fruto del mismo nombre, pequeño, redondo, amarillento y aromático.
Cresterío: Numerosas crestas.
Cuaches: Cada uno de los gemelos o mellizos y por exten-

sión, lo que es doble: escopeta cuache o sea de dos cañones, marimba cuache o de doble teclado.

Cuscún: (O *coscún.*) La comida.

Cutete: Reptil iguánico, pero también con el significado, sin duda por el «cu», de ano.

Cuto: Persona a la que le falta una manc

Ch

Chacales: Especie de soguillas.

Chachagüete: Unión de los estribos por medio de una cuerda que pasa bajo la barriga del caballo, y por extensión maña para violentar a una mujer.

Chachajinas: Palomitas silvestres.

Chalchigüites: (O *chalchihuites.*) Collar con dijes y amuletos que usan las mujeres. Viene de jade, en náhuatl o pipil.

Chan: Chian, semillita mucilaginosa.

Charragüero: Persona que toca la guitarra. Charranguear la guitarra, rasgar la guitarra.

Chaye: (Chay: obsidiana de color negro.) Todo pedazo de vidrio, por extensión.

Chayerío: Abundancia de pedazos de vidrio.

Chelón: Legañoso, lleno de *cheles* o legañas.

Chenca: Colilla.

Chenquear: Cojear, renquear.

Chicalote: Planta medicinal parecida al cardo santo.

Chiclanes: (Ciclanes.) Con un solo testículo.

Chicozapotes: El chico o árbol que produce esta fruta, y del que se saca la resina llamada chicle. Árbol de 25 metros, erguido, multicono, propio de las costas.

Chiches: Cada una de las mamas o pechos de la mujer.

Chichicaste: Ortiga.

Chichitas: Frutitas amarillas con la misma forma de los senos femeninos, que los peregrinos usan para adornar sus sombreros.

Chinche: (Hacer chinches.) Arrojar monedas, golosinas, etcétera, a los muchachos.

Chingaste: Sedimento o residuo.

Chipichipi: Mojabobos, llovizna.

Chipotazos: Golpe dado con la mano abierta.

Chirís: Niños.

Cholludos: Perezosos, haraganes.

Chonete: Maíz cortado tierno.

Chorchas: Pájaros hermosos de color amarillo.

Choreques: Florecitas rosadas.

Chucán: Delicado.

Chuj: Indios de cierta parte occidental del Guatemala.

D

Desbinzar: Cortar u obstruir los cordones espermáticos.

Desbitocar: Levantar la válvula o quitar el tapón a los depósitos de agua.

Desburrumbaderos: Sitios en los que en los barrancos se desmorona la tierra.

Dialtiro: Del todo, por completo, enteramente.

Dundo: Dícese de la persona atontada.

E

Ejote: Judías verdes.
Eloatol: Contracción del *elote* y *atol:* atol de elote o maíz tierno.
Elote: Maíz tierno, mazorca.
Engasado: *Delirium tremens.*
Enturnia: Poner bizco.
Espumuy: Paloma de pluma muy fina.

F

Fucias: Fucsias.
Fugos: Huidos.

G

Gachón: Inclinado, echado para abajo.
Garrobo: Especie de iguana comestible.
Goma: Término que se emplea para designar el malestar subsiguiente a la ebriedad. Resaca.
Gringo: Norteamericano.
Guacal: (O *huacal.*) Vasija de tamaño mediano.
Guacalazo: Golpe dado con *guacal* o su contenido.
Guachipilín: Arbol grande de madera finísima.
Guanábana: La fruta del guanabo o guanábano. Así como en las Antillas se da en Centroamérica.
Guanaqueando: (De *guanaco:* simple, que se admira de todo.) Ir abriendo la boca, ir admirándose de todo.
Guapinol: Árbol y fruto capsular de 12 centímetros que contiene semillas de color rojo oscuro envueltas en polvo amarillo. De estas semillas horadadas al centro se hacen anillos.
Guaro: Aguardiente de caña.
Guarumo: Árbol de tronco grande, con hojas como el papayo. Es abundante en las costas y climas templados.
Güegüecho: Bocio, y también se designa así a la persona bociosa.
Güisquil: Ver huisquil.

H

Huatal: (*Guatal, guamil.*) Monte bajo que crece en terrenos que ya han sido cultivados.
Huisquil: Cierta fruta usada como verdura.
Huisquilar: Terreno sembrado de huisquiles.
Hule: Caucho, y también se emplea en el sentido de suerte, azar: «¡Qué *hule!*»
Humadera: Conjunto de cosas que sirven a los campesinos para fumar.
Humar: Fumar.

I

Ichintal: La raíz del huisquil, que es comestible.
Iguazte: Salsa de semillas de calabaza tostadas y molidas con tomate y otras especias.
Íngrimo: Solitario.
Iscorocos: Indios (despectivo).
Izotales: Lugares sembrados de *izotes.*
Izote: Árbol de poca altura, hojas en forma de dagas, flores de color blanco con forma de

ramilletes o palmatorias. La flor del *izote,* además de ser bella, es comestible y tiene sabor amargo muy agradable.

J

Janano: Labihendido. Persona de labio leporino.
Jijiripago: Voz de los campesinos que demuestra júbilo, alegría.
Jiote: Cierta clase de empeine o herpes muy frecuente en los perros.
Jobo: Árbol de madera color de cedro.
Jocote: Fruta parecida a la ciruela, llamada por los españoles ciruela americana.
Juilín: Pescado de ríos y lagos, de color negro, sin escamas, boca muy grande y a los lados tentáculos que semejan pelos de gato.

L

Lajas: Piedras duras, quebradizas, sonoras, en forma foliada.
Loroco: Semillita comestible con arroz o tamales.
Luzazo: Golpe de luz para encandilar.

M

Maleno: Muñeco tosco.
Manglar: Sitio poblado de mangles en la costa a orillas del mar.
Mangle: Arbusto rizofóreo americano que se da en los sitios cercanos al mar, en las costas.
Masacuata: Culebra inofensiva, comestible quitándole la cabeza y la cola.
Matapalo: Parásito que seca los árboles.
Matasanal: Sitio poblado de *matasanos,* árboles de frutos muy perfumados.
Matilisguates: Árboles corpulentos, de madera durísima y muy valiosa.
Maxtates: Bolsón o talego hecho de cáñamo.
Mecapal: Tira de cuero que se ajusta a la frente para cargar lo que se lleva a la espalda.
Mecate: Cordel, lazo.
Memeches: Cargar a memeches, es decir, a la espalda a los niños, y por extensión el que tiene una carga dice que la lleva a *memeches.*
Mero: Pronto, luego. Ya *mero viene,* es decir: Ya pronto viene... También tiene a veces este otro significado: Ya *mero,* indicando: qué fácil, cuando una cosa no es hacedera.
Milpa: La planta, la mata de maíz.
Milpeando: El tiempo en que desde que nacen hasta que sazonan están en crecimiento las milpas o matas de maíz.
Milperío: Conjunto de milpas o matas de maíz.
Mitomate: Una especie de tomate, pequeño, de color verdoso, que se usa mucho.
Miquear: Coquetear.
Mojarra: Especie de pescado fino lacustre.

N

Nahual: Espíritu protector.
Nana: Madre.
Nance: (*Malphigia montana.*) Frutita de color amarillo, del tamaño de una cereza, de sabor delicioso y muy perfumada. El árbol que la produce también se llama nance.
Nige: Barniz negro. Una laca americana.
Nigüerío: Sitio en que hay muchas *niguas,* insectos parecidos a la pulga.
Nixtamalero: Lucero del alba. Se llama así porque a esa hora se saca del fuego el nixtamal, o sea la olla en que se cuece el maíz con agua de cal, para suavizarlo.

O

Ocote: Madera de pino muy resinosa que sirve para encender el fuego y para alumbrarse en forma de hachones.
Olote: El corazón de la mazorca de maíz, la parte de la mazorca a que va adherido el grano.

P

Pacaya: Planta semejante a la palmera.
Pache: Bajo de cuerpo y por extensión todo lo que no es alto; casa *pache,* por ejemplo.
Panguero: Viene de *panga,* pequeña embarcación; el que la gobierna es el panguero.
Parlama: Una especie de tortuga.
Patacho: Recua de animales de carga.
Patojo: Muchacho. Corresponde a chaval.
Paxte: Parásito que cubre los árboles.
Pepené: Recogí, de *pepenar,* recoger.
Pepián: Vianda de carne y una salsa especial.
Persoga: Lazo que sirve para atar a una bestia.
Pijije: Ave palmípeda, semejante al pato.
Pisto: Dinero.
Pitahaya: Fruta encarnada bellísima de la familia de los cactos.
Pixcoy: Pájaro de canto melancólico.
Pixtón: Torta de maíz gruesa.
Pom: Resina que los indios queman ante sus dioses.
Porlos: Por mitad. Por ejemplo: en tal ganancia vamos *porlos.*
Puyón: Herida dada con arma blanca.
Puzunque: Residuo de un alimento que queda en el fondo del recipiente.

R

Rajón: Cobarde, que no hace frente.
Rapadura: Miel de caña solidificada, sin purificar, que los campesinos usan en lugar de azúcar.
Rascuache: Pobre, sin importancia, poca cosa.
Relampaciadera: Los relámpagos de la tempestad.
Resmolerle: Molestarle, de *resmoler,* molestar, fastidiar.

Riata: Lazo para enlazar
Roción: Rociadura.
Ruco: No muy bueno.

S

Sanatero: Lugar en que hay muchos *sanates*.
Sanates: Pájaros de plumaje oscuro y largos picos negros.
Sanchomo: Aguardiente de San Jerónimo, famoso por su excelencia.
Saraguates: Monos.
Sarespinos: Arbustos espinosos.
Shilote: (Chilote o *jilote.)* Mazorca de maíz tierno cuando empieza a brotar el grano.
Shutes: Espinas.
Siete-Caldos: Una especie de pimiento americano muy picante.
Solúnico: Hijo único.
Somatazón: De *somatar,* matar en el sentido de golpear; sitio en que todo se golpea.
Sonta: Impar.
Surdida: Metida, escondida, refundida.
Suyate: Desígnase a una esterilla de palma que los campesinos llevan de camino y que cuando llueve, la abren para librarse de la lluvia.

T

Tacuatzín: Animal semejante a la zarigüeya.
Taltuza: Roedor.
Tamagaz: Culebra venenosa.
Tamaludos: En forma de tamal.
Tanates: Envoltorios de ropa u otros objetos.
Tapacaminos: Pájaros que vuelan delante de los viajeros en los caminos, al oscurecer.
Tapamente: Bárbaramente.
Tapesco: Camas hechas de caña.
Tapiscar: Cosechar el maíz.
Tapojazos: Golpes dados con *tapojo.*
Tapojo: Lo que usan los arrieros para cubrir los ojos de las bestias, mientras cargan, y que también les sirve de látigo.
Tazol: Las hojas del maíz que al secar sirven de alimento a los vacunos.
Tepezcuintle: (O *tepeizcuiente.*) Paca, animal de carne muy delicada que los indios engordan con frutas.
Tetuntes: Piedras que se emplean para cercar el fuego en las cocinas labriegas.
Tilichera: Pequeño mostrador de vidrios, fijo o movible.
Tipaches: (O *tipachas.*) Rodelitas de cerca negra con las que se juega dinero.
Tocoyales: Adornos que las mujeres llevan en la cabeza a manera de resplandor.
Tolito: A veces, canastillo de paja muy fina, o *bucul* pequeño.
Totoposte: Torta de maíz preparada especialmente para que se pueda comer fría, por su tueste y sabor dulce.
Totopostoso: Quebradizo.
Tujas: Lo de dormir, especialmente las mantas.
Tuto: (A tuto.) A la espalda, cargar a la espalda al niño.
Tuza: Hoja que envuelve la mazorca de maíz.

Y

Yagual: Se designa a un lienzo enrollado sobre la cabeza para asentar en él lo que se carga. Rodete.

Yuca: Planta filiácea de la América tropical cuya raíz es alimenticia. Una especie de mandioca.

Yuquilla: Harina sacada de la *yuca.*

Z

Zapote: Arbol sapotáceo de frutos comestibles; nombre del fruto que es rojo, así como la palta y aguacate son verdes.

Ziguán: Barranco.

Zompopo: Hormiga grande.

Zopilotera: Donde se ven muchos zopilotes o auras.

Gaspar Ilóm 9

Machojón 33

Venado de las Siete-rozas 63

Coronel Chalo Godoy 87

María Tecún 121

Correo-Coyote 185

Epílogo 351

Glosario 355